KB112580

iT와 그림이 만난 인생은~

이주헌 스케치북

나는 IT전문가로 살아왔다.
그러나 그림을 그리면서부터 삶이 달라졌다.
새삼 세상이 아름답게 보인다.
스케치 여행은 늘 즐겁다.
주변에서는 그림그리는 내가 IT교수답지 않단다.
이럴 땐 현대는 IT와 예술이 만난 융합시대라고 강변한다.

컴퓨터 전공생으로 대학에 진학한 것이 1972년, 그 후 세월이 40년 이상 흘렀다.
어느덧 이제 환갑이다.
화가도 유명인도 아니지만, 지난 40여 년의 IT인생을
[봄] IT전문가가 되다,
[여름] IT교수로 살다,
[가을] IT정책가로 뛰다,
[겨울] IT예술가는 웃다
로 분류하고, 40개의 꼭지들을 스케치북에 담았다.

지구촌을 누비며, 혹은 사진으로 기억을 되살려 그린 소품들에,
추억의 IT이야기와 수필·칼럼도 곁들였다.
더 정진하여,
2020년 정년퇴임식 날, 지인들께 내 작품을 선물해 드리고 싶다.

고향의 부모님과 사랑하는 가족,
그리고 영원한 벗이자 그림스승인 박성현 화백에게 감사드린다.

2014년 10월

이 주헌

CONTENTS

IT전문가가 되다

(1954~1986)

1. 내 고향은 목포, 목포는 항구다

내 고향은 목포다. 1954년 10월 19일, 나는 유달산에서 내려다 보이는 삼학도 근처의 선창가에서 태어났다. 영해동, 지금이야 잘 단장된 곳이지만 내 중학교 시절만해도 생선 비린내와 건어물 냄새가 진동하던 곳이다.

어렸을 땐 꽤나 귀여웠다지만 그건 누구나 마찬가지일 터이고(◀ 왼쪽 내 돌 사진을 봐도 글쎄~^^)... 그러나 프랑스 사람 다음으로 '불어'를 가장 잘 한다는 목포에서, 첫 조카가 태어나자 경쟁적으로 예뻐했던 삼촌 이모들은 날 안아볼 때마다 "오메, 예뻐부러(불어)~"를 외쳤단다. 부모님은 지금도 유달산 기슭에서 바다를 보며 사신다.

공부는 제법 했다.(▶ 오른쪽 사진은 매우 학구적으로 보이는 유치원 졸업사진^^) 또 많  이들 경험했겠지만 백일장 장원이나 사생대회 특선은 내 차지였던 적도 자주 있었다. 그러나 중학생 시절부터 난 공부보다는 친구들과 노는 것에 더 열중했다. 유도 도장 에서 땀 흘리고, 집 뒷터에서 복싱하고, 화실 다니며 그림 그리고, 탁구치고, 삼봉 화투 치고, 여학생들과도 어울리면서 목포 시내를 쏘다녔다.(▼ 아래 사진은 절친 김창완과... 무지 폼 잡고^^)

목포 앞 바다는 섬들로 가득하다. 널리 알려진 흑산도와 홍도도 다 목포권이다. DJ 대통령처럼, 前 법무부장관 천정배. 前 여성부 차관 김성진, 前 신안군수 박우량, 現 목포시장 박홍률 등 많은 친구들이 암태 · 도초 · 자은 · 비금 그리고 진도 등의 섬 출신들이다. 또한 근처 육지의 함평 · 영암 · 해남 · 무안 등지의 어린 수재들도 몰렸다는 목포중학교! 그래서 내 많은 친구들은 지금도 '한 인물'씩 하나보다.

아버님도 섬에서 목포로의 유학 케이스, 진도 태생이시다. 진도는 국악 · 서예 · 동양화 등으로 유명한 섬, 아마 많은 소신파 유림들에게 진도가 유배 지였던 까닭일까. 아닌게아니라 나는 1589년, 서인 송강 정철이 정여립을 비롯한 정적들을 숙청할 때 목숨을 부지한 동인 光山 李씨의 후손이란다. 아무튼 덕분에 방학은 자주 진도에서 보내곤 했다. 미꾸라지 잡다가 거머리에 뜯기고, 앞집 대장간에 쭈그리고 앉아 구경하고, 옆집 보건소 누나 훔쳐보고, 신문지 구기며 산에 올라가 볼일 보고... 할머니의 국밥은 지금도 그립다.

이난영의 '목포의 눈물'과 '목포는 항구다', 이미자의 '섬마을 선생님', 그리고 남진의 '가슴 아프게' 등을 구성지게 부르는 맛! 목포 출신 아니고서도 제대로 느낄 수 있을까. 글쎄다. 고향자랑이 심하다고? 그래 맞아, 내 고향은 목포랑께~! 목포는 진짜로 좋당께~!

1-1 유달산 그리고 목포

난 저 바위산을 오르고 산 아래 골목들을 누비며 어린 시절을 보냈다. 산 정상은 일명 '일등바위'

1-2 목포 부두

이 바닥에서 태어났다는데... 그런데 왜 난 해산물보다는 육류를 더 좋아할까?

1-3 **1984년 10월 18일 개통되었다는 진도대교**

내 본적은 전남 진도군 임회면 석교리...
이젠 육지와 잇는 진도대교.
이 다리가 없었던 어린 시절. 난 목포항에서 통
통거리는 '옥소호'를 타고 무려 서너 시간을 배
멀미로 고생하며 할아버님 댁을 찾아가곤 했다.
진도교 밑이 바로 이순신 장군이 왜선을 침몰시
켜 대승을 거둔 울둘목, 즉 명량이다.(▶)

▲ 사진은 1985년 여름 진도 방문 때의 아내와 애들과

진도대교가 진도 북동쪽이라면 남서쪽엔 팽목항이 있다.
▶ 이 팽목항 앞 바다에서 지난 2014년 5월. 세월호가
침몰했다. 대한민국 부패가 만든 참사였고 비극이었다.

1597년도의 이순신과 2014년도의 세월호...
내 고향 진도 바다에서 벌어진 역사의 아이러니~

1-4 홍도의 기둥바위

홍도는 정말 일품이다. 목포 앞바다에서, 아니 우리나라에서 가장 경치로 알아주는 섬 아닌가! 옛날 중국과 교역할 때 중간 기항지였다는데 붉은 옷의 홍의도, 홍어가 잡히는 홍어도로 불렸다가 광복 이후 홍도라는 이름으로 정착되었다는 설. 흑산도도 운치 있지만...

2009년 여름이었던가... 외국 경치만 좋아하는 딸들에게 흑산도와 홍도를 구경시켜주며 아빠의 어린 시절 추억을 되살려 주었는데 별 감흥을 느끼지는 못하는 듯... 다 좋은데 바다 비린내는 싫다고, 허 참!
그럼 바다에서 장미꽃 향기가 날까? 그래도 배 타고 노는 건 좋아하긴 하더군.

◀ 서울 출신임에도 아내만은 곳곳마다 감탄사를 연발~괜히 뿌듯... 그래서 역시 마음 통하는 마누라가 최고?

▶ 오른쪽 사진은 위 사진으로부터 무려 50년 전 목포에서...
여동생과 함께 귀엽기만 하던 꼬마가 무럭무럭 커서 장가를 가더니
가정을 이루고 애들을 낳고... 흠!

아~ 흐르는 세월이 빠르다. 정말 빠르다.^^

IT? 집에 전화도 없었는데?

당시 우리나라 대부분이 그러했듯이 어릴 적 우리 집엔 전화가 없었다. 모든 연락을 발걸음이나 인편으로 했다. 그 땐 불편한 줄도 모르고 어찌 살았을까. 지금은 휴대폰을 잠시만 잃어도 안절부절인데^^

정말 지질이도 못 살던 시절이다. 교통과 통신이 국가 경제수준의 핵심 척도라는데 그 당시 우리나라는 정말 후진국이었다. 하기야 먹고사는 것조차 힘들어, 쌀밥도 온전히 먹지 못하고, 분식을 정부가 권장하고 동사무소에서는 밀가루를, 학교에서는 옥수수빵을 무료로 배급해주곤 했으니…!

급한 일이 생기면 우체국에 달려가서 전보를 치던 생각이 난다. 글자 수가 제한되어 있어 SMS 문자보낼 때처럼 '어머님위독급히상경바람' 같이 글자를 아끼며 보내던 시절이었다.

힘들게 어찌 살았나 싶지만, 그래서 오히려 아름다운 추억도 많다. 편지를 보내고 엽서를 띄우고… 우체부 아저씨가 기다려지던 때였다. 그러나 집에 붙어있지 않을 수도 있는 친구의 집으로 한 시간씩 걸었던 추억도 지금은 그립다. 그래도 낭만! 추억 속에서만 묻어나오는 단어인가.

당시는 '라디오 시대'였다. 낡아빠진 제니스 라디오를 보물단지처럼 모시고 살았는데 '한밤의 음악편지'에 엽서를 띄워놓고 사연과 더불어 신청한 곡들을 밤 늦게 들으며 잠 들었던 기억도 있다. 집에 TV도 물론 있을 리 없다. 만화 가게의 흑백TV 앞에서 프로레스링 경기를 보던 기억은 난다. '후루룩 후루룩 냠냠냠~' TV의 라면 광고가 생각난다.

컴퓨터? 들어보지도 못했다. 1960년대 말까지 우리나라는 한마디로 IT 황무지~!

▼ 부잣집에만 있었을 법한 다이얼식 전화기의 모습은 아마 아래 그림과 같았을까?

연상의 여인

어린 시절, 난 미술반이었다. 고등학교에 입학하자마자 전교에서 미술선생님에게 뽑힌 다섯 명 중 하나가 되어 미술반에 들었다. 학교 아닌 외부 화실에서 그림 배우는 특별 과외 미술반이다. 교실에서 연필로 그린 손 그림이 제법 잘 그린 그림이고 충분한 소질이 있다는 것이다.

특별 미술반 첫날, 난 우리 집 골목 끝부분에 가깝게 위치한 조그마한 건물 2층, 그 곳에서 오계화를 처음 만났다. 화실 조교라고 했다. 늘씬한 키와 섹시한 체형, 사춘기의 날 자극할 만큼 첫눈에도 성숙한 얼굴과 관능적인 몸매가 먼저 눈에 들어왔다. 가슴이 가장 돋보였다. 미대 지망생, 재수 2년차, 나보다는 다섯 살쯤 연상, 우연히 집 근처 길을 걷다가 2층 열린 창으로 보인 이젤들을 보고 반가워 올라왔다가, 함께 그림 그리고 싶다면서 선생님께 허락 받고 조교가 되었다고 했다. 차분한 말투, 나름대로 매력 있는 여자였다.

오계화의 인기는 대단했다. 모두가 '누나, 누나~' 하면서 따랐다. 당시 애 셋이나 되는 선생님조차 눈초리가 예사롭지 않았다. 가끔씩 오계화의 온몸을 훑어보던 선생님의 눈빛은 지금도 기억난다. 선생님은 학생들 앞에서도 인물화 모델이 되어달라는 부탁을 노골적으로 했다. 국전에 출품해야 한다고 핑계대면서 말이다.

그러나 난 누나라고 부르는 것조차 거부했다. 뭐, 재수생밖에 안 되는, 특별하지도 않은 여자에게 내가 관심을 갖는다는 것이 스스로 자존심 상하는 일이었다. 아니다! 어쩌면 특별한 감정을 느꼈기에, 동생이 아닌 남자 자격으로 정식 도전을 하고 싶었던 것 같다. 난 너무 어렸고 그녀는 이미 제법 성숙한 연상의 여자였는데 말이다.

나와 오계화 사이의 인연의 다리를 놓아 준 사람은 다름 아닌 선생님이셨다. 어느 날 늦은 저녁 무렵, 몇 명이 화실에 남아 그림을 그리고 있는데 선생님께서 나타나셨다.

'쿵~ 꽝~ 쿵~ 꽝~'

몇 번 그런 모습을 보긴 했지만, 벌겋게 취한 얼굴로 계단 올라올 때부터 소리가 좋지 않았다. 그저 횡설수설, 한참 시끄러운 분위기가 연출되었다.

"내가 오늘 한 잔 마셨다. 허허허~. 너희들 그림 잘 그려야 해~!"

그러자 함께 있던 오계화는 창가에 서서 슬며시 선생님을 피하는 모습으로 등을 돌렸다. 바로 그 때, 충격적인 사건이 발생했다. 선생님이 갑자기 뒤돌아 서 있는 그녀에게 다가가 그녀의 치마를 홀쩍 들어 올린 것이다. 순식간의 일이었다. 오계화가 '안돼요~' 외마디 소리를 지르면서 계단을 뛰어내려 도망쳐 나가고, 선생님은 껄껄 웃어대고, 나는 무슨 기사도 정신이라도 발휘하는 양, 사태를 수습한답시고 선생님을 밀어낸 후 그녀를 따라 달려 나가고….

오계화는 달려가면서 슬피 울었다. 눈물을 흘리면서도 뒤따라오는 내게 "따라오지 말란 말이야!" 하고 자꾸 야단을 쳤다. 나는 짐짓 침착한 척하며 그녀를 달래주려고 애를 썼다.

"선생님이 술 취해 그런 거니 그만 잊어요. 그냥 이해해 줄만 하잖아요~."라는 말을 반복했다. 또 뒤따라가면서 "남자는 원래 나이와 상관없이 그렇대요."라고 제법 어른스러운 척도 했다. 한참을 달래며 쫓아가다가 안 되겠기에 "난 이제 화실로 갈 테니 마음 풀리면 다시 돌아와요~" 하고선 화실로 돌아왔다.

텅 빈 화실, 아무도 없었다. 선생님이 미웠다. 같은 남자의 입장에서도 창피했다. 그런데 오계화도 나를 뒤따라 5분도 채 안 되어 화실로 돌아왔다. 눈물은 이미 없었다.

"너 참 이상한 애야~ 뭘 그리 오래 따라와? 호호~. 우리 같이 단팥죽이나 먹으러 갈래?"

입가에 방긋 웃음이 보였다. 어찌 갑자기 표정을 달리 할 수 있었는지 모르겠다. 무슨 의미의 웃음이었는지 지금도 이해는 가지 않는다. 그러나 단팥죽을 끝으로 그 사건은 그렇게 일단락되었다.

그 때 이후, 우린 정말 친해졌다. 다른 애들이 눈치를 챘는지 안 챘는지는 모르겠지만, 화실에서 오계화는 나와 눈빛 마주치는 것부터 달랐다. 그리고 시간이 흐르면서 그녀는 스스로 누나 아닌 여자로 변신하는 듯도 했다. 내 허락도 없이 우리 집엘 찾아와 내 방에서 기다리는 바람에 날 곤혹스럽게 만드는가 하면, 수소문해서 내가 노는 탁구장으로 찾아와 기다리곤 했다. 함께 영화도 보러 다니다가 들킨 적도 있었다. 길에서 우연히 만나 인사드린 어머니 친구 분이 "네 아들 고 1 이라면서 벌써 연애 하더라~"고 나중에 어머니께 고자질하셨던 까닭이다.

그러다가 내가 미국으로 가족과 이민을 떠나가면서, 그러니까 불과 6개월 정도의 만남을 계속하다가 오계화와 난 헤어졌다. 그 나이에 뜨겁도록 사랑의 감정이 있었던 것도 아니고, 처절한 아픔을 준 이별도 아니었다. 지금처럼 이메일을 주고받을 수 있는 상황도 아니었던 까닭에 그 이별이 곧 끝이었다.

귀국 후, 그러니까 그로부터 약 20년이 흐른 후 오계화를 다시 찾은 적이 있다. 이름 석 자, 추측되는 출생 지역, 대략적인 나이만 아는 주제에 정부기관의 후배에게 부탁을 했다. 개인 신원조회는 불법이라면서도, 어렵지 않게 부산에 산다는 오계화의 주소 하나를 건네받을 수 있었다. 그래서 떨리는 마음으로 편지를 썼다.

"오계화 씨께, 1970년의 목포 산정동 화실을 아십니까. 당시 미국으로 떠나는 바람에 헤어졌던 고등학생 이주헌이라면 혹시 기억이 조금이나마 있을는지요. 기억하신다면, 꼭 연락주시면 감사하겠습니다."

기다리던 답장은 십여 일이나 지난 다음에야 받아보았다.

"전 그림을 모릅니다. 동명이인이어서 죄송합니다. 애절한 사연 같아 답장 보냅니다."

그 후 난 오계화를 포기했다. 다시 만날 인연이 아닌 듯싶었기 때문이다.

그 후 세월이 또 많이 흘렀다. 그녀는 어떤 모습일까. 지금도 그림을 그리고 있을까. 당시 한국을 떠나 IT를 전공했던 나는 다시 그림을 그리는데!

(에세이집 '대통령의 여인, 북콘서트, 2009'에 실린 글)

2. 미국 남부의 미시시피는 제2의 고향

1970년 여름, 고등학교 2학년 때, 나는 난생 처음으로 비행기를 탔다. 목적지는 미국 남부 미시시피 (Mississippi)주의 헤티스버그(Hattiesburg)라는 소도시였다. 왜 어린 나이에 미국행 비행기를 탔느냐고? 아버님께서 갑자기 몸담고 계시던 대학에 사표를 내고 미국 남부의 명문대인 피바디 (Peobody) 대학으로 초청을 받고 떠나신 후 아예 미국에서 자리를 잡으시는 바람에, 그 후 2년 여만에 나머지 가족도 이민을 갈 수 밖에 없었기 때문이다.

난 사실 미국이 두려웠다. 당시 미국은 머나 먼 나라였다. 친구들과 헤어지는 것도 싫었다. 그러나 '병아리떼 종종종' 어머님을 따라갔고, 한국인이라곤 전혀 없는 미국 남부에서 내 제2의 인생이 그렇게 시작되었다.(▶ 우측은 우리 가족의 미국 재회가

지방신문의 뉴스로 등장했던 사진.. 촌스러웠던 내 모습^^) 모든 것이 충격이었다. 어린 동생들도 마찬가지였으리라. 좋은 게 있었다면 듣도 보도 못한 맥도날드 햄버거와 초코렛 우유와 KFC 치킨이 무지무지 맛있었다는 것?

난 고등학교(Rowan High School) 1 학년에 편입되어 들어갔다. 끔찍하도록 외로운 시절, 사춘기 소년의 고독은 이루 말할 수 없었다. (◀ 왼쪽 고등학교 시절 사진의 내 모습에 그리 써있을까?) 덕분에 난 미련스럽도록 공부만 했다. 근처 주립대학 (University of Southern Mississippi)에 입학해서도 마찬가지. 전공은 컴퓨터과학... 당시는 미국에서조차 컴퓨터 학문은 새로웠는데 어쩌다가!... 아무튼 그것이 계기가 되어 난 평생토록 IT인생을 살아온 셈이다.

쓸쓸한 이민생활에서 힘이 되었던 것은 오로지 가족이었다. 당시 사립대학 교수셨던 아버님도 외로우셨으리라. 우리에게 낙이 있었다면 가끔씩 160km 남쪽 재즈음악의 도시 뉴올리언스(New Orleans)에 놀러가고, 멀지 않은 빌락시(Biloxi)의 바닷가에서 낚시를 하는 것이었다.

영어도 서투른 나를 수학 천재라고 부르던 고등학교 흑인 여선생님과, 대학원은 꼭 자신의 모교로 (버지니아 공대) 가라고 옥박지르던 교수님이 갑자기 그리워진다. 내 첫 데이트 상대였던 케이(Kaye), 날 졸졸 따라다니던 예쁜 흑인 여자애 데비(Debbie), 내 단짝이었던 미국 인디안 혈통의 마이크(Mike)도 슬며시 그립다. 대단한 미술 실력이라고, 고교 시절 개인 그림전시회를 개최해 주었던 미술선생님, 내게 간판 디자인을 부탁하고 꽤나 거액의 수고비를 준 Schwinn 자전거 가게 사장님도 생각난다. 어쩌면 그 분들 덕택에 뒤늦게나마 미술을 취미 삼게 된지도 모르겠다.

2-1 미시시피의 전통가옥

'바람과 함께 사라지다'처럼 미국 남부를 무대로 한 영화를 보면 나오는 전형적인 가옥들.
설계는 섬세한데 실내가 약간 어둡고 살기 조금 불편?... 물론 미시시피의 현대 주택들과는 전혀 다른 모습

◀ 단란했던 우리 가족의 공원 피크닉.
헤티스버그에서 가까운 존슨 (Paul B. Johnson) 주립공원에서.
이 사진을 찍은 후, 벌써 40 여년의 세월이 흘렀다.

다들 뿔뿔이 흩어져 살고 있음이 안타깝기도 하고!

우리 가족 뒤로 나무 아래, 함께 온 한국분들도 보인다.
한국인이라고는 기껏 병아리 감별사로 일하던 두 가족이 살았었는데....

집에서 난 자전거를 타고 학교에 다니곤 했다.

운동삼아 동생들과 자전거 산책을 하는 것도 좋은 추억으로 남아있다.
미시시피 남부 흑인들은 모두 순하고 착했지만 그래도 당시는 시꺼먼 마을을 지날 땐 무
섭기도 했다.

▶ 우측 사진은 헤티스버그 고등학교 1학년 편입생의 1970년도 사진인 듯.

2-2 빌락시(Biloxi) 해변

저 멀리, 넓고 넓은 멕시코만이 보인다... 지금은 선상 도박 도시로 유명해졌다는데 바다낚시를 즐기던 곳이다.
여름이면 무더위가 기승을 부리는 곳이지만 미 남부 해변가의 아름다움이 빛을 발하는 모래사장이자 해수욕장이다.
여기서 200마일 동쪽으로 가면 플로리다의 해변, 영화 'Jaws(조스)'의 촬영장이 나온다.

◀ 1972년에 빌락시 낚시터에서 찍은 사진..
낚시로 Croaker(조기 종류)는 물론, 가끔씩 작은 상어도 잡히고
원형 손 그물로 새우도 수백 마리씩 잡았었는데...
아마 지금은 몇 년 전 근교 바다에서의 기름 유출로 엉망이 되었을 듯.
결혼 후 한국에서 온 아내를 데리고 가장 먼저 찾아온 곳이 바로 이 해
변이었다.
그만큼 어린 시절의 추억이 깃든 곳이다.

근데 당시 사진을 보니 난 낚싯대는 그냥 세워놓고 뭐 하고 있었나?
칼을 들고 앉아있는 모습이 불량소년? 시대의 반항아? ㅎㅎ

2-3 뉴올리언스 프렌치쿼터 (French Quarter)

프랑스가 지배했던 지역.. 재즈로 유명한 곳이기도...
흑인 가수 루이 암스트롱이 활동하던 무대도 바로 여기~

위 그림에서 보이는 교회 앞.

이 교회의 왼편으로 가면 유명한 공창이었던 프랜치쿼터와
버번 스트리트.

예전엔 누드 댄싱쇼를 하는 술집들의 호객 행위가 대단했었
는데..

나는 컴퓨터 1세대~

내가 대학에 진학했던 1972년, 종주국인 미국에서조차 컴퓨터는 비교적 낯설었다. 일반인은 구경도 못했고, 컴퓨터학문을 전공한다는 것은 흔치 않았다. 물론 PC는 세상에 존재하지 않았고 흑백 모니터조차 귀할 때다.

따라서 내가 전산학과를 지망한 건 순전히 영어에 대한 자신감이 없어서였다. 하루는 고등학교 수학선생님이 교실에서 컴퓨터 얘기를 했다. 신비로운 미래의 기계라나? 순간 그 무엇인가가 가슴에 와 닿았다. 결국 난 누구와의 상의도 없이 영어는 못해도 되리라는 기대 하나로 컴퓨터를 내 인생의 친구로 삼게 되었다.

막상 컴퓨터과학(Computer Science) 학과에 입학하여 FORTRAN, COBOL 프로그래밍을 배우는데 처음엔 개념이해가 너무 힘들어 마음 고생이 심했다. 소규모 어셈블러와 컴파일러를 만드는 시스템 프로그래밍 과제들은 더욱 난해했다. 그 후 IT인생을 살면서 전공선택을 후회한 적도 자주 있었다고 고백한다.

그래도 아름다운 추억은 많다. 당시 프로그래밍 과제는 프로그램 한 줄 한 줄을 키펀치 기계로 타자하듯이 카드에 구멍을 뚫고 그것을 고무밴드로 묶어 실습실 조교에게 제출한 뒤, 카드리더에 의해 읽힌 내 프로그램이 어떤 결과를 가져오는지 프린트물이 내 BIN에 꽂힐 때까지 초조하게 기다리고... 디버깅 후 다시 키펀칭과 제출의 반복이었는데... 자주 꼬박 밤을 새우곤 했다. 기계음이 시끄럽고 바닥에 구멍뚫린 카드들로 난장판인 키펀치룸.. 그리고 그 옆 테이블 등에 앉아 열심히 프로그래밍과 디버깅.. 지금은 찾기 힘든 요상한 장면이리라.

당시엔 무거운 키펀치 카드 박스를 들고 다니면 캠퍼스의 학생들이 천재보듯이 선망의 눈으로 보곤 했다. 그런데 이제 우리나라에선 초등학교 때부터 소프트웨어를 가르치겠다니 세상이 참 변했다.

아무튼, 빌 게이츠가 하버드대학에 입학한 것이 1973년이었다 하고 (나보다 1년 후배!^^.스티브 잡스도 73학번)... 우리나라의 전산교육도 그 즈음 숭실대와 홍익대 등에서 시작했다니... 시기적으로만 따진다면 어쩌면 누가 뭐래도 나도 정통파 한국인 컴퓨터학도 1세대 중 한 명이리라. (대한민국 국민으로 1972년도 이전에 대학의 전산학과에 입학한 사람이 과연 몇명이나 될까나?) 뭐, 1세대가 아니래도 상관없고!^^

◀ 좌측은 나와 3년 간 친했던...
이젠 박물관에나 있을법한 '키펀치 머신'을 그린 그림.
그 때 구멍뚫린 종이카드들이 지금 어딘가 한 장쯤 남아 있으리라
생각하고 옛 자료 박스들을 찾아봤는데 없구먼.
세월이 많이 흐르고 보니
이제 종이카드에 구멍 뚫는 소음을 한번만 더 듣고 싶어진다^^

나는 한국산 순종

흔히 순종이란 말을 쓴다. 진돗개 순종이라느니 영국에서 직수입한 순종이라느니, 주로 동식물을 이야기할 때 사용되는 말이다. 얼마 전까지만 해도 관심 밖의 낱말인데 요즘 자꾸 머리속에 맴도니 한마디 중얼거리지 않을 수 없다.

미국은 수백 가지의 순종이 한데 얽힌 잡종의 나라다. 꼭 미국놈 순종을 말하라면 아메리칸 인디안인데 근래는 조그만 지역에 가둬놓고 사람 취급도 안 하면서 오히려 다른 잡종들이 큰 소릴 치니 주객이 전도된 셈이라 할 수 있다. 이 잡종들은 크게 백인과 흑인 그리고 유색인종으로 나누는데, 더 자세히 분류해 보면 백인도 영국계, 독일계, 프랑스계, 스칸디나비아계, 이태리계 등 수 십 가지이고, 그 외 다른 인종들도 멕시코 및 남미의 라틴종, 푸에르토리칸종, 중국이나 일본의 황인종 그리고 한국인 등으로 다양각색이리라.

미국의 개척시절에 끌려 온 흑인이나 중국인 혹은 국경을 넘어 한 해에도 수십만 명씩 숨어 들어오는 멕시코인에 비하면 우리 한국인은 질적으로는 단연 우수하다고 하겠지만, 이제 겨우 교포 20만 명을 헤아리는 소수인 까닭에 아직은 나라를 좌우할 정도로 우세한 민족이 못 되는 것은 분명한 사실이다. 그러나 이토록 수십 인종들이 서로 힘을 돕고 나라를 부흥시키고 각기 다른 의견들을 종합분석, 행동통일했던 까닭에 200년의 짧은 역사로 지상최대강국이 되지 않았나 생각한다면 단일민족인 우리 한민족에겐 하나의 교훈이 될 수도 있겠다.

아무튼 덕분에 음식도 다양해서 중국음식이나 멕시코 음식이 식품업계에서 인기를 끈 것은 옛날 일이고, 이태리 음식인 스파게티나 피자와 마카로니 등도 미국인 잡종들이 잘 먹는 음식들이다. 영국이나 독일계인 프라이드치킨과 햄버거는 물론이거니와 대 도시에서는 한국식당과 일본 음식점들도 성업 중이라고 알고 있다. 어느 하나를 가르켜 미국의 전형적인 전통음식이라고 지적할 수도 없고, 모두 미국인이 즐기는 까닭에 미국음식이 아니라고 콕 꼬집어 낼 수도 없는 노릇이다. 코를 톡 쏘는 냄새, 은은한 향기, 각 음식들이 뿌리는 독특한 향과 보기만 해도 구미를 돋우는 오색찬란한 접시들이 모두 그 나라의 국민성을 대변하는 것도 같다.

돼지와 더불어 잡식동물로 알려진 인간종의 한 명인 나는 어릴 적부터 무엇이든지 잘 먹어왔다. 쌀밥은 물론, 빵 종류, 또는 예전엔 가끔씩만 먹어볼 수 있었던 돈가스나 비프스테이크, 통닭구이도 그렇고, 자장면, 냉면, 모밀국수 등도 친구들과 어울릴 땐 국적을 막론하고 즐긴 것 같다. 그러던 나의 식성이 미국생활 몇년 만에 꽤 변했다. 그토록 맛있었던 양식이 이젠 보기도 싫어지고 중국음식을 봐도 신통치가 않으니 상당히 변한 게 분명하다.

제아무리 맛있는 음식보다 김치 찌개와 고사리나물이 훨씬 낫고, 동네사람들이 싫어할까봐 꺼리는 된장국은 누가 뭐래도 좋기만 하니 말이다. 요즘은 한 끼에 풋고추를 열개 이상씩 먹고 그 짜디짠 오징어 젓갈을 찬 물을 마셔가며 먹어치우는 나 자신을 보며 문득, 나야말로 한국놈 중에서도 진짜 순종임에 틀림없다고 혼자 중얼거려보곤 한다.

(1974년 대학시절 써서 보관했던 글... 난 왜 읽어 줄 사람도 없는 이런 시시한 글을 혼자 쓰곤 했을까?)

3. 공부와 펜팔 연애하느라 바빴던 곳, 미국의 동부 버지니아

1975년 9월, 난 3년만에 학부를 마치고 버지니아 주립공대 (일명 Virginia Tech) 대학원에, 연구조교 자격으로 진학했다. 우리나라에선 2007년 한인학생 총격사건으로 유명해졌지만 내가 캠퍼스를 보고 첫 눈에 반해버린 곳이다.

대학원에 가니 모든 게 좋았다. 집을 떠난 자유로움이 편했고, 한인 학생들 10여 명과 가끔씩이나마 어울릴 수 있어 좋았고, 조교 월급과 장학금으로 경제적으로도 독립해서 살 수 있다는 사실도 흐뭇했다. 공부는 흥미롭고 비교적 쉬웠다. 당시 유학 온 대학원생들이 리포트 써 내고 발표하느라 힘들어할 때, 이미 미국 물을 5년 먹은 나로서는 제법 여러모로 여유가 있었다. 갓 스물 넘은 햇병아리였는데 왜 그땐 마치 큰 닭이 다 된 듯이 자신만만했는지는 모르겠다. (◀ 왼쪽 사진의 약간 거만한 모습이 조금은 그렇게 보이는 듯도?^^)

버지니아주 서부, 아팔래치안 산맥에 위치한 학교마을 Blacksburg의 주변 경치는 정말 절경이었다. 가수 John Denver의 Take Home Country Roads에 나오는 가사가 딱 맞다.

Blue Ridge mountains, Shenandoah river... Life is old there, Older than the trees...

난 이 곳에서의 3년 동안 꿈을 키웠다. 과히 멀지 않은 워싱턴DC에 놀러가 백악관과 국회의사당을 뚫어지게 바라보며 원인모를 전율을 느끼기도 했다.

대학원 2년째부터 연애를 시작했다. 날 제법 장래가 촉망되는 젊은이로 판단했음직한 워싱턴D.C.의 교포 한 분이 자기 조카와 알고지내보라고 소개시켜 준 한국의 여대생과의 펜팔연애였다. 외로웠던 난 편지에, 아니 사랑에 푹 빠지고 말았다. 그 여대생과 펜팔 2년 만에 결혼하여 지금껏 37년째 살고 있음은 '천생연분'이란 단어로밖에 다른 설명이 불가능하다. 나중에 알고 보니 날 조카사위로 삼으려는 그 교포 분의 치밀한 공작에 내가 넘어간 사기사건이었지만^^! (▶ 우측 사진은 유혹 과정에서 내게 건네진 사진 중 하나)

부모님의 반대에도 불구하고 얼굴도 못 본채 편지로 청혼하고 결혼식 날 잡고 김포공항에서 첫 만남 후 3일 만에 식을 치룬 내 결혼이야기는 수필형식을 빌어 따로 소개되니 여기서는 생략하겠으나... 결국 조기 결혼(?) 때문에 난 버지니아에서의 박사과정을 중단하고 회사 연구원생활을 시작하게 되었다.

그러나 버지니아는 결과적으로 내겐 좋은 곳이었다. 공부와 연애! 좋은 직장과 결혼으로 인도해 주었기 때문이다. 이 대학원을 추천해주셨던 남미시시피대학의 카터 학과장님이 새삼 고맙다.

3-1 버지니아 공대 캠퍼스

축구장 7~8개의 크기쯤 될까? 캠퍼스 중앙에 어마어마한 규모의 드릴 필드. 잔디밭은 그야말로 시원스러웠다.

아내의 (당시 펜팔 친구) 그림

펜팔연애는 날 무척 바쁘게 만들었다. 일주일에 A4용지 10장 분량의 장문의 편지를 최소 한 번씩은 주고받았으니 지금 생각하면 참 대단했다. 사진도(◀) 가끔씩 교환하곤 했는데 아내가 내 초상화를 그려 보내온 적이 있다. 서로 점수를 따기 위해 몸부림치던 때의 작품~^^ 이제 보니 제법이었군! 아내도 그림을 좋아하는데 지금도 내 훌륭한 그림코치이기도 하다.

3-2 버지니아의 자연

Blackburg의 Duck Pond 근처의 공원 정경.. 사실 버지니아 서부엔 아름다운 곳이 너무 많았다.
조금만 운전하면 시원한 산 속 냇가들이며 크리스탈 폭포에... 등산코스로는 일품이었다. 그래서인지 뉴욕이나 L.A.같은 곳에서
공부했다는 분을 만나면 왠지 안타깝다는 생각이다. 학교마을은 학교마을다워야 하거늘 대도시 도심지역이라니!
마치 고향이 서울시 종로구 시내 한복판이라고 들으면 애처로움에 씁쓸한 미소가 흘러나오는 식이다.

지금도 난 미국 유학을 가겠다는 제자들에게 공부하기 좋은 캠퍼스와 주변 경관이 수려한 버지니아공대를 추천하곤 한
다. 그곳에 가면 마음이 정화되어 공부하기 안성마춤이라고!
한인학생들끼리 피크닉도 자주 갔었는데...

◀ 왼쪽 사진에서는 당시 고작 7명밖에 안되던 버지니아공대 한
인 대학원생들이 총 집결한 듯. 차림을 보니 꽤나 더웠던 모양.
사진 가장 왼편이 이상문교수님 (당시 경영과학과 소속, Goal
Programming의 선구자로 국내외에 널리 알려진 분.. 이상철 전
정통부장관의 형님이시라고... 이 사진을 찍은 후 얼마 안 되어
옮기셨는데 현재도 네브라스카 대학에 아직도 계실까?)

3-3 워싱턴 D.C.의 미국 국회의사당

영어로 Capitol ... 국가의 수도를 의미하는 Capital과 다른 단어^^... 국회, 즉 Congress를 뜻한다지~.
암튼, 백악관과 더불어 세계를 통치하는 곳이 바로 이곳 Capitol Hill이라면 너무 과한 표현일까?
추억 한 토막! 내가 미시시피 고등학생 시절... 1972년경... 미시시피주의 정치지망생 한 명이 (이름은 Trent Lott)... 현역 의원
보좌관출신이었던 듯... 연방하원의원에 출마한다고 열심히 유세하면서 로고송을 만들었는데 지금도그 노래가 기억이 생생하
다.... Experience means a lot in Congress, Lot, lot, lot, Trent Lott~... 그런데 Trent Lott 은 그 때 당선 후 내리 30년 이상
연방 하원의원과 상원의원을 지내더니만 바로 얼마 전까지만 해도 미국의 가장 힘 있는 국회의원인 국회의장을 오랜 기간 맡
았었다. 내가 어린 시절 미시시피 시골에서 기억하던 사람이 Capitol의 국회의장이라니!

◀ 1975년 가을. 추수감사절이었다고 기억하는데...

처음 워싱턴을 놀러가 백악관, 링컨모뉴먼트, 스미소니안 박물관 등을 보며 그 웅장하고 장엄
한 모습에 놀랐다. 마치 시골에서서 상경하여 서울역에 내려 눈부신 네온싸인에 놀란 식이다.
난 그 때까지만 해도 미시시피 촌놈이었던 모양^^

위 그림의 국회의사당은 아마도 D.C.에서 가장 큰 건물? 여기 비하면 우리나라 국회의사
당은 왜 그리도 촌스러울까. 이상한 연두색 지붕에 구조도 엉성...
도무지 품격이 없어 보이니 정치인들의 수준을 평가한 선입견 때문은 분명 아니고...
아무튼 여의도를 지나갈 때마다 느끼는 것이지만 제발 재건축하길 바랍니다!

내 전공은 나도 몰라, 그냥 IT.

대학원에 진학하면서 내 전공은 산업공학으로 바뀌었다. 학부 학과장님의 추천이 크게 위력을 발휘했다. 산업공학이 미국의 인기학과 순위 No.1 이라나. 순수 컴퓨터과학보다 더 공부할 만 할 것이라 하셨다. 학교도 그 분의 모교인 버지니아 공대였고! ㅎㅎ

버지니아공대에서 난 계량경영학(Operations Research)과 경영과학을 열심히 배웠다. 또한 통계학과 예측기법(forecasting)에 심취하게 되었다. 컴퓨터를 이용한 기업문제의 해결! 모든 전공 과목이 흥미진진했다. 학부시절의 컴퓨터 프로그래밍보다는 훨씬 내 적성에 맞는 것도 같았다. 난 인도계인 Ghare 교수님의 지도를 받으며, '최적화 경제적 모형에 관한 연구'로 석사학위를 받았다.

그러다가 1977년 무렵, 계속 박사과정을 밟던 중 난 전자계산소 소장직을 맡고 있던 교수님이 가르치던 '데이타베이스학'의 매력에 빠져들었다. 그 때가 막 관계형(relational) 모형이 출현되고 C.J. Date의 'Intro-duction to Database'란 책이 선풍적인 인기를 끌던 시절이다. 컴퓨터에 의한 효율적인 정보관리가 가능하도록 해주는 새로운 자료화 접근방법이었다. 정보화를 통한 능률향상! 컴퓨터과학을 떠난 아쉬움이 있던 차에 내겐 기업문제 해법으로서의 데이타베이스 모델링과 정보시스템 학문이 운명적으로 다가왔다.

이는, 후에 박사학위과정을 밟을 때 전공을 경영정보학으로 바꾸게 된 계기가 된 셈인데... 결국 학부는 자연계인 컴퓨터과학, 석사과정은 공학계열인 산업공학, 박사는 경영정보학으로 한 번 더 바꾼 셈이어서... 난 나대로 배움의 과정을 새롭게 밟아나간 셈이거늘... 매번 전공을 변경한 꼴이 되어 좀 한심스럽단 생각을 혼자 해 본적도 있다. 다행히도 IT가 컴퓨터공학, 산업공학, 경영정보학 등과 접목되는 융합학문으로 발전하면서, 난 'IT학도입니다'라고 말할 수 있게 되었지만 말이다. 따지고 보면 대학원 과정 역시 전공학과와 무관하게 IT였다. 맞다! 난 늘 컴퓨터와 씨름하며 공부를 해야 했다. 지금 이 순간도 그렇듯이. 그렇다. 내 전공은 나도 모르겠다. 그냥 IT다.

사실 IT학은 현재도 진화 중이다. 타 공학들은 물론이고 인문학, 유전공학, 예술과도 융합되면서 학문의 벽을 뛰어넘고 있다. 난 지금 IT학도로서 그림책을 집필 중 이기도 하다..

당시 대학 전자계산소는 IBM이나 Burroughs 기계로 가득. 실속도 없이 에어콘 바람이 생생 불면서 제법 거창하기만 했으나... 아마 IBM360 이 있는 ◀ 좌측 그림 분위기와 비슷했던 것으로 기억.

디지털시대의 페니블랙

요즘은 편지를 쓸 일이 별로 없다. 대부분의 편지는 이메일로 대신한다. 심지어 엽서조차 잘 주고받지 않는다. 그래서인지 우표를 보는 기회가 쉽지 않다. 받아 보는 우편물도 대부분 기관 발송물이어서 우표를 붙인 것은 정말 드물다.

우표는 1840년 '페니블랙(Penny Black)'이라는 이름으로 영국에서 처음 발행되었다고 한다. 당시 영국은 산업 혁명의 전성기였고 사람들은 공장 일자리를 찾아 도시로 모여들었다. 고향을 떠난 이들은 도시 생활의 소식을 가족에게 자주 전하고 싶었지만 당시만 해도 상당히 비싼 요금 때문에 쉽지 않은 일이었다. 수취인으로부터 우편요금을 받는 것도 간단한 일이 아니었다.

이에 대해 고심한 선각자가 롤랜드 힐(Rowland Hill 1795~1879)이다. 그는 우편요금만 효과적으로 받아도 서비스 원가를 대폭 낮출 수 있다고 믿었다. 많은 사람이 우편을 이용하면 원가는 낮아지고 서비스는 더 좋아질 것이라고도 생각했다. 그래서 고안해 낸 것이 페니블랙이다. 페니블랙 우표의 탄생과 함께 우편요금이 평균 1/4로 저렴해져 도시 서민도 부담 없이 자신의 사연을 편지로 전할 수 있게 되었다. 우표는 잠재되어 있던 우편수요를 일거에 해소함으로써 시장규모를 확대하고, 서비스를 비약적으로 발전시키는 계기가 되었다.

그러나 시대가 변하고 있다. 세월이 160여 년 흐르면서 우린 디지털사회에 살게 되었다. 페니블랙이 영국 도시서민의 통신 욕구를 일순간 해소시켜 준 혁신적 도구였던 것처럼 세계에 으뜸가는 우리의 휴대폰과 인터넷은 수도권과 지방을 하나의 생활권으로 엮는 혁명적 도구로 자리 잡았다. 그러나 통신은 활발하되 가슴은 서로 나누지 못하고 있다는 지적도 있다. 마음까지 주고받음으로써 IT코리아 국민의 행복 욕구를 만족시켜줄 새로운 페니블랙은 과연 무엇일까.

단, 한가지만은 분명하다. 예전에는 집배원 아저씨들이 가장 고마운 분들이었다. 그땐 편지를 쓸 때의 설렘과 답장을 기다리는 두근거림이 있었다. '하얀 종이 위에 곱게 써내려간, 가슴 속 울려주는 눈물 젖은 편지'도 있었다. 정성껏 펜으로 쓴 편지를 읽을 때의 감동과 PC화면의 이메일을 읽을 때와의 감정을 어찌 감히 비교하랴. 이메일이 편지를 대신하고 휴대폰 SMS 문자가 엽서를 대신하는 이 디지털시대의 삭막함이 난 가끔 아쉽다.

태평양을 사이에 두고 주고받은 수백 통의 펜팔 편지가 아니었으면 난 내 아내의 얼굴도 보지 못했을 뻔했다. 그런 나답게, 비록 디지털시대라지만 우리 모두 사랑하는 사람들에게 가끔씩은 페니블랙을 부친 편지를 보내는 삶의 낭만을 잃지 말자고 권하고 싶다.

(광주일보 2005.8.8일자 월요광장에 실린 글... 위 사진은 2005년 6월 정보문화의 달을 맞아 정보문화진흥원에서 사이버 명예시민운동추진위원이었던 나에게 선물로 만들어준 '나만의 우표')

4. 서울에서의 결혼, 신혼여행은 제주도

1977년 12월, 부모님의 반대를 무릅쓰고... 박사과정 대학원생 신분으로, 불과 만 23세의 나이에, 얼굴도 못 본 여자와 치룰 결혼식 날(27일)까지 미리 잡고 나흘 전인 23일 김포공항으로 귀국했다. 지금 생각하니 '결혼은 미친 짓'이란 영화 제목이 그 때 내게 꼭 어울린다. 그 나이에 결혼이라니! 고등학교 때 한국을 떠난 후 7~8년 만의 일이다.

아내 될 여자를 공항에서 처음 보았다. 편지로만 정을 나누던 여대생, 사진으로만 보던 여자... 만나자마자 시차 적응은커녕 예복과 결혼반지 맞추느라 정신없고, 친척집과 처가댁 인사드려야 하는 상황에서 데이트할 시간 여유도 없었다. 결혼 전 우리 둘만의 시간이래봐야 고작 서울 시내를 방황했던 정도만 기억난다. 결혼 하루 전 친구들이 날 안양유원지 관광호텔로 납치해서 신부 집에서 함 값을 빙자해 거금을 갈취했던 사건도 기억이 생생하다. (재미있는 녀석들!^^)

신광교회에서 이성철 목사님의 주례로 식을 치루고, 바삐 신혼여행을 떠난 곳은 제주도와 부산이었다. 요즘이야 신혼여행지로 해외로 많이들 나가지만 그 당시는 제법 호화판 여행이었던 셈이었다. 첫날밤은 경험미숙으로 실패만 연속^^... 그 보다도 제주에서 뭘 잘못 먹었는지 부산에 도착하니 배탈이 나는 바람에 화장실을 10여 차례나 들락거렸다고 기억된다. (▶ 오른쪽 사진에선 미소 짓고 있지만 사실은 배탈로 엄청 곤혹스러웠었다)

결혼식 후 약 한 달만에 난 다시 홀로 미국으로 돌아왔다. 신부는 미국대사관에 이민수속을 밟고 오려면 약 7~8개월의 시간이 필요하다고 했다. 난 그 사이에 공부는 잠시 멈추기로 했다. 아내를 위한 생계형 취업이 급선무였다. 다행히 미국에 오자마자 인터뷰했던 벨연구소로부터 합격통지서를 받았다. 월 450달러로 생활하다가 갑자기 연봉 2만 달러를 받는다니 하늘로 날아갈 것 같은 기분이었다. 덕분에 난 아내가 도착하기 전, 3년 간 정들었던 버지니아 학교마을을 떠나 시카고 지역에 미리 자리 잡게 되었다.

사실 벨연구소는 뉴저지의 홈델(Homdel)과 시카고 근교의 인디안힐(Indian Hill) 중 한 곳을 택하라고 했는데 난 현장 인터뷰시절 같이 일하게 될 사람들이 정겹게 보이는 인디안힐로 결정했다. 뉴저지를 택했다면 후에 박사과정이나 귀국 결정이 달랐을 수도 있었을 터이니 인생이란 묘하다는 생각도 든다.

4-1 제주도 서귀포의 성산일출봉

제주도는 신혼여행이 처음.... 분화구의 위 봉우리들이 거대한 성과 같다 하여 성산이라 하며 해돋이가 유명하여
일출봉이라 한다고. 제주도는 그 후로 수차례 가 봤지만 역시 아름다운 섬이다.
잘만 개발하면 대한민국의 명품이 될 수 있을 듯 한데 아직도 어딘가 국제적 감각이 부족한 듯싶다.

몇 년 전이더라... 저기 꼭대기에 애들을 데리고 일출을 보러 올라간 때가?

아쉽게도 구름 때문에 떠오르는 붉은 태양은 놓쳤지만 특별한 느낌을 애들에게 주었던 듯싶다.

▼ 아래는 1977년 12월28일 신혼여행 때의 모습... 다정한 모습이 너무 티 났나?

세월이 많이 흘러 이제 할아버지 할머니가 되고 말았으니 이런 분위기를 디시 연출하면 주책이라고 흉보겠지?

4-2 **부산 태종대**

항구도시 부산에서 보기 드물게 울창한 숲과 기암괴석으로 된 해식절벽 및 푸른 바다가 조화를 이루는 곳...
원래는 신선이 사는 곳이라 하여 신선대라 불렸는데 신라 태종무열왕의 활쏘는 장소였음이 알려져 태종대라 불리기 시작했다고.

◀ 부산 태종대에서 신혼부부가 또 한 컷..

당시 택시기사가 수고 많이 했을 법.

그날따라 바람이 심하게 불었다고 기억.

요즘 같으면 고작 대학생 나이인데 제법 어른스럽게 보이는 커플이다.

누군가 이 사진을 보고 젊은 시절의 내가 '소지섭' 닮았단다^^...
고맙지만 그랬다면 오죽 좋으련만^^

▶ 나의 일시 귀국과 결혼소식을 뒤늦게 들은 친구가 우리 신혼부부를
무조건 그의 활동무대인 명동 모 나이트클럽으로 불러내 한잔... 그날 밤
결국 우린 호텔신세..

강성도! 목포가 낳은 대단한 주먹이었지만 내게 가장 많은 편지를 써 준
친구였다.

그림도 무척 좋아했었는데... 지금은 내가 한 점 선물할 수 있으련만...
이제 세상이 없으니 더욱 그립다.~~~!

4-3 **이화여자대학교**

우리나라 최고의 실세 권력기관이라는 이화여자대학교.
서울대 연고대 출신의 남자들은 사회에서 서로 경쟁적이지만, 집에 들어가면 집사람들이 대부분 이대 출신이라 해서 나온 말인 듯.
남자는 결국 여자에겐 못 당한다고 하지 않던가!
흥미로운 점은... 미국 시카고 시절 함께 지내던 한인 분들의 사모님들은 90% 가까이 이 대학출신이었다는 점.

신혼여행 후 왜 여길 첫 데이트 장소로 택했냐고? 그건 한국에서 대학을 다녔으면 당연히 기웃거렸을 법한 이 캠퍼스를 꼭 한번쯤은 와 보고 싶었던 내 속마음 때문이었는데... 아마 당시 아내는 몰랐을걸~!

◀ 위 그림의 건물을 배경으로 한 아내의 졸업식 날 사진.

졸업이 1977년 2월 어느 날이었을 터이니 내가 참석하지 못한 자리.
기껏 학사모 쓰는 자리인데... 내가 와서 축하해 주면 얼마나 좋았을까 라고 편지로 하소연하는 바람에 날 괜히 미안하게 만들었었지.
아무튼 아내는 졸업 직후부터 왠지 초조함을 편지에 내 비쳐 결혼하긴 너무 일렀던 나를 고민하게 만들었고, 결국 나로 하여금 사고를 치게 만들었다니까^^
근데 왜 처녀 땐 왜 이토록 얼굴에 살이 오동포동?

부끄러운 첫날밤

사랑! 그 감정을 누가 감히 정의할 수 있으랴! 첫사랑! 그 마음을 어찌 감히 글로 표현하 수 있으리. 보고픔! 그 애달픔을 겪어보지 않은 사람이 어이 이해할 수 있으랴. 만남의 기쁨! 그 감동을 시로 쓴다고 노래가 절로 나올까.

난 얼굴본지 3일 만에 지금의 아내와 결혼을 했다. 그때 내 나이 고작 24! 철없던 시절, 결혼이 무엇인지 알 수도 없는 나이에 말이다. 사랑해서 그리 됐느냐고? 첫사랑이었느냐고? 글쎄 모르겠다. 난 사랑이 무엇인지 지금도 모른다.

1970년대 중반 미국에서의 대학원 시절이었다. 내 나이 23살이었다. 캠퍼스타운 조그마한 아파트에 같이 살던 학부생 룸메이트 동생 부모님의 권유 때문에 추수감사절 휴강기간에 워싱턴의 집엘 놀러갔다. 융숭한 점심대접을 받았다. 아마도 캠퍼스의 아들에게 형 노릇 잘 해 달라는 부탁 같았다. 그런데 식사 끝 무렵, 갑자기 한국에 정말 괜찮은 조카애가 하나 있는데 편지나 나누며 지내보지 않겠느냐고 권유를 시작했다. E대 3학년, 예쁘고 착하고 효성 지극하고... 아무튼 돌아가는 내 차에 갑자기 앨범 한 권이 실린 것은 뜻밖이었다. 그냥, 필요 없는 조카 애 사진첩이라고.

근데 그 앨범의 주인공이 내 아내가 될 줄 누가 알았으랴. 캠퍼스로 돌아 온 난 무려 3일 동안을 수십 장 앨범 속 사진들에 눈길을 주었다. 그리고 사랑에 빠졌다. 어떤 사랑이냐고? 모른다. 난 사랑을 아직도 모른다 하지 않았던가. 사랑이 뭔진 몰라도 사랑의 느낌을 받은 내가 간단한 편지를 보낸 건 필연이었으리라.

당시 아내와 난 참으로 많은 편지를 나누었다. 물론 인터넷도 없었고 편지가 태평양을 건너려면 최소 1주일은 걸리던 때였다. 처음엔 2장, 3장씩, 그러다가 7장 8장으로 늘어났고, 나중엔 15장, 20장의 편지였다. 처음엔 답장 받은 후 3~4일 만에 보내던 편지가 나중엔 1주일이 멀다하고 서로 일방적으로 써 보내는 편지로 발전했다. 사진 속 여자가 맘에 들었는지, 글 속에 비친 맘이 좋았는지는 아무도 모른다. 서로 각자 편지에 취해 스스로 세뇌 당하고 환상에 빠진 결과일 수도 있다.

아무래도 좋다. 난 펜팔친구로 삼은 지 1년 만에 내 아내로 삼기로 했다. 그리고 결국 사고를 쳤다. 편지로 청혼을 한 것이다. 이 감정이 사랑이 아니라면 과연 무엇이 사랑이냐고 자신을 합리화시키면서 말이다. 즉각 반응이 왔다. 좋아요! 기다리고 있었는지도 모른다. 고작 23살의 나이에! 얼굴도 못 본채, 결혼이 무엇인지도 모른 채, 어린 남녀들의 철 없는 행각이었다.

부모님께 넌지시 내 뜻을 비췄더니, 알았으니 일단 공부나 마치라셨다. 그 때 난 이미 박사과정에 들어가 있었고 3년은 더 필요한 시기였다. 여자는 그 사이 졸업을 한 후였다. '만나보고 신중하게 판단하라'는 말씀엔 내가 거부를 했다. '공부만 마치면 신붓감이 줄을 설 텐데 왜 서두르냔 말씀도 있었다. 하기야 그 당시는 박사도 귀했고 미국도 꿈의 나라였으니 틀린 말씀은 아니었지만, 내 귀에 들어올 리 만무했다. 만난 후 서로 마음이 달라질 가능성을 오히려 배제하기 위해서라도 결혼날짜 잡기 전엔 안 만나겠다고 고집을 피웠다. 수백 통의 주고받은 편지가 고귀한 사랑의 증거라고 주장했다. 당시 부모님의 당혹감이 어땠을가, 지금에야 아들 딸 키우는 입장에서 이해가 간다. 철없는 아들이 얼굴도 못 본 여자에 빠져 장가를 가겠다고 빡빡 우겨 댔으니!

결국 펜팔 2년 만에 난 결혼을 했다. 그리고 아내 된 여자와 35년이 넘게 살고 있다. 아무튼 세월이 많이 많이 흐른 후, 언젠가 다음과 같은 글을 썼다. 제목은 '부끄러운 나의 첫날밤'이었다.

〈부끄러운 나의 첫날밤〉

미국에서 공부하던 중 펜팔로 사귀던 여대생 에게 난 커져만 가는 첫사랑의 감정을 억제하지 못한 채 편지로 청혼을 했고 역시 승낙하는 답장을 받는데 성공했다. 부모님의 반대도 겨우 무마시켰다. 얼굴이나 보고 결정하라는 충고 말씀에 만남을 거부한 채 결혼 날짜를 잡았다. 직접 봐 절름발이면 그게 무슨 상관있으랴 했던 것이 당시 나의 거짓 없는 심정이었다. 그래서 난 청첩장이 이미 배포된 상태에서 귀국해 처음 만난 신부와 이곳저곳 인사 다니고 예물이며 예복 등을 준비하느라 정신없이 바빴던 것 같다.

그런데 정작 난 온전한 신랑감이 못되었다. 여자경험이 전혀 없었던 것이다. 그 당시 내 가슴속엔 중학교시절 읽었던 수필 한편이 깊게 자리하고 있었는데, 여자의 순결 못지않게 남자의 순결도 소중한 것이며 남자가 첫날밤에 여자에게 동정을 바치는 것은 평생 존경 받을 만 한 아름다움...식의 내용이었다. 언어학 교수 아들로 태어나 책 많던 우리 집의 수많은 책 중에서 왜 그땐 그 수필이 그리도 감명 깊게 다가왔었든지!

아무튼 난 고1때부터 개방된 미국에서 볼 것, 못 볼 것 다 보고 미국 여자들과 데이트하며 생활한 젊은이치고는 아무 경험 없이 덥석 결혼식을 치르고 첫날밤엔 전전긍긍 헤메다가 결국 실패만 반복하고 말았다. 부끄럽지만 경험 없었던 건 피차 마찬가지였으니 나 혼자만 책임질 사건은 아니겠지만 말이다.

그러던 우리사이에 이젠 아들딸들이 무려 셋이나 된다. 세월이 흐르면서 난 실패라곤 전혀 없이 성공 횟수만 네 자리숫자를 기록하게 되었다. 과연 '실패는 성공의 어머니'라던가?

중년의 나이로 접어들면서 바보 같았던 어린 시절을 회상하면 지금도 고개가 절레절레 흔들어진다. 남자의 동정은 물론, 여자의 순결을 고귀한 가치로 생각하는 난 더 이상은 아니다. 결혼은 필연이라 생각하는 외에, 펜팔결혼을 찬성하는 입장은 더 더욱 아니다. 사실 그동안 나도 많이 변질되었고 이해심도 용기도 커졌으며, 다시 태어난다면 또 다시 그런 무모한(?) 결혼을 감행하거나 첫날밤의 우를 저지르지 않을 가능성이 높을 것이다.

하지만 말이다. 하지만 요즈음 글맛을 모른 채 보내는 이메일, 글을 주고받는 의미를 상실한 채팅, 마음보다 몸이 앞서는 인터넷 이용 현실을 지켜보면서 나의 첫날밤이 부끄럽기는커녕 오히려 자랑스러워지는 것도 사실이다.

(2000년 언젠가 모 인터넷 사이트에 올린 글, 수필집, '대통령의 여인' 북콘서트, 2009에 소개)

벨연구소 출신인게 자랑스러워

예정치 않은 결혼을 하게되자 급하게 직장을 구했다. 취직한 곳은 가장 원하던 벨연구소였다. 내 근무지는 시카고 근교의 Naperville에 위치한 Indian Hill이란 곳. 교환기개발과 시스템 엔지니어링을 맡던 조직이다. 그 곳에 1978년 8월 입사하여 1983년 말까지 근무했다. 5년 반 동안, 난 IT전문가로서의 기초를 열심히 닦았던 셈이다.

벨연구소는 미국의 통신시장을 장악하던 AT&T의 (당시 회사 로고는 Bell의 이름을 상징하는 종 모양) 싱크탱크. 당시 AT&T는 자산규모 세계기업 순위 1~2위, 종업원 수 1백만 명이 넘는 초 대기업이었다. 당연히 벨연구소는, IBM의 연구소와도 비교할 수 없을 정도로 세계 최정상을 자랑하고 있었다. 초임부터 연봉도 두둑했고 혜택도 좋았다. 1983년 귀국할 무렵 월급이 4000달러였는데(약 400만원?) 당시 국내기업 초임이 20만원, 과장급이 40만원 정도였으니 말이다^^.

1978년 입사 초기엔 나는 No.1 ESS (전자교환기, 좌측 그림 참조) 팀에서 통신 데이터베이스 개발을 하다가 마지막 2~3년 동안은 최초의 디지털교환기라는 No.5 ESS 팀에서 대규모 시스템 개발에 있어서의 프로젝트 관리방법을 연구했다.(1991년 출간한 '프로젝트 관리론'이란 저서도 이때의 경험으로 집필했다) 아마도 난 UNIX와 C프로그래밍을 가장 빨리 접한 한국인 중 한 명일 것이다.

반면에 당시 한국은 통신기술 황무지였다. 전자통신연구원(ETRI)은 남산 꼭대기에서 불과 2~300명 규모로 연구기술 초보 수준이었다. 최순달 소장, 경상현 선임부장, 양승택 연구부장이 일하고 계셨다 (나중에 모두 장관들이 되심) 국가적으로는, 통신설비 확충을 위해 AT&T로부터 각종 교환기를 도입하고 있었으며 1984년 No.5 ESS를 수입하여 광화문 전화국에 설치하는 등 주로 외국장비에 의존하면서 소형 국산 교환기개발의 꿈만 꾸고 있었다 (나중에 TDX라는 국산교환기 개발에 성공하여 농어촌에 보급하기에 이르렀지만). 내가 ETRI로부터는 물론, AT&T와의 합작기업인 금성반도체로부터 (지금은 LG전자로 흡수통합되었지만) 스카우트를 제의를 받은 건 이런 연유에서였다.

한국의 벨연구소 인맥은 화려하다. 전직 정보통신부 장관들이신 경상현, 양승택, KT의 전 사장 이용경, 이상훈, 서울대 이병기 교수, 전주대 고건 전 총장...무려 1~200명에 이른다. 내 입사시기인 1978년 이전에 벨연구소에 몸담다가 귀국한 분은 불과 4~5명, 귀국 순서로 따지면 6번째라니 난 원조 통신맨 중의 한 명이었던 셈이다.

내 나이 24~29세 사이, 혈기왕성한 20대였다. 사실 우리나라 통신기술은 벨연구소 출신들의 활약에 힘입은 바 크다는 것이 중론이다. (첨언한다면... 벨연구소 출신이란 점만도 영광스러울진데.. 미국 벨연구소의 사장으로 한때 미래창조과학부 장관 물망에 올랐던, 함께 식사한 적도 있는 김종훈박사는 아마도 가장 자랑스러운 한국인이 아닐까 싶다)

5. 박사와 IT전문가로 키워준 미국 중부의 시카고, 휴가는 산과 강으로

시카고도 내 인생의 가장 아름다운 추억을 남겨준 곳이다. 우선 난 첫 직장인 벨연구소에서 통신전문가로 성장했다(◀ 왼쪽은 1980년 여름, 벨연구소에서). 5년 간의 디지털 교환기시스템 개발연구는 당시 최첨단 기술이었다.

시내의 IIT(Illinois Institute of Technology)에서 박사학위도 받았다 (▼아래 사진은 1983 학위수여식 날, 축하해 준 現 LG전자 구본준 부회장과). 원래는 버지니아로 복귀하려 했으나 벨연구소는 학위과정을 밟도록 시간과 학비를 배

려했으며 논문준비에도 결정적인 경험을 제공했다. 난 꿩 먹고 알 먹은 격이 된다.

그 곳에서 참 바삐 살았다. 일하랴, 공부하랴, 거기다가 대학 학과장님의 강력한 권유로 야간 수업에 출강까지 하는 3중고를 겪어야 했다. 그러나 미국 학생들을 대상으로 하는 강의경험은 어린 내게 '자신감'을 갖게 해 주는 중요한 계기가 되었다.

애들이 생겨 아빠 노릇을 시작할 때도 이 때다. 월세 아파트를 떠나 Warrenville에 내 집도 마련했다(▼ 아래 사진의 집). 잔디도 깎아야 했고, 작은 뒤뜰에 고추 오이도 심어 키웠다. 주말

엔 한인 동료들과 낚시도 가고 캠핑도 가고 포커도 하고... 휴가 때면 나이아가라, 뉴욕, 토론토, 세인트루이스, 멤피스, 스모키마운틴, 라스베가스 등으로 열심히 놀러도 갔고! 암튼, 직장인, 학생, 강사, 아빠... 어휴~

시카고 서부엔 당시 연구소들이 밀집되어 한인 박사 분들이 많았다. 벨연구소의 고건 님(前 전주대 총장)과 웨스턴일렉트릭의 구본준 님(現 LG전자 부회장)은 캠핑과 포커 친구들이었고, 아르곤 원자력연구소(Algone Lab., 원자폭탄이 최초로 만들어졌다는 곳), 패르미 연구소, 아마코 석유회사 연구소 등에서 일하시던 공학박사님들은 교회 찬양대 연습 끝나면 함께 테니스 치던 분들이었다. 모두 유능하신 분들.. 지금도 소중한 인연들이다.

자주 모여 파티도 했다. ▶ 우측은 당시 벨시스템에 근무하던 한국 분들이 우리 집에 모여 찍었던 사진 (뒷줄 세 번째가 양춘경 前 루슨트테크놀로지 지사장님, 다섯 번째가 김현수 삼성전자 부사장, 여섯 번째는 구본준 부회장, 끝은 입사동기 석동성 박사님... 앞줄 왼쪽 끝은 구행서 前 삼성전자 상무님... 나는 앞줄 우측 끝^^)

5-1 풍경이 아름다운 시카고 미시간 호수

시카고 경치는 단연 미시간 호수다...... 인디아나주와 일리노이주 사이에 위치한 큰 담수호...

여름엔 호수에 즐비하게 떠 있는 보트들, 근처의 솔저필드(미식축구장), 자연사 박물관, 대형 수족관, 천문대 등이 정말 볼만 하다.

◀ 왼편 사진은 1978년 아내와의 첫 시카고 시내 나들이

▲ 위 사진은, 1983년 여름, 가족을 데리고 시카고 시내구경 나들이... 미시간 호수변에 들렸을 때다. 아들 딸 한 명씩,

나이도 기분도 20대 총각인데 갑자기 대 가족의 가장이 되어버렸다...

▶ 우측 작은 사진은 1997년 여름, 미시시피에 교환교수로 있던 중 여행길에 애들을 데

리고 다시 들렸을 때인데.... 나와 비슷한 키의 애들을 보니 세월의 속도를 절감하게 된다.

5-2 시카고강

미시간호로 흘러나가는 작은 강줄기들.. 주변의 높은 건물들과 조화를 이루며 멋있다.
사실 시카고는 바람 많고 춥고 눈 많이 내리는 도시로 유명하다.

◀ 왼편은 1978년 가을, 한국에서 수속을 밟고 건너온 신부와 함께 놀러나와 시내를 걷다가 위 그림의 붉은 건물 앞에서 찍은 만 24세 새 신랑의 사진이다.
저 청재킷을 참 즐겨 입었었는데^^... 역시 젊을 땐 나도 머리숱이 많았군!

벨연구소는 시카고에서 서쪽으로 30마일쯤의 네이퍼빌(Napervelle). 집은 연구소에서 5분 거리의 라일 (Lisle)이었다. 시카고와 네이퍼빌 사이의 오크부룩 (Oak Brook)은 쇼핑타운이었고.

▶ 우측은 라일의 신혼 아파트 앞..

한국에서 도착한 신부가 고급아파트를 잘 구했다고 좋아했다.. 레이크사이드 아파트 앞에서 찍은 이 사진은 결혼 후 1년 후쯤이었던 듯... 역시 그 땐 젊었에!!

여기서 2년을 살다가 생애 처음 워렌빌(Warrrenville)에 내 집을 장만해서 이사 갔었지.

5-3 **나이아가라 폭포**

캐나다와 미국 사이에 위치한 발굽 모양의 폭포... 대단한 물줄기, 솟아올라 하늘로 퍼지는 물안개... 자연의 아름다움 그 자체이다.
당연히 사시사철 사람들이 붐비는 관광지... 이곳을 예전에 누군가가 밧줄을 타고 건넜다 했는데?

◀ 왼쪽은 1980년 사진. 한국에서 오신 장인장모님을 모시고 왔을 때인 듯.

위 그림에서처럼 보트를 타고 우비를 쓰고 폭포 밑으로 다가가 폭삭 젖으면서도 마구 웃기만 했던 추억이 아련하군.
다리를 건너 국경을 통과해 캐나다 쪽으로 가 보니 또 다른 느낌의 풍경.

10여년 후 다시 들렀더니, 근처 지역이 대자연을 앞에 두고 너무 상업화된 느낌이어서 실망.

5-4 스모키마운틴의 전망대

노스케롤라이나와 테네시주의 경계를 이루는 국립공원... 체로키 인디안 원주민들이 살았었다고...
흑곰들이 살고 있는 것으로 유명하다... 고등학교 때부터 자주 찾았던 곳.

◀ 왼쪽 사진은 1981년 여름, 스모키마운틴 정상 전망대에서 가족과.

5-5 세인트루이스 아치(Arch)

시카고와 미시시피의 중간 지점 쯤... 미시시피 강가에 우뚝 서 있는 큰 아치 꼭대기엔 엘리베이터로 올라갈 수 있다.

김밥과 휘파람

오래 오래 전, 미국 시카고 근교에서 가까운 한국 분들이 뭉쳐 하루 저녁을 함께 보낸 적이 있다. 조국을 떠난 외로움도 함께 달래가며 친목을 도모하는 몇 안 되는 벨연구소 직장 동료들의 모임이었다. 흔히들 남자들이 모이면 일, 정치, 스포츠 이야기로 싸우다가 결국 여자 이야기로 화기애애하게 끝맺음한다지만 그 날도 예외는 아니었던 듯싶다. 밤이 늦어지자 누군가에 의해 여자 이야기가 나오고, 주제는 처음 보는 여자의 신체 중 어느 부분에 가장 시선을 집중시키느냐로 집약되었다.

선택한 전공도 모두 전자통신 계열이니까 대충 적성도, 여자 보는 눈도 비슷하리라 예상했던 나의 짐작과는 달리 답들은 제각각 달랐다. 얼굴ㆍ눈ㆍ입술ㆍ가슴ㆍ몸매ㆍ허리ㆍ엉덩이ㆍ다리 등 여러 의견들이 제시되었다. 이유들도 가지각색이었다. 대화를 계속 전개시켜가면서 결국 가슴과 엉덩이로 좁혀졌는데 더 이상 의견이 하나로 모아지질 않았다. 우린 승자를 가리기 위해 두 주장들의 적합성과 타당성을 논리적으로 분석하여 가며 열띤 토론을 벌였다.

"마주보는 여자의 출렁이는 가슴과 얼굴을 번갈아가며 봐야지, 왜 얼굴도 안 보이는 뒤를 본답니까?..."

"석 박사가 아직은 순진해서 모르는 소리! 여체의 핵심은 엉덩이지요. 뒤 따라가며 몰래 움직이는 히프 곡선을 훔쳐보는 것만큼 즐거운 순간도 없지요~"

"아니지요. 태어난 순간부터 엄마 젖 물고 자라온 본능으로 봐도 당연히 유방이지요. 고 박사님은 풍만한 여자 유방을 보면 얼굴을 묻고 싶은 생각이 안 생깁니까?"

"왜 나라고 석 박사만큼 여자 가슴을 좋아하지 않겠어요? 난, 가슴에 얼굴 묻는 것보다는 여자 속에 들어가고픈 남자의 본능을 얘기하는 것이에요"

"지금 눈으로 보는 것만 말하는 중인데 고 박사님은 보기도 전에 하는 것부터 생각하고 계셨네요? 하하"

"본능적으론, 하고 싶어 보는 것 아닌가요?"

"저는 남자의 시각적인 본능을 말하고 있을 뿐이었지요"

"그러나 남자의 궁극적 본능은 씨 뿌리는 것이 목적! 씨를 제대로 뿌리려면 위 아닌 아래쪽에 뿌려야지요"

공방이 계속되었다. 꼬치꼬치 따졌으나 물론 결과는 저울질하기 힘들었다. 다 자기 취향이니 옳고 그름이 어디 있겠는가. 결국 시간이 늦어지자 누군가가 '돈 드는 것도 아닌 바에야 이곳저곳 두루두루 관찰하며 살자'고 제안을 해 남자로 태어난 동물들답게 쉽게 합의보고 헤어졌지만 말이다.

남자들은 이런 대화를 흔히 한다. 통계에 의하면 여자의 얼굴ㆍ가슴ㆍ히프가 남자의 눈길이 가는 주된 방향으로 선호도가 엇비슷하고, 그 다음에 다리ㆍ목ㆍ손 등으로 이어진다. 눈ㆍ입술ㆍ치아ㆍ피부ㆍ머리카락 등을 세심하게 관찰하는 남자들도 있단다. 얄팍한 여자의 경우는 얼굴을, 길이나 지하철 등에서 그냥 스쳐 지나가는 여자라면 눈이 가슴에 꽂힌다는 상황론도 있다.

또 이성적으로 바라볼 땐 얼굴, 감성적일 땐 가슴, 본능만 움직이면 가슴 혹은 엉덩이란다. 정말 본능적으로 남자의 씨를 받아 아이를 생산하고 젖 먹여 키움에 있어 엉덩이와 유방이 가장 필요해서일까. '쭉쭉 빵빵'은 바로 그 뜻일까. 굳이 따진다면 가슴이 1위였다. 여자들이 가슴확대 성형 수술하는 이유가 바로 그 때문이다.

나이에 따라 달라진다는 설도 있다. 10대는 얼굴, 20대는 가슴, 30대는 히프, 40대는 허벅지, 50대는 다리 각선미, 60대는 발이란다. 그럼 70대는? 두런두런 살피거나 이젠 대충 살다가 죽으란다. 눈의 초점이 얼굴에서 시작해 발까지 내려오면 이미 살만큼 다 살았다는 증거란다.

반면 여자들은 남자의 엉덩이, 어깨, 손을 본단다. 허벅지나 목이나 팔뚝도 다 엉덩이·어깨·손과 연결된 부분에 불과하다. 착, 위로 올라붙은 탄탄한 엉덩이, 그 밑에 쭉 뻗은 두 다리, 쩍 벌어진 어깨, 듬직한 손이 매력 포인트란다.

물론 키도 중요하고 체구도 든든해 보여야 끌린다. 여자에 따라 우뚝 선 콧날을 보고, 팔다리나 배꼽 주변에 난 시커먼 털에 '필(feel)'이 꽂힌다는 여자도 있다. 굳이 따진다면 여자의 선호대상 1위는 남자의 엉덩이다. 본능적으로, 씨 뿌리는 능력을 보겠다함일까. 근데 얼굴은 크게 안 따진다. 신통치 않게 생긴 남자가 기막힌 미모의 여자를 끼고 거리를 활보하는 이유를 알만하다. 물론 여자에 따라, 남자의 눈빛과 입과 피부와 귀를 보는 경우도 있단다. 야성적인 여자는 이지적인 남자를, 여성스러운 여자는 우람한 체격의 남자를 선호함은 당연하리라.

그러나 이 모든 신체 조건들이 과연 얼마나 현실적일까. 한국의 김혜수와 미국의 안젤리나 졸리가 꼭 풍만한 가슴 때문에 섹시 미인이고, 코리아의 장동건과 아메리카의 브레드 피트가 올라붙은 엉덩이 때문에 섹시 미남으로 인성받는 이유는 아닐 것이다. 매혹적인 분위기의 여배우들과 은근한 카리스마의 남자배우들, 사실은 '플러스 알파'가 결정적인 인기의 비결 아닐까. 일반인에겐 더욱 그렇다. 바람에 휘날리는 머리카락이, 애교 있는 미소 한번이, 무심코 잡아 준 손의 감촉이, 전화로 들려오는 다정한 한 마디가 현실에선 더욱 결정적이란다.

자꾸 따라다니는 '살짝 곰보' 남자를 마침내 뗄 작정으로 마지막 데이트에 응하고 고수부지에 앉아 이별을 고하려는 바로 그 때, 무심코 불어대는 남자의 감미로운 휘파람 소리에 마음이 녹아 시집 간 여자가 내 초등학교 동창이다. 맞선 본 후, 몇 번 만나긴 했지만 심사숙고 하고 있던 차에, 갑자기 찾아온 여자의 점심 데이트를 따라나서 과천 모 미술관 잔디에 앉아 준비해 온 옆구리 터진 김밥을 몇 개 얻어먹고선 초고속 결혼으로 강행했던 노총각이 내 중학교 동창이다. 여자의 가슴? 남자의 엉덩이? 글쎄, 그 땐 서로 얼마나 훔쳐봤을까는 난 모르는 일이고.

문득, 결혼 전의 '여자의 가슴을 즐겨보는 남자와, 남자의 엉덩이를 좋아한다는 여자'가, 결혼 후엔 반대로 '남자의 가슴에 안기는 여자와, 여자의 엉덩이 위에 다리 하나 걸치고 잠자는 남자'로 바뀌는 것이 현실이리라는 생각도 스친다. 아닌가?

근데 이 순간, 김혜수의 김밥 만드는 솜씨와 장동건의 휘파람 부는 실력이 갑자기 궁금해지는 건 왜일까.

(내 수필집 '대통령의 여인', 북콘서트, 2009년에서 발췌)

불고기 덕분에 너무도 쉽게 딴 박사학위

내게 있어 학위는 필수적이었다. 공부가 좋아서는 아니었다. 공부 즐기는 사람이 어디 있남. 단, 교육자 집안의 장남으로 태어나 박사는 당연히 되어야하는 것으로 세뇌 받으며 살아왔기 때문이다. 벨연구소에 입사하면서 버지니아공대로의 복귀를 포기한 후 시카고 시내의 기술위주 사립대학인 IIT를 선택했다. 시간을 쪼개 공부하기가 힘들었을 뿐, 입학상담 첫 만남부터 학과장님이 어찌 그리 잘 봤는지 당장 야간 강의를 맡아 달라는 등, 학교생활은 순조로웠다.

약 2년 반 동안 일주일에 하루는 낮에, 하루는 야간수업을 들었다. 어떤 과목은 원격교육으로 벨연구소 내부 강의실에서 직접 들을 수도 있어 시간절약에 큰 도움이 되었다. 그런데 대부분의 교수님들이 날 제법 우수한 학생이라고 인정해 주는 가운데 오로지 한 분만이 편한 대화를 나누기엔 너무 위엄이 서려있어 범접하기 힘들었다, 미소조차 없는 원로교수님, 교실 밖에선 그 누구와도 제대로 정겨운 대화를 나누는 모습을 본 적이 없는 분, 내 지도교수인 Spencer Smith 박사셨다.

논문지도를 받기 시작하면서부터는 걱정이 커졌다. 준비해 간 연구결과(벨연구소에서 연구하던 내용을 학술적으로 재해석한 내용)를 설명하면 고개만 끄덕이다가 2주 후에 다시 보자는 식의 딱딱한 말씀이 반복되었다. 논문진행 4개월쯤 됐을까? 나는 고민 끝에 하루는 무작정 지도교수님을 점심식사에 초대하고(교수 식당에서 식사하자는 말씀을 무시한 채) 시카고 한인타운의 불고기 집으로 차를 몰았다. 그런데 신기한 일이 벌어졌다. 식사 중에 처음 보는 미소가 흘러나왔다. 자식은 없고 사모님이 편찮으시다는 얘기도 처음 들었다. 날 늘 눈여겨 지켜봐왔다고도 하셨다.

2주 후, 다시 교수님을 찾아뵈니 얼굴에 환한 웃음을 보이며 반겼다. 대단한 반전이었다. 그리고 내 논문진도 상황은 듣는 둥 마는 둥이더니, 대뜸 "Mr. Lee, 한 달 후 논문 발표하고 학위 마치지 그래?" 하시는 게 아닌가! 깜짝 놀라, "교수님, 저 논문 시작한지 몇 개월 되지 않았고 연구결과도 미흡한데, 이번 학기 졸업이라니요?!" 반문할 수밖에! 그랬더니, "지도교수가 충분하다는데 왜 학생이 안 된다는 판단을 내리나?' 라며 되려 날 꾸짖으시는 것 아닌가.

아무튼 3개월 후 난 졸업식장에서 학위증을 수여받았다. 내 나이 만 스물여덟이었다. 단 한 끼의 불고기 스킨십이 이런 효과를 낼 줄이야. 나처럼 쉽게 학위 받은 사람이 또 있을까? 하하

논문 제목은..Applications of Operations Research and Management Information System Concepts to Management of Large Software Projects... 무지 길었는데... 내용은 한 마디로 'IT 프로젝트관리 방법에 관한 연구'였다.

▲ 위 왼쪽 그림은 당시 선풍적인 인기를 끌던 소니 워크맨

6. 첫 해외여행은 영국·프랑스·독일·스위스· 이태리 등 유럽 7개국

　박사학위를 받은 후 슬슬 조국의 품으로 돌아오고 싶은 욕심이 생겼다. 아니, 귀국은 내가 수년 전부터 계획하고 있던 바였다. 비록 어릴 적 시골을 떠나와 세월이 많이 흘렀고, 대한민국에서 날 이끌어줄만 한 선배도 스승도 친척도 없지만, 마침내 영구 귀국을 결정했다. 난 미국 시민권에 좋은 직장, 집·가정 등 모든 것이 안정되어 있었고 아내는 과히 탐탁치 않은 눈치였는데 말이다.

　귀국하려다보니, 갈만 한 곳은 여럿 되었다. IT황무지 시절, 우리나라 기업들, 연구소들, 대학들 모두가 가능할 것 같았다. 사실 전자통신연구원으로부터의 문의는 이미 여러 차례 있었고 서울대학교와는 이야기는 오갔으나 미국시민권이 걸림돌이 되었는데, 갑자기 KAIST와 이야기가 술술 풀리더니 전산학과 조교수직이 제안되어 왔다. 그러나 많은 생각과 번민 끝에 나는 LG그룹과 AT&T와의 합작회사인 금성반도체로(現LG전자) 귀국을 결정했다. (이어지는 IT인생 이야기 참조바람) 예우조건은 이사 대우 연구본부장, 갓 스물아홉의 젊은이에겐 가히 파격적이었다.

　1983년 여름, 귀국을 결정한 후, 일단 유럽으로 휴가를 떠나기로 했다. 귀국하면 또 다시는 해외여행이 불가능할는지 모른다는 우려 때문에. 애들은 부모님께 맡기고 아내와 단 둘이 떠난 유럽 7개국으로의 패키지여행이었다. 뉴욕에서 시작하여 영국, 프랑스, 스위스, 이태리, 오스트리아, 독일, 네덜란드로 2주간의 버스여행엔 미국 이곳저곳에서 뉴욕으로 모여든 미국인 동행자들이 많았다. 여행기간 내내 버스 운전사 옆 좌석에 앉아 콧노래를 부르던 50대의 가이드 모습이 떠오른다. 요즘은 한국 사람들도 해외여행을 참 많이 다닌다. 그러나 당시는 러시아나 중국은 출입불가, 유럽은 호화판, 미국도 멀게만 느껴지던 시절이었다.

　국민소득 몇 천 달러에 불과한, 대기업 초임이 20만원도 채 안 되는 약 30년 전의 이야기다. 이 첫 여행이후 유럽엘 수차례 드나들게 되면서 평생 아내와의 유럽여행이 쉽지 않으리라고 생각했던 것이 지나고 보니 우스꽝스럽지만, 결과적으론 의미있는 여행이었다는 생각이다. 행복했던 아내의 모습이 당시 사진들을 보면 역력히 나타난다. 하기야 결혼 6년째의 아직도 신혼이었으니~

（▶ 우측 사진은 당시 이태리 베니스에서)

6-1 영국 국회의사당

민주주의가 실천되는 곳?

다리 위에서 어색한 표정으로 한 장.... 그 때 찍은 사진들은 모두 슬라이드로 찍었는데 나중에 인화해 보니 전체가 모두 시꺼멓게 나왔던 듯... 그 후로도 유럽 다른 나라들과는 달리 영국은 단 한번밖에 못 가봤는데 다시 가고픈 나라다. 물가 가 너무 비싸서 관광하기엔 안 좋다던가?

한 때 세계를 지배하며 해가 지지 않았던 영국.. 왕실의 경찰들은 복장이 특이...

아내가 쫓아 달려가 ▶ 이 사진을 함께 찍고 좋아했다고 기억.

6-2 **프랑스 파리의 에펠탑**

처음 사진에서만 보던 에펠탑은 신기하면서도 철강골조가 앙상하게 남아있는 괴물처럼 보였다.
그러나 열심히 엘리베이터를 타고 올라가던 기억이 난다... 비스듬히 올라가던가?
파리는 그 후로도 서너 번 가 봤다. 갈 때마다 눈에 가장 먼저 띄는 게 바로 이 탑이다.

6-3 몽마르뜨 언덕
파리 시내가 한눈에 보이는 풍경과 화가들이 즐비한 거리, 그리고 정상에 서 있는 성당

◀ 몽마르뜨에서의 아내.

무명의 화가들... 그림들을 보며 사주고 싶은 충동~

한국의 프랑스마을인 서래마을의 우리집 주소가 한 때 몽마르뜨
길이라 했는데, 혹시 이 여행의 인연으로? ㅎㅎ

6-4 **모나코**

작지만 부자나라.... 모나코 도박장을 들어가 보니 라스베가스와는 또 다른 분위기였다.

모나코는 많은 배들이 정박하고 있는 아담한 부두가 절경이다.
바다 반대쪽은 절벽. 그래서 큰 나라들의 침략에서 무사할 수 있었나보다.

◀ 사진을 찍고 있는 곳은 할리우드 영화배우 출신의 그레이스 왕비가 있던 왕궁 근처.. 그 곳에서 부두를 내려다보며 난 내 왕비의 사진을 한 컷 찍어줬다.

그 후 모나코는 1990년도 경. 세계정보윤리대회 (Info—ethics)에 한국대표 자격으로 또 들렀다. UNESCO가 주관한 이 회의에는 컴퓨터와 통신 관련 전문가들이 많이 동참했는데.. 정보윤리를 단순한 사생활보호나 지적소유권 차원이 아닌, 보편적 복지와 인터넷 정보의 자동 번역을 요구하는 개발도상국들의 주장이 다양해서 흥미로웠던 듯. 음란물 규제에 관해서는 대부분 매우 진보적이었고!

모나코의 인구는 약 3만 명밖에 되지 않지만 타 국가들로부터 온 유동인구가 많아 제법 북적거리는 곳이었는데. 처음보다는 감흥이 약했다. 서쪽으로는 니스. 해변으로 나가보니 모두가 가슴을 드러내놓고 선텐을 하고 있었는데 아가씨들이 아니라 주로 할머니들이어서 실망... 니스에서 조금만 더 가면 영화제로 유명한 칸느라고.

6-5 스위스 루체른

루체른은 스위스의 대표적인 작은 정원 도시

◀ 평화롭고 아름다운 알프스의 마을에서 경치에 취하다가 사진 한 장.

영화 '사운드 오브 뮤직'에 나오는 알프스 산도 이곳을 통해 올라가는데. 기차를 타고 올라가 보니 정말 장관이었다. 산 위는 눈이 쌓여있고, 산 아래는 녹색 언덕의 연속... 쥴리 앤드류스의 노래가 콧노래로 흘러나온다.

세월이 30년 가까이 흘러 2005년도에도

'세계미래학회'를 개최한 이 장소를 방문했는데 다시 이 마을의 아름다움에 심취하여 호숫가를 어슬렁거리며 다녔다.

근데 스위스는 음식이 별로더군.. 굳이 전통음식이라는 폰듀를 (치즈를 녹여 빵을 찍어먹는 음식) 시도해 봤는데 된장찌개 생각만 어찌나 간절하던지~

6-6 이태리 로마 콜로세움

모든 길은 로마로 통했다는 고대 강국의 수도 로마.
고대 원형 경기장... 고대 폭군들이 백성을 통치하기 위해 베푼 잔인한 잔치무대

◀ 영화 벤허(Ben-Hur)가 생각나는 곳... 사실 벤허를 찍었던 마차 경기장도 주변에 있었지만 별로 볼 게 없더군... 로마는 생각보다는 건물들이 아담했다고 기억된다. 무너져가는 이 경기장의 성곽은 자주 보수 수리하는 듯... 밖에 나와 조용히 쉬면서 사진 한 장.

그 후로도 로마는 서너번 들렸는데... 정열적인 이태리인들을 말해주는 듯이 교통은 엉망이고, 축구경기가 열리는 시간이 되니 아무데나 주차해 놓고 들어가 TV들을 보는지 길도 헝크러지고.... 곳곳마다 젊은 남녀의 길거리에서의 애정행각이 유별나고.. 또 마치 우리나라 순대를 파는 간이음식 마차들이 곳곳에 눈에 띄어... 우리와 이태리의 공통분모는 어디서 유래한 것일까 잠시 생각에 젖었었다.

가족애가 지극하면서도 성급하고 정열적임과 동시에 폭력적인... 이태리인들의 주무대였던 영화 대부 (The God Father)의 장면들도 떠오른다.

1985년도 LG그룹 근무 시절. 이태리의 유명한 올리베티(Olivetti)사와의 합작 사업을 추진하면서 로마와 밀라노를 자주 들렸는데... 그래서인지 이태리는 유럽 국가들로는 제법 친근감을 느낀다. 여동생의 남편이 이태리계 미국인이기도 하고!

6-7 이태리 피랜체

▲ 아무튼 여기서도 정겹게 사진 한 장~

영어로는 플로렌스... 로마 북서쪽 200Km쯤...
르네상스 문화의 중심... 거리 전체가 박물관이다.
지붕이 온통 붉은 색의 도시.
세계 제2차 대전 때 연합군의 공습을 받았지만 13~15세기 작품들이
아직도 많이 남아 있는 예술의 도시라고.
미켈란젤로의 작품들이 많다던가.

6-8 피사의 사탑

쓰러져가는 요것 하나를 보려고 버스로 강행군, 이태리 동북쪽으로 먼 길을 왔다.
위험을 무릅쓰고 계단으로 올라가 보기도 했는데 요즘도 허용하는지는 모르겠군.
언젠가는 결국 쓰러지려나? ㅎㅎ

◀ 좌측 사진은 시커멍스 분위기.. 사진은 엉망이지만 그래도 사탑의 형체는 뚜렷^^
우리 부부, 피사의 사탑을 직접 와 본 것은 사실이죠?

6-9 독일 라인강가의 마을

여기서 배를 타고 가다보면 강 양쪽에 작은 성들이 즐비...
옛 독일 귀족들의 호화 생활을 짐작할 수 있고... 잠시 가다보면 그 유명한 로렐라이 언덕도 보이더군.

독일은 라인강 주변을 제외하곤 이상스레 별로 정감이 안 가는 나라다.
왠지 딱딱한 느낌.. 히틀러에 대한 반감이 선입견으로 작용한 탓일까?
그래서인지 그 후 독일은 거의 못 가본 듯.

술 체질도 아니고 맥주 맛도 몰라 독일 맥주 시음은 못 해본 듯 싶은 데 지금은 약간 후회~

◀ 그래도 폼 잡고 사진 한 장은 찍어야지?

▶ 오른 쪽 사진은 뮌헨 길거리에서 본 내가 세상에서 본 가장 작은 차였는데...
벤츠, BMW 등, 독일이 왜 자동차 강국인지 가늠케 해주었다.
당시는 나만 신기한 게 아니었는지 독일 사람들도 함께 구경?^^

6-10 **네덜란드의 암스텔담 중앙역**

이 도시의 중앙에 위치한 상징적인 명물.... 디자인과 색깔이 정말 특이하게 컬러플하다.

히딩크의 네덜란드는 특색 있는 나라임에는 분명한데....
무엇으로 선진국 수준을 유지하는지...
왜 카페가 마리화나를 피우는 공간인지..
홍등가는 왜 존재하는지... 이들의 개방성의 유래는?
난 아직도 궁금하기만 하다.

네덜란드하면 연상되는 것이 바로 풍차 아닐까.
사실 암스텔담에도 이젠 30여개 밖에 남지 않았단다.
▶ 우측 사진은 2004년도에 출장 차 다시 들렸을 때 찍은 사진...
바람이 몹시도 심하게 불던 날이었던 듯.

풍차 안에 들어가 그 원리와 밖에서 보기보다는 그 거대한 크기
에 놀랐는데.. 실제 방앗간 역할을 했었다고.

하필이면 왜 당신?

지구상엔 많은 사람들이 산다. 스스로 결정하고 태어난 사람은 아무도 없다. 본의 아니게 태어나 전 세계에 살고 있는 사람의 수가 현재 무려 60억이란다.

왜 난 아프리카 아닌 대한민국에서 태어났을까. 왜 나는 백인이 아닌 동양인일까. 왜 우리 부모는 그 분들일까. 왜 거울 앞에 비친 내 모습은 이럴까. 글쎄다. 어차피 선택권이 없이 시작된 인생이었다. 그 날 밤, 아버지의 3억 개 정자 중에서 딱 한 개가 엄마의 난자를 만나 잉태된 게 바로 나다. 운이 따라 줘 로또복권 당첨되는 바람에 대박 터진 밤이었다. 운명적이었을 뿐이다.

태어난 후도 마찬가지다. 그 동네에서 자랐다. 어찌하다보니 그 학교를 다니게 되었다. 많은 사람들을 만나 지내온 것도 아니다. 그 곳에서 친구를 만들었고, 거기서 그 사람들을 만났고, 그 대학을 졸업한 후 그 곳이 좋다기에 취직해 들어갔다. 그 사람과 인연이 닿아 결혼을 했고 또 애들이 생겨났을 뿐이다. 내게 선택권은 있었다지만, 좁은 영역에서의 적은 선택권이었으며 사실은 지금까지도 우물 안 개구리에 불과하다. 넓고 광활한 지구촌이라지만, 대한민국 서울의 어느 조그마한 집에서 먹고 자며 한두 군데만 열심히 왕래하는 일을 매일 반복 중이다.

그러나 잘난 사람, 못난 사람, 사실은 다들 똑같으리라. 60억 인구 운운하지만 나와는 크게 상관없는 일! 아마도 고작 그 사람들과 더불어 이렇게, 이렇게 살다가 그렇게, 그렇게 죽게 되리라. 이 모든 것은 운명적이니 말이다.

아무튼, 그 운명 속에서 우린만나고 우정을 나누고 사랑을 한다. 옛날 노래가 생각난다.

"모래알 같이 많은 사람들, 하필이면 왜 당신이었나~."

정말 세상은 넓고 남자 여자들은 많은데 우린 그 중에서 단 한 명만을 골라 결혼을 하고 그와 또 다른 생명체들을 탄생시킨다. 많은 사람을 만나본 후 고심 중에 선택한 것도 아니다. 고작 몇 명이었다. 우연히 만나, 그렇게 진행되는 듯싶더니, 이렇게 되었다. 하필이면 왜 당신일까? 모르겠다. 우연 아닌 운명이었기에 가능했으리라고 짐작될 뿐이다. 어쩌다가 사랑까지 하게 되었을까? 전생의 무슨 인연이 있었던 걸까?

우린 평생 몇 명의 사람들과 만나다가 죽게 될까. 잠깐이라도 대화를 나누며 지내는 사람들이 기나긴 삶 동안 몇 명이나 될까. 1천 명이라면 너무 적다고 할까? 평균 2천 명쯤 될까? 아니면, 5천 명? 글쎄다.

아무래도 좋다. 결국 백사장의 모래알같이 많은 사람들 중에서 내 인생을 만들어 주는 사람들의 수는 평생을 따져도 고작 한 주먹밖에 안 되지 않는가. 그 중에서 내가 좋아하는 사람들의 수는 몇이나 될까. 쥐었던 손을 편 후 손바닥에 남아있는 수백 개의 모래알 정도에 불과하지 않을까. 누구든 휴대폰에 등록된 사람들의 수가 1천 명 넘기가 쉽지 않단다. 그렇다면 얼마나 소중한 모래알들인가.

　그 중에서도 내가 사랑하는 사람들은 얼마나 될까. 극소수에 불과하지 않겠는가. 모래 묻은 두 손을 열심히 털고 난 후 남아있는 몇 개의 모래알 정도 아닐까. 얼마나 귀중한 몇 개인가. 얼마나 무섭도록 소중한 인연들인가. 이들이야말로 바로 사랑하는 사람들의 표상이 아닌가. 백사장에서 선택한 모래알 한 개, 어찌 이 사람이 우연이겠는가!

　난 아내와 펜팔친구로 만나, 편지로 청혼하고 편지로 응답받고 편지로 약혼했다. 첫 만남 때 이미 청첩장이 뿌려진 상태였다. 만난 적도 없는 여자, 태평양이 사이에 있어 쉽게 만날 수도 없었던 여자였다. 당시 어찌 그토록 무모한 결혼이 가능했을까. 나 자신도 이해가 안 된다. 내가 그 해 추수감사절 휴가 때, 워싱턴에 놀러가지만 않았어도, 그 한국 분들을 그 곳에서 만나 한국의 여대생 조카를 소개받지만 않았어도, 모르는 그 여대생에게 편지만 쓰지 않았어도, 얼굴도 못 본 여자와 웬 결혼을 벌써 하느냐는 부모님의 반대를 따르기만 했더라도, 아마 내 아내는 다른 남자의 여자였으리라. 운명적인 만남! 필연적인 결혼! 그 외에 다른 해석이 안 되는 경우다. 그렇게 이 세상의 그 많은 여자들 중에서 아내와 만나 지금껏 함께 살고 있다. 지독하리만큼 무서운 인연! 그래서 '천생연분'이라 하나.

　그렇다면 인연은 노력으로 만들어지는 걸까, 아니면 예정된 시각에 예정된 곳에서 나타나는 걸까. 난 후자라고 본다. 인연의 예정론을 믿는다. 필연적으로 만나야 하는 사람들을 만나며 살고 있을 뿐이라고 확신한다. 다만 가끔씩 그 인연이 스쳐 지나가는 우연인지 정을 나누게 될 필연인지 쉽게 판단이 안 설 뿐이다. 그래서 어떠한 모임이건, 누구와의 만남이건 소중히 여기는 자세는 매우 중요하다는 생각이다.

　매 학기 첫 강의에서도 같은 말을 한다. 그 많고 많은 대학들 중에 이 대학에 와서, 수 없는 교수들과 과목들 중에서, 하필이면 내 강의를 신청하고 이 교실에 앉았다면, 너희들과 난 이미 우연이 아니라고 말이다. 그러니 서로에게 소중한 필연이 되도록 한 학기를 함께 잘 보내자고 말한다. 기억나는 교수님들, 누구든 평생 열 손가락도 안 될 텐데 10년, 20년 후에도 기억나는 교수가 되도록 노력하겠다고 속으로 다짐한다.

　우리 만남은 우연이 아니라 했다. 맞다. 사랑은 정말 운명이다. 남자들 30억이 바글거리는 세상, 여자들 30억이 득실거리는 세상에서 만난 사이인데 어찌 우연이겠는가. 3억 분의 1 확률로 운 좋게 태어난 내가 30억 분의 1이라는 확률로 만난, 무서운 인연의 나와 당신이다.

　하필이면 당신이기에, 더욱 소중히 여기며 사랑해야 하리라.

(에세이집 '대통령의 여인, 북콘서트, 2009년'에 수록됐던 글)

KAIST 교수직을 포기한 건 잘했던 일? 실수?

어디로 귀국할까? 1983년 당시는 IT 황무지 시절, 우리나라 기업들, 연구소들, 학교들 모두가 가능하게 여겨졌다. 아닌게아니라, ETRI가 유혹하고 고려대학교도 좋은 반응이었지만, 특히 내가 원했던 KAIST와는 금방 확정적인 이야기가 오고가기 시작했다. 난 소프트웨어공학을 맡기로 했다. KAIST는 당시 그 위상이 지금과는 비교가 안 될 정도로 하늘을 찌르던 때! 난 대한민국의 최고 대학에서 교수가 되리라는 꿈에 부풀었다.

그런데 사건이 벌어졌다. LG (당시 금성)의 구두회 사장님과 민병준 전무님이 해외과학자 유치목적으로 시카고에 찾아와 뿌리칠 수 없는 유혹을 한 것이다. 나는 일시 귀국하여 KAIST에 들려 정식계약을 하든가, 아니면 LG로 결정하든가, 양자택일하기로 했다. 여행비는 물론 LG가 담당!

일시 귀국 길엔 구본준님 (당시 구자경 회장 3남. 現 LG전자 부회장)이 동행해 주었다. 포커 친구 사이로서, 날 유치하려는 LG의 의도에 힘을 보태고 싶었던 듯하다. 그런데 그 일시 귀국 여행이 사실 결정적이 되고 말았다. LG 회장님 이하 금성반도체의 친절은 젊은 나를 일주일 내내 뿅~ 가게 했다. "이형, 먼저 들어와 일하세요.. 나도 일 년 후 올게요. 함께 잘 일해 봅시다"... LG의 장래 실세인 구본준님의 유혹도 정말 뿌리칠 수 없었다. 결국 KAIST엔 죄송하다는 말만 전했을 수밖에. 사실은, 번민 중에 미국의 아버님께서 전화로 주신 조언이 크게 작용했다. "교수직 평생 해 봤지만 별 볼일 없으니 다른 직업으로 화끈하게 살아보라"는 말씀!

그렇게 해서, 내 귀국은 금성반도체로 결정되었다. 스물아홉 나이에 대기업 연구본부장, 컴퓨터와 통신연구 총괄, 이사 대우로 월급 180만원 (당시 신입사원 월급이 18만원, 과장급이 40만원 시절), 개인 사무실에, 자동차에, 45평 규모의 강남 아파트 구입 전액 보조, 이삿짐은 콘테이너로 얼마든지... 월급만 달랑 45만원 준다던 KAIST와는 대우 면으로는 크게 비교가 되었다. 당연히 금의환향 수준! 1983년 말, 그 땐 삼성·LG 통틀어, 해외과학자의 기업유치가 거의 없던 시절이니 가능했을 것이다. (예로, 삼성의 진대제 前 장관도 나보다 1~2년 후 귀국한 듯)

나중에 회사를 떠나 외국어대로 자리를 이동하면서 (배경 설명은 다른 IT인생 이야기에서 하기로 함), 내가 KAIST 전산학과 교수직을 뿌리쳤던 것을 후회했던 적도 있다. 그러나, LG생활은 내겐 정말 소중한 경험이었으며 학자로서의 활동에도 큰 도움이 되었다. 아무튼 KAIST와 LG그룹에 뒤늦게 죄송하다는 생각이다.

◀ 좌측 그림은 귀국 전인 1981년도 경, 재미로 사서 즐기던 세계 최초의 PC인 8-비트 애플컴퓨터 (IBM PC도 없었던 시절)... 지금 생각하면 한심한 기계였는데 벨연구소 동호인끼리 좋다고 희희낙락^^

7. 짧은 기간 동안 즐겁게 살았던 곳, 실리콘밸리와 미국의 서부

1983년 12월 초, 벨연구소에 사직서를 제출했다. 5년 반 동안의 통신연구 경험, 박사학위를 받게 해 준 배려, 신혼을 편안하게 보낼 수 있도록 해 준 지원 등을 생각하면 좀 미안하긴 했다. 그러나 어쩌랴! 세계에서 인종과 상관없이 몰려 든 인재들이 미국을 위해 열심히 일하는가 하면 나처럼 다시 돌아가는 사람도 있을 수 있는 법이거늘! 몇 년 간 정들었던 집도 팔았다. 주변 분들에게도 작별인사를 했다.

난 서울로 귀국하기 전, 몇 개월간 실리콘밸리에서 상주하라는 명을 받았다. 당시는 LG, 삼성, 현대 등이 모두 실리콘밸리에서 반도체와 컴퓨터 사업추진을 위해 미국기업들과 교류를 시작하고 있을 때였다. 그 곳에서의 내 임무는 UNIX용 소프트웨어 솔루션 대책 강구! 당시 금성반도체가 AT&T의 UNIX 기반 중형 서버인 3B 컴퓨터를 판매하기 시작했는데 기본 한글용 소프트웨어조차 없다는 것이었다. 많은 소프트웨어 기업들을 만나며 난 나름 즐겁게 일했다. 책상만 지키던 벨연구소와는 분명 박진감이 넘치는 생활이었다.

사무실은 샌프란시스코 남쪽의 서니베일(Sunnyvale, ▲ 위 사진이 사무실 모습인데 역시 실리콘밸리 건물답다). 임시 거주는 나 보다 6개월 먼저 귀국하면서 미처 살던 집을 매매하지 못한 이희국 박사(前 LG실트론 대표이사, 現 LG그룹 기술협의회 의장)의 집에 머물기로 했다. 근처에서 일하던 남동생도 잠시 함께 와서 살았다.

그곳에 머무는 사이, 본사 분들의 내방이 잦았다. 반도체 사업을 일구기 위한 중역들과 각종 컴퓨터 하드웨어 OEM사업을 위한 상담 차였다. 난 그들과 어울리며 자연스레 LG 맨이 되는 듯싶었다.

미국에서 제법 오래 살았지만 특히 캘리포니아는 날씨가 정말 환상이었다. 무덥던 미시시피, 춥던 시카고와 달리 언제나 초여름 날씨여서 천국처럼 느껴졌다. 당연히 난 주말만 되면 주변을 열심히 쏘다녔다. 샌프란시스코는 볼거리들이 많았다. 부두(Bay) 지역, 금문교(Golden Gate Bridge), 더 북쪽으로 올라가면 와인 생산지로 유명한 나파밸리(Napa Valley) 등이 관심의 대상이었다. 또한, 산호세(San Jose) 남쪽의 해변과 요세미티 국립공원도 빼 놓을 수 없겠다.

갑자기, 산호세의 한국식당 비원의 자장면 맛이 생각난다.^^

7-1 샌프란시스코 금문교

멀리서 보면 멋지다. 햇볕을 받으면 새빨갛다. 우리나라 한강다리도 하나만은 이토록 상징적이면 좋을텐데..

7-2 요세미티 국립공원

산과 바위와 나무와 물..... 천연의 요새 같다.

▲ 요세미티 입구에서.... 애들을 데리고 간 게 이토록 분명한데 다들 기억에 없다고... 사진은 남동생이 찍어주었나?

귀국을 앞둔 가족과의 미국 야외 나들이... 어쩌면 가장 행복했던 시절이었는지도 모르겠다.

야구해설가 허구연을 위한 PC 밀수사건

1983년도 말, 귀국을 준비하는 중에 구본준님(現 LG전자 부회장)이 부탁을 해 왔다. 컴팩 PC 하나를 사서 한국에 배달해 달라는 것이었다. 덕분에 골프클럽 한 세트까지 귀국 겸 입사 선물로 이삿짐에 포함되는 일이 벌어졌는데 그 사연은 다음과 같다.

당시는 미국에서 막 PC붐이 일던 시기였다. IBM이 PC를 판매하기 시작한 것이 1981년이었는데 귀국 무렵인 1983년도에 컴팩(Compaq)이 포터블 PC, 즉 가지고 다닐 수 있는 PC를 만들어 선풍적인 인기를 끌고 있었다. 바로 그 포터블(portable) PC를 전달받을 사람은 당시 MBC야구해설가 허구연씨, 구본준님의 고등학교 동창친구라고 했다. 야구해설을 위한 각종 기록 관리용, 야구장 현장 해설 때 가지고 다닐 수 있어야 한다나? 노트북은커녕 PC조차 귀했던 시절, 대단한 선견지명이 있는 분이 아니었나 싶다.

그 후, 귀국해서 세관에서 찾은 그 밀수품은 허구연씨에게 잘 전달되었고 (물론 PC 구입비용은 그 분이 지불) 나는 인천 모처에서 사례로 술 한 잔을 얻어 마신 기억이 난다. 그 후, TV에서 PC를 자랑하는 허구연씨의 해설을 들을 때마다 미소를 지을 수 있었는데 (나중엔 야구 관련 정보제공 사업도 했던 것으로 기억^^) 언젠가 '무릎팍도사'에 나온 그를 보면서 또 옛 생각을 하며 혼자 웃었다.

근데 기억해 보니 웃기는 사실 하나! 컴팩 PC의 가격은 그 때 4천 달러 가까이 지불한 것 같은데 (지금 화폐가치로 도대체 얼마일까?) 그 스팩이 지금 생각하니 재미있다. CPU는 인텔 8088 (4.77MHz), RAM은 640K, 모니터는 흑백 9인치, 한 줄에 영어문자만 80자 가능, 2개의 플로피 디스크 드라이브, 물론 MSDOS가 기본 OS였다. 지금 같으면 단돈 만원도 아까운, 박물관 전시용이 아니라면 아무짝에도 쓸모없는 기계 아니겠는가.

왜 또 그리 무거운지! 무게는 무려 14kg! ▼ 아래 그림에서처럼 말이 좋아 포터블이지, 이동을 위해 손잡이 있는 케이스를 씌우면 무슨 옛날 구식 재봉틀 기계 같은 모습으로 묵직하게 느껴지는 것이었다. 하기야, 허구연씨는 운동선수 출신이니 상관없었을 것이고, 또한 폼 잡는데 일품이었겠지만 ㅎㅎ .. 아무튼 나도 간접적으로 우리나라 야구발전사에 기여했다고 스스로 생각해 보게 되는 추억의 이야기였다.

아리랑 아리랑 아라리요

외국에 가장 잘 알려진 우리 가락은 당연 아리랑이다. 살다 보면 헤어짐이 있게 마련이건만 유독 이별을 아쉬워하는 정 많고 한 많은 우리 민족의 노래가 바로 아리랑 연가이다. '아리랑~ 아리랑~ 아라리요~~' 그저 구슬픈 절규일 뿐 그 정확한 뜻은 국어사전에도 풀이되어 있지 않다. '나를 버리고 가시는 님은 십 리도 못 가서 발병 난다~~' 이제 헤어지면 언제 또 만난단 말인가. 그저 애절한 울음이요 비통한 심금을 감추지 못한 울부짖음이다.

그러나 이별을 서러워하면서도 우린 고향을 떠나는 것이 삶이었던 모양이다. 이번 추석도 그러했고 그리고 나 또한 가족과 함께 그 행렬에 가담했듯이, 지금도 매년 명절이 되면 한반도 좁은 땅에서는 민족 대 이동이 이루어진다. 그러다보니 며칠씩 고속도로를 마비시키기 일쑤다. 하물며 고향 찾기가 쉽지 않은 것이 각박해진 현대의 삶일진대 남북으로 헤어진 이산가족들이야 오죽하랴. 어느덧 반백년이 지났으니 잊혀질 만도 하건만 남북이산가족 상봉의 현장을 TV로 가끔씩이라도 볼 때면 가슴이 뭉클해진다. 이젠 저 세상으로 가셨지만 평양에서 피난 내려오신 내 장인 장모께서도 평생 얼마나 마음으로 아리랑을 부르셨을까. '태극기 휘날리며'를 보며 흐느끼며 울던 아내는 전쟁 직후의 대구 시골집에서 태어나 고달팠던 어린 시절을 기억이나 하고 눈물을 흘렸던 것일까.

그래도 한반도에 땅이라도 밟고 있는 경우는 괜찮은 편일는지 모른다. 고려시대에 압록강 건너 자리 잡은 우리민족은 그렇다 치더라도 20세기에 접어들어 자의 반 타의 반으로 이 땅을 떠난 한민족도 많다. 러일 전쟁 당시 스탈린에 의해 열차에 실려 중앙아시아에 버려졌던 50만 동포들, 일제에 의해 징병되었던 젊은이들, 남미로 사탕수수 농장의 꿈을 가지고 떠났던 사람들, 독일로 갔던 광부들과 간호사들, 가발가게로 돈 벌겠다는 일념으로 혹은 접시를 닦더라도 공부를 해야겠다는 꿈을 안고 미국으로 떠난 사람들, 그들의 고독과 비애는 또 오죽했을까.

그렇게 한 많은 세월이 지나고 지난 지금, 세계에 퍼져있는 우리 한민족의 수는 얼마나 될까? 지역별로 따져보면 중국 약 200만, 일본 70만, 기타 아시아권에 15만 명이 산단다. 러시아와 중앙아시아 지역에도 50만 명 이상이 살고 유럽에도 10만 명이다. 미국에도 210만, 캐나다에 15만 명 등 북미지역에만 230만이다. 브라질에 5만, 아르헨티나에 2만5천, 멕시코에 2만 명 등 중남미에는 10만 명 이상이 산단다. 중동지역에도 1만, 아프리카에 5천명 등이다. 호주와 뉴질랜드로 이민 간 사람들도 늘고 있다. 그래서 총 몇 명이냐고? 통계적으로는 전체 재외 동포 수는 총 150여 개국에 어림잡아 600만 명이다. 북쪽과 합치면 한민족의 수는 대략 7500만 명이라는 이야기다.

이 모든 지구촌의 동포들이 함께 어우러지는 방안은 과연 없는 것일까? 이제 제법 잘 산다고 큰 소리 치는 대한민국 아닌가. 그 해결방법의 하나로, '한민족 디지털 공동체'가 제안되고 있다. 7500만 한민족이 시공을 초월하여 함께 사이버공간에서라도 하나로 뭉치자는 것이다. 그 얼마나 우리에게 어울리는가! IT를 자랑하는 대한민국 아닌가…‥

(KISDI '블루진 에세이' 2004.10.1에서 부분 발췌)

8. 조국의 품, 아름다운 서울에서 살렵니다. 사랑해요 LG~

드디어 조국의 품으로 돌아왔다. 14년만이었다. 내 나이 서른, 만 29세였다. 금성반도체의 모든 분들이 정말 친절하게 날 받아주었다. 모두가 새파란 나를 '박사님'이라고 불렀다(◀ 좌측 사진을 보면... 당시 모 잡지에 실린 내 모습은 너무도 어렸거늘^^). 어색하지만 박사가 귀한 시절이었으니 그럴만도 했을까?.

나를 포함한 2~3명 해외유치 박사들은(다른 분들은 반도체 부문) 회사의 귀한 존재로 여겨졌던 분위기. 내가 맡게 된 연구소의 직원들도 대부분 KAIST와 서울대 출신으로 명석한 젊은이들이었다. 밑에 나보다 나이 많은 부장 과장들도 있었지만 불편함이란 없었다. 첫 근무처는 충무로의 극동빌딩 본사, 일 년 후엔 군포의 신축 LG연구동으로 옮겼다. 흥미진진한 한국생활이었다.

집은 강남의 한강 가, K아파트로 정했다. 미국 단독주택에 비해서야 좁았지만 근처에 상가건물이 있고, 주문만 하면 밤늦은 시간에도 자장면이 배달되는 서울이 너무 편리하고 좋았다.

대한민국은 날 진심으로 반겨줬다. 언론에서 나를 다루는 기사도 많았다. 당시 몇 안 되는 컴퓨터 잡지계의 대표 격인 '경영과 컴퓨터'는 '한국에서 제2의 인생을 살렵니다' 라는 제목으로, MBC 라디오 방송은 '실험실의 천재들' 시리즈에 초대하기도 했다. (내가 무슨 천재라고 ㅋㅋ) 회사의 PC제품 광고 모델이 된 적도 있다. (예로, ▶ 화질 안 좋은 흑백 사진... 여자 모델이 엄청 예뻤다고만 기억~^^)

친구들도 내 금의환향을 반기며 '금성의 컴퓨터 박사' 라고 자랑스러워했다. 자연스레 술을 배우고 회식자리가 많아졌다. 오랜 미국생활의 외로움을 한꺼번에 해소하면서 난 내 생활을 듬뿍 즐겼지만, 아내는 밤마다 늦게 귀가하는 나를 걱정했을 가능성이 높다.

회사 일은 바빴다. 해외 출장도 빈번했다. 직원들과 어울리다가 허리를 다친 일도 이 때 발생했다. (20년 후 결국 디스크 수술을 했다) 그러나 그 와중에도 난 동해안으로, 경주로, 단양팔경으로 가족을 데리고 놀러 다녔다. (자가용이 드물던 시절. 회사에서 제공한 차가 정말 유익했다.) 사실 난 그 때까진 목포와 진도 밖에 몰랐던 한국 촌놈이었으니까!

LG에서의 4년은 내 청년시절의 황금기가 아니었나 싶다. 하늘 높은 줄 모르고 혈기왕성하던 시절, 그 때가 그립다.

8-1 남산

◀ 서울을 한 눈에 내려다보기 위해 애들을 데리고... 물론 케이블카도 탔고^^..
근데 저기 전망대가 1982년 벨연구소 시절 초청받아 왔던 첫 방문 때는 전자통신연
구소 (대덕단지로 이전하기 전) 이었는데... 당시 최순달 소장님과 유완영 박사님의 친
절은 지금도 기억에 생생하고...
암튼 그곳에서 내려다보면 첫 근무지였던 충무로 극동빌딩도 보였던 듯.

8-2 한강

'한강엔 유람선이 떠 있고~'... 즐비한 저 아파트 중 하나를 보금자리로 삼았다.

8-3 덕수궁

시청 앞 덕수궁... 그 때도 그렇지만 지금도 가장 자주 가보게 되는 궁이다... 세계 유명작품의 전시회도 가장 활발하다.

8-4 경주 불국사
574년 신라 진흥왕이 창건하였고 그 후 751년 김대성에 의해 크게 개수되었다는 절

경주는 1985년 처음으로 애들을 데리고 갔다. 유명사찰치고는 생각보다는 작은 규모여서 실망이 컸다. 물론 돌 하나하나에 자신의 구원과 부모의 명복과 국가와 민족의 안녕 및 부처의 가호를 비는 질실한 염원이 새겨지고 '佛國'을 꿈꾸는 정성이 모아져 그 결과가 불국사라지만 말이다.

지금이야 경주의 신라시절 문화재들을 관람하기위한 시설이 너무도 잘 단장되었지만 당시는 무덤(?) 몇 개만 기억날 정도로 볼품이 없었다. 어린 시절 익히 들었던 석굴암과 다보탑을 보고, 근처의 첨성대를 눈으로 보며 지나치는 정도로 대충 관광은 끝냈으나 내가 가본 첫번째 사찰이다. 지난 1995년, 유네스코 세계문화유산으로 등재되었다고.

◀ 왼쪽 불국사 사진의 다리들, 청운교와 백운교는 미적인 아름다움뿐만 아니라 공학적인 설계도 뛰어나다고.. 암튼, 사진 속의 저 애들과 조만간 다시 찾고 싶건만, 아마도 독실한 교회 권사님인 아내는 크게 반기진 않을 듯.
세월이 많이 흐른 뒤인 2012년도에 스케치 여행 차 이곳을 다시 들렀다. 이젠 많이 단장되고 신라시대의 유물과 유적지들이 새삼 흥미로웠다. 경주지역의 스케치 그림 소개는 이 책의 부록으로 미룬다.

8-5 **단양팔경**
단양팔경 중의 하나인 사인암

역시 1985년 어느 날인가 차를 몰고 단양팔경 구경을 갔다. 요즘처럼 차들이 많지 않을 때여서 웬만한 곳이면 쌩쌩 달렸는데 3시간이 미처 안 걸렸으리라.

단양팔경... 1. 도담삼봉, 2. 석문, 3. 구담봉, 4 옥순봉, 5. 사인암, 6. 하선암, 7. 중선암, 8. 상선암이 바로 그들인데... 다른 곳과는 좀 외딴 곳에 있는 사인암이 가장 사진에 잘 등장한다. 덕절산 줄기에 깎아지른 강변을 따라 치솟아 있는 모습이 가히 절경이다. 어릴 때부터 교과서에 등장한 이곳을 꼭 보고 싶었다.

◀ 왼쪽 사진의 애들이야 아빠가 어딜 데려갔는지 알았겠는가마는, 시간이 30년 가까이 흘러, 지난 2012년 10월, 다시 그 지역을 갔더니 그 지역을 충주시, 제천시, 단양군이 어찌나 경쟁적으로 관광단지로 잘 가꿔놓았던지~ 작년에 신축했다는 청풍대교는 또 얼마나 멋진 다리였는지~

청풍명월이라 했던가? 배를 타고 청풍호반을 떠다니다보니 옥순봉과 구담봉도 볼만하더군. 그렇지만 이젠 가는 곳마다 관광버스들이 즐비하고 사람들로 바글바글~

8-6 낙산 해수욕장

호텔이 바로 옆에 있어 동해 해변으로선 내가 가장 선호했던 해수욕장

미국에서 태어난 애들에게 한국을 잔뜩 보여 줄 욕심으로 자주 차를 몰고 간 곳은 동해안이었다.

설악산도 좋고 강릉지역도 좋지만 서울에선 미시령을 넘어 속초 대포항에서 회 한 그릇을 먹고 양양의 비치인 낙산비치로 가는 코스가 가장 마음에 들었다. 낙산비치호텔에서 묵으면 비치가 한 눈에 내려다보여 더욱 좋았던 듯!

◀ 좌측 사진은 1986년도 여름, 애들과 낙산비치 모래사장에서 애들과 열심히 모래성을 쌓고 있는 모습인데, 앞에 있는 조그마한 아들 녀석이 2010년 아들을 낳아 난 그만 할아버지가 되어버렸다.

지난 6년 동안 미국 뉴욕의 아들집엔 전혀 들리지 못했는데 2015년도 여름엔 가 볼 계획이다. 이 스케치북을 가져가 보여줘야지~

하늘 높은 줄 모르는 '내 식대로' 젊은 박사

금성에서 일은 정말 열심히 했다. 벨연구소 때와 비교하면 2~3배? 그러나 당시 난 한국을 잘 몰랐던 모양이다. 아니, 난 미국식 자유에 너무 길들여 있었다. 하고 싶은 말을 할 수 있는 자유, 소신을 실행으로 옮겨도 되는 자유... 그래서 하늘 높은 줄 몰랐던 자신감과 자유주의적 사고가 가끔씩 주위를 놀라게 했던 듯... 아래는 몇가지 예~

1. 금성반도체 시절, 컴퓨터 사업을 총괄하던 내 직속상관 M 전무님은 대단한 카리스마와 열정의 소유자셨다. 단, 주말에도 모두가 출근해서 일하도록 긴장 분위기를 만드는가 하면 아랫사람들을 달달 볶는 게 흠이었다. 그러나 다른 임원들 그 누구도 반기를 들지 못했다. 오직 나 밖에! "주말엔 다들 좀 쉬게 하시지요", "그렇게 몰아붙인다고 안 될게 됩니까?" 고작 서른 살짜리 애송이 박사 덕분에 내 연구원들만은 나름 편했다.

2. 당시도 출근길은 붐볐다. 30분 이상 걸렸다. 그런데 30분 늦잠자고 출근하면 15분이 절약되었다. 그래서 난 자주 30분씩 지각 출근했다. 어차피 퇴근시간이란 것도 없이 온 몸을 바치는데 내 수면과 건강이 궁극적으로는 회사에 도움이 되리라는 '내 식대로' 생각으로 말이다. 그런 내가 당당하게 보였을까? 아니면 한심스럽게? (이제 와 고백하지만, 심지어 화가친구의 화실에 가서 낮잠도 한 숨씩 자고 들어오곤 했는데!^^)

3. 영업 활동에 연구본부장의 동참요구가 많았다. 기술제품에 대한 설명에 '박사의 신뢰감'이 필요하다 했던 가^^ 대부분 사양했지만 혹 그런 자리에서라도 내 사전엔 '접대'라는 단어는 없었다. 아니, 싫었다. 식당은 내가 정하고 술자리에서는 내가 더 많은 곡을 불렀다. 그러나 그런 나와 동참한 좌석을 좋아한 사람들도 있었던 듯.

4. 금성소프트웨어 시절엔 여성인력을 대거 채용했다. 수십 명의 제1 세대 우수 여성 전산학과 졸업생들이 신입사원으로 내 밑에서 일했다. (그 중, 프런티어솔루션의 권정자 부사장, 삼성SDS의 윤심 상무가 대표적인 인물) 소프트웨어 개발엔 여성의 섬세함이 빛을 발한다는 논리였지만, 당시의 보수적인 대기업 문화에서 파격적인 사건이었다.

5. 잡지사로부터 원고청탁을 받으면 제목부터 짜릿하게 뽑았다. '바보 같은 컴퓨터', '엉터리 박사', '나도 여자가 좋다' 식이었다. 물론 글 내용은 진지했지만, 그래서인지 원고 청탁이 쇄도했다.

이러한 자유주의적 사고가 결국은 회사를 떠나 학교로 옮게 만든 것인지도 모른다.

▶ 우측은 당시 인기 절정의 IBMPC. 금성의 PC24의 외형도 비슷.

이런 PC의 가격이 당시 200만원 이상... 당시 대기업 초봉 월급이 20만원이었으니 지금의 화폐가치로 따지면 2천만원?

정보시대에 발 맞추어 나아가자

인간은 자연을 사랑하고 아름다움을 창조하려는 정서적인 동물인 반면, 문제를 해결하고 논리적인 의사
결정으로 최대의 효과를 거두려는 욕심 또한 못지않은 동물이다.

이러한 욕심은 1950년경 미국의 과학자 John Von Neumann에 의하여 Binary Logic과 Arith-
metic을 동시에 처리할 수 있는 기계를 창작하기에 이르렀고, 이 기계는 컴퓨터라는 새로운 이름으로 불
과 33여년 만에 전 세계 인류를 제2의 산업혁명으로 파동치게 하고 바야흐로 정보시대에 진입토록 만드는
결과를 초래했다.

한국 역시 15년 남짓의 컴퓨터역사 동안 국민학생들에게까지 컴퓨터교육을 시키는 발전을 이룩했다. 이
현실 속에 금성반도체는 존재하고 있고, 따라서 우리의 컴퓨터사업은 힘찬 도약을 위한 전진만이 있어야 할
뿐이다.

컴퓨터의 기술은 크게 셋으로 구분된다. 수치계산과 데이터 처리능력을 지닌 하드웨어, 인간의 사고방식
을 심어 주어 사용자에게 편의를 도모해 주는 소프트웨어, 그리고 문제를 받아들이고 그 답의 결과를 알려
주는 주변기기가 바로 이들이다. 이들이 조화를 이룰 때 컴퓨터는 그 본연의 성능을 발휘할 수 있고, 이러한
컴퓨터들이 네트워크로 연결되어 활약할 때 비로소 정보시대의 막은 올라 갈 수 있는 것이다.

나는 요즘 AT&T의 3B20S수퍼미니컴퓨터, Zilog의 시스템 8000 마이크로컴퓨터, Calma의 CAD/
CAM판매에 불과했던 우리의 컴퓨터 사업이 올해 초부터 자체의 성장과 신규 프로젝트로 인한 사업 확장
으로 엄청난 변화를 가져오고 있음에 들뜬 마음의 흥분을 감추지 못하고 있다. 이러한 사업 확장은 우리의
동업자인 AT&T가 올 봄 그들의 3B2, 3B5, 3B20, PC6300과 같은 다양한 컴퓨터들과 3BNET, Dat-
akit, Videotex, PC Interface 등의 네트워크 기능 및 각종 시스템과 응용 소프트웨어들로 세계의 컴퓨
터 시장에 진입함에 따라 우리는 그들의 신뢰도 높은 UNIX컴퓨터들을 한국에서 생산, 공급할 수 있는 체
제를 갖추게 된 것이 그 첫째 이유이다.

그 외에도 컴퓨터 활용을 증가시킬 각종 프린터, 카피어, 그래픽스 터미널, 기억 장치들이 기술도입 및 자
체개발의 수준에 있고, 한국시장에 적합한 문서관리, 생산관리, 재무관리, 전자우편 등의 폭넓은 소프트웨
어들이 본격적으로 우리의 연구진에 의하여 개발 중임을 감안할 때, 모름지기 금성반도체의 컴퓨터 사업계
획은 한국의 정보시대를 이룩하는데 부족함이 없는 까닭이다.

첨단기술의 일꾼은 혁신적인 기술개발에 아낌없는 노력과 정성으로 그 임무를 수행하는데 책임감이 앞
서야 한다. 우리 모두 정보시대의 발맞추어 금성반도체의 컴퓨터 사업발전에 대망을 품고 힘차게 나아가자.

('금성반도체 사보'에 실린 글. 1984년 8월호. 한국에서의 첫 번째 글)

9. 라스베가스와 밀라노로의 잦은 출장, 그러다가 갑자기 사표 제출!

LG(금성)에서 내가 맡은 업무는 광범위했다. 해외 선진기업들과의 기술제휴, 제품개발, 우수인력 채용, 연구시설 확충 모두가 중요했다. IT란 용어조차 생소했던 시절이다.

발등에 떨어진 연구프로젝트는 PC용 한글카드 개발, 한글 사무자동화 소프트웨어 개발, 중형 UNIX 컴퓨터용 데이터베이스 개발 등이었다. 나는 필요인력을 확충해 가며 미국으로 일본으로 이태리로 날아다녔다. 라스베가스의 컴덱스(Comdex) 전시장은 해마다 단골 출장지였다.

그러다가 1985년 여름, 올리베티사와 소프트웨어 전문 합작회사 설립을 주도하면서 난 자연스레 금성소프트웨어라는 신설법인으로 옮겼다. 초대 대표는 KAIST 조정완 교수셨지만(안식년을 이용한 1년간의 대표), 나는 새 회사에서 기획·연구개발·영업 등, 관리를 제외하곤 모든 것을 관장하는 제2인자가 되었다. 일도 생활도 즐거웠다. (▶ 우측 사진은 조정완 사장님과... 내가 KAIST에 오지 않고 LG로 튀었다고 진노했던 당시 KAIST 학과장님이 바로 그 분!^^... 회사 내에서의 내 31세 생일축하 파티 사진)

LG 생활 3년쯤 지난 무렵, 외국어대로부터 (ETRI출신 신현길 교수님) 연락이 왔다. 신설 경영정보대학원의 교수로 오라는 것이었다. KAIST를 제외하곤 국내 유일의 주간 특수대학원, 구미가 당겼다. 그러나 원하던 대학은 아니었다. 점잖게 거절했다. 그런데 얼마 후 상공부장관 출신 정재석 대학원장께서 다시 유혹을 해 왔다. "대학이 기업보다 백배 더 좋아요! 이박사도 나중에 후회하지 말고 오세요!". 부교수 직위 보장, 전산학과 주임교수, 교수직에 대한 호기심! 마음이 크게 흔들렸다. (◀ 옆은 당시 모 잡지에 실린 모습)

난 고민 끝에 혼자만의 룰을 정했다. LG가 '법인 등재이사'로 승진시켜주면 계속 남고, 그렇지 않으면 학교로 떠나겠노라고. 회사의 반응은 매우 긍정적이었다. 문제는 그룹이었다. 당시 전자분야 구자두 섹터장께서(그룹 부회장급) "서른셋에 LG그룹 등기 이사라... 좀 빨라요~"라며 거부하셨다던가? 이사 대우 본부장 3년 간 열심히 일했거늘! 결국 난 홧김에라도 LG를 떠나는 입장으로 갑자기 선회하고 말았다. 몇 개월 후, 내 이직 결정 소식을 듣고 날 LG로 유치했던 구본준님이 했던 말이 기억난다. "좋아요, 이형! 그런데 언젠가 꼭 LG로 다시 돌아오게 할래요."(아닌게아니라, 세월이 많이 흐른 2005년 무렵. 공직을 맡고 있던 내가 차기 LG텔레콤 CEO가 되리라는 근거 없는 루머가 증권가에 떠돌았다 ^^)

그러나 그 후 지금껏 28년째 외대에 머물고 있으니, 인생이란, 삶이란, 자신도 모르게 흘러가는 것인가 보다.

9-1 **라스베가스**

호텔과 카지노가 즐비한 라스베가스 스트립 (메인 도로)

라스베가스는 당시 IT인들에게 콤덱스(Comdex) 컴퓨터 전시장으로 많이 방문되었다. 세계 최고 규모의 쇼! (지금은 CES 전시회로 바뀌었지만) 나는 1985년부터 약 10회 이상 해 마다 참석했다. 라스베가스 컨벤션센터는 물론 각 호텔까지 빌린 전시회에 다니노라면 다리가 아플 정도였지만, 많은 미국 IT업체들을 한꺼번에 만날 수 있는 유익한 장소였다.

9-2 라스베가스 야경

밤만 되면 불야성을 이루는 도시... 앞의 그림을 '색 반전'시켜
밤 풍경으로 만들어 보았는데 뒷산이 불이 난 듯 좀 이상하다^^

사실 라스베가스는 시카고에 있을 적부터 아내와 가끔 놀러와 즐
겼던 곳이다. 처음 왔을 땐 (▶ 우측 사진은 1982년도였던 듯) 3
박4일 동안 총 10시간도 못자고 놀러 다녔던 곳... 아내는 겉보기
와는 달리 카지노에서 밤을 세우는 열정도 가졌다.. 물론 동전 따
먹기 25센트 슬롯머신 놀이일지언정^^

9-3 그랜드캐년

유명세답게 대단한 광경이 펼쳐지는 계곡이다.

◀ 왼쪽 사진은 91년 라스베가스 Comdex 참석할 때 들렀던 듯...
아래 후버댐과 가깝다.

9-4 후버댐

엄청난 높이 (위 그림에선 상단 1/3 밖에 못 그림)... 이 댐 덕분에 사막도시들도 물을 마시고 살 수 있는 것인가?

보통사람들의 기대에도 부응하자

다행인지 불행인지 난 고향에서 모르는 분을 소개받을 때 '금성의 컴퓨터 박사'로 통한다. 대기업을 선호하는 우리 사회구도와 심심찮게 매스컴을 타고 컴퓨터라는 세 글자, 그리고 아직은 희소가치를 인정받는 편인 학위를 지녔다고 해서 조금 추켜세워질 때 불려지는 대명사이다. 힘세고 돈 있는 분들 많다는 서울 바닥에선 코웃음거리밖엔 안 되겠지만, 전라도 섬마을에 금성의 컴퓨터박사라는 소개는 제법 파격적이어서 재미있는 촌극이 벌어지기도 한다.

아래는 지난여름 휴가 때 유식한(?) 고향 사람과의 대화 한 토막이다.

"처음 뵙겠습니다."

"아따-, 힘들고 어려운 공부하느라 고생 많이 했겠소"

"뭘요..."

"이렇게 훌륭한 고향 사람 만낭께 기분좋구만이라우"

"무슨 말씀을..."

"요즘 반도체 컴퓨터 분야의 전망이 좋아 금성, 삼성 같은 큰 회사들이 투자도 하고 수출도 많이 한다고 나도 들었어라우. 어떤 제품은 일본도 따라 잡았다고 그러던디, 참 그런거 보면 이병철 회장은 진짜 선견지명은 있어라우"

"…"

"우리 선생들도 방학 때 읍에서 컴퓨터 교육을 받았지라우. 앞으로 컴퓨터 시대가 온다고 아그들도 가르칠라면 배워야 된당께 가 봤는디 아따 그거 어렵습디다. 대충 개념은 잡히는디 직접 해 볼랑께 안 되라우. 금성처럼 좋은 회사에서 프로그램인가 뭔가 잘 만들어 집어넣어서 단추만 누르면 계산도 하고 그림도 그리는 컴퓨터 좀 만들어야지 우리 같은 사람은 쓰겠읍디까?"

"예..."

어떻게 겨우 대화를 모면하고 나니 가슴에 뭉클 와 닿는 게 많았다. 이제는 시골 사람까지 한 마디 할 수 있는 반도체와 컴퓨터 세계! 국민학생들도 배워야 한다는 컴퓨터! 짜릿한 전류가 내 몸에 흘렀다. 언제부터 한국은 이토록 유식하게 컴퓨터화 되었던가? 컴퓨터 없이는 못 산다는 바람은 누가 그렇게 강하게 불어넣었던가? 시골 읍내에까지 퍼져나갈 컴퓨터라면 보지 않아도 뻔한 기종인데 왜 이리 서둘러대며 순박한 국민학교 교사들에게까지 좌절감을 주고 있다는 말인가? 일본과 한국의 기술 비교는 가끔 터무니없이 보도되어야만 자위할 수 있도록 우리 국민은 어리석단 말인가? 대기업들은 진정 대한민국의 컴퓨터산업을 잘 이끌어 가고 있는가? 고개를 설레설레 흔들며 난 중얼거렸다. 그래서 모르는 게 약이라고. 그리고 우리나라 컴퓨터산업은 정말 각성해야 한다고. 물론 나부터.

결론부터 이야기해 나의 컴퓨터산업에 대한 조그마한 바램이 있다면 우리나라 보통사람들의 기대에 어긋나지 않도록 노력해 주었으면 하는 것이다. 수출도 좋고 정부의 거대한 정책을 뒷받침하는 것도 좋지만 알찬 내실을 기하며 차곡차곡 기술을 쌓아 누구든지 쉽고 편리하게 사용할 수 있는 제품 개발에 앞장 서 주었으면 싶다.

이왕 이야기를 꺼냈으니 세 가지만 의견을 제시해 본다. 첫째, 우리 좀 조용히 뛰자. 세계 몇 번째, 노벨상 후보, 국내 최초, 몇 억불 수출 계약, 몇 백 억짜리 연구소 건립, 박사급 몇 십 명 등등, 서로 잘 아는 처지에 왜 이리 얼굴도 붉히지 않고 떠들어대는가? 갑자기 밀려든 컴퓨터 문명을 유익하게 흡수하려면 우리식의 사회심리학과 인간공학을 중시하며 기존의 질서와 조직 운영체계에 무리가 가해지지 않도록 힘쓰며, 간편한 한국식 컴퓨터도 만들어 내 고향 시골 선생의 한도 풀어줘야 되지 않겠는가?

둘째, 사회발전에 좀 더 헌신적이자. 요즘도 말 많은 표준코드체계의 단합을 이뤄 개발 인력의 낭비를 억제시키고 영세성을 면치 못한 채 허덕이는 중소기업체의 뜻있는 젊은이들의 힘을 북돋아 건강한 산업발전을 도모하자. 올바른 사실 보도와 슬기로운 교육 프로그램을 주관하여 신기술에 대한 일반인들의 이해를 증진시키면서 지적 소유권을 인정하여 떳떳한 산업체제를 이룩하자면 너무 무리한 부탁인가?

셋째, 넓게 보며 살자. 인공지능이니 의사결정지원이니 하는 유행어의 난무에 앞서 서구 기술의 동향을 파악하여 우리의 것으로 소화시킬 수 있도록 공부하는 자세에 임하자. 정책결정자들의 의견은 존중하되 열심히 뛰는 일꾼들의 건설적인 의견들도 수렴하는 폭넓은 대화의 광장도 자주 마련하자. 모였다 하면 똑같은 사람들, 한마디 하는구나 하면 또 그 얼굴… 우리나라 컴퓨터업계의 인재는 겨우 50명 안팎이던가? 우수한 소프트웨어로 단추만 누르면 쉽게 사용가능한 컴퓨터가 필요하다는 시골사람 말은 얼마나 정확했던가?

각설하고, 내가 요즘 매일 대하는 사람들도 그렇거니와 미국 학교나 연구소 시절로 돌아가 회상에 잠겨 보아도 컴퓨터 한다는 사람들은 대개 멋과 낭만이 부족하다는 느낌이다. 그림을 그리고 기타를 두드리고 글을 벗 삼는 이들을 주위에서 찾기 힘들다. 나부터도 바쁘다는 핑계로 그렇다. 컴퓨터가 인간을 위해 만들어졌고 평범한 인간들에 의해 애용되려면 컴퓨터산업의 종사자들은 진정 인간적이어야 하고 가장 보통사람들이어야 할 터인데 말이다.

"아빠, 비디오테이프 빌려다 보여줘-"
"동화책을 읽어야지 재미도 있고 읽기 공부도 되지, 주말만 되면 왜 꼭 비디오 타령이니?"
"아이, 그래도-"
"그럼 만화영화는 안 되고-신나는 것 딱 하나만 빌리는 거야, 알았어?"
"와- 신난다!"
"잠깐만, 이것마저 써 놓고"

좋은 세상이다. 전자 문명의 혜택으로 난 오늘도 나의 부족한 정서면을 메꿔주고자 집안에 버티고 누워 종합 예술물을 즐길 수 있으니 말이다. 좋아서 날뛰는 아들 녀석의 손을 붙잡고 나서면서 난 우리 컴퓨터업계의 동료들에게 우선 함께 인간적이고 보통사람이 되자고 부탁하고픈 마음이다.

(월간 컴퓨터, 1986년 8월호에 실린 글… 외부에 기고한 글로는 처음이었다.)

지적재산권 탈취사건

금성에 들어가자 발등에 떨어진 불은 크게 두 가지였다. 하나는 이태리 올리베티사로부터의 OEM제품인 PC24 양산을 위한 한글카드(PCB Board)와 사무자동화용 소프트웨어를 개발하는 일, 그리고 3B 유닉스 컴퓨터를 위한 한글 데이터베이스 등 각종 시스템소프트웨어를 확보하는 일이었다.

8비트 영어 알파벳용을 한글 16비트 체계로 바꾸는 PC용 카드개발은 성공적이었다. 그러나 문서작성, 스프레드시트, 그래픽스 기능이 문제였다. 한글문서 작성이 불가능한 PC를 누가 사겠는가 말이다. 당시 범용 워드프로세서가 전무했던 시절, 미국을 열심히 쏘다닌 끝에 팔렌티어 (Palentier) 소프트웨어사의 협조로 '가나다라'를 출시할 수 있었다. (나중엔 '세종' 워드프로세서로 교체 판매되었지만). 스프레드시트로는 당시 시장을 장악하던 '로터스1-2-3'와 같은 급인 'Twin'을 수정 보완하여 구색을 맞췄다.

통신연구용으로 훌륭한 3B20S 중형 컴퓨터도(나도 벨연구소 시절, 이 기계의 DMERT 라는 리얼타임 UNIX OS 환경 하에서 시스템 개발을 했었는데) 같은 이유로 한글기능을 필요로 했다. 수소문 끝에 소스코드 라이센싱이 불가하다는 인포믹스(Informix) 데이터베이스 제품을 지적재산권 침해가 없으리라고 약속하고 또 약속한 후 계약을 맺었다. 처음엔, 코리아라는 '무단복제 해적판 왕국'으로 쉽게 소스코드를 주면 다른 상품명으로 미국으로 재상륙할 것이 의문시 된다고 노골적으로 거부했었다. 나는 그럴 리 없을 것이라고 확신을 심어주며 정말 빌고 또 빌어 계약을 성사시켰다. 릴테이프에 담아온 인포믹스의 C코드량은 정말 방대했다. C 프로그래머가 귀하던 때, 한글기능을 심느라 정말 고생이 심했다고 기억된다.

그런데 사건이 발생했다. 인포믹스의 소스코드가 회사 임원에 의해 나도 모르는 사이 전자통신연구원(ETRI)으로 건너간 것이었다. 당시 ETRI는 금성의 값비싼 중형 컴퓨터를 사는 조건으로 소문으로만 들었던 데이타베이스 소스코드를 연구목적으로 몰래 요구했고, 영업실적에 급급한 회사의 영업이사가 내 밑의 연구원을 꼬득였던 것이다. 불법 지적재산권 침해 탈취사건! 정말 당혹스러웠다. 개인적으로 약속하고 가져왔던 기술이었는데!

재미있는 사실은, 그로부터 몇 년 후다. 얼마만큼의 순수 우리기술이 첨가되었는지는 몰라도, ETRI가 '바다'

라는 이름의 데이터베이스 신제품 개발에 성공했다고 발표한 사건이었다. 인포믹스 소스코드가 그 기반이 되었을 것임은 뻔했다. 씁스레했다. 결국 나는 나도 몰래 죄인이 되고 말았으니 말이다.

지적재산권 침해는 안될 일이다. 그러나 한편, 기술취약국이었던 그 시절의 그와 같은 우리나라 연구원들의 물불 안 가리는 열정이 결과적으로는 TDX개발 성공과 CDMA 상용화 등으로 연결되면서 대한민국이 일약 IT강국으로 우뚝 설 수 있게 되지 않았나 자위해 보곤 한다.

▲ 위 그림은 AT&T의 3B컴퓨터 시리즈 중 하나인 3B15.

10. 대한민국 국민의 평생 직장은 강북의 외국어대, 집은 강남 단독주택

1986년 가을학기부터의 학교생활은 즐겁게 시작되었다. 우선 자유를 만끽할 수 있어 좋았다. '교수'란 호칭도 '박사'보다 더 멋지고 듣기 좋았다. 교육자 집에서 태어난 원죄 탓에, 나 역시 천직이라는 생각이 들었다. 당시 외대 경영정보대학원은 입학경쟁률이 10:1 이 넘을 정도로 서울대나 KAIST출신들까지 포함해서 우수한 학생들이 많았다. 평생직장으로 삼을만 했다. 가르치는 재미가 정말 있었다. 회사의 상관-부하직원 간의 관계와 달리 평생 지속된다는 '사제지간'의 의미도 소중하게 다가왔다.

난 열정적으로 가르쳤다. 소프트웨어공학, 프로젝트관리, 데이터베이스, 계량경영... 배우고 아는 것을, 벨연구소와 금성에서 쌓아온 경험을 교실에서 쏟아냈다. 학생들이 좋아해서 기분 좋았다. 학생들과는 가끔씩 함께 MT를 가서 어울리며 놀았다. 가까운 남이섬, 멀리 설악산, 심지어는 광주 망월동 참배까지 갔다고 기억된다. 논문을 지도하고 졸업시키는 기쁨도 이루 말할 수 없었다. (▶ 우측 사진은 1988년 2월 학위수여식에서 제자들과)

대학으로 옮기면서 나 자신과 제자들에게 떳떳하기 위해 미국시민권을 포기했다. (금성에선 몸 담을 땐 미국 시민권자가 아니면 중국 출장이 불가하다고 미국 시민권 유지를 권고했던 상태) 대한민국 국민으로의 귀화절차를 밟는 나를 법무부 담당자가 정말 의아스럽게 대해줬던 기억이 생생하다. 정말 미국시민권을 포기하실거냐면서! ^^ (요즘은 이와 같은 '역 이민'이 제법 된다고 들었지만 당시는 특이한 일이었던 듯) 암튼 난 다시 대한민국 국민이 되었다. 그리고 그 후부터의 각종 선거 투표는 빠지지 않았다. (◀ 왼쪽은 학생들과의 1992년도 사진)

1992년 8월엔 살던 아파트에서 이사도 갔다. 몇년 사이에 급격히 차량이 늘면서 아파트 단지를 떠나야 할 정도로 애들의 기침이 심했다. 이사 간 곳은 반포 서래마을 정보사 뒷산을 등지고 있는 2층 단독주택... 5년 동안이나 하늘 높이 11층에서 살다가 땅을 밟고 사니 다시 사람처럼 사는 듯싶어 좋았다. 작은 정원이지만 사시사철 꽃과 나무와 자연과 함께 사는 생활, 진도개 키우는 재미 (▶ 우측 사진에서 보듯이), 뒷산에 올라 강남을 내려다보는 행복... 아내와 애들도 너무 좋아했다. 어느덧 22년 째, 지금도 그 주소가 내 생활의 안식처다.

10-1 **외국어대 캠퍼스**

다른 대학교들에 비하면 이문동 본교 캠퍼스만큼은 보잘 것 없다. 그래도 위 그림처럼 요즘은 많이 좋아졌다.
높은 본관에 대형 플랜카드가 늘어져있는데... '외대를 만나면 세계가 보인다'라고 씌어있다... 믿거나 말거나^^
지금은 교문 옆 사이버대학 건물로 옮겼지만 내가 학부 강의를 하던 사회과학관은 그림 제일 왼쪽에 있는 건물이다.

외대는 참 좋은 대학이다. 자유가 보장되고 불필요한 제도가 거의 없다. 교수에게 외대처럼 좋은 대학이 또 있을까 싶을 정도다. 그래서인지 지난 28년 간 이곳에서 생활하는 동안 학교에 간 것은 일주일에 평균 이틀밖에 안 된듯^^... 나머지는 주로 산학협동차 기업에서 시간을 보내거나, 외부 특강... 혹은 외부 강남의 연구실에서 대학원생들과 프로젝트와 씨름하며 지냈다. 학교 교정은 아니었을지언정 교수로서의 본분에는 제법 충실했으니 누가 날 탓하련만, 그래도 쫓겨나지 않고 있으니 다행이다. ㅎㅎ

◀ 왼쪽은 당시의 한 외부특강 장면... 넥타이 매고 제법 점잖은 모습...

학교에서의 내 모습은 보통 청바지 차림이다. 지금도 마찬가지이고!
그러나 1986년 처음 학교에 갔을 적만 해도 많은 사람들이 신기한 듯 내 차림을 쳐다보곤 했던 기억도 있다.
다행히 요즘은 다른 교수들도 캐주얼은 물론 청바지를 많이 입는다.
암튼 권위적이고 보수적인 대학이 아니어서 좋다.
옷은 생각을 바꾼다 했거늘, 어쩌면 이러한 자유가 내 학자로서의 자유로운 사상을 갖게 만들고 또 많은 사람들이 읽을 수 있는 대중적 글을 쓴 원동력이 되었을 수도 있다.

10-2 서래마을의 우리집

내 보금자리... 먼지 많은 큰 도로변 아파트를 떠나 땅을 밟고 싶어 찾은 집..
벌써 22년 째 이곳에서 살고있다.

◀ 옆은 벽난로 앞에서 불 장난하는 1992년도 사진.
미국 기분을 내겠다고 겨울이면 장작 잔뜩 쌓아놓고 불을 땠었고 이 것도 단독에서 사는 재미 중 하나였는데.. 아내도 냄새 난다 하고.... 지 금은 나도 귀찮아 최근 남은 장작마저 친구 화실에 갖다 줘 버렸다. 집 뒷 동산 (서리풀 공원)도 좋거늘 생각만큼 자주 올라가지지 않는다.

10-3 서래로

저기 오른쪽으로 프랑스학교가 보이고.. 바로 그 때문에 프랑스마을로 변신

10-4 서리풀공원

방배역에서 서초역까지 이어진단다... 집 바로 뒤임에도 잘 안올라가서 탈~

IT인생-10 무서운 관료, 군인, 경찰 아저씨들과의 근무 경험담

1980년대 중반, 우리나라의 정보화 초창기, 기업에서는 급여와 회계시스템 정도만 갖춘 채 전사적인 정보화체계확립은 꿈도 못 꾸고 있었다. 경영정보시스템(MIS) 이라는 용어가 그래서 많은 사람들의 관심을 끌었다. 그런데 바로 그 시절, 당시로서는 엄청난 규모의 프로젝트들이 시작되었고 젊은 나도 그 중심에 있었다.

첫째, 행정전산시스템은 당시 정부의 정책으로 데이콤이 주관하고 IT기업들이 참여하는 사업이었다. 나름 대규모였다. 관료들의 주문에 따라 나는 (금성소프트웨어 시절) 동사무소 주민관리시스템을 맡아 흑산도에서의 시범사업까지 주관했다. 지금이야 전자정부시스템이 잘 구축된 우리나라지만 당시는 IT서비스 시스템의 초창기여서 많은 것이 서툴렀다. 정부기관의 값싼 PC이용환경구축을 위한 '행망용 PC보급'이라는 정부정책도 이 무렵이다.

둘째, 또 하나는 한미연합사의 지휘통제시스템 구축사업이었다. TACCIMS라 불렸는데 우리나라에서 수백억이 투자된 최초의 프로젝트가 아니었나 싶다. 전시 작전통제시스템과 평상시용 자동화 기능을 망라한 C3I 시스템 (Command, Control, Communication, Intelligence의 약어인데 요즘은 Computer를 추가해 C4I라고 부름), 워게임, 영한 · 한영 자동번역기능까지 요구했다. 방대한 시스템이었다. 나는 미국 TRW 등 미국의 대기업 및 국내의 쌍용컴퓨터와 제휴하면서 사업을 진행했다. (그 사업이 계기가 되어 그 후 LG-CNS와 쌍용정보통신은 우리나라 국방사업을 본격 전개할 수 있었다고 이해) TRW 본사에서의 제안서 작성 비결을 깨닫던 순간과 경기도 어느 산속 바위동굴의 전쟁을 대비한 군 통제센터(CP 탱고)의 무시무시한 시설 견학이 기억에 남는다.

셋째, 경찰청(당시 치안본부)의 112 신고시스템(▶ 우측 그림과 같은 것) 구축도 흥미로웠다. 1986년, 88올림픽을 2년 앞둔 치안본부가, 신고에서 출동까지 3분대로 맞출 수 있는 시스템을 구축해 달라는 것이었다. L.A.처럼 평지도 아닌 서울, 무전기도 구식, 경찰차량도 한정, 주택들의 주소체계도 엉망인데 3분대로 맞춰달라니 말도 안되는 요구였다. (당시는 "여기 동대문옆 골목중국집 뒤인데요... 큰 싸움이 났으니 빨리 와주세요"하면 대충 시스템에 자료만 입

력시킨후, 핫라인으로 동대문경찰서에 전화해서 알아서 처리하라는 식으로, 평균 출동시간이 30분이 훨씬 넘었다.)

나는 시스템공학센터과 (옛 SERI, 성기수 박사님) 협력관계를 맺고 가능한 솔루션을 찾고자 바빴다. 112신고센터의 허술한 현장도 가 보고, 서울시 교통관제센터도 살펴보고, 경찰차도 직접 타 보았다. 사업추진 도중에 학교로 떠났지만 말이다. 당시 회의 때의 경찰간부들... 치안감, 치안정감, 치안본부장... 어깨에 커다란 무궁화들이 서너개씩 달려있던 분들의 모습이 떠오른다. (그 회의 자리의 강민창 치안본부장이 1987년 초, 박종철군 고문치사사건 때 '탁 치니 억 하고 죽었다'고 발표했던 바로 그 무서운 분!)

흘러간 추억의 프로젝트들, 그러나 당시의 우리나라 IT서비스사업의 첨단 현장 이야기 세 토막이었다.

허황된 유행쫓는 국교생들의 '컴퓨터 열병'

컴퓨터에 대한 열기가 대단하다. 방학이 되자 각 일간지와 잡지에는 교육용 PC 선전광고가 줄을 잇고 있다. 부모들은 자녀들의 성화에 못 이겨서라도 하나 둘씩 PC를 가정에 들여놓기 시작했고 동네 컴퓨터학원들도 성황을 이루고 있다 한다. 그러나 국민학생들의 무절제한 컴퓨터교육은 헛된 꿈을 가르치는 기성세대들의 무식함을 폭로하는 것과 다를 바 없다는 생각이다.

컴퓨터를 어릴 때부터 접하게 하면 무슨 이득이 그리도 클까? 마치 대단히 우수한 과학자기질을 갖추게 되거나 경쟁사회에서 엄청난 무기를 지니게 되리라는 기대는 우습기 짝이 없다.

우선, PC사용법을 어렸을 때부터 알아 무엇이 좋은가부터 따져보자. 곱셈, 나눗셈 배우고 암산실력 쌓아가야 할 나이에 컴퓨터를 사용한 계산은 오히려 해가 된다. 단정한 글씨체를 만들고 정리정돈 된 필기습관을 길들일 나이에 컴퓨터로 워드프로세싱 한다는 것은 큰 모순이다. 현재의 PC기능이 고작 계산, 문서작성, 자료관리인데 전문교사들도 양성되지 않은 실정에서 국민학생에게 무엇을 가르치려고 성화들일까?

부모와 자녀가 같이 사용하겠다는 것도 아직은 욕심많은 부모의 옹색한 변명이다. 일반가정에서 PC로 무엇을 하겠다는 것인가? 사무자동화와 경영합리화를 위한 컴퓨터보급은 기업이나 관공서에서조차 저조하여 아직은 컴퓨터를 직접 다루는 직장인은 사실 극히 드문 것이 현실이다. 우리 가정에 편리함을 줄 우리식의 소프트웨어가 전혀 없고 컴퓨터통신으로 구할 수 있는 정보도 미약한 상태에서의 PC구입은 과소비와 다를 바 없는 것이다.

교육 효과 향상을 위해 컴퓨터를 이용하자는 것이 교육용 PC보급의 목적이라고 가정해도 마찬가지이다. 소위 컴퓨터보조교육이란 컴퓨터가 학생의 개인교사 역할을 대신해주며 자신의 능력에 따라 재미있고 능률적으로 배울 수 있는 까닭에 교사 한 명당 학생의 비율이 높고 시설이 빈약한 우리나라에 적격이라는 주장이 있을 법하다. 그러나 이것도 이론에 불과할 뿐이다. 그럴듯한 교육용 소프트웨어가 전혀 없는데 PC가 어떻게 교사 역할을 수행할 수 있겠는가?

결국 교육용 PC바람은 속빈 강정에 불과하다. 그리고 아직은 그 효과를 얻기에는 너무도 준비가 미흡하다. 정부가 진정 컴퓨터 교육정책에 큰 뜻이 있다면 대학에 우선권을 주어야 한다. 2백여 개의 대학에 보급된 평균 PC 수는 내가 추측하기로는 30만대 미만, PC 한대 당 대학생 수는 수백명이 넘는 것이 현 실정이다.

컴퓨터 조기교육을 꼭 반대하는 입장은 아니다. 여건이 성숙하지 않았고 가격도 너무 비싸며 공평치 못한 현 사회구조 하에서는 시기상조라는 것이다. 목적이 뚜렷하지 않은 교육용 PC구매는 낭비일 뿐이며 헛된 유행을 따르는 부모의 과열된 욕심은 자녀들의 교육에 조금도 도움이 되지 못한다. 정부와 정보산업체는 자숙하며 우리기술을 발전시키고 우리 부모들은 컴퓨터 바람에 유연히 대처하는 슬기를 찾아야 한다.

('한겨레신문' 1990년 7월 27일자 기고문에서 요약 발췌)

summer 여름

IT교수로 살다

(1986~2003)

11. 방학 중 '묻지 마' 여행은 동해안 길 따라 정처 없이 바다와 산으로

교수는 다른 직업과 다르다. 단점도 많겠지만 장점이 많은 직업이다. 우선 자유롭다. 글과 말에 제한이 없다. 상관은 없고 제자들은 해마다 쌓인다. 강의는 일주일에 고작 6~9시간인데 그럼에도 6년마다 일년씩 안식년이 주어진다. 65세 정년도 보장된다. 박봉이지만 좋은 직업이다. 내가 교수가 되기로 결정한 이유들이기도 하다.

◀ 왼쪽 사진의 당시 내 모습이나 ▼ 아래 TV에 출현한 모습이 지적인 젊은 교수처럼 보였는지는 모르겠지만 말이다^^.

그러나 가장 큰 특권이 있다면 여름 겨울방학이 각각 두 달 이상 변함없이 찾아온다는 사실이다. 이것이야말로 타 직업과 비교우위 목록의 최상단에 위치하리라.

1988년은 서울올림픽 개막을 앞두고 나라가 분주했다. 그러나 나야 알게 뭐람. 그 해 7월, 교수가 된 후 두 번째 여름방학, 나는 죽마고우 화가친구 박성현 화백과 여행을 떠났다. 초등학교 때부터의 동창, 귀국하여 날 처음 본 순간 눈가에 눈물을 맺던 친구, 자신의 첫 개인전 대표작품을 내게 선물한 친구, 고등학교 시절엔 같은 미술반이었고 당시는 내가 피곤할 때 머리 식히러 들리던 화실 주인이었다.

(그 당시부터 주말 스케치여행을 가끔씩이나마 따라다녔던 친구였는데 지금은 일주일에 한 번씩 교실에서 뵙게 되는 사회교육원의 내 그림스승이시다! 요즘도 내게 하늘, 바다, 강 등에 색을 너무 가득 칠해 답답하게 그린다고 지적한다... 근데 아무리 조심해도 여백의 미를 살리지 못하는 나를 보면 난 미술 감각이 부족한 듯싶다)

'묻지 마' 드라이브 여행! 출발 당일까지 목적지도, 여행기간도 정하지 말기로 했다. 우린 광화문 화실에서 만나 우선 경부고속도로를 탔다. 그 후의 여정은 하회마을→울진→강릉→삼척→오대산으로 이어지면서 불과 3박4일 만에 끝나고 말았지만 말이다. 친구가 오대산 민박에서 집에 전화를 하더니 빨리 가야겠다나? 아마도 말과 달리 '공처가'였던 모양이다. (◀ 지금은 미대 교수지만 당시는 순수작가, 왼쪽 사진은 젊은 시절 그의 그림 전시회에서 함께)

당시는 자가용이 그리 많진 않았던 때, 운전하기엔 참 좋았다. 그러나 지나치는 곳마다 어쩌나 검문검색이 심했던지! 아무튼 지금도 여행의 진미를 느껴본 아름다운 추억으로 남아있다. 언젠가 다시 각본 없는 여행을 떠나고 싶다.

11-1 하회마을

경북 안동 굽이굽이 낙동강 줄기가 흐르는 풍산 유씨의 씨족마을...유네스코 세계문화유산으로까지 등재

전래의 유습이 잘 보존되어 있어 놀라운 양반 고을.
허씨가 마을을 이룩한 후 안씨와 유씨가 들어왔다는 설도 있는데...
하회탈을 처음 제작한 사람은 허도령이었다고 함

◀ 왼쪽은 친구와 마을 하회탈 가게에 들려 찍은 사진.
맹~하게 서 있는 나에 비해 친구의 하회탈 흉내내는 익살스러움이
세월이 지난 후 보니 재미있다.

사실 화가친구는 지금도 늘 얼굴에 웃음을 머금는 스타일이다.
지금은 제법 품격 있는 미대 교수이자, 멋스러운 화가모습으로 탈바꿈되었다.
▶ 우측 사진은 익살과 호기심에 이제 예술가의 기품이 덧붙여진 2011년 중
국 스케치여행에서의 최근 모습... 위 1988년도 하회마을 사진에 무려 26년
이라는 세월의 흐름이 얼굴에 부드럽게 묻어 보인다.

11-2 인사동 거리...

종로쪽 입구에서... 멀리 북한산 자락이 보인다.

인사동은 친구 때문에 자주 가곤 했다. 요즘도 자주 들리는 곳이지만.

▶ 오른쪽 사진은 인사동의 친구 그림전시회에 애들을 데리고 가서 찍은 사진으로, 셋째 막내의 크기로 보아 하회마을을 갔던 그 해 1988년도의 여름으로 추측된다.

사실 아내도 내 친구의 그림 팬이다. 친구 그림이 언제 봐도 너무 좋다고... 덕분에 우리 집엔 그의 그림이 대여섯 점씩이나 걸려있다.

11-3 **울진 평해 바다**

방파제 돌들의 모습이 마치 돌고래들이 해변에서 쉬고 있는 것처럼 조금 괴이하다.

다시... 묻지마 여행 이야기로.......

하회마을을 떠난 우리는 이제 동해안 길을 달리기로...
그렇게 해서 찾아간 곳이 영덕... 울진... 삼척...

◀ 좌측은 울진 평해 바다의 고요한 풍경...
그 방파제 암석 하나 위에 앉아...
친구가 구도는 잘 잡았는데 바람에 머리카락이 하늘로 고만^^

▶ 울진 바닷가 근처엔 월송정이란 곳도 있다.
신라시대에 화랑들이 송림에서 달을 즐기며 뱃놀이를 했단다.
관동8경의 하나로 유명하다는데 일본군이 철거한 것을 1980년대
에 복원했다고 전해진다.

11-4 삼척 탄광촌 마을

까만색이었다... 시커먼 탄광마을... 석탄과 연탄을 운반하는 철도도 있고.. 시내에서 하룻밤을 묵었다.

11-5 오대산 계곡

하회마을, 삼척 거쳐 3박 째... 정처 없는 드라이브는 오대산으로 우리를 인도했는데... 흥겹게 막걸리를 마시며 담소하고 있던 늦은 오후시간.... 갑자기 폭우가 쏟아지면서 계곡의 물이 민박 바위 수위까지 쳐들어와 가슴이 조마조마했던 기억이 새롭다.

한국에서 추방당할 뻔한 국적 회복자의 한글 사랑과 TV출현

학교 연구실에서 책을 읽고 있던 중, 하루는 어디선가 전화가 왔다. 출입국관리소라 했다. 이유는 내가 불법 체류중이어서 추방해야겠다는 것이었다. 이게 도대체 웬 말! 강의중인 교수라 했더니 불법 취업이므로 가르칠 자격이 없는 사람이라고 몰아세웠다. 미국 시민권을 가지고 정부가 인정하는 한미 합작회사에 근무할 땐 괜찮 았지만, 그 후 같은 비자로 자격 상실이 된 상태에서 학교에서 근무함은 불법이니 당장 출국한 후 다시 비자를 받고 재입국하라고 윽박질렀다. 마치 외국여행객이 한국에서 영어학원 강사로 불법체류하는 식으로 범죄인 다 루는 음성이었다.

기가 막힐 노릇! 기업이건 대학이건, 해외의 동포 과학자가 고국에 몸을 바치겠다고 귀국했는데 불법이라니! 그렇지 않아도 대학교수로서 더욱 당당하기 위해 미국시민권을 포기하려던 참이었거늘 추방하겠다니!.

결국 동아일보 기자친구(前 김충식 방통위 부위원장) 의 도움으로 출입국관리소장을 만나 큰 문제없이 비자 갱신을 하고, 그 후 미 대사관과 법무부의 절차를 거쳐 한국국적을 회복하게 되었다. 마침 당시는 노태우 김대 중 김영삼 김종필 네 명의 대통령선거로 분위기가 뜨거웠고, 난 투표권이 없다는 사실에 내심 부끄러웠던 터이 라 상황이 잘 정리되었지만, 하마트면 내 IT인생은 또 다른 방향으로 틀어질 뻔한 사건이었던 셈이다.

다시 대한민국 국민이 되었던 그 당시 나는 우리의 한글에 관심이 컸다. 금성에서도 한글 오토메타(automa-ta)의 논리에 감복하였고 도트메이트릭스(dot matrix) 프린터용 한글 폰트를 개발하면서 자모음 조합의 아름다 움에 심취했었다. 또한 2벌식과 3벌식 논쟁이 치열한 타자기 문제를 고민하면서 한글 타자기의 원로이신 공병 우박사님 등 다양한 분들을 만나오고 있었다. 왜 한글이 세상에서 가장 과학적인 글인지, 왜 IT에 가장 적합한 지, 앞으로 디지털 글자로 더욱 발전시키려면 어떤 노력이 필요한지... 등이 모두 내 관심사였다.

그래서 그 당시 모 잡지에 '세종대왕 전상서'라는 글을 기고하고, 그 글이 많은 사람들 사이에 회자되면서, 난 어느 한글날 기념 KBS TV녹화방송에 단독 출현하여, 왜 우리가 한글을 사랑할 수밖에 없는지, 한글의 발전방 향이 무엇인지 등을 주제로 아나운서와 무려 30분 가까이 단독 대담을 했다. 비록 NG는 단 한 번도 내지 않았 지만 그 경험이 과히 유쾌하지 못하고 TV속의 내 모습이 어색해서 그 이후론 가급적 TV출현 요청을 거절했 지만 말이다.

한글날 저녁, KBS2 녹화방송을 보고 있는데 화가친구로부터 전화가 왔다. "지금 뭐해?" TV속의 내 모습이 그 친구에게 반갑기도 하고 우스웠던 모양이다.

▶ 우측은 1986년 출시되어 당시 폭발적인 인기를 끌고 있었던 무선호출 기, 삐삐의 모습을 그려 본 것이다. 당시는 이런 것을 하나씩 허리춤에 차고 다녔었는데!

삶의 청량제 가득한 친구의 그림방

인간으로 태어나서 기계와 더불어 산다는 것은 인간다운 삶이 못된다. 그래서 컴퓨터와 씨름해왔던 지난 내 생활은 무척이나 단조로웠다는 생각이다. 남들이 현대문명의 총아인 컴퓨터를 다루는 전문가라고 치켜 세워주기도 하지만 컴퓨터쟁이들을 상대로 보내는 하루하루에 신통한 묘미는 없었던 편이다.

그러나 매일 하드웨어와 소프트웨어만을 논하노라면, 가끔씩은 신문기자나 변호사 같은 직업을 가져 세상과 사람의 문제를 직접 다루는 기계 아닌 인간전문가로 다시 태어났으면 하는 생각이 드는 것도 또한 사실이다.

생활이 무미건조할 때 사람들은 산과 강이나 바다를 찾기도 하는 모양이다. 수영장과 헬스클럽과 골프장을 다니기도 한다. 사우나를 즐기고 고스톱 등으로 밤을 지새우는 사람도 있다. 그러나 난 제대로 그렇지도 못해왔던 것 같다. 다들 다녀왔다는 설악산도 아직 못가 봤으며 술을 즐기거나 골프 같은 것은 아예 관심도 없다. 증기탕에선 1분도 못 버티는 체질에 다리 꼬고 10분만 앉아있으면 쥐가 내린다. 그저 이 일 저 일 벌려놓고 바삐 지내다가, 동료나 친구들과 맥주 몇 잔 마시며 담소하는 정도다.

봄이 오면 파릇파릇 싹트는 나뭇가지를 쳐다보며 자연의 섭리에 감탄해보기도 하고, 가을철 단풍진 오솔길을 걸으며 아내와 정담을 주고받기도 하며, 겨울이면 애들과 눈사람을 만들면서 동심의 세계로 돌아가겠다고 발버둥 쳐보기도 한다. 그러나 흡족하지는 못하다.

그런데 불행 중 다행일까? 나에겐 기막힌 휴식처가 있다. 언제부터였는지 모르지만 일에 쫓기다가도 불현듯 찾는 곳은 홍대 앞 서교동의 어느 화실이다. 그곳에 가면 우선 붓을 들고 있다가도 언제나 미소로 반겨주는 화가 친구 한 명이 있다. 그 곳엔 이젤과 붓통과 캔버스가 이리저리 놓여있고 유화 냄새를 물씬 풍기는 그림들이 어지럽게 널려 있다. 혼돈 속에서 질서 있는 그곳에는 늘 사람냄새가 나고 자연의 향기가 흐른다. 향긋한 커피 한 잔 얻어 마시고 덜렁 소파위에 누워 있다 보면 컴퓨터 생각이 홀연히 사라지고 달콤한 낮잠부터 즐기게 되는 곳이다. 풍경화가 주를 이루지만 누드그림도 가끔씩 그리는 편이어서 운좋은 날은 나체모델 감상도 맛볼 수 있으니 얼마나 좋은가!

물론 내가 직접 붓을 들어 볼 용기는 아직 없다. 그러나 울적 할 때. 짜증스러울 때. 답답할 때 찾는 친구의 그림 방은 내겐 상큼한 청량제처럼 가슴을 시원하게 씻어 내려주는 매력이 있어 쉬지 않고 찾게 되는 곳이다.

('삼성데이타시스템' 1992년 6월호에 실린 글... 위 그림은 잡지에 삽입된 삽화가의 그림)

12. 첫 동남아 여행은 태국·싱가포르·대만· 홍콩·마카오 및 사이판

나는 타고난 일벌레다. 1980년대 말부터 90년대 초까지 난 각 주요 기관의 IT 교육 강사와 많은 언론 매체에의 기고활동으로 정말 바빴다 (▶ 우측은 모 잡지 연재물에 실린 당시 내 모습). 특히 정부의 과제를 수행하며 소프트웨어산업 육성정책 연구에 혼신을 기울이고 있던 시절이었다. 저술작업도 진행 중이어서, 교수로서 한참 물이 올랐던 때이다.

당시는 성경공부도 열심히 했다. 아내와 밤마다 통독을 하고 기도하고, 구역예배도 열심이었다. (그 당시의 구역장이 前 방송통신위원장인 이경재 장로. 멤버 중엔 독실한 신앙인인 김종훈 現 한미글로벌 회장도 있었다) 지금은 어찌하여 교회 문턱조차 높아졌는지는 모르겠지만 말이다.

그러나 어찌 교수가 공부만 하랴! 1990년 1월, 겨울방학을 맞아 역시 화가 친구와 부부동반으로 해외여행을 떠났다. 나에겐 첫 동남아 여행, 친구는 처음으로 비행기를 타 보는 순간이었단다. (그 후 친구는 세계 방방곡곡, 나보다 훨씬 많은 곳을 찾았지만) 대만→싱가포르→태국→홍콩→마카오로 이어지는 패키지여행이었다.

처음 본 동남아는 미국이나 유럽과는 달리 너무도 환상적이었다. 모든 게 정겹게 느껴졌다. 대만은 생각보다 큰 나라였고 제법 자연도 함께 어우러져 있었다. 싱가포르는 선진국의 냄새를 물씬 풍겼다.

반면에 태국은 충격적이었다. 모든 것이 신비스럽고 이색적이었다. 방콕에서 파타야로 가니 낮 해변과 밤 유흥가의 광경이 묘한 조화를 만들어 역시 관광 천국이라는 생각이 들었다. 우린 이 모두를 만끽했다. 심지어는 남장 여자들, 트랜스젠더 쇼까지도!

홍콩에서는 야경을, 마카오에서는 중국과의 접경 지역으로 다가가 중국 땅을 관찰했던 기억도 새롭다 (당시는 영국이 홍콩을 관리하고 우리는 중국여행이 불가능할 때다)

▲ 추운 겨울에 여름 나라를 쏘다니면서 우리 부부들은 잉꼬처럼 손을 꼬옥 잡고 다녔다. 당시만 해도 젊었던 모양이다. ▶ 그 때 찍었던 사진들은, 우측 사진처럼 마치 신혼부부 모습 같아서 공개하기 쑥스러울 정도다. 최근엔 언제 손을 잡아 봤는지 기억조차 없지만^^… 아무튼 첫 동남아 여행은 오래오래 좋은 추억으로 남아있다.

12-1 장개석 궁전 광장

광장이 제법 넓다. 대만의 관광 1번지인 듯.

대만은 겉은 그럴 듯한데 왠지 초라하게 느껴진다.

중국이 강성해짐에 따른 상대적인 위축감.. 그 선입견 때문일까.

우리나라도 김일성이 한반도 땅을 점령하고 이승만정부가 제주도

로 쫓겨가서 임시정부를 수립했다면 이런 모습?

그러나... 중국과 대만이 어찌됐건 우린 그저 30대 부부 관광객!...

◀ 다정하게 사진이나 한 장!

반대편으로는 장개석 메모리알이 있는데... 이 역시 제법 웅장한 건물.

건물 안엔 동상이 있고... 뒤 벽에 '民主'라고 씌여있다.

이 동상은 힘을 잃고 낭패 본 민주주의 신봉자에 대한 동정일까?

장개석 전 총통은 아직도 대만인들의 우상일까?

그나저나... 중국이 저리 강대해지니 앞으로 대만은 어이할꼬~! 작은 형님 국가?

12-2 대만 우라이 온천지역
도심에서 가까운 한적하고 물 맑은 동네... 대만 사람들은 이런 곳에 와 온천을 즐기는 듯.

온천을 즐길 시간도 없는데 왜 가이드가 이 지역까지 데려왔는지는 기억이 나지 않는다.
그러나 평온한 시골마을... 산과 냇물이 아름다운 정취를 풍겨 우린 이곳저곳을 산보하며 다녔었다.
좀 시끄럽고 상업적인 우리나라 온천마을 분위기와는 좀 달랐던 듯.

장소 이동 중에 가장 큰 대만식 건물이라고 가이드가 갑자기 차를 세우며 사진 한장 찍으라고 추천하는 바람에 안엔 들어가 보지도 못하고 잠시 한 장...
음식점이라던가, 아니면 호텔이라던가.. 기억도 가물~

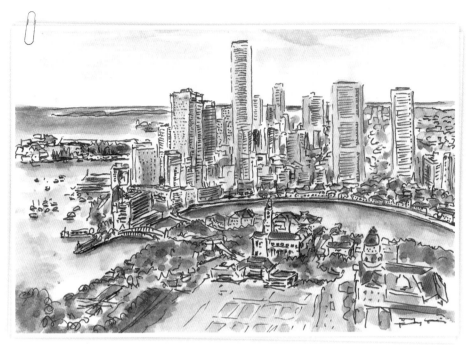

12-3 싱가포르 도시 전경

멀리서 보면 유럽 혹은 캐나다 같기도 한 전형적인 고급 대도시 전경이다. 빨간 지붕이 이색적이다.

12-4 싱가포르 산토사 섬

가까운 바다 건너편에 있는 섬... 그 안의 공원.... 좀 싱겁지만 잘 가꿔놓아 우리도 나름 즐긴 곳이다.

12-5 싱가포르 보타닉 가든 (Botanic Garden)
자연을 멋지게 보호한 아열대 식물원이다. 데이트하기 좋은 장소.. 근데 어찌나 덥던지~

12-6 보타닉 가든 데이트 코스

제법 더운 날씨...
그래도 샅샅이 누비며 살핀 까닭에 식물원 사진이 가장 많다.
◀ 부채 모양의 야자수 등 이색적인 나무들이 다양했던 듯...

그리고... 주롱 새공원...
보타닉가든에서 주롱 새공원으로 이동하여 역시 자연광광..
아내 팔에 흰색과 알록달록한 색의 잉꼬가 한 마리씩...
물론 사진촬영용 특별 장소에서 찍은 것이지만ㅎㅎ
▶ 이 사진은 동행했던 화가친구의 후배가 찍어주고 귀국 후 가로
폭 150cm 의 크기로 인화해 줘.. 아직도 지하 방 벽에 걸려있다.

사실 싱가포르는 인공적인 계획 도시여서 큰 감흥은 없다. 나아가... 길가에 껌만 뱉어도, 화장실에서 볼 일을 보고 물을
안 내리기만 해도 벌금은 매긴다나. 복지국가라지만 술이 비싸고 자동차가 귀한 재미없는 나라다.

12-7 태국 파타야 해변

방콕에 내리자마자 140Km 떨어진 파타야로 행했다... 파라솔과 사람들만 없다면 한적한 비치가 운치 있을텐데..

◀ 비치에서 수영하기 전에 사진 한 장...

뒤에 보이는 수상 오토바이(?)도 타 보고...
어린애처럼 물장난도 쳐 보고...
정말 신혼여행 온 느낌...

이런 사진들을 볼 때마다 난 자상한 남편은 못되지만 젊은 시절 아내
에게 많이 베풀었다고 생색만^^

▶ 배를 타고 나가서 우리도 어린애들처럼 패라 세일링...
밧줄로 배가 끌어줄지언정, 창공을 나는 순간이나마 황홀한 느낌이었다.
비행기나 헬리콥터처럼 막히지 않고 소음이 없는 상태에서 새가 된 야릇한 희열이랄까?
언젠가 핫 에어벌룬(열기구)도 꼭 한번 타 보기로!

12-8 **태국 왕궁**

태국의 관광명소답게 사람들이 바글바글... 어디를 가도 북적북적... 특히 이런 곳은~

빨강, 노랑, 초록.... 금도장이 햇빛을 반사하여 번쩍번쩍...
어떻게 이런 오색찬란한 색을 다 이용했을까..
고대의 건축가들은 왜 이런 상상까지 했을까...
강렬한 문화에... 코끼리에... 신비스러운 태국!!

▼ 아래는 2004년도 태국 AIT대학 방문 시 (중앙이 태국 수라퐁 정통부 장관,
우측은 AIT대학총장, 그리고 대한민국 인터넷의 대부로 유명한 KAIST 전길남 교수)

날씨 따뜻하고, 문화 찬란하고, 볼거리 다양하고, 먹거리 풍성하고, 술값 싸고,
호텔은 고급이고.. 언제 가 봐도 태국은 관광 천국...
더 나이 들면, 이 나라를 두루두루 살펴볼 계획이기도 하다.

12-9 **홍콩 전경**

트램을 타고 올라가 빅토리아 파크에서 본 홍콩.... 밤이 되면 백만 불짜리 야경으로 변한다나

◀ 좌측... 홍콩 해변 어느 관광지에서 한 장...

어딘지 참 온통 붉은 색!

왜 중국인들은 붉은 색을 좋아할까?

▼ 아래는 엄청 큰 해상 점보식당에서 식사 후 기념촬영

사실 별 볼일 없는데, '홍콩'은 왜 듣기만 해도 단어 자체가 환상적일까?

못 살던 시절의 아시아의 부촌이었기 때문에? 인기를 누리던 홍콩 영화 탓? 기분이 너무 좋으면 뿅~ 홍콩간다는 말의

유래는 무엇일까? 홍콩을 여러 번 가봤지만 아직도 이해가 안 된다.

12-10 마카오 성당

카지노의 도시 마카오... 오랜 기간 포르투칼의 지배를 받은 후 남은 옛 성당의 잔상... 이곳 관광1번지에서

어떻게 건물 앞 벽만 남아있을까? 안 무너질까?

◀ 좌측 사진 찍으면서 은근히 불안...

▼ 근데 세월이 14년 흐른 2004년 다시 방문했을 때에도 여전.

2004년도 방문 시엔 날 초청해 준 전자기업 시장의 친구라는 마카오 호텔 대부의 강권으로 포루트칼 식당에서부터 시작해 호텔 멤버십 클럽으로 옮겨서 잘 마시지도 못한 50년산 비싼 술을 어찌나 많이 마셨는지~~

12-11 사이판 만세절벽

'묻지 마' 여행 이후. 친구 서선진과 (화가친구도 동행) 2000년도경 찾아간 곳... 드라마 '여명의 눈동자'가 생각났다.
일본인 1000 여명이 전쟁 때 미군의 만류에도 불구하고 '천황폐하 만세'를 외치며 몸을 날려 죽었다는 곳!

12-12 사이판 새섬

사이판은... 휴양지로는 특별하지 않지만 해변 경관만은 정말 일품이었다.

국어공부를 못한 컴퓨터 글쟁이

1980년대 후반부터 나는 IT계에선 자타가 공인하는 '글쟁이'였다. 지금도 마찬가지. 아닌게 아니라 그 누구보다도 많은 글을 써 왔던 것 같다. 글자 수로만 따진다면 IT인으로는 아마 내가 단연 1위이리라. 아이러니다! 고등학교 1학년 때 국어공부를 중단한 내가 글 잘 쓴다고 소문났으니 말이다. IT전문가들의 필력이 문제일까.

얼마나 써 왔을까. 글쎄.. 책 10여 권 외에 기고문만 대략 400편? 돌이켜보니 신문과 잡지는 물론 기업 사보들까지 종류도 참 다양했다. 우선 신문으로는 동아 조선 한국 매경 한경 등... 특히 업계 대표신문인 전자신문에 가장 많은 기고 활동을 했다. 1990년대 초반에는 사설담당 논설위원도 맡았고, 삼성 LG 현대 한전 쌍용 등, 수십 개의 기업 사보에도 권두언이나 칼럼을 기고했다. 원고요청이 폭주할 땐 일주일에도 두셋.. 지금 생각하면 꽤히 바빴던 것 같다.

IT전문잡지쪽이 단연 많았다. 1980년대, 우리나라 일간신문들이 IT에 대한 관심을 미처 갖지 못하고 있던 시절엔 당시 대표적인 컴퓨터 잡지였던 '경영과 컴퓨터', '월간 컴퓨터', '정보시대', '컴퓨터 비전', '소프트월드' 등에 200편 가까운 기고를 했다. '과학동아' 같은 과학 잡지, '샘이 깊은 물'이나 '한국인' 같은 일반 잡지 수십 종에서도 컴퓨터를 외쳤다. 향후 몰아닥칠 정보화 바람을 미리 계몽하는 것도 교수의 사회적 책무라고 판단했기 때문이다.

가장 기억나는 활동 중 하나는 1991년 6월부터 1992년 9월까지 38회에 이르는 동아일보의 '컴퓨터 교실'이었다. 대중에게 컴퓨터를 쉽게 가르치겠다는 일념으로 삽화까지 내가 직접 그렸다. (▶우측 그림이 그 중 하나... 삽화 속 박사모 쓴 사람이 바로 나!^^) 과학동아에 60편에 달하는 아시모프 칼럼의 영한대역을 맡던 시절도 흥미롭게 기억된다.

1990년대 초반, 약 60회에 걸친 소프트월드의 '이주헌 칼럼'은 나를 일약 '유명 컴퓨터 칼럼니스트'로 자리 매김하도록 만들었고 (컴퓨터 전시장에 가면 모르는 사람들조차 '혹시 이주헌 교수님 아니세요'하고 물어볼 정도?) 삼성SDS가 발간하던 '정보경제/인포노믹스'엔 2년 동안 '소프트대학'란을 신설하여 내 이름을 걸고 매월 IT와 각각의 다른 학문들을 연계시켜 IT학의 관점을 범학문적으로 분석함으로써 엄청난 반향을 일으켰다.

'주간조선'의 논단을 맡아 10여회 동안 우리나라 정치사회 이슈들을 다뤘던 때나, 광주일보 칼럼 필진으로, 또는 목포일보 등 고향지역에 내 생각을 전달했던 시절도 좋았다. 요즘은 게을러졌지만 (전자신문 객원 논설위원 정도~) 글만큼은 계속 쓸 계획이다. 쓰는 과정이 즐겁고, 반응이 클 땐 보람을 느끼고... 아마도 난 글쟁이 체질이 맞긴 맞나보다.

▲ 위 그림은 타자기에서 발전한.. 그러나 PC용 문서편집기 이전의 워드프로세서 기계

날치기 통과시킨 법으로 나라 통치할 수 있겠는가

"XXX들! 저런 XX할 X들이 소위 국민을 대표하는 국회의원들이라고 목에 힘주는 세상이니 이 나라가 이 모양 이 꼴일 수밖에 없지. 치고받으려면 잠실운동장에 나가 각목 들고 패싸움을 벌일 것이지. 신성한 국회에서 주먹질 발길질에다 사람을 들었다 내동댕이치고 명패를 던져 결국 유혈사태까지 만들다니! XXXX들!"

욕은 인간감정의 한 표현이다. 그러나 분노의 수위가 높고 감정이 격해지면 많은 사람들은 대화보다는 욕설로 대신하곤 한다. 이성을 잃은 무식한 행동인줄 알면서도 얼굴이 벌겋도록 욕설을 퍼붓고 주먹다툼을 하는 것은 바로 인간의 연약함 때문일 것이다.

그러나, 이를 모르는 바 아닌데도 욕이 난무하는 세상이다. 국회의원들의 입이 거칠다는 게 이번에도 재확인되었다. 고향친구에게 애교 있는 욕 한마디도 못해 본 처지의 나조차도 이렇게 하늘을 향해 쏘아붙이게 되었다. 위정자를 향한 불평과 한탄이 곧 민심이라면 들을 사람은 들어야 하거니와, 훨씬 더 과격한 언어와 삿대질과 몸싸움이 국회의사당에서 얼룩진 마당에 선량한 시민들이 욕을 하는 정도야 어찌 보면 당연하다.

그러나 속이 후련 해지기는커녕 마음은 찢어질 듯이 아파온다. 그리고 텅 빈 가슴은 눈물로 가득 차기 시작한다. 지금 슬피 우는 국민이 어찌 나 하나뿐이겠는가? 그래서 걱정이다. 정치적 허무주의가 극에 다다른 이 나라의 장래가 크게 걱정된다. 이젠 과연 어떻게 해야 하나? 물론 포기할 순 없다. 될 대로 되라는 식의 허탈감은 현명한 국민의 머리에선 사라져야한다. 이런 때일수록 이성을 되찾아야 한다. 그리고 정치를 바로 세워야 한다. 정말이다. 위정자들은 국민에게 사죄하고 거듭나는 노력을 다시 기울여주어야 한다. 날치기로 통과된 법의 이름으로 이 나라가 통치될 수는 없지 않겠는가? 야당 없는 여당만의 국회를 꼭 보아야만 하겠는가? 조기총선만이 상책은 아니지 않는가?

그리고 이젠 더 이상 기다릴 수 없다. 모든 야권은 대동단결하여야 한다. 통합은 국민의 입에서 욕설이 튀어나오는 이때가 적기이다. 사실 민주당은 창당으로 강행군하지 말아야 했다. 영남과 중산층과 지식인이 지지한다는 발상은 시작부터 어울리지 않았다. 재야의 신당창당도 부질없는 짓이다. 민중의 혁명으로 국가재건을 꾀한다는 일부 과격파의 주장은 큰 착각일 뿐이다. 견제와 비판세력이 분열되면 독재가 지속되고 질서를 잃으면 폭력사태를 유발케 되리라는 점은 너무도 당연하다. 모두들 선거제도와 의회주의사고로 싸워야 옳다. 평민당은 당 간판을 내리는 포용력을 발휘할 때다. 이런 때일수록 방송인들은 제작거부를 삼가고, 학생들은 교정으로, 그리고 노조들은 오히려 인내를 할 때이다. 모든 가슴들이 한줄기의 힘으로 결집되어야 이 난국도 슬기롭게 극복될 수 있다.

욕설을 한바탕 퍼붓고 마음을 정리해보니 그래도 조금은 진정이 되는 듯하다. 그래서 다시 한번 눈을 감는다. 모든 국민 웃으며 잘사는 나라, 자유가 보장된 나라, 인권이 존중되는 나라, 한민족이 통일되는 자랑스러운 미래국가가 건설될 수 있도록 조용히 기도해 본다.

('주간조선' 1990년 7월 29일자 요약발췌... 왜 당시 난 이렇게 욕을 해댔지? 조선은 이런 글을 왜 실어줬을까?)

13. 아내와의 성지순례는 이집트·이스라엘과 바티칸

1991년 여름, 처음으로 책다운 책을 발간했다. 제목은 '실용 프로젝트관리론', IT현장에서의 정보시스템구축 프로젝트를 수행하기 위한 방대한 이론과 실무 지침서였다. 책은 폭발적인 인기였다. 특히 산업계에서 큰 환영을 받았고 나중엔 기업 전산실의 바이블로 여겨질 정도였다. 나는 이 책 덕분에 IT학자로의 자리매김을 할 수 있었던 것 같다.

80년대 PC문화를 창조하고 30대의 젊은 벨 게이츠를 일약 거부로 만든 MS사의 MSDOS가 막을 내리고 Windows가 등장한 것도 90년대 초였다. 당시 난 아래아한글이 윈도우 환경으로 빨리 적응하지 못하는 것이 안타까워, 평소 친분 있던 미국의 팔랜티어社를 한컴의 이찬진 사장에게(現 드림위즈 대표, 지금은 배우 김희애씨의 남편으로 더 알려져 있지만) 소개시켜 소스코드를 구입토록 주선을 한 적도 있다. 작은 벤처사업가였던 안철수 의원을 만난 것도 이 무렵으로 기억된다.

비슷한 시기에 난 잡지에 기고했던 글을 모아 우리나라 최초의 '컴퓨터 수필집'을 냈다. 이 책의 제목은 '하나님, 컴퓨터 그리고 사랑'이었는데 (▲ 위... 이 표지 디자인은 내가 했다^^) 제법 언론의 조명을 받았다. 제목이 독특해서인지 국민일보에서 대서특필하고 '여성동아'는 우리 부부를 '그 남편 그 아내'로 특별 취재했다. (◀ 왼쪽은 그 잡지 사진 중 하나) 뭐, 부부의 신앙심이 돈독하여 만들어진 책이라나. 수필집의 한 꼭지 글에서 하나님이 인간을 사랑으로 창조했듯이 인간도 컴퓨터를 잘 창조해가자는 취지의 글이 포함되어있어 제목을 붙인 것뿐이었는데 말이다.

1992년 2월 겨울방학! 이왕 '하나님'을 언급한 책도 썼겠다, 기독교에 대한 관심도 제법 있겠다... 난 아내와 12박13일 간의 성지순례를 떠났다. 물론 교회 분들과의 동행이었다. 여정은 프랑스→이집트→이스라엘→바티칸이었는데 독실한 신도인 아내에겐 감동적이었겠지만 내겐 수 천 년에 걸쳐 성경에 기록된 현장을 확인하는 즐거움이 더 컸다. (▶ 우측은 예루살렘에서 갈릴리로 가다가 '선한 사마리아인의 주막' 앞에서)

물론 귀국 후 교회신문에의 기행문은 역시 내가 맡았을 수밖에! 아내, 김미경 권사님께서는 몇 년 전부터인가 터키와 그리스로 초대교회 성지순례를 가자는데... 난 자꾸 이집트 남쪽의 아프리카 대륙이 더욱 생각난다.

13-1 **루브르 박물관**

정말 파리에선 명소 중의 명소... 너무 커서 단체 관광으론 제대로 감상할 시간적 여유가 없다는 것이 흠.

성지순례이지만 이왕 프랑스 파리에 왔으니 잠시 관광...
역시 명소는 루브르 박물관!
1983년에 이어 두 번째지만 또 새로운 느낌... 그저 감탄사만 연발~

하루하루 각박하게 먹고 사는 데 열중하는 우리네에 비해
예술을 사랑하는 프랑스인들이 너무 멋있게 살고 있다는 생각!

이번에 난 비너스상 앞에서 사진 한 장 (◀)... 아내는 모나리자 앞에서! (▼)
2004년 세 번째로 다시 찾았더니
모나리자는 두꺼운 유리벽... 거의
접근금지 수준!

13-2 **이집트 피라미드**

카이로 외곽 가까운 곳의 그 유명한 피라미드... 기대보다 좀 싱겁긴 하지만 놀랍다

파리에서 카이로로 온 후 처음 들린 곳이 피라미드!

돌이 많이 부식되어 가까이서 보면 큰 바위들이 더 운치 있었다.

옛날엔 이 엄청나게 큰 돌들 어찌 옮기고 또 쌓았을까.

왕들은 왜 이리도 죽으면서까지 백성을 괴롭혔을까.

▼ 아래는 이젠 얼굴형체가 없어진 사자상 스핑크스 앞에서

13-3 **시내산**

모세가 이스라엘 민족을 이끌고 40년 간 방황하던 지역... 십계명이 만들어 진 곳

시내산과 시내광야!

이 척박한 곳에서 어찌 살아 남았을까.

풀 한포기도 제대로 없는데... 하늘에서 뿌려진 만나를
먹고 살았단 말이 이해가 되더군.
이스라엘 민족이 모세를 원망했을 수밖에!

이집트의 시나이 반도에 가기 위해 이동하다보면 자연스럽게 건너
게 되는 수에즈 운하...
이집트의 경제에 큰 도움이 되는 먹거리?

홍해를 건넜으면 더 좋았을 뻔~!

13-4 이스라엘 예루살렘... 통곡의 벽
모두가 벽에 다가가서 기도... 통곡까진 몰라도 모자 쓰고 수염 기른 유대인들이 정말 기도는 열심히 하더군

예루살렘 성... 다윗의 백성들이 만든 도시...
도시 전체가 마치 성지처럼 엄숙한 분위기

이스라엘 민족이 그리 꿈꾸었던 젖과 꿀이 흐르는 곳!
이 도시가 바로 그곳이란 말인가.
예수님이 오르던 골고다 언덕은 이제 그 형체를 찾기
힘들고 교회들이 들어서 있지만..

▶ 나도 통곡의 벽에서 기도를 했는데...
물론 통곡은 하지 않고 기도만 ㅎㅎ
유대인 모자를 쓴 내 모습이 이제 보니 웃기는군.

그런데 유대인들은 왜 수염을 저렇게 기르지?

13-5 **베들레헴**
예수가 태어나신 곳... 원래는 '빵의 집'이라는 뜻이라고

동방박사들이 별을 따라 가 봤더니 마구간에서 아기 예수가 태어났다......
흠〜!

◀▼ 그 마구간의 마을이 이제 이런 성곽들로 가득한 도시가 되었네.

13-6 갈릴리 바다

베드로가 낚시하던 곳... 예수님 도움 없이도 고기를 잘 잡았다고 하던가?

◀ 2000년 전 베드로가 먹었음직한 생선 식사를 즐기는 내 모습..
물고기 이름이 향어라고.
맛도 별로 없었던 것 같은데 열심히 먹고 있었군.

▼ 아래는 잘 먹은 후 보트를 타고 갈릴리 바다로...

"밤 사경에 예수께서 바다 위로 걸어서 제자들에게 오시니 제자들이 그
가 바다 위로 걸어오심을 보고 놀라 유령이라 하며 무서워하여 소리 지
르거늘 예수께서 즉시 이르시되 안심하라 나니 두려워하지 말라 베드로
가 대답하여 이르되 주여 만일 주님이시거든 나를 명하사 물 위로 오라
하소서 하니 오라 하시니 베드로가 배에서 내려 물 위로 걸어서 예수께
로 가되 바람을 보고 무서워 빠져 가는지라 소리 질러 가로되 주여 나를
구원하소서 하니 예수께서 즉시 손을 내밀어 그를 붙잡으시며 이르시되
믿음이 작은 자여 왜 의심하였느냐 하시고 배에 함께 오르매 바람이 그
치는지라" (마 14:25-32) ... 그 역사, 그 말씀의 현장!

13-7 사해

염분이 많은 바다... 바다에 소금이 떠다닌다

이스라엘 남동쪽에 있는 요단강의 남쪽 끝.. 이스라엘과 요르단의 경계.
소금의 농도가 무려 바닷물의 8배란다.
생물이 살 수 없고 부력 현상이 나타나는 이유다.
소돔과 고모라에서의 소금기둥 이야기가 나온 유래를 가늠해 볼 수
있다.

난 발이라도 담구었는데......
아내는 이곳에서 나는 무슨 화장품용 비누만 사더군^^

13-8 **가버나움**

베드로의 동네... 가버나움의 고대 유대인 회당

예수님이 이곳을 중심으로 갈릴리에서 전도했다고...

가버나움은 세관이 있었던 중요한 국경도시..

다메섹에서 애굽으로 내려가는 해안선의 무역 상로에 위치...

위 그림의 회당은 1920년대에 발견되어 중요한 순례지가

되었다는데, 우린 그저 사진이나 한 장씩.

13-9 쿰란

이사야서를 포함해 성경의 사본이 발견되었다는 곳... 고고학자들이 500개가 넘는 필사본을 이곳에서 찾았다고

13-10 **나사렛의 교회**

젊은 시절 목수로 활동하던 예수님의 고향... 갈릴리지역의 석회암 언덕이 많은 곳

13-11 **욥바**

요나가 하나님의 뜻을 거역하고 배를 탔다는 지중해변의 항구도시

13-12 바티칸 성베드로 성당

웅장함.. 묵직함... 위압감까지 느끼게 만드는 대형 교회...
2014년 여름 세월호 참사를 위로하고자 방한하여 우리에게 참사랑을 깨닫게 해 준 프란치스코 교황이 머무는 곳

로마로 건너와 이젠 바티칸으로...

◀ 두 번째 방문이지만 다시 밖에서 한 장...
그리고 안에 들어가 성당을 둘러보았는데 엄청 큰 규모... 성모
마리아 상을 본 후 밖에서 조각품도 기념으로 샀고..
실내 벽화들도 감상했는데...

▼ 천장의 천지창조... 미켈란젤로는 목이 얼마나 아팠을까
수채화로 이 벽화를 그려볼까 하다가 참았습니다~!

직접 밟아본 말씀의 땅

말씀의 땅을 직접 밟고 돌아왔다. 장황한 글귀로 어찌 12박13일의 감동을 설명할 수 있겠는가. 그저 간략히 여정에 따라 간 곳을 정리하는 것으로 기행문을 대신한다.

우리 순례단은 우선 프랑스에 도착하여 파리의 노틀담사원과 루브르박물관 등을 살펴본 후 애굽땅인 이집트 카이로로 떠났다. 출애굽여정을 따르기 위해서였다. 그곳에서는 유명한 피라미드와 스핑크스 못지 않게 아기 예수가 헤롯왕으로부터 피신했다는 아기예수 피난교회가 인상깊다. 한편 요셉이 총리대신으로 있을 적에는 나일강가의 곡창으로 풍성했던 애굽의 초라한 현재의 모습에 모두들 가슴 아파했다.

카이로에서 두 밤을 보낸 후 본격적인 성지순례가 시작됐다. 홍해 아닌 수에즈운하를 버스로 건너는 것이 아쉬웠지만 종일 달려본 시내 광야는 정말 장관이었다. 이 지구상에 더 이상 험악한 지역이 또 다시 있을 수 있을까? 이스라엘 백성의 모세에 대한 불평이 너무도 당연하게 느껴졌다. 엘림에 남아 있는 종려나무 십여 그루와 모세가 하나님의 부르심을 받았던 시내산 아래의 가시떨기나무가 예상보다 훨씬 무성한 잎을 가지고 있음은 흥미로웠다.

물론 성지순례의 절정은 5박6일간의 이스라엘에서였다. 소금기둥들이 즐비한 소돔, 헤롯왕의 자연성전 맛사다, 이사야서 원본의 발견지인 쿰란 등을 보며 우리는 예루살렘으로 입성했다. 감람산 아래의 겟세마네 동산을 오르고 예수님이 십자가를 지고 걸으셨던 '비아 돌로로사'를 밟으면서는 우리의 죄를 대속하신 주님의 고통과 숨결을 느껴볼 수 있었다. 기드론 골짜기, 통곡의 벽, 마가의 다락방, 다윗왕의 무덤, 예수님의 동굴무덤 등도 기억에 생생하다.

여리고로 가는 중엔 선한 사마리아인의 여관이 변함없이 있었다. 여호수아가 건넜던 요단강 저편의 여리고 지역은 정말 젖과 꿀이 흐르는 곳처럼 보였다. 주님의 사역지였던 갈릴리 호수는 티베리아스에서 유람선으로 건넜는데 갈매기 수백 마리가 반기며 배를 따라 날았다. 가버나움에 도착하니 베드로가 살던 집터와 오병이어 기적의 장소와 팔복산 등이 옛 모습을 그대로 유지하고 있었는데 정말 신기할 따름이었다. 혼인잔치교회에서 주일예배를 드린 가나 마을, 주님의 고향이었던 나사렛, 아마겟돈 전쟁을 연상케 하는 므깃도, 엘리야가 비를 갈구하던 갈멜산의 비오는 풍경, 요나가 하나님의 뜻을 거역하고 배를 탔다는 지중해변의 항구도시 욥바도 그저 좋기만 했다.

로마에선 바티칸의 웅장하고 화려한 베드로 성당보다는 이름 없는 초대기독교인들의 피난처이자 지하무덤인 카타콤브가 더욱 감동적이었다. 사도 바울의 발자취가 이곳저곳에 잔재해 있었다. 귀국을 앞둔 저녁엔 로마의 한 한인식당에서 우리끼리 최후의 만찬을 가졌는데 얼마나 은혜스러웠는지 모른다.

한마디로 이번 성지순례는 정말 기대 이상이었다. 무엇보다도 직접 보고 느꼈기 때문이다. 이제 성경은 우리에게 더 이상 먼 나라 이야기가 아니라 깨달을 수 있는 하나님의 말씀으로 와 닿는다. 성지순례! 많은 분들께 추천하고 싶다.

('감람원', 남서울교회신문, 1992.3.8 에 기고했던 글에서 요약발췌)

중도 포기한 IT벤처사업가

2000년대 초부터 우리나라엔 벤처 붐이 크게 일었다. 거품은 있었지만 IT산업을 기술자들이 직접 일궈낼 수 있다는 희망을 준 점은 긍정적이었다. 당시는 대덕단지 연구원들은 물론, 교수들도 벤처창업을 하곤 했다.

그러나 이보다 10년 더 빨랐던 1990년대 초, '멀티미디어(multimedia)'라는 신조어가 막 탄생했을 때였다. 난 흑백, 텍스트위주의 컴퓨팅 환경이 칼라, 사진, 동영상, 음성을 포용하는 것이야말로 새로운 정보문명을 개척할 수 있으리라는 기대에 부풀었다. 그래서 그 누구보다도 일찍 멀티미디어 선교사를 자임했다. IT전문잡지나 IT업계 사보는 물론 '과학동아'같은 일반 학생들이 보는 매체에도 '멀티미디어' 특집을 만들어 기고했다. 그러나 현실은 미흡한 수준, 세상은 여전히 흑백이었다. IBM도 MSDOS환경에 머물러 있었다. PC계열로는 애플사의 맥킨토시라는 컴퓨터만이 유일하게 멀티미디어 기능을 구현할 수 있는 수준이었다.

난 집에서 가까운 서초동에 벤처기업을 설립했다. 대표이사직은 투자를 담당한 고향친구가 맡았지만 형식에 불과했다. 회사 이름은 '멀티마인드(MultiMind)'로 결정하고 로고도 내가 직접 디자인했다. 회사의 주된 사업은 맥킨토시 기반의 멀티미디어 응용시스템 개발로 일단 잡았다. 관리 실무는 중소기업을 경영하던 대표에게, 개발 실무는 맥킨토시 전문 판매기업에서 일하던 능력있는 간부를 스카우트해 맡기는 등 조직체계도 확고히 했다.

처음엔 정말 활발했다. 화상과 동영상이 보이는 기업 안내 키오스크(kiosk), 직원사진을 볼 수 있는 인사관리시스템, 각종 시청각 교육프로그램 등을 개발해 달라는 주문이 많았다. 당시는 기능에 비해 가격이 꽤나 높았는데도 말이다.

그러나 2년 후 어느 날, 난 벤처사업을 포기했다. 표면적으로는 맥킨토시 대리점체제의 과도한 재정부담, 관리 총괄과 기술책임자 사이의 불협화음, 투자자의 기대에 단기간 내에 부응하기 힘든 상황 등이 이유였지만, 사업에 전념할 수 없는 교수로서의 입장이 나의 미래까지도 모호하게 만들었기 때문이었다. 결국 멀티마인드는 기술책임자가 맡고, 관리책임자는 새로운 기업인 '멀티데이타시스템'을 설립하고, 초기 투자원금은 투자했던 친구가 회수한다는 조건으로 난 손을 털고 나오고 말았다. 실패한 벤처사업가였던 셈이다.

10년 후 벤처활황 때 난 왜 실패했던가 생각해 본 적이 있다. 특화된 기술 준비부족, 맥킨토시의 대중성 결여, 시기상조였던 멀티미디어 시장, 처음부터 마찰의 소지를 안고 인적구성을 했다는 점 등이 이유로 떠올랐다. 아니, 내가 사업가 체질이 아니라는 점이 더 큰 이유였다는 판단이었다. 아무튼 2년 남짓, 바쁘게 살던 시절의 이야기였다.

▶ 우측은 그 시절을 추억하며 그려 본 애플 맥킨토시 원조의 모습

창조주와 컴퓨터의 공통분모

얼마 전 '한국컴퓨터선교회'라는 종교단체로부터 강연을 부탁받고서부터 지금까지 난 고민이 많다. 제목이 '컴퓨터전문가가 본 컴퓨터와 선교'라니! 하나님, 성경, 선교가 정말 컴퓨터와 무슨 관계가 있을 수 있을까? 우리나라 기독교인이 1천만 명이라는데 하필이면 동네교회에서 집사직분조차도 받지 못한 사람에게 이런 부탁을 하다니…. 아무튼 현재까지의 생각을 정리해 보면 대충 다음과 같다.

우선 컴퓨터나 기독교나 모르는 사람에겐 신비요 저항의 대상이라는 점이다. 그래서 교육과 전도가 중요하다. 둘 다 일단 믿음을 가져야한다. 직접 컴퓨터를 두드려보거나 교회 문을 두드려보아야 점차 그 진의를 파악할 수 있다. 한번 맛을 들이면 너무 좋아 시간가는 줄 모른다. 어른이나 지식인이라고 더 잘 깨우치는 것은 아니다. "먼저 된 자 보다 나중 된 자"가 더 나을 수 있다는 점에서도 같다. 모르는 사람에겐 백번 설명해 주어도 말이 통하기 힘들다. 하나는 유토피아 천국을 강조하고 다른 하나는 컴퓨토피아를 논함이 유사하다. 둘 다 거짓을 용납지 않는다. 선악을 분별하시는 하나님과 0과 1을 따지는 컴퓨터는 언제나 정확하다. 입력이 좋아야 출력물의 가치가 높듯이 기독교인은 '말씀'을 먹으며 살아야 의로움으로 생활할 수 있다. 프로그래밍언어를 알면 컴퓨터의 활용이 보다 슬기로워 질 수 있는 것처럼 방언으로 기도할 때 하나님과의 대화가 훨씬 잘된다는 점도 같은 맥락에서 이해될 수 있다.

그러나 역시 하나님과 인간과 컴퓨터와의 주종관계에서 가장 큰 공통분모가 발견된다. 즉, 하나님이 인간을 자신의 형상대로 만드셨듯이 인간이 스스로를 모형삼아 만든 것이 컴퓨터라는 점이다. 하나는 만물의 영장이 되고 또 하나는 인간이 만든 최첨단기술이 되었다. 하나님이 흙으로 아담을 빚어 혼을 불어 넣음으로써 생령이 되게 한 것처럼 인간은 모래로 반도체를 만들어 전류를 흐르게 했다. 아담의 갈비뼈 하나를 취해 이브를 만들고 돕는 배필로 삼았다면 하드웨어의 전자회로를 '소프트웨어화'해서 하드웨어와 함께 작동하도록 했다. 인간의 두뇌는 컴퓨터의 CPU와 다를 바 없다. 하나님 보시기에 인간은 누구나 죄인이라면 에러 없이 완벽한 컴퓨터시스템은 찾기 힘들다는 점도 유사하다. 물론 인간이 불완전하여 병들고 사망하는 것처럼 컴퓨터도 바이러스로 곤혹스러워하며 언젠가는 폐기처분되는 신세가 된다. 컴퓨터가 인간을 볼 수 없듯이 인간도 하나님이 살아 계심에도 불구하고 직접 눈으로 보지 못한다.

결국 하나님→인간→컴퓨터로 이어지는 논리는 매우 흡사하다. 인간이 창조주 하나님을 무시하고 교만에 가득 차 사는 것처럼 컴퓨터가 사탄의 도구로 사용되어 인간을 배신하고 도전할 수 있는 가능성은 때때로 요한계시록이 이야기하는 소위 '666컴퓨터'로 설명되기도 한다. 한국컴퓨터선교회는 컴퓨터라는 인간의 모형 속에 성경을 담아 넣음으로써 컴퓨터를 통해 하나님께 나아가자는 것, 즉 컴퓨터→인간→하나님이라는 선교방향을 설정한 조직이리라.

결론적으로 컴퓨터와 하나님과의 진정한 공통분모는 인간으로 귀결된다. 인간은 창조주와 컴퓨터를 모르며 살 수는 없다. 둘 중 하나라도 무시하면 비참한 인생이 될 수 있다. 그래서 우린 첨단 정보시대를 살면서도 하나님께 순종해야 한다. 그것이 초청받은 강연에 준비하는 내 결론이며 또한 새해를 맞이하는 숙연한 자세이기도 하다.

('정보시대' 1992년 1월호에서 요약 발췌)

14. 하와이 거쳐 교환교수로, 그 후 기러기 아빠의 미국 왕래

1993년 봄, 나는 정교수로 승진되었다. 40도 채 안된 나이였다. 아마도 외대에서는 최연소 정교수가 아니었을까. 이제 학교에 불을 지르지 않은 이상 65세까지 정년이 보장이 된 셈이다.^^(▶ 오른쪽은 당시 모 잡지의 인물사진)

이듬해인 1994년 여름엔 미국으로 가족과 함께 교환교수로 떠났다. 내 제2의 고향, 첫째 둘째가 태어났던 곳이다. 애들에게 미국을, 영어를, 그곳의 삼촌 고모를 보고 느끼게 해 주고 싶었다. 선택한 대학은 미시시피주립대, 여동생이 사는 콜럼 부스라는 작은 시골 마을이었다. 그런데 그 시작이 나로 하여금 무려 4년 동안이나 기러기 아빠로 전전하게 만들고 조기유학에 관해 내심 걱정이 많고 반대하던 내가 애들 모두의 교육을 본격적으로 미국에서 시키는 상황으로 몰고 갈 줄이야!

10년 만에 다시 찾은 미국, 거의 20년 만에 다시 살게 된 미시시피는 정겨웠다. 외로웠던 여동생이 가장 반겨주었다. 치과의사로 그 지역에서 활발한 여동생은 우리가 살 집을 미리 정해주고 애들 학교도 알아봐 주고, 모든 번거로운 일은 도맡아 해 주었다.(여동생은 치대에서 만난 이태리계 미국인과 결혼, 각자 개업을 하며 남녀 조카들 한명씩 낳아 평화롭게 살고 있던 중이었다)

강의를 맡지는 않아 미국 대학에서 바쁠 게 없었던 나는 안식년답게 그곳에서 여동생 남편 로빈과 사냥하고 낚시하고 비디오 빌려보고… 또 틈만 나면 잔디 깎고 소나무 낙엽 쓸면서 새로 산 내 집 정원 가꾸는 일도 열심히 했다.(▼ 아래 사진은 가족과 함께 휴가를 즐길 적… 테네시주 루비폭포에 놀러가서)

애들도 비교적 잘 적응해 주었다.(▲ 위 사진이 미국 집 앞에서의 내 아들딸 3남매) 영어와 미국문화가 나름 새로웠을텐데 말이다. 나는 애들 학교에 나가 일일교사로 컴퓨터 이야기를 들려 준 적도 있다. 방학 때면 애들을 차에 태워 이곳저곳 많은 곳을 다녔다. 그러나 시간이 좀 지나니 좀이 쑤셔서 귀국하여 서울에서 연구하는 시간이 더 길어졌다.(단독주택은 임대주고, 난 비록 원룸에 기거하는 처지였지만^^)

처음 교환교수 미국행을 하면서 가족과 하와이를 들렀던 때가 가장 기억에 남는다. 그 후에 놀러간 L.A.의 디즈니랜드와 유니버살 스튜디오도 애들과는 즐거웠던 추억이다.

14-1 하와이 와이키키 해변

환상적인 분위기는 맞는데.... 점점 물이 맑지 못하고 백사장이 엉성한 게 흠이랄까

와이키키 해변에서 해수욕도 즐겼지만 섬 전체를 관광도 하던 도중 근처의 민속촌을 들렀다...

◀ 아들 중3, 딸 중1과 초2... 꼬마 녀석들이 이제 다들 성인이 되었으니 내가 나이들어 보일 수밖에!

그 후 하와이엔 서너 번 들렀지만 위 사진으로부터 10년도 더 지난 2004년 하와이 동서문화센터와 국제 세미나를 개최하기 위해 들렀을 때, 그 곳의 하와이미래연구소에서 미래학의 대부인 짐 데이토 교수를 만난 사건이 기억에 생생하다.

미래연구를 통해 국가건설방향 설정에 도움을 주는 것은 매우 중요하고 한국이라면 더 모범을 보일 수는 있지만, 한반도 통일이 가장 큰 변수가 되리라는 그의 논리가 아직도 뇌리에 남아있다.

▶ 목에 꽃까지 걸어주며 동행한 한양대 윤영민 교수와 나를 반갑게 맞이하던 데이토 교수와 사진 한 장.

14-2 미시시피주립대(MSU) 캠퍼스

도서관과 공학관을 배경으로 한 드릴 필드

14-3 콜럼부스의 여동생 집

 여동생 헬렌(혜령)은 치과의사다. 큰 욕심이 없어 공부만 열심히 해서 대학교 수석졸업, 치과전문대학원도 수석 졸업했다. 남편 로빈은 치대 때 동창으로, 여동생은 늘 강의노트 빌려주다가 결혼으로까지 진행되고 말았단다.

이태리계 미국인.. 병원 일보다는 낚시와 사냥의 귀신이다. 나랑 뜻이 잘 통한다.

◀ 왼쪽 사진은 스키장 가서 찍었다는 동생 가족.

14-4 미시시피강 유역에서 낚시
여동생 남편과 이런 곳에서 와서 가끔씩 낚시도 즐겼다... 재미있는 추억... 근데 모기가 조금~^^

▶ 아들 대일이는 낚시보다 노루 (deer, 뿔이 달렸으니 사슴?) 사냥을 더 즐겨 다녔다. 새벽부터 자기 고모부를 열심히 따라 다니더니 하루는 오른쪽 사진처럼 엄청 큰 사슴 한 마리를 사냥해 왔다.... 귀국 후 여동생이 박제해서 소포로 보내 준 이 사슴은 서울 우리 집 거실에 지금도 걸려있는데... 세관통과가 불가능한 품 목이라는 바람에 국회의원 친구까지 동원해 빼내느라 어찌나 힘들었는지!

14-5 미시시피 스팀보트

마크 트웨인의 톰소여를 따라... 지금도 세인트루이스나 나치스 지역 등에서 이 추억의 보트는 운행 중이다.

14-6 조지아주 애틀란타의 스톤마운틴

엄청나게 큰 바위... 올라가 봐도 바위 덩어리 한 개인지 큰 동산인지 아닌지 구분하기도 힘들다.
바위 중앙에 미국 남북전쟁의 영웅 로버트 리 장군의 말 타는 모습이 새겨져 있다. 저 위도 물론 올라가 보았고.

14-7 **디즈니랜드**

미국을 상징하는 명소 중의 하나 … 플로리다의 디즈니월드가 더 크고 좋지만…

1996년 애들이 방학을 맞아 일시 귀국한 후 다시 미국에 들어갈 때
들린 곳… 그 방학 때 성수대교가 무너졌었지 아마~!
난 이런 곳은 질색인데… 어휴~ 사람들이 바글바글….
◀ 이 사진은 아들, 대일이가 찍어준 듯.

▼ 아래는 1997년 애들을 데리고 미국 일주 때,
워싱턴D.C. 링컨메모리알 앞에서.

3백 원 짜리 도둑의 비밀

난 아직도 담배를 피우는 사람 중의 하나다. 꼭 담배 맛이 좋아서도 아니요, 끊을 자신이 없는 것도 아니라는 것이 나의 구차스러운 변명의 시작이다. 제법 늦게 배운 버릇이지만 법과 질서와 규범과 도덕의 이름에 순종하며 사는 각박한 현대생활 속에서 누가 뭐래도 나 나름의 자유와 고뇌를 찾는 희열 같은 것을 담배연기 속에서 느끼기 때문이다.

그래서인지 나와 같은 애연가들은 동료의식이 비교적 높다. 담배를 권하고 불을 붙여주는 것은 흔히 보는 광경이다. 특히 요즘처럼 금연운동이 거세지고, 상대적으로 애연가들은 무식하고 냄새나고 버릇없는 소수민족으로 전락되어버린 사회현실에선 더욱 그러하다. 담배를 태우는 사람을 보면 이 삭막한 환경에서나마 함께 세상 사는 이야기를 나눌 수 있는 상대처럼 느껴지고 삶의 낭만을 아는 사람 같다. 새벽엔 조깅하고, 식사는 싱겁게, 사무실엔 금연표어를 붙이는 꽉 막히고 멋없는 결백주의자들과는 차원이 다르다.

그래서 난 최근 담뱃불을 빌려주지 않는다고 살인을 했다는 사건을 접하면서 소스라치게 놀라고 말았다. 사소한 일로 인명까지 살상하는 세태, 그리고 이젠 동료애까지 망각하는 우리 애연가들끼리의 칼부림은 내 가슴을 멍들게 하기에 충분했다. 그러나 내 놀람의 원인은 사실 다른 데 있었다. 담뱃불이 살인으로 연결된 데 대한 충격이 너무도 클 수밖에 없는 나 혼자만의 비밀 때문이었다.

담뱃불을 소중히 여기지 않는 애연가는 없다. 주머니에 있던 라이터가 갑자기 행방불명이라도 되면 궁금함을 떠나 초조해진다. 담뱃불을 빌리기 위해 주위를 두리번거리게 될 때처럼 자신이 초라할 수가 없다. 그래서 자꾸 챙기는 것이 라이터다. 나 같은 경우 새로 산 라이터는 아예 분실대상물로 여긴다. 며칠에 하나씩은 꼭 잃어버리니 말이다. 그래서 난 고급라이터는 생각지도 못한 채 그 값싼 3백 원짜리 불티나 라이터만 열심히 사댄다. 그리고선 하루라도 더 그 라이터를 지키고자 안간힘을 쓴다. 결과는 역시 마찬가지지만 말이다.

나뿐만이 아니다. 담뱃불을 챙기는 애연가들을 보면 정말 가관이다. 회식석상에서 라이터를 빌려달라면 직접 불을 붙여주고 다시 주머니에 집어넣는 모습이 흔하다. 절도와 분실의 가능성을 철두철미하게 없애겠다는 속셈이다. 그럴 땐 담뱃불 없는 죄로 도둑놈 취급당하는 순간의 애처로움이 그리도 강할 수가 없다. 꼭 그렇게 노골적이진 않더라도 일단 빌려준 후 상위에 라이터가 놓이면 자신도 담배를 피우는 척하며 다시 슬그머니 주머니 속으로 챙기는 사람도 많다. 상당히 고급수법인 셈이다. 아예 자기 라이터는 없는 척 꺼내놓지 않는 경우도 적지 않다. 모두가 하나같이 「담뱃불을 조심하자」는 표어를 만든 사람들 같다.

그러난 난 가뜩이나 생존경쟁이 치열한 세상에서 아직도 정신을 못 차리는 모양이다. 가장 실속 없는 짓 인줄 알면서도 누가 술자리에서 라이터를 빌려달라면 턱 내놓는 버릇을 버리지 못하고 있다. 제 까짓게 어디 가랴 싶어 내놓는데 그게 아니다. 글쎄 그놈의 라이터에 발이 달렸는지 나중에 찾으면 없다. 수만 원어치 술 마시고 「내

라이터 누가 넣었어?!」하며 알량한 3백 원짜리 라이터를 챙겨 묻지 못하는 보잘 것도 없는 내 자존심도 문제다.

가장 당혹스러운 때는 나보다 먼저 누가 내 라이터를 주머니로 가져가며 「자, 이제 그만 집에 갑시다.」하면서 일어서는 때다. 분명 내 라이터인데 남의 주머니로 들어가는 것을 목격하는 순간은 가슴이 찢어지는 듯하다. 「야, 이 도둑놈아! 내 라이터 이리 내놔」할 수도 없어 눈 시퍼렇게 뜨고 도둑맞을 때의 심경이란 참으로 쓸쓸할 수밖에 없다.

참다못해 한번은 용기를 내어 남의 주머니에 들어가기 직전 「그 라이터 내 것 같은데요.」하고선 자연스럽게 받아냈다. 도둑맞기 일보 직전의 아찔한 순간이었다. 「아, 그래요?」하면서 다시 내놓는 그 사람의 얼굴이 약간 홍조를 띠는 것을 보며 미안한 마음도 없진 않았으나 작든 크든 남의 것 훔쳐가는 이들은 좌우지간 도둑놈이 아니겠는가. 그런데 집에 와서 보니 내 주머니엔 똑같은 라이터가 두개나 되었다. 아차, 싶어 혼자 얼굴이 뜨거워졌다.

또 한 번은 라이터도둑을 알아낸 후에 스스로 양심의 가책을 느껴 되돌려주도록 유도하고자 식당을 나오기가 무섭게 담배를 꺼내며 「불좀 붙입시다.」라고 일부러 그 도둑에게 다가갔다. 그런데 그 도둑은 불만 붙여주고 뻔뻔스럽게도 다시 자기 주머니로 내 라이터를 가져가버렸다. 그래서 언제부턴가 꾀를 부리기 시작했다. 그리고 어쩌면 담뱃불과 관련된 나의 비밀은 이때부터 생겨났는지도 모른다. 다름이 아니라 나 역시 비리의 주인공인 라이터 도둑이 되는 것이었다. 기왕 내 라이터를 감춰놓지 못할 체질일 바에야 내 것을 찾다가 없으면 남의 것이라도 슬쩍 손에 쥐는 전략이었는데 제법 실속이 있었다. 도둑맞은 라이터만도 1백~2백 개는 되는데다가 「서로 바꾸는 것인데…」하고 합리화시키노라니까 미안 할 것도 없는 것 같았다. 남들도 자존심이 3백 원짜리는 넘는지 아무도 나의 행동에 항의하며 제동을 걸지는 않았다.

그러다보니 내 주머니의 라이터는 자주 바뀌었다. 불티나 라이터는 물론 별의별 가게의 판촉용 라이터가 어느 날 갑자기 주머니에서 발견되곤 하는 것이다. 사우나, 가라오케, 보신탕집, 성인디스코, 안마 시술소, 그리고 심지어는 여관라이터까지 수중에 들어올 때면 집에 내놓기가 괜스레 신경쓰여졌다. 아직까지 아내가 내게 당신 어디 다녀왔느냐고 물어온 적은 없지만 말이다. 그래도 집에서는 차라리 낫다. 비교적 점잖은 자리에서 누가 불좀 빌려 달라할 때 무심코 건네준 라이터에 이상한 글자라도 새겨 있으면 난 혼자 부끄러워지는 때가 종종 있다.

그래서 최근에 결심한 것이 있다. 필요에 따라 도둑이 될지언정 현명한 도둑이 되자는 것이었다. 즉 물건을 검사한 후에 우량의 품질만 선택하여 가로챈다는 것이다.

그런데 문제가 기어코 터지고 말았다. 담뱃불 때문에 사람을 죽인 사건을 신문지상에서 접하게 된 것이다. 담뱃불을 안 빌려준다 해서 살상을 하기까지 이르렀는데 나처럼 남의 담뱃불을 가로채다가 들키기라도 하면 어떤 신세가 될까 생각노라니 가슴이 덜컥 내려앉고 그 무시무시한 가능성을 생각하며 소스라치게 놀라게 된 것이다. 비록 나만의 비밀이었지만 앞으로 내가 꼭 안전하리라는 보장도 없다는 판단도 섰다.

라이터 도둑질은 물론이거니와 자유니 고뇌니 구차스러운 변명도 집어치우고 이 기회에 아예 담배조차 끊자는 생각이 담배 배운 후 처음으로 내 머리 속을 지나갔다.

(신동아, 1990년 11월... 난 왜 이런 수필까지 썼을까?^^)

내 전공은 소프트웨어공학

IT학은 큰 학문이다. IT학의 전공분야는 수십 갈래로 분류된다. 하드웨어적인 전자공학 계열이나 응용학문인 경영정보학 등이 아닌 순수 컴퓨터공학만 하더라도 컴퓨터구조, 알고리즘, 데이터베이스, 네트워크, 인공지능, 데이터베이스, 소프트웨어공학 등으로 분류된다. 이 중 인간의 논리를 컴퓨터 프로그램화시키는 소프트웨어공학이 내 전공이다. 한 마디로 양질의 소프트웨어 개발, 혹은 방대한 정보시스템을 구축하는 방법을 연구하는 학문이다. (지금은 경영정보화, IT전략, 정보통신정책, 미래경영 등으로 내 관심영역이 확장되었지만)

1990년대 초반, 우리나라에도 소프트웨어공학에 관한 관심이 시작되었다. 미국에서는 이미 정보공학이라는 방법론이 주가를 올릴 때였다. 나는 열악한 대한민국 기술환경의 개선을 위해 주먹구구식이 아닌 체계적인 개발절차를 확고하게 알려야겠다는 사명감을 느꼈다. 그래서 쓴 책이 소프트웨어공학 시리즈 3권 (상권: 소프트웨어공학론, 중권: 소프트웨어 생산공학론, 하권: 프로젝트 관리론)이었다. 신국판 크기의 빼곡한 글자들이 가득한 총 2000쪽에 달하는 방대한 분량의 이론서였다. 이 세권을 집필하면서 얼마나 많은 책들과 논문들과 참고서적들을 봤는지 모른다. 2년 동안 난 거의 두문불출, 혼신의 힘을 기울였다. 실무지침을 겸한 이 책들은 업계의 환영으로 단연 베스트셀러가 되었고 지금도 많은 IT전문가들은 이 책의 저자로 날 기억하기도 한다. 나도… 지금도… 내 인생의 역작으로 꼽는다.

이 무렵 나는 우리나라가 국가적으로 소프트웨어 기술을 발전시켜야 한다는 주장을 하면서 결국 대덕단지의 국가기술기관인 소프트웨어공학센터와 함께 과학기술처를 설득하여 STEP2000 (2000년도를 향한 소프트웨어 기술개발계획)이라는 수십억원 규모의 과제를 만들었다. 삼성, LG, 쌍용 등 대기업들도 포함시키고 여러 대학 교수들도 참여시킨 방대한 국책사업을 내가 사실상 기획한 것이다. 내가 썼던 책을 현실화시키려는 의도였다. 이 사업은 무려 3년간이나 지속되었는데, 공덕동 사거리에 아예 건물을 빌려 연구원들과 대학원생들을 상주시키며 바쁜 날을 보냈다.

당시 나는 기술전파를 위해 모 IT잡지에 20여회에 걸쳐 '소프트웨어공학' 시리즈를 기고하기도 했고 IT기업 사보에 기술혁신을 외치는 다양한 글을 실었다. 그러나 기술도 기술이지만, 결국 소프트웨어란 컴퓨터 안에 담는 인간의 생각이므로 철학적 관점이 필요하다고 느꼈다. 그래서 또 다른 IT매체에 '이주헌교수의 컴퓨터 철학'이라는 칼럼연재를 하면서는 난 '소프트웨어는 다이아몬드처럼 딱딱하다', '소프트웨어도 아름다워야 한다' 등의 인기 글들도 썼다.

말하자면.. 내가 1980년대는 대중을 향한 컴퓨터 계몽가를 자임했다면, 1990년대 접어들어서는 IT전문가들을 대상으로 한 기술혁신가를 자처했다고나 할까. 아무튼 지금은 내 전공이 다른 방향으로 튀고 있지만.. 그리고 심지어는 그림까지 그리고 있지만… 난 아직도 소프트웨어 공학도라고 스스로를 규정하고 싶다.

◀ 전자사전 그림. 내가 IT학문 탐구에 바빴던 이 시절, 미국에 갓 도착한 애들이 애용한 IT기기는 다름아닌 전자사전이었다. 영어가 힘든 학교생활에 유용했단다.

15. 자연이 숨쉬는 나라 호주,
   그리고 친구 찾아 뉴질랜드로

교수생활은 여전히 즐거웠다. 체질적으로 맞았다. (◀ 왼쪽 당시 사진처럼 수염을 길러도 되는 직업^^) 사제지간의 정분을 쌓아가는 것이 흐뭇했고 또 보람도 컸다.

한편, 1996년 총선에서 죽마고우 천정배·유선호 등이 국회의원에 당선되고 1998년 김대중 대통령이 정권교체에 성공하면서부터 나는 본의 아니게 정치권과 가까워졌다. 미국 클린턴-고어 정부의 정보고속도로와 전자정부 구축에 자극받은 당시 여당 새정치국민회의가 가장 먼저 찾은 인물이 바로 나였기 때문이다. 난 전문가들 10여명으로 정책기획단을 구성하고 단장 김근태 부총재를 도와, DJ정부의 '전자정부의 비전과 구현정책'을 도맡아 작성 (무려 160쪽을 혼자 끙끙

~), 직접 국회에서 발표함으로써, 우리나라 전자정부의 초석이 되었다. 당시 초선이었던 정동영 의원에게도 여러차례 개인적으로 조언을 했다. 이 때문만은 아니겠으나 그 해엔 정보통신부장관 표창을 받기도 했다. (▶ 아래 우측은 언젠가 故 김근태 의원과 함께 찍은 사진)

내 삶과 궤를 같이 한 사람들은 역시 고향 친구들이었다. 난 친구들과 쉴 새 없이 어울렸다. 당시 우리 집에선 자주 포커판이 열렸고, 서래마을의 한 카페는 아예 나와 친구들의 아지트가 되었다. 그런데 많은 친구들 중에 갑자기 뉴질랜드로 이민을 떠난 친구가 있었다. 서광남! 조용하지만 정감 있는 친구, 세월이 흐르면서 난 그 친구가 그리웠다. 그래서 90년대의 바쁜 외중에 뉴질랜드를 방문했다. 가는 길에 호주도 둘러 볼 겸 들렀다.

1996년 여름, 일시 귀국한 아내와 함께 찾아 간 호주와 뉴질랜드는 또 다른 맛이 있었다. 자연이 숨 쉬는 나라! 미국 서부 같으면서도 하와이 같고, 남태평양이면서도 유럽풍의 환상적인 분위기! 아쉬움이 있다면 친구의 사는 모습이 조금은 쓸쓸하게 보였다는 점이랄까.

지금 돌이켜보니 난 가깝지도 않은 이 지역으로 무려 네 번씩이나 여행을 갔다. 1996년 첫 여행 이후 2000년도의 두 번째 방문에선 1999년 귀국해서 다시 한 식구가 된 딸들과 함께 남섬 끝까지 돌면서 추억을 만들었다. 그리고 2003년과 2005년은 초청강연 목적이어서 아름다운 기억은 없지만.

아무튼 여행평계는 다양했을지언정 이유는 단 하나, 뉴질랜드의 친구에 대한 그리움 때문이었다. (◀ 좌측은 1996년 첫 방문 때 친구 집 앞에서)

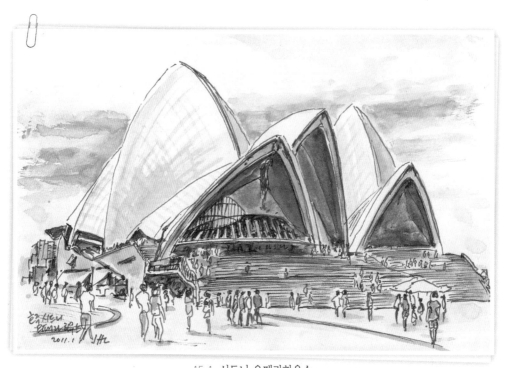

15-1 시드니 오페라하우스

시드니의 명물... 가까이서 보니 생각보다 훨씬 더 오묘하고 거대한 건물이다.

덴마크의 건축가 요른 웃손이 설계하여 1973년 완공되었다나? 조가비 모양의 지붕이 바다와 묘한 조화를 이루는 오페라하우스는 시드니의 상징물이다. 투어 가이드가 당연히 우릴 데려갈 수밖에.

거기에서는 하버브리지도 보이고...

갓 모양의 우리나라 예술의 전당과 비교하면? 글쎄~

◀ 왼쪽 사진은 1996년 오페라하우스 근처를 배회하다가...

호주는 수도가 캔버라지만 그곳은 행정도시여서 볼 게 없고, 역시 상업도시 시드니와 모래사장이 광활한 북쪽의 골드코스트가 더 유명하다. 그래서인지 외교관으로 나가있는 호주 대사보다 오히려 시드니 영사가 더 좋은 자리 같았다.

▶ 오른 편 사진은... 2003년 진대제 장관과 호주 방문 시, 시드니 영사관저에서 식사 대접을 받은 후 찍은 것. (내 오른 쪽이 주호주 대사. 다음은 진 장관. 끝은 시드니 영사)

15-2 **브리스번의 외곽 언덕 마을**

브리스번은 대한항공이 직항하는 도시.. 바다와 바위와 빨간 지붕들이 어우러져... 아름답다.

호주는 정말 자연의 나라. 특히 브리스번에서 남쪽, 한 시간 차로 이동하는 골드코스트의 해변은 일품이다. 일본이 너무 상업화시켜 일본 냄새가 풀풀~ 나는 게 흠이랄까.

암튼, 나는 골드코스트에서 2003년 5월에 개최된 '한 · 호 Broadband Summit'에 기조연설자로 참석하면서 Cebit Australia 전시회를 참관한 적도 있고 (◀ 왼쪽 사진은 호주 통신부장관과 함께), 그 후 2005년 1월엔 '아시아─태평양 정보기술 학술대회'에서 주제 강연을 하는 등, 두어 차례 더 방문을 한 듯싶다.

15-3 **골드코스트**

이 해변의 모래를, 점점 백사장이 엉망인 하와이의 와이키키 비치로 실어 나른다던가?

15-4 블루마운틴의 세 자매 바위

시드니에서 차로 한두 시간 남짓.. 호주 관광으로 빼놓을 수 없는 곳이다.

블루마운틴은 호주가 자랑하는 자연경관 중의 하나이다. 그 곳에선 세 자매 바위가 핵심!

먼 옛날 카툼바족의 세 자매가 이웃 부족의 남자들과 결혼하려 했으나 뜻대로 되지 않자 전쟁이 일어났고, 전쟁 중에 이들을 보호하기 위해 바위로 만든 노인이 있었는데 전쟁 중에 죽게 되면서 아직도 사람이 되지 못하고 바위로 남았다나 어쨌다나 하는 전설이 서려있는 곳이란다.

◀ 1996년 6월 4일, 우리 부부도 장엄한 블루마운틴 일대를 신기한 듯 내려다보다가 가이드가 사진 찍으라기에 급히 한 장 찍었다.

케이블카를 타고 내려가 보기도 한다는데 그건 포기했고.

영화 '오스트레일리아'의 장면들이 떠오른다.

호주의 광활한 대륙에서 펼쳐지는 가슴시린 로맨스와 모험을 그린 대서사시... 수천마리의 소 떼가 몰려다녔는데...

휴 잭맨과 니콜 키드만이 나왔던 그 영화를 친구들과 부부동반으로 감동적으로 관람한 게 엊그제 같은데... 2008년이었다는군.

15-5 뉴질랜드의 상업도시 오클랜드

뉴질랜드는 키위새의 나라, 호주와는 좀 다른 분위기로 아기자기한 면도 있다. 영화 '반지의 제왕'을 찍은 곳이라나.
영국의 제임스 쿡에 의해 1772년 영국령으로 선포되었다고, 백인과 섞여 사는 마오리족 원주민들의 표정도 자연스럽다.
세계의 이름 난 항구도시 중 아름다움과 독특한 느낌으로 손을 꼽을 수 있는 곳이...
벤쿠버, 샌프란시스코, 케이프타운, 시드니, 그리고 바로 뉴질랜드의 오클랜드(Aucland)란다.

1996년 6월, 평온한 자연과 낭만의 바다를 품고 있는 이곳에서 친구랑 정겨운 시간을 보냈다. 하버브리지도 건너보
고, 세계에서 다섯 번째로 높다는 스카이타워도 올라가 보고, 그곳의 카지노에서 도박도 잠시 해 본 듯싶다.
근데, 스카이타워 가장 위층 전망대의 바닥이 유리여서 아찔!^^

공원이 많은 그 곳에서 친구부부와 우린 담소를 나누며 산책을 즐기기도.
(◀ 좌측 사진의 빨간 벤치가 인상적~)

▶ 도시가 한 눈에 보이는 마운트 에덴동산에도 올랐다.
그날따라 바람이 심해 난 때 마침 열리는 공원의 시장에서 가죽모자 하
나를 기분 좋게 뒤집어썼다.
정말 마음에 드는 모자인데 지금은 말라 작아져서 못쓰고 있지만.

15-6 뉴질랜드의 간헐천

화산이 아직 살아있는 곳... 간헐천의 위용은 지금도 대단하다.. 가끔씩 물줄기가 솟아오르기도

당연히 온천도 많은 곳이 이 나라.

나중에 가족과는 로토루아의 '폴리네시안 스파'라는 온천장도 들어가

봤는데 바다를 보며 즐길 수 있는 야외 온천이더군.

지하에서 분출되는 광천수여서 근육통이나 관절염에 좋다는 설명...

근데 유황 냄새가 심해서 오래 있긴 좀~

간헐천이란 높은 온도의 물줄기가 수증기와 함께 주기적으

로 일정한 시간 간격으로 분출되는 온천이란 뜻이라는데..

미국의 엘로스톤과 뉴질랜드의 간헐천이 규모가 제일 크다

고... 일본은 소규모..

▲▶ 여기 사진에 보이는 바위도 뜨끈뜨끈~

15-7 남섬의 마운트 쿡

뉴질랜드 남섬의 최고봉이란다.. 해발 3754m... 백두산보다 1000m 더 높다

2000년 2월엔 딸애들을 데리고 다시 뉴질랜드를 찾아. 남섬으로 향했다. 아들 대일이는 미국 OSU대학에서 공부 중이어서 불참했다. 남섬은 북섬보다 산세가 드세고 산 위 부분은 만년설로 덮여있어 더 아름답게 보인다. 바닷물은 빙하 물이어서 더 차갑다고 했다.

카와라우는 세계 최초의 번지점프 장소..
난 보기만해도 아찔한데.. 그래서 사람이 매달리는
밧줄이 얼마나 튼튼한지 확인만 하고..
번지점프대 위까지 올라갔다가 결국 포기했거늘
두 딸 애들은 겁도 없이 신난다고...
평생의 기회를 놓친 것 같아 나중엔 은근히 후회~

◀ 퀸스타운 바다에서 보트도 타 보고...
이 사진, 맨 뒷줄에서 손 높이 치켜든 남자가 나.. 왼쪽
은 아내, 오른쪽은 큰 딸 은실이.. 막내 정실이는 제일
앞줄 왼쪽 끝에 탔었군 ㅎㅎ

이곳에서 크라이스트 처치를 거쳐 장시간 버스를 타고 산길을 따라 남으로 남으로 남쪽 끝으로 갔던 듯.

15-8 남섬의 밀퍼드사운드

뉴질랜드의 가장 남단... 퀸스타운에서 굽이굽이 너댓 시간을 버스로 이동해서 만난 자연풍광

◀ 배를 타고 본 피오르드는 장관...
계속 나가면 남극이 나올까 궁금했다.

그러나 이곳을 찾아오는데... 산맥을 통과하느라 버스가 너무 힘
들었다.
그래서 돌아갈 땐 편법을 이용... 버스 아닌 아래 사진의 경비행기
로(▼) 크라이스트 처치까지 이동했는데... 비행기가 짧은 활주로
를 벗어나자마자 급상승하여 산을 넘는 바람에 무서워서 아찔~

결론? 뉴질랜드는 아름다운 나라~.. 외교관 친구 이대희가 오클랜드
총영사로 나가있을 때 한번 더 갔어야 하는데...

IT인생-15 음란물 심의위원장이었던 나

1995년 초, 정보통신산업협회의 부탁을 받고 '정보통신윤리강령'의 초안을 잡았다. 정보통신부가 정보통신 윤리위원회를 설립하기로 하고 선포식 날짜까지 잡았는데 이에 맞춰 '강령'이 급하게 필요하다는 것이었다. 국가의 헌장이나 강령을 써 본 경험도 없거니와 정보통신윤리에 대한 개념조차 없었지만, 내가 작성해서 후에 경상현 장관의 이름으로 발표된 그 강령은 대략 다음과 같았다. (당시 서울대 손봉호 교수나 이어령 전 문화부 장관 등 원로 분들이 감수를 했었고, 그 강령은, 몇 년 전에 일부 수정되어 개정되었다고 들었지만)

〈정보통신 윤리강령〉

정보시대가 다가오고 있다. 정보통신기술의 발달로 시간과 공간의 장벽이 무너지고 세계가 하나 되는 시대를 맞고 있다.... 우리 모두는 정보시대의 주인이 되어 유익한 정보를 서로 나누고 인류의 행복과 높은 이상이 실현되는 사회를 만들어야 할 책임이 있다.... 모든 정보는 정확하고 성실하게 활용되어야 하며 인간의 존엄성을 지키고 삶의 품위를 높이는 데 이용되어야 한다. (중략) 우리는 정보의 제공과 활용에 있어 서로의 인권을 존중하고 나라의 법질서를 준수하며 국민 정서에 맞는 미풍양속을 바로 세우는 시민의식 형성에 앞장선다. 바른 언어를 사용하고 공중도덕을 지킴으로써 정보 질서를 확립하고 국가의 기밀이나 개인의 사생활과 지적재산권은 보호하되 유용한 정보는 함께 나누는 마음가짐이 새로운 가치관으로 뿌리 내리도록 노력한다.... 우리는 정보시대를 살아가는 민주 시민으로서 건전한 윤리가 정보사회의 기반을 이루어야 한다는 데 뜻을 모으고 이 뜻이 실현되도록 성실하게 노력할 것을 다짐한다.

이 작업이 계기가 되어 나는 내가 무슨 IT윤리 전문가가 된 듯이 초대 정보통신윤리심의위원장 (전화음성부문 제외)을 3년 동안이나 맡았다. 당시는 PC통신시대, 요즘 말로 번역하면 인터넷콘텐츠심의위원장이 된 셈이다. 위원들은 7~8명의 교수, 언론인, 법조인, IT전문가들로 구성되어 있었는데 남녀 반반이었다. 우린 매월 한차례씩 심의회의를 가졌다. 개인의 프라이버시와 지적재산권 보호, 인명 경시나 사행심 조장 억제, 언어폭력과 불순정보유통 근절 등 새로운 사회적인 잣대를 만드는 막중한 책임이 주어졌다.

그 중에서도 게임의 폭력성(예로, 리니지 게임의 살인 장면 등)이나 사생활 침해(화장실 몰래 카메라 등), 그리고 음란물의 유통이 주된 심의 대상이었다. 난 위원장으로서 음란물이나 폭력물이 청소년보호 대상임을 밝히는 노력에 가장 많은 시간을 할애했다. 모든 성인 사이트 첫 화면에 ⑲ 를 넣고 19세 이상 확인 후에야 정보를 띄우게 한 점이나, 당시 아직 상장되지 않았던 NC소프트의 김택진 대표를 불러 리니지 게임의 폭력성과 장외 무기거래 억제책을 강구하라고 다그쳤던 점 등은 기억에 남는다.

그 즈음 모나코에서의 유네스코 주관 세계정보윤리대회(Info-Ethics)에도 한국대표로 참석해 '정보인권'에 대해 의견을 나누었는데 IT윤리를 바라보는 시각들이 어찌나 다양하던지!

▲ 위는 듬직하게 무거웠던 당시의 카폰 겸 무선 전화기를 그려본 것.

행복의 비결

　많은 사람들이 너무 각박하게 사는 것 같다. 취미생활이란 사치스럽기만 한다. 삶의 멋이나 낭만은커녕 현실을 좇느라 허덕이는 생활이다. 산다는 게 과연 무엇일까. 행복할 수 있는 비결은 과연 있는 것일까?

　승진을 하고 소위 출세를 해도 마찬가지다. 높이 올라갈수록 책임감이 막중해지니 정신적 피로와 육체의 쇠퇴는 막을 도리가 없다. 지위가 조금 높다는 것이 위안이 될 수는 없다. 삶은 여전히 문제의 연속이요 쓰라린 아픔으로 계속될 뿐이다. 정말 우린 왜들 일하나? 승진과 출세가 뭐길래?

　돈 욕심들도 많다. 아니 대부분의 사람들이 돈에 혈안이 되어 있는 것 같다. 자본주의 사고가 너무 깊이 뿌리내려 이권이 있는 곳에는 눈을 부라리고 서로가 믿지 못해 아웅다웅한다. 돈의 힘이 사회를 지배하면서 인정은 매 말라가고 있다. 더 큰 아파트, 더 좋은 차, 더 많은 재산이 인생의 최대 목표인양 모두들 땀방울을 흘리고 있는 듯 하다. 돈이란 뭐길래?

　심지어는 자녀교육까지도 크나 큰 욕심으로 대두됐다. 일류대학에만 보내면 모든 것이 해결될 것처럼 안달들이다. 마치 그것이 사랑인 것처럼 착각하고, 사람을 만드는 교육이 아니라 머리에 교과서를 넣어주어 시험을 잘 치루게 하는 훈련에만 열중이다. 깊이 생각하고 혼자 인생의 문제들을 극복해 갈 수 있는 능력을 배양하며 더불어 사는 슬기와 사랑을 베푸는 마음가짐 따위는 아랑곳없다. 교육이 뭐길래?

　결국 모든 욕심들에서 헤어나지 못하고 급변하는 사회 속에서 찌들린 현대인들은 건강을 해치는 경우가 허다하다. 그래서인지 건강을 또 다른 욕심으로 만들어 열심히 노력하는 사람도 많다. 그러나 헛짓이다. 그따위가 건강의 궁극적인 해결책이 되지 못한다. 난 건강한 삶을 위해선 무엇보다도 마음을 다스릴 줄 알아야 한다고 본다. 미움과 분노를 삭일 줄 모르고 갈등과 긴장에서 헤어나오지 못한다면 건강식품이나 운동도 무의미해져 버린다. 육체적 건강은 정신적 건강에서만 찾을 수 있다. 숨만 열심히 쉬어도 오래 사는데 허덕대며 산꼭대기를 올라다닐 필요가 없는 것이다. 즐거운 마음으로 사람들과 어울리고 화목한 가정에서 마음의 평화를 누리고 웃을 수만 있다면 모든 것이 해결된다. 욕심을 줄일 수만 있다면 그것이 곧 건강의 지름길이 아닐까?

　행복이란 과연 무엇인가? 돈도 명예도 권력도 자녀교육도 건강도 아닐 것이다. 사랑하는 아내와 가을철 단풍진 오솔길을 걷는 즐거움, 죽마고우들과 담소하며 나누는 우정, 나보다 부족한 사람들을 도와줄 때 얻는 보람… 바로 그런 것들이 행복 아니겠는가.

　우리 모두 제발 삶의 슬기를 되찾자. 건강의 첩경은 바로 우리 가슴 속에 있다는 사실을 재인식해 보자. 행복의 비결은 사랑을 아는 마음가짐에 있다는 진리만을 제발 깨달아보자. 그래서 현명한 현대인으로 이 사회, 이 나라, 이 세계를 아름답게 가꾸어 보자.

(사보 〈상은가족〉 1992년 6월 30일)

16. 미국 플로리다에서 크루즈 여행으로 떠난 멕시코와 바하마

1996년 아버님이 심장마비로 쓰러지셨다. 심각한 상황이었다. 2주일간의 약물치료 후 서울로 옮겨져 대수술을 받으셨다. 아내가 일시 귀국하는 등, 긴급사태를 맞아 정신이 없었다. 심장을 일시 죽이고 막힌 혈관을 세 군데나 교체하고 다시 심장을 살리는 수술이 잘되어 다행... 휴우~!

한편, 기러기 아빠의 생활이 길어지면서 난 주로 일에 몰두하며 시간을 보냈다. 기업자문과 강연, 연구 프로젝트 등... 마냥 바빴다. (◀ 왼쪽 사진은 모 잡지의 이달의 인물) 주변에서 나를 '부르주아 교수'라고 부를 정도였다. 한국데이타베이스학회 회장직을 맡은 것도, 한전·토지공사의 자문교수로 일한 것도 그 당시였다. 그 인연으로 건국대 이국희 교수는 절친이 되었고, 최승억 사장과는 (前 SAP코리아 대표) 1999년엔 단 둘이서 동남아 크루즈여행을 떠났을 정도로 지금도 호형호제 사이다. 멋진 남자들~^^

아내도 미국에서 나름대로 바빴다. 그곳 어느 꽃집에서의 아르바이트 때문이었다. 처녀 때부터 꽃에 미친 여자, 무슨 꽃꽂이회 회장도 되더니 알바까지! 나야 뭐 소원풀이하며 용돈까지 번다는데 싫을 이유는 전혀 없었지만. (결국 아내는 귀국하여 ▼ 서래마을에 '플라워USA'라는 꽃가게를 차려 덕분에 난 몇 년 간 꽃집 남편으로 알려졌었다... ▶ 우측 사진은 당시 미국 꽃집 주인 할머니와 함께)

애들은 잘 적응해 줘 어려움이 없었다. 오히려 큰애는 나중에 고등학교 학생회장에 출마하여 당선되고 졸업할 때는 수석영예를 안는 등 잘 커주었고, 딸들도 미국 애들 앞에서도 구김살 없는 당당한 모습이 놀랄 정도였다. 다행이었다.

그러던 1996년 겨울, 막내의 비자 문제가 발생했다. 첫째 둘째는 미국에서 태어나 문제가 없었지만 막내는 교환교수 가족이 더 이상 아니게 됨에 따라 J1 비자를 여행비자로 갱신해야만 했다. 나는 아내와 상의 끝에 이 기회를 핑계삼아 가까운 멕시코로 출국해 다시 입국하면서 비자연장을 하기로 했다. 그리고는, 막내 정실이를 데리고 플로리다 올랜도에서 EPCOT 센터 구경 후 3박4일 동안 멕시코 칸쿤지역과 바하마 군도를 거쳐 돌아오는 크루즈여행에 나섰다. 미국 남쪽 바다의 또 다른 풍경... 난 바하마가 그렇게도 큰 섬인 줄 몰랐다. 이집트 피라미드 훨씬 이전에 이미 멕시코에 피라미드가 있었다는 사실도 처음 알았다.

16-1 **크루즈 쉽**

배 이름은 환타지(FANTASY)... 그 거대함이 마치 움직이는 대형 아파트 건물 같다.

승객이 2000명. 승무원만도 1500명이라고... 근데 이런 배를 이젠 우리나라가 잘 만든단다. 대단하다.

◀ 크루즈에 승선하기 전에 기념으로 한 장.. 가짜 잉꼬새와 야자수가 좀 유치하긴 하지만... 그러나 여기가 승객들이 기념사진 찍는 장소란다.

▼ 아래는 칸쿤에 도착해서 근처를 관광하며... 그 후 해변으로~

16-2 멕시코 만을 바라보는 칸쿤 해변

태평양 변에 위치한 아카풀코와 함께 멕시코가 자랑하는 세계적인 비치

칸쿤 지역 리조트 해변에서...

막내 정실이는 자기가 바하마를 간 적이 없단다. ▲ 위 사진이 증거이거늘!
크루즈 배가 바다에서 기다리고 있었으니...
◀ 여기서 숙박할 이유는 물론 없었고, 우린 그냥 두리번거리기만 했었지.
아마?
바닷가에서 잠시 수영은 즐긴듯!

16-3 **멕시코의 피라미드**

칸쿤 지역의 관광 명소... 옛날 마야 문명도 정말 대단했던 듯.

이 피라미드가 이집트의 피라미드보다 수백 년 앞서 만들어졌다고...
안내 자료를 보니 피라미드가 놓인 위치와 각도와 계단의 수 등은 치밀하게 태양의 24시간 빛을 비추는 각도를 고려해 만든 것으로, 일종의 해시계라고.
근데... 계단을 오를 땐 몰랐는데 그 각도가 40도쯤 되다보니 도저히 서서 걸어 내려올 수 없어 계단 중간의 밧줄을 잡고도 엉금엉금 벌벌 떨었던 기억.

◀ 왼쪽은 이 여행의 계기를 만든 막내...
▼ 아래는 또 다른 근처 마야문명 유적지.

16-4 **바하마 해변**

내가 본 비치 중에서 가장 고급스럽고 환상적인 분위기

초 호화호텔들이 즐비했던 바하마 해변에는 수족관이 만들어져 있었는데, 사진으로 기록하지 않아 아쉽다.

◀ 옥색 바다에 설탕 같은 흰 모래...
지금껏 봐온 백사장 중에 가장 환상적.

▼ 아래는 바하마 시내를 내려다보고 있는 나.
그 때 난 왜 촌스런 모자를 뒤집어썼었지?

삼성 임원들 1,500명을 교육시킨 IT 약장사

교수로서 나는 정말 많은 곳에서 강의를 했다. 학술 강연이나 교육훈련기능이 있는 주요 기관이나 기업은 물론, 다양한 기업들의 IT교육 프로그램에 참여해 왔다. 중앙공무원교육원이나 한국생산성본부 같이 강사료는 짜지만 의미 있는 공기관이 있었나하면, 강사 예우가 좋은 금융기관이나 외국계기업들도 많았다. 일주일간 하루에 7시간씩 집중교육을 시킨 IT업체들도 여럿이다. 심지어는 파란 유니폼의 여사원들을 무려 500명씩이나 강당에 모아놓고 강의를 해 달라고 해서 그 화장품 냄새 진동하는 파란 물결을 헤쳐나가느라 당혹스러웠던 모 금융기관의 특강 장소도 이젠 추억이 되었다. 너무 자주 외부 강의가 있다보니 내용도 같았고 그 때문에 난 내 자신을 'IT 약장사'라고 생각해본 적도 있다.

LG, 삼성, 쌍용, 현대기아차 같이 큰 기업들과는 사외이사나 자문교수로 지내면서 가까웠다. 흥미로운 점은 대기업의 문화에 따라 사장이나 임원들의 분위기가 사뭇 달리 느껴진다는 점이었다. 예로, LG나 쌍용 임원들은 따뜻한 이웃집 아저씨들, 삼성은 세련된 서울내기들, 포철이나 현대는 우직한 건설현장 소장님들 같았다면 내 편견 때문이었을까.

1990년대 초중반 삼성SDS의 자문교수 시절이 생각난다. 당시는 삼성에게도 IT가 비교적 새롭던 시절이었던 듯, 이건희 회장의 임원들에 대한 IT교육 특명이 내려졌다. 내가 좋아하던 故 남궁석 장관님이 사장으로 계시면서 그 필요성을 회장께 강조했던 결과였겠지만 말이다. 인터넷도 없고(삼성은 그 무렵 UNITEL이라는 PC통신서비스를 막 출시하기 시작했었다) 칼라노트북도 보급되기 이전의 일이었다. 당연히 IT가 낯설었던 시절이다.

난 삼성 교육팀과 함께 3~4일 간에 걸친 약 20시간의 프로그램을 만들고, 강사진을 추천하고 섭외토록 했다. 대상은 삼성그룹의 임원들 전원! 무려 1500명에 달했다. 해외지사에 근무하는 분들도 예외 없이 교육을 받기 위해 한국에 불려 들어왔다. 이들을 30명씩 50개 반으로 나누고 일 년에 걸친 장기간의 교육을 진행시켰다. 교육내용은 IT에 관한 모든 상식! 기술트렌드와 혁신사상도 포함되어 있었다. 매주 첫 2시간 스타트는 남궁 사장께서 '삼성에게 있어 IT가 중요한 이유'를, 그리고 두번째는 내가 'IT 전반에 대한 이해'를 맡았다.

지금 생각해도 대단한 투자였다. 그로부터 5~6년 후 '마누라만 빼고 몽땅 바꾸라!'고 했던 이건희 회장의 특유의 지상명령이 이때부터 시작됐던 것도 같다. IT교육 이후, 삼성 임원들은 갓 출시된 노트북을 모두 한 대씩 지급받았다고 한다. 나는 물론 받지 못했지만~^^

사실 삼성은 그 무렵부터 본격적으로 세계적인 기업으로 발돋움 하지 않았나 싶다. 80년대의 반도체 투자, 90년대의 IT투자와 혁신운동, 2000년대의 세계화 투자를 나는 삼성그룹의 성공비결로 평가하곤 한다.

▶ 우측은 당시 첫 출시된 삼성의 노트북을 그려 본 것.

작은 흑백화면에 두껍고 무겁고 비싸고 성능 안 좋고...ㅎㅎ

현대문명의 이기 속에 갇힌 인격

자동차문화가 대중화 되었다. 너도 나도 차를 사고 있다. 자가용 없이는 사람 행세를 못한다는 것이다. 그래서인지 참으로 많은 차들이 이젠 때와 장소를 불문하고 홍수처럼 밀려다닌다.

차를 타고 다니노라면 재미있는 장면이 많다. 혼자 운전하며 웃는 사람, 노래부르는 사람, 뭔가 열심히 먹어대는 사람, 전화하며 찡그리는 사람, 욕하는 사람, 코후비는 사람들이 예상외로 많다. 신호등 앞에서 막간을 이용하여 여드름을 쥐어짜는 청년, 화장고치는 여자, 담뱃불 던지는 신사도 보인다. 사방이 훤히 들여다보이는 유리창인데 아랑곳없다. 마치 자동차 안에 혼자 있으면 남과는 전혀 다른 세상에 살고 있다는 식이다.

남에게 자신을 감추고 있다고 생각할수록 우린 지성과 양심보다는 본능과 욕심으로 행동한다. 따라서 컴퓨터도 범죄의 도구가 될 수 있다. 음란야동을 남몰래 즐긴다거나 유행하고 있는 전자게시판(BBS)에 침입하여 음담패설을 늘어놓은 것은 차라리 애교로 봐 줄 수 있을는지도 모른다. 그러나 컴퓨터를 부정조작하고, 주요 공공 시스템을 파괴하고, 기밀정보를 불법 유출하고, 개인신상정보를 빼내 악용하는 사태의 심각성은 이루 말할 수 없다. 아무도 보지 않는 곳에서 키보드만 두드림으로써 대형 정치·경제사건을 저지를 수 있다는 가능성은 이미 보도된 100여건 가까운 우리나라의 컴퓨터 범죄 기록을 살펴보더라도 그러하다. 그래서 개인정보보호법과 컴퓨터형법의 제정이 필요하다는 것이다.

컴퓨터범죄는 주로 원한이나 불만, 정치적 목적, 산업경쟁, 혹은 지적 모험심 등이 동기가 된다고 한다. 대부분의 경우 젊은 연령층의 포악한 강도가 아닌, 기술과 지성을 겸비한 컴퓨터 전문가가 죄의식이 빈약한 상태에서 저지른다고 한다. 단독범행이 쉽고 완전범죄가 가능할뿐더러 범행후 도주할 수 있는 시간적 여유가 충분하다는 일면도 있다. 발각과 증명이 힘들고 고의인가 실수인가를 입증하기 어려운 점도 특징이 된다.

따지고 보면 자동차나 전화나 컴퓨터나 모두 첨단문명의 이기들이다. 그러나 우리 인간은 혼자 운전대 앞에서, 혹은 홀로 컴퓨터의 키보드를 두드릴 때 아무도 모른다는 안전심리와 함께 이상하고 못된 행동을 범한다. 배웠다는 사람도, 점잖은 사람도, 혼자만 있게되면 눈치도, 예의도, 인격도 다 팽개치기 일쑤다.

그렇다. 우린 혼자있을 때일수록 부끄러운 행동을 한다. 낮보다는 밤에 저지르는 혼자만의 비밀이 너무 많다. 뺑소니차와 음란전화와 컴퓨터범죄도 주로 밤에 발생한다. 오대양집단 살인사건과 세모의 구원파 종교의 실상이 낱낱이 파헤쳐지는 요즘 더욱 더 인간의 비밀이 무섭다는 생각이 든다. 비밀은 악과 일맥상통한다.

성경에서도 우리의 은밀히 행하는 것들은 말하기도 부끄럽고 악을 행하는 자마다 낮보다 밤을 사랑함은 그 행위가 드러날까 함이라 하였다. 하나님은 모든 행위가 모든 은밀한 일을 선악 간에 심판하시리라고도 했다. 우리 모두 현대문명의 이기속에 갇힌 인격을 해방시켜주시라고 기도드리자.

(월간 '정보시대', 1991.9 에서 발췌요약)

17. 유쾌한 가족 여행,
시애틀에서 캐나다 밴쿠버와 록키산맥으로

1998년 아들 대일이가 미국에서 고등학교를 졸업하고 (◀ 수석으로 졸업해 줘 졸업식은 못 갔지만 대견스러웠다) 오하이오 주립대(OSU)로 입학하면서 미시시피에 머물던 아내와 두 딸은 미국에서 귀국했다. 은실이는 서울외국인학교(SIS)에 입학했고 (2년 후 대학은 시애틀로) 막내 정실이는 잠원초등학교로 복귀했다. 내 4년 간의 기러기 아빠 생활이 청산된 순간이었다. 사실 기러기 첫 해는 자유로움이 편했고, 둘째 해는 교환교수로 왔다갔다 했으며, 3년 째부터는 혼자 사는 생활에 다시 익숙해지다가 좀 지처간다 싶었는데 다행이었다. 정상적인 삶으로 난 다시 정신적 안정을 찾았다. 가족의 품은 역시 따뜻하다.

내 생활은 여전했다. 1999~2001년도 기간도 공사다망했다. 쌍용정보통신 사외이사, SAP코리아 자문교수, 제일제당 자문위원등 기업은 물론, 정보산업연합회 산하 정보화성과평가연구회장, 한국CIO포럼 대표간사, 그리고 학교에서도 기업연구소장을 맡는 등 다양한 일에 바빴다. 그 와중에도 딸애들을 데리고 필리핀도 가고 (후에 소개) 당시 SAP코리아의 최승억 사장과는 동남아 크루즈 여행도 떠나는 등 안팎으로 노는 일에도 열중했고!

2000년 여름, 난 집 근처 서초동에 내 개인 연구공간을 확보했다. (지금 이 글을 쓰고 있는 순간도 애용 중~) 여러 연구과제들을 진행시키느라 대학원생 10여명과 함께 빌려 쓰던 오피스텔 부근에 새로운 건물이 들어서자 그곳에 나만의 공간을 마련한 것이다. 가구와 책장을 맞추고 아담한 서재로 꾸민 후 행복감에 혼자 마음이 뿌듯했다.

같은 시기, 큰 딸 은실이는 성남의 서울외국인학교(SIS)를 졸업하고 미국 워싱턴주립대학(UW)에 입학을 했다. 이를 기념하여 난 애들을 총집합시켜 시애틀에 딸애의 둥지를 마련해주자마자, 캐나다로 떠났다. 밴쿠버를 거쳐 록키산맥 깊숙이 들어가는 일 주일 간의 가족 여행이었다. (▶ 우측은 여행 때의 가족사진)

하루하루가 유쾌했다. 영국의 항구도시 같은 밴쿠버, 바다 건너 빅토리아 아일랜드의 부차드가든은 아름다웠다. 그리고 그곳에서 캐나다 록키를 달려 밴프까지의 드라이브는 자연의 신비를 새삼 느끼게 했다. 밴프의 너무도 환상적인 에머랄드 호수 앞에서 우린 망연자실~ 그러나 안타깝게도 그 여행이 조촐한 우리 5명 가족의 마지막 여행이었나 보다. 그 후론 다들 시간이 바빠 함께 뭉치기가 쉽지 않았으니...

17-1 시애틀 스페이스 니들

1962년 세계박람회를 위해 지어졌다고...높이는 184m.... 원반모양의 전망대는 비행접시를 상징한다나?

시애틀 도심의 스페이스 니들은 당연히 우리 가족이 방문한 첫 번째 장소였다. (▼ 사진의 오른쪽이 당시 워싱턴주립대 신입생)

방문 할 때마다 느꼈지만 시애틀은 여러모로 괜찮은 멋진 도시다.

1. 산과 바다와 호수가 어우러져 있고,

2. 과히 크지 않은 대도시인 까닭에 교통이 복잡하지 않으면서도

3. 워싱턴주립대학 (UW)등을 위시한 교육도시이고,

4. 빌게이츠가 살고 있고 MS社가 지원하는 IT도시이기도 하고,

5. 캐나다 접경이어서 벤쿠버를 거쳐 록키를 느낄 수 있다.

6. 또한, 한인 음식점 식료품점 교회 등이 제법 많고,

7. 서울과 가장 가까운 미국 도시... 무엇 하나 부족한 것이 없다.

내가 은실이를 UW로 지망하게 만든 이유들이다 (사실 사립대는 너무 비싸잖아~ᴹ)

◀ 결국 은실이는 (사진의 오른편) 운치 있는 캠퍼스에서 4년을 잘 공부하고 돌아와 지금은 서울에서 열심히 일하는 캐리어 우먼으로 바쁘다.

17-2 **벤쿠버**

미국에서 국경을 통과한 후 과히 멀지 않은 곳에 위치한 벤쿠버는 캐나다 서부 최대의 상공업 도시이자, 태평양으로 통하는 주요 무역항이다. 이름은 1792년 태평양 연안을 탐험한 조지 벤쿠버의 이름에서 딴 것이라는데, 금융도시로도 활발하다 했다.

▼ 멋스러운 항구도시라는 외에 특별한 기억은 없지만 밤늦게까지 이곳 저곳을 헤메고 돌아다녔던 것 같다.

◀ 자고 일어나니, 막내가 티셔츠에 Vancouver 라는 글자가 새겨진 옷을 입고 있었다. 지난밤의 쇼핑 결과인 듯.

17-3 빅토리아 섬의 부차드 가든

벤쿠버에서 페리를 타고 잠깐. 빅토리아 섬에 가면 아름다운 정원. 그리고 그곳의 명물 부차드가든

포틀랜드 시멘트 회사를 경영하던 부차드씨 부부가 흉물스러운 성회채굴장을 정원으로 바꾼 결과로, 1904년부터 전 세계에서 모은 나무와 꽃으로 가득한 곳이란다. 겉으론 멋진 식물원에 불과하지만 100년 넘도록 부차드 가족의 섬세한 정성이 담겨 있어 더욱 볼만 하다고도 했다. 매년 100만 명이 관광하는 곳. 계절의 아름다움을 느낄 수 있는 곳이기도 하고. ▼ 다시 옛 사진을 보노라니... 천당도 이리 오색찬란할까 궁금해진다. 당시 여행에서 난 꼭 저 모자를 쓰고 다녔던 듯.

17-4 에머랄드 호수

캐나다 록키의 정점... 모든 관광객이 이곳을 위해 그 먼길을 달려가는 듯... 정말 장관이다.

◀ 밴프는 록키 속의 휴양마을이다. 이 마을에 도착하니 비가 줄줄 내렸다. 근데 가이드가 마릴린 먼로 주연의 영화 '돌아오지 않은 강'을 찍은 장면이 보어강의 바로 저 곳이라고 사진 한 방 찍어보랜다. 1954년 상영된 영화여서 난 본 적도 없건만 부지런히 달려가 우산 쓰고 사진 한 장 찍었네.

그리곤 바로 곤돌라를 타고 설퍼산으로 올랐는데 불과 10분도 안 걸리는 동안 비가 눈으로 변하더니. 정상에 도착하니 함박눈이 펑펑~ 세상에, 7월초에 첫눈이라니! 그곳에서 록키산맥 일대를 내려다보는 황홀경이란! 우리 모두의 입가엔 함박웃음만~

설퍼산 정상과 함께 록키 관광의 절정은 역시 에머랄드 공원의 레이크 루이스... 가히 그 옥색 빛이란 오로지 자연만이 낼 수 있는 빛! 그저 감탄사만..

▲ 우리 가족은 그 곳에서 사진 한 장..

▶ 여자 둘은 경치를 배경으로 한 장 더

17-5 콜롬비아 아이스필드

아이스필드.. 말 그대로 얼음 위의 눈밭이다. 센터에서 바퀴가 엄청나게 큰 설상차를 타고 아이스필드로 가면 빙하 벌판이
나오는데, 그 전체 크기는 서울의 반 쯤 된다나. 두께는 에펠탑만큼 된다니 놀라울 따름! 사방에 녹아 내려오는 빙하물이 흐른다.
우린 그곳에서 어린애처럼 뛰어 놀았다.. 좀 추웠지만 눈 위에 미끄러지기도 하고..

◀ 우리 뒤에 타고 온 설상차가 보인다.

우리나라 전산학과 교수님들의 성토의 대상이 된 나

소프트웨어는 인간의 논리적 사고를 담는다. 어쩌하면 잘 개발할 수 있을까? 그 답을 탐구하는 학문이 소프트웨어공학. 난 학자로서 우리나라의 IT 황무지시절에 저서는 물론 (소프트웨어입문, 소프트웨어공학론, 소프트웨어생산공학론, 프로젝트 관리론 등) 언론에 많은 기고를 해 왔다.

그러나 점차 소프트웨어가 사용되는 현장 속 사람의 마음을 이해한다는 것은 기술 못지않게 인문학적 소양이 필요하다는 생각이 들었다. 소프트웨어를 담당하는 학문이 전자계산학이라면, 전산학도들이야말로 교양과목으로 사회학, 심리학, 윤리학 등을 깨우쳐 인간과 조직을 이해해야 되리라는 확신도 섰다. 그렇다면 당시 전산학과의 교육과정은 기계와 기술 쪽으로 심히 편향되었다고 판단했다. 제아무리 미국 ACM의 커리큘럼을 본 딴 것일지언정!

또한 IT가 만인을 위한 것이라면, 당연히 다른 학문들도 IT발전에 도움을 주어야, IT가 함께 발전하고 올바른 정보사회가 건설되리라는 생각이었다. 즉 난 그 당시부터 IT학을 융합학문으로 발전시킬 필요성을 절감했다. 전자신문 논설위원 자격으로 쓴 사설의 제목도 '범 학문적 컴퓨터 연구(1991.8.6)', 지금 읽어봐도 옳은 주장이었다.

그래서 시작한 것이 삼성SDS가 창간한 월간 '정보경제'에 (나중에 '인포노믹스'로 변경) 내 이름을 건 본격적인 칼럼이었다. 무려 2년간의 (1993.3~1994.12) 이 연재물은 소프트웨어 기술과 타 학문을 하나씩 연계시킨 것으로, 첫 회의 제목부터 '소프트웨어 철학'이었고, 그 후론 화학, 생물학, 의학, 심리학, 경제학, 법학, 정치학, 교육학, 언어학, 언론학, 윤리학, 사회학, 심지어는 미학, 문학, 종교학 등으로 이어졌다. 매 칼럼을 쓸 때마다 난 해당 학문의 기초 교과서를 두세 권씩 읽으며 고뇌를 거듭했다. 이 칼럼들은 선풍적인 인기를 끌며 크게 회자되었다.

그런데 연재 마지막 회, '소프트웨어 대학'이라는 제목 하에 전산학과 교육과정을 융합학문으로 파격적으로 발전시키자며 쓴 글의 소제목 하나가 '전산학과를 없애자'로 뽑혔는데 이것이 문제의 발단이었다. 때는 마침 학과제에서 학부제로의 개편을 교육부로부터 종용받고 있던 때라, 자연대 소속이었던 전산학과가 공학부로 편입되어야 할는지가 대학가에서 시끌버끌 할 때였다.(후 엔, '컴퓨터공학과'가 됨) 그런데 내가 그 민감한 시기에 전산학과를 없애자 했다고 소문이 돌았고 누군가가 내 연재물의 앞뒤 문맥도 모른 채 잔뜩 화가 났던 모양이다.

결국 1994년 말 경 서울대에서 개최된 정보과학회 (전국 전산학과 교수들이 참여하는 방대한 규모의 학회) 총회에서 내 글 복사본이 뿌려지고 원로 교수들이 날 성토하는 사건이 벌어졌다. 급기야는 당시 학회장이셨던 고려대 황종선 교수를 포함한 학회 임원 분들이 잡지를 발간하는 삼성SDS의 사장실을 찾아가 항의했다고도 했다.

난 그 소식을 듣고 젊은 혈기에 픽 웃었다. "그렇다면 공개토론을 해 볼까요?" 라면서! 그러나 지금 생각하니, 이유불문, 원로 분들께 심려를 끼쳐드린 점이 죄송하다. ◀ 좌측 사진은 당시 등장한 MS 윈도우

범 학문적 컴퓨터 연구

컴퓨터는 이제 없어서는 안될 현대문명의 이기로 자리 잡고 있다. 정보화에 대한 사회적 요구가 상승할수록 컴퓨터를 개발하는 과학기술자나 컴퓨터이용기술을 발전시키는 전산학자들이 더욱 바빠지고 있다.

그러나 컴퓨터에 대한 연구는 전자 · 전산학자들의 전유물이어서는 안 된다. 그동안 신기술 연구개발 및 보급에 이공계열 학자들이 기여한 바는 컸고 그들의 공로는 당연히 인정해야 하지만 어디까지나 과도기적 상황으로 이해함이 바람직하다. 컴퓨터가 가정과 학교와 동사무소에까지 보급되어 우리의 전통적인 사고방식과 생활습관까지 변혁시키는 삶의 필수품으로 부각되고 있는 때에 하드웨어와 소프트웨어적 시각으로만 컴퓨터기술을 발전시키는 데엔 그 한계와 부작용이 예상되기 때문이다.

물론 컴퓨터를 기업이나 조직운영의 도구로 보는 경영학적 시각도 있다. 이에 따라 경영학자나 경영과학자들은 기업전산화의 추진방법론을 연구하여 왔고 경영정보학이라는 신학문까지 탄생시키기에 이르렀다. 컴퓨터의 계산능력을 자료 분석에 이용해온 통계학자나 공장자동화 및 자동설계기술을 발전시키려는 산업공학자들의 노력도 적지 않았다. 컴퓨터를 연구과제로 삼는 국내 학회들도 정보과학회를 비롯하여 통신학회 · 전자공학회 · 산업공학회 · 경영학회 · 경영과학회 · 경영정보학회 등 다양하고 이달 중으로는 데이터베이스학회도 발족될 예정이다.

그러나 문제는 컴퓨터기술연구에 인문 · 사회계열 학자들의 폭넓은 참여가 요구된다는 데 있다. 이미 컴퓨터는 그 자체가 학문이 되는데 그치지 않고 보다 윤택하고 인간미 넘치는 사회를 이룩하기 위한 범사회적 이기로 인정받고 있기 때문이다. 이 엄연한 현실을 간과하여 이공계열의 연구에만 치중한다면 컴퓨터정책은 사회갈등을 심화시키며 우리가 바라는 정보사회는 정보독점자에 의해 지배당하기 쉬운 사회로 전락하고 만다.

다시 말해서 이 사회는 현재 인문 · 사회 · 예능분야 학자들의 전폭적인 컴퓨터연구를 촉구하고 있다. 예를 들어 영한 번역시스템개발엔 언어학자, 정보검색용 데이터베이스 개발엔 도서관학자, 행정전산망 연구엔 행정학자, 컴퓨터마인드 확산엔 사회학자, 교육용PC 정책엔 교육학자, 인공지능 연구엔 심리학자, 통신시장개방대책 연구엔 경제학자, 신체진단 전문가시스템개발엔 의학자, 컴퓨터 화면설계나 입출력개발엔 인체공학자, 한글글자꼴 연구엔 상업미술학자들이 참여해야 한다는 것이다. 그래야 모든 것이 조화를 이루고 온전한 결과를 기대할 수 있다. 그러나 현실은 그렇지 못할 뿐 아니라 이를 크게 우려하는 학자나 연구원이나 정책가나 사용자들을 발견하기 힘들다.

그동안 컴퓨터연구는 정보과학회 소속 학자나 연구원들에 의해 주도되어왔다. 이제 인문 · 사회계열 학자들이 수동적 자세나 보조역할로 머물게 아니라 주체세력이 되어야 한다. 그래야 사용자를 위한 컴퓨터상품, 책임감 있는 기술보급, 미래지향적인 사회건설이 보장된다. (중략) 컴퓨터기술연구는 범학문적이어야 함을 다시 한번 강조하며 보다 균형 있는 정부의 연구지원을 촉구한다.

(내가 쓴 전자신문 사설, 1991년 8월 6일)

18. 미국 캘리포니아에서의 이산가족 대 상봉

　내가 오랜 기간 연구한 분야는 소프트웨어 개발비 산정이었다. 눈에 보이지 않은 소프트웨어를 측정하고 적정 대가를 산정할 수 있다면, 기업의 보다 투명한 예산지출이 가능해지고, 나아가 열악한 IT업계도 발전하리라는 기대 때문이었다. 내가 주도하여 공표한 '소프트웨어 사업대가 기준' 때문에 난 많은 IT기업들이 큰 도움을 받았을 것이라 확신한다. 이로 인해, 난 2001년도에 대통령표창을 받았다. (그 후, 언젠가 국가훈장을 받을 줄 알았는데 안 주네~^^)

　　　　　　　　　　　2001년 그 해는, 우리 이산가족의 대 상봉이 이루어진 해이기도 했다. 목포의 부모님, 미국 남부의 여동생 가족, 서부의 남동생 가족이 최초로 단합대회를 가진 것이다. 장소는 벤처사업가로 거부가 된, 스탠퍼드대학 부근 포톨라밸리의 남동생 집이었다. (◀ 당연히 부모님이 가장 좋아하셨을 수 밖에!) 치과의사인 여동생은 미시시피에서, 대학생들이던 아들 대일이는 오하이오에서, 딸 은실이는 시애틀에서, 그리고 난 부모님을 모시고 아내·막내와 함께 캘리포니아에 집결했다. (▼ 아래 사진에서 보듯이 총 15명이었다. 지금은 내 며느리와 손자, 여동생 사위 며느리 등, 4명이 더 늘었지만)

　우린 잘 쏘다녔다. 샌프란시스코는 물론, 남동생이 별장을 소유한 나파밸리의 와인농장들을 기웃거리며 취해보기도 하고, 몬트레이 별장에 짐을  풀고 배를 빌려 낚시를 즐기는 등 즐거운 나날을 보냈다. (▶ 우측 사진처럼 동생이 직접 조종하는 작은 자가용 비행기를 타고 라스베가스 카지노로 놀러가기도) 학교에서 진행 중이던 BK21 연구는 저절로 머리속에서 지워졌다.

18-1 나파밸리

남동생 상헌(Sam)은 나보다 6살 아래. 꽤나 성공한 사업가다. 대학교 때 만난 미국여자 샌디와 결혼. 잘 산다.(◀ 좌측은 몇 년 전 남동생의 가족사진)
요즘은 모르겠으나 비싼 지역의 대저택에 스포츠카가 몇 대씩, 자가용 비행기에..
별장도 나파밸리를 포함해서(▼ 아래 사진) 이곳저곳에 여럿 있었다.

나스닥시장의 불황으로 힘들다곤 하지만, 한국의 형이 사는 모습과는 천지 차이이리라.

우린 집 근처는 물론, 나파밸리에 짐을 풀고 풀장에서 수영도 하고 와인농장을 쏘다니며 한가로운 시간을 보냈다. (▼ 아래 사진은 2010년에 나파밸리를 다시 찾은 부모님과 이모)

18-2 **몬트레이의 17마일 드라이브코스**

몬트레이도 놀러갔다. 샌트란시스코 남부의 휴양지역이다. 17 마일의 환상적인 드라이브 코스로 유영한 곳, 소설가 존 스타인백의 고향이고 클린트 이스트우드가 시장을 지낸 소도시 카멜도 이곳에서 가깝다.

해변가도 멋스럽고!

◀ 우리 가족은 그곳 부두에서 새벽에 배를 빌려 무려 두 시간을 바다 깊은 곳으로 나가 낚시를 즐겼다. 남동생이 큰 고기를 잡았었군. 옆은 조카 크리스.

▼ 사진은 낚싯배가 떠나기 전 아버님을 중앙에 모시고 나와 남동생

한국전산원장이 될 뻔 하다 말았네~

1998년 10월 15일, 내가 당시 여당이었던 새정치국민회의의 전자정부정책기획단의 간사자격으로 '전자정부의 비전과 구현정책'이란 제목의 정책집을 펴내고 또 국회에서 발표하자, 국가정보화를 책임지던 한국전산원이 (現 한국정보사회진흥원) 바짝 긴장을 했던 듯싶다. 당시 前 정통부 차관 출신 박성득 원장께선 최성모 박사를 내게 보내 의중을 묻기도 했다. 물론 그 땐 정통부와 전산원이 직무유기를 하고 있다는 직접적인 말은 못했지만, 사실 내 심정은 그랬다.

정말이지, 미국은 고어 부통령이 정보고속도로 (Information Super-highway)나 REGO를 (RE-inventing the GOvernment) 외치는 등 난리법석인데, 우리나라는 별 움직임이 없었다. 그래서인지 난 대선주자인 故 김근태 의원께는 만날 때마다 "공부 좀 하세요~!" 라고 농담섞인 주문을 했던 기억도 난다.

그러나 정책집 하나가 상황을 빨리 반전시키진 못했다. 답답함에 난 일간신문에 기고까지 했다. "정보대국 이끌 선장은 어딜 갔나 (동아일보)", "청사진 없는 전자정부 (한국일보)" 등 제목도 자극적으로 말이다. 정부에서 슬슬 기획예산처 주관의 전자정부특별위원회가 구성되는 정도였으니.

그런데 글을 쓰며 문득 '내가 직접 차기 전산원장이 되어보자'는 생각이 떠올랐다. 그러나 그리 되려면 어찌해야 한담? 그래도 고위 공직인데 아무런 '빽'도 없는 내가 어떻게? 당시 찾아 뵌 안병엽 장관은 '난 곧 장관직에서 떠날 사람~'이라고 발뺌을 했다(사실 그랬지만). 전윤철 기획예산처 장관도 찾아뵀더니 마찬가지였고.

그러던 중 2001년 1월 말경, 나는 동아일보 김충식 기자의 (죽마고우, 前 방통위 부위원장, 現 가천대 교수) 주선으로 당시 '부통령'으로 군림하던 박지원 비서실장을 개인적으로 만났다. 근데 몇마디 오고가지도 않았는데, '이 교수 같은 인재가 왜 그 동안 숨어 지내셨느냐"면서, "양승택 장관 내정자는 문제없고 (당시 내정 사실은 몰랐지만) 이기호 경제수석과도 어려움 없을테니 공직을 맡을 준비나 하시라"고 하시며 엘리베이터 앞까지 배웅을 해 주는 게 아닌가. 난 감격스러웠다. 나중에 양승택 장관께 인사 드렸더니 웃기만 하셨고.

그러나 3~4개월이 흐르고, 박성득 원장의 임기가 지나도 잠잠하더니, 2001년 5월 어느 날 갑자기 후임으로 서삼영 한국교육학술진흥원장을 전산원장으로 선임했다는 정부발표가 나왔다. 난 어리둥절했다. 알고 보니. 막 출범한 전자정부위원회의 위원장인 안문석 교수께서 김대중 대통령 앞에서 위원회의 활발한 활동을 위해 위원회 소속 멤버 중 한 명인 서삼영 원장을 추천했고 대통령께서 즉석에서 구두 승인을 하시는 바람에, 배석했던 박지원 실장도 어쩔 수 없었다고^^

며칠 후 청와대에서 연락이 왔다. 대신, KBS 사외이사직을 맡아, IT와 통신 전문가로서, 공영방송을 도울 생각은 없느냐고 물어왔다. 자존심이 좀 상해있던 나는 정중히 사양했다. '뺀' 하다가 만 해프닝이었다.

▲ 위 그림은 당시 사용하던 2G 플립폰... 그 땐 요것도 무지 편리하고 좋았는데~

청사진 없는 '전자정부'

경제상황이 아직도 힘겹다. 외환위기는 벗어났다지만 국민이 느끼는 고통은 여전하다. 왜일까. 그 이유로 경제학자들은 우리나라의 낮은 생산성을 꼽는다. 노사문제로 복잡하게 얽힌 노동자의 생산성은 선진국에 비해 1/2, 전문성이 부족한 경영진은 1/4, 무사안일주의가 팽배한 공무원은 1/8 밖에 미치지 못하는 것이 그 원인이라는 것이다.

그래서 개혁이 필요하다고 했다. 일하는 방법을 근본적으로 뜯어 고치자는 것이다. 사실은 기업 구조조정 못지않게 올바른 정부개혁도 시급한 과제였다. 다른 국가들은 개혁적인 전자정부구현을 오래 전부터 추진해 왔지만 우리정부는 10년 가까이 능장을 부려왔다. 최근 대통령이 전자정부를 강조하니까 너도나도 이제야 목소리를 높이고있다.

첫째, 정보통신부, 행정자치부, 기획예산처가 각각 주무 부처인양 행세하는 가운데 총괄 사령탑이 누구인지 아무도 모른다. 정보통신부는 정보화촉진기본법을 내세우면서 행정자치부가 밀어붙인 전자정부구현법을 내심 못마땅하게 여기고 있고, 기획예산처도 정부혁신 차원에서 대통령직속의 전자정부특위를 가동시켰다. 그런데도 정작 국가CIO(정보화책임관료)를 자임하는 사람은 안 보인다.

둘째, 미래한국의 청사진은 그리지 않은 채 모두가 정보화사업을 펼치기에 급급하다. 미래경영전략을 뒷받침하는 정보전략계획을 수립한 후에야 장·단기 시스템 구축계획을 수립해야 한다는 정보기술의 기본상식조차 무너지고 있다. 최근 대통령에게 보고한 전자정부특위 보고서도 2002년까지 우선 추진해야 할 과제 선정에만 초점을 맞추고 있다.

셋째, 정보기술관리제도를 정비하고자 하는 노력에 진지함이 없다. 객관적 목표설정, 합리적 예산편성방법, 사전 투자효과 평가방안, 책임 감리제도, 사후 성과평가척도 그 어느 것도 제대로 마련된 것이 없다. 개발업체들을 대상으로 한 아웃소싱제도의 중요성도 간과되고 있다. 전자정부구현을 성공시킨 미국의 정보기술관리개혁법에서 교훈을 못 얻고 있으니 우리는 명분만 그럴듯한 사업으로 예산을 낭비하면서 SI업계의 공공사업 적자만 누적시킬 공산이 크다.

전자정부는 대통령 한 명의 관심만으로는 부족하다. 조직체계를 갖추고 성공할 수 있는 여건을 만들어야 한다. 우선 최소 5년 후를 위한 개혁적 청사진부터 그려야 한다. 신임 정보화수석비서관이 국가CIO로 임명되어 부처별 CIO들과 정보산업계의 전문가들로 새로이 구성된 전자정부추진위를 이끄는 획기적인 조치를 보고 싶다. 이를 위해 정보통신부의 책임영역을 관련 산업육성으로 축소하면서, 모든 부처를 상대하는 정보화기획실과 한국전산원 기능을 기획예산처로 이관시키는 것이 바람직하다.

전자정부의 이념은 정부재창조(Reinventing the Government)라고 한다. 우리나라 공무원들의 생산성이 선진국 수준처럼 현재의 8배가 되는 모범을 보이면 산업계 인력의 생산성은 이에 뒤질세라 세계일류로 도약할 수 있을 것이다.

(한국일보, 2001년 5월 21일)

19. 다시 가고픈 나라, 정겨운 인도와 히말라야 산맥지대의 네팔

2년간의 한국CIO포럼 대표간사 직을 끝마친 2002년, 나는 사단법인 한국정보화측정연구원을 만들고 원장이 되었다. 정보시스템의 규모와 품질, 정보화 노력에 대한 대가를 민간 차원에서 측정할 필요성을 절감하던 때였다. 학계·연구계의 전문가들이 동참해 주었고, 한국IT산업협회를 사무국으로 삼아 회원사들을 구성했다. 국제 조직과도 (IFPUG 등) 교류를 맺는 한편, 나중엔 '한·중·일 소프트웨어 메트릭스 유니온'의 초대회장으로 활동하기도 했다.

책을 남보다 더 많이 읽은 것도 아닌데, 그 즈음 내게도 노안이 찾아왔다. 드디어 안경을 끼기 시작했다. 하기야 큰 애가 대학 졸업반이었느니! (▲ 위 사진이 처음으로 안경을 쓴 내 모습) 암튼, 그렇지 않아도 심하게 빠져가는 머리 때문에 이식 수술도 받아봤듯이, 세월은 덧없이 흘러가고 육체는 노화되고 인간은 이에 순종해야 한다는 뜻이렸다. 그러나 마음은 어찌하면 비워질까? 신앙만이 그 대안인가?

그래서인지 2002년 2월 어느 날, 사촌 형과 인도로 떠났다. 불교지도자 달라이라마의 한국 초청과 관련해서 인도에 갈 일이 있는데 자문역으로 같이 가자는 말에 난 종교완 상관없이 흔쾌히 동행 길에 나섰다. 어차피 겨울방학!

듣던 대로 인도는 신비의 나라였다. 석가모니와 간디와 카레의 나라! 까만 피부에 하얀 치아의 인도인들, 소들이 배회하는 길거리 풍경 (▶ 오른쪽 사진처럼, 길에 누워있는 소 곁에 나도 쭈그리고 앉아보았다), 아무데서나 볼 일을 보는 자연과 친숙한 민족, 사는 모습은 지옥 같지만 맑은 눈동자와 순박한 미소를 보노라면 천국 같은 나라, 종교 외에는 재미가 없어 왜 저리 살아야하나를 궁금하게 만드는 나라였다. 제법 많은 나라들을 다녀봤지만 내겐 아직도 미지의 세계가 인도다.

델리와 근교의 요모저모, 인도 북부의 농부들, 갠지스 강 주변의 종교 풍물, 그리고 히말라야 산맥의 작은 왕국 네팔 방문은 내겐 의미 있는 추억이다.

그 후 2004년에도 인도를 방문하여 IT 행사에 참여하고 (◀ 행사 귀빈석, 난 뒷 줄 우측에 앉아있다), I2IT 대학에서 특강을 하고, 심지어는 '한국-인도 IT 민간교류회'까지 만든 나를 기억해 보면 나의 인도에 대한 정감은 각별하다 하겠다.

19-1 **뉴델리**

인도에 처음 도착하니, 눈앞에 펼쳐지는 풍물이 기이할 뿐이었다.
까맣고 많은 인파들.. 후진국의 민족 모습.. 거리의 진풍경... 고대 궁들이 함께 어울어진 올드델리... 레드포트 붉은 성 광장..
그리고 수도 뉴델리... 이곳엔 2004년 3월 열린 'Convergence India 2004' 전시회에 참석했었다. (당시 KT의 이용경 사장도 함께 참석했던 듯)

◀ 인도문에서

▶ 이 여행이 인연이 되었는지 나는 2003년 10월 한국–인도 민간IT교류회를 발족시켰다.. 이 자리엔.. 인도 측에선 산자부 장관, I2IT대학 설립자인 차브리아 회장, 인도 IT분야의 석학 바트카 박사가 참석했고..

한국 측에선 이상희 前 과기부 장관, 하운나 의원, 김선배 한국소프트웨어산업협회장, 백두권 고려대 교수 등이 동참해 줬었는데.. 계속 이 모임을 활성화시키지 못한 것은 내 책임이겠다.
물론, 그 후 인도 푸네의 I2IT 대학 (International Institute of IT)에서 'e–Korea'의 정책비전 특강도 하긴 했지만.

19-2 **보드가야**

불교 4대 성지 중의 하나다. 부처가 대각을 이룬 이곳은 지금은 마하보디 사원

다시 2002년 겨울의 델리를 떠나 인도 북부를 가로 지르는 불교성지 순례길 이야기다. 석가모니는 약 2500년 전, 네팔의 룸비니에서 샤캬족 정반왕의 장자로 태어나 출가했는데... 순례와 수행을 계속하다가, 결국 니란자나 강 건너 보드가야의 보리수 밑에 좌정하고선... 금성이 반짝이는 새벽에 드디어 해탈에 이르렀다고 한다.

▶ 오른쪽 사진이 바로 부다가야 지역의 보드가야... 뒤에 마하보디 대탑과 보리수나무가 보인다.

▼ 아래는 사르나트, 역시 불교 4대 성지 중 하나인데... 부처가 최초로 설법한 녹야원 사리탑이 보인다. 부처가 5비구를 만난 곳도 이곳이란다.

그리고 나란다 불교대학에도 들렀고 (세계 최초의 대학이라나?)..
해초스님 이야기도 들었는데 10년도 더 된 여행이라 기억이 가물하다.
그보다는... 여행길에 버스가 잠시 쉬던 중... 동네의 노인 한 분이 손을 크게 저어가며 오라기에 달려갔더니 커피 한 잔을 마시란다.. 컵이 몹시 지저분했지만 워낙 강권하기에 마신 후 고맙다는 표시로 돈을 조금 드리려 했더니 어찌나 화를 내던지. 성의를 뭘로 알고 돈을 주려느냐고.... 해초스님보다는 그 노인이 더 기억에 남는다.

19-3 갠지스 강

힌두교 성지... 그러나 불교를 포함한 다른 종교들도 이곳을 성지로 생각한다고.
이곳에서 목욕으로 영혼을 정화하고 시신을 화장하는 것을 가장 행복한 죽음이라 여긴단다.

◀ 인도를 생각하면 지금도 가장 먼저 떠오르는 곳은 겐지스 강이다
정말 이쪽에서는 목욕을 하는데.. 저쪽에선 시체를 태우는 연기가 피
어올랐다.

갠지스 강 전체 지역의 분위기는 가히 환상적이다.
종교가 무엇이고 믿음이 과연 무엇인지 생각하게 했다.

갠지스 강 유역은 바라나시. 인구는 약 100만이라는데 힌두교의 성
지 중에 꼽히는 곳이다. 연 평균 100만 명이 이곳에 와 목욕재계를
한다는데 강변의 길이 약 4km에 이르는 계단상의 목욕시설이 특이
하다.

▶ 우측은 바라나시 시내를 거닐어 보다가 찍은 듯.

19-4 타지마할

인도의 대표적인 이슬람 건축물.. 사랑의 상징적 건물이어서 신혼여행지로 인기 있다고

그러나 일반인 우리들에겐 인도 하면 역시 타지마할!

1650년. 무굴제국의 황제였던 샤 자한이 끔찍이 사랑했던 왕비 뭄타즈 마할을 추모하여 만든 것인데 유럽의 건축가들을 불러오고 기능공 2만 명이 동원되어 22년 간 공사한 결과라나?... 사랑의 도가 지나쳤던 듯^^ 가히 사랑의 금자탑답게 눈부신 백색의 대리석으로 지어진 아름다운 건축물... 분수가 있는 조경도 일품.

◀ ▼ 첫 인도여행 때는 못 갔는데 2003년에 찾았다. 근처의 아그라 성을 못 들린 건 지금도 조금은 아쉬움으로 남는다.

19-5 히말라야

네팔 경제의 원천이다. 인도에서 경비행기로 날아가 수도 카트만두에 도착하는데 비행기에서 내려다 본 히말라야는 정말 장엄했다.
난 등산에는 취미가 없지만 산악인들의 느낌만큼은 잠시 느낄 수 있었다.

네팔은 또 다른 왕국이었다... 인구 약 3천만..

2008년부터는 공화국이 되었다지만. 2002년 방문 당시에는 마침 구르카 왕조가 형제끼리 총을 난사하는 참사가 벌어졌고 또한 계엄령이 내려져 있어... 관광객들에게도 차량이 제공되지 않아 불편했다.

◀ 시내의 옛 왕궁을 걸어서 구경하는 정도밖에.

사실 부처는 네팔의 룸비니에서 태어났다고 한다

기원 전 623년 샤카족의 왕비인 마야부인이 관습에 따라 출산을 위해 고향으로 가던 중. 룸비니에 있는 나무 아래에서 잠시 쉬게 되고 그곳에서 석가모니를 낳았다고.

▶ 우측 사진. 여기가 룸비니 동산이라는데... 저 나무가 그 나무인가?

그냥 한마디 재미로 첨언... 이 세상에서 어느 나라 여자가 제일 예쁠까. 님미, 중앙아시아, 중국, 러시아... 답은 각자 보는 이에 따라 다르리라. 그러나 인도에서 네팔로의 경비행기 승무원이 내 눈엔 가장 예뻤다. 어찌나 매혹적인지 잠시도 내 눈을 뗄 수 없을 정도. 그 후부터 난 인도 여자를 세계 최고의 미인이라고 감히 주장한다^^

사이버 공간에서 만나는 글로벌패밀리

세월이 흐르면서 우리 가족에겐 아픔이 생겼다. 고향의 부모님과 우리 3남매가 흩어져 살면서 서로가 바쁘다는 이유로 만남이 참으로 쉽지 않다는 점이다.

2001년 여름 최초로 단합대회(family reunion)를 미국에서 가지면서, 당시는 적어도 2년에 한 번은 만나자 했건만 역시 마음 뿐이다. 이유는 별 게 아니다. 도대체 시간을 맞출 수가 없는 것이다. 난 서울에서 내 나름대로 바쁘고, 의사인 여동생은 미국 남부에서 병원일정에 얽매어 정신없고, 남동생은 실리콘밸리에서 사업가로 눈코 뜰 새가 없다는 이유다.

이런 우리 가족을 남들은 '글로벌 패밀리'라고 부른다. 사실 영어가 '반 공용어'인 가족은 많지 않으리라. 아버님은 Young, 어머님은 Susan, 난 John, 여동생은 Helen, 남동생은 Sam식으로 우린 모두 영어 이름도 갖고 있다. 애들도 물론이다. 나와 동생들이 영어로 대화함도 그러 하지만, 칠순 할아버지가 손자 손녀들에게 영어로 말씀 전하는 장면이나, 파란 눈과 노랑머리들이 사위 며느리랍시고 함께 앉아 오순도순 정담을 나누는 모습도 흔치 않겠다.

어쨌거나, 그래서 생각한 것이 '인터넷을 이용한 사이버 가족 공간'이었다. 난 IT 전문가가 아니었던가. 결국 '가족끼리'만의 온라인 공간을 만들기 시작했고, 각고의 노력 끝에 2002년에는 가족 홈페이지를 출범시켰다.

만들고 나니 제일 좋아하는 분이 어머님이시다. 누가 어디에 있건 가족 뉴스가 뜨고 사진들이 올라오니 좋고, 또 방문객들에게 자식·손자들을 상세히 소개하실 수 있어 시골에 계시지만 너무 좋다 하신다. 결국 팔순 노인이 컴맹을 깨고 열렬한 인터넷 애용자가 되셨다. 동생들도 자주 이 사이트에 들른다. 우리 가족 홈페이지는 지금 이 순간도 정겨움을 나누는 소중한 매체다. (이 IT인생 꼭지에서는 그림으로 그릴 필요성은 못 느껴 그냥 ▼ 아래 화면 캡처로)

사이버 부부

1995년이던가, 내가 오래전 우리나라 '정보통신윤리 심의위원회'의 초대 위원장직(비음성 부문)을 맡았던 때다. 우리 위원들은 7~8명의 교수, 언론인, 법조인, IT전문가들로 구성되어 있었는데 남녀 반반이었다. 매월 한 차례씩 심의회의를 가졌다. 게임의 폭력성(예로, 리니지 게임의 살인 장면 등)이나 사생활 침해(화장실 몰래카메라 등), 그리고 음란물의 유통이 주된 심의 대상이었다. 음란물이나 폭력물이 청소년보호 대상물임을 밝히는 노력에 가장 많은 시간을 할애했다.

많은 시간을 쏟은 또 하나의 주제는 가정주부들의 채팅이었다. 남자가 포르노를 즐기는 게 문제라면 여자는 채팅에 빠져들기 시작한 것이 문제였다. 이 사회적 현상을 어찌 볼 것인가에 대해 토론도 있었는데, 한 번은 각각 가정이 있는 한 커플이 채팅으로 만난 상대와 '사이버 부부'를 맹세하고 '온라인 청첩장'을 돌린 사건이었다. 법적으로는 간통도 아니고 만남이 없으니 불륜도 아니지만 가정과 결혼이라는 제도에 대한 도전으로 해석되기도 했다. 윤리위원회의 사전심의가 불법적인 정부의 통제라는 비판도 있었으므로 난 '일단 두고 보자'로 토론은 종결시키고 모 채팅 사이트에 글을 올렸다.

<사이버 부부>
남녀가 섞여 살지 않는 세상은 정말 삭막할 것입니다. 수컷과 암컷이 서로 끌리는 것은 동물적 본능이지요. 바로 이 자연의 섭리 때문에 삶은 매력 있고 인류는 발전하는 것 아닐까요.(중략)
근데 '사이버 부부'라는 게 있군요. 들으신 분도 있겠지만 모 유부남 유부녀가 공개적으로 사이버 결혼식을 올렸다고 하네요. 사이버에서 만나 정을 나누던 중 사랑을 확인하게 되어 부부로 맹세했다지요.
그들만의 십계명도 공표되었지요.
첫째, 사이버를 통해 영원히 사랑한다.
둘째, 사이버를 벗어나 직접 만나지 않는다.
셋째, 다른 이성을 사이버 내에서 사랑하지 않는다는 식이었지요. 대단히 독특한 발상이지요. 제법 낭만적이라는 생각도 들고 위험천만한 작태라는 느낌이 교차되더군요.
그래서 저희(정보통신윤리 심의위원회)가 잠깐 갑론을박을 했지요. 윤리적 판단은 미룬 상태이구요.(중략)
여러분! '사이버 부부'는 어찌할까요? 단둘만의 비밀이라면 어쩔 수 없겠지만 공개할 경우 '미풍양속파괴 죄(?)'로 ID삭제와 같은 처벌을 내려야 할까요? 아니면 그냥 이해하고 방치해야 할까요?
정보사회, 디지털 문화! 고정관념과 각종 장벽이 무너지는 세상을 주도해 가는 입장에서 저 역시 가치관의 혼란을 느낍니다. 정돈된 의견만 감사히 받겠습니다.(끝)

내 글에 대한 답변이 아마 수백 통은 넘었으리라. 대부분은 대수롭지 않은 사안이라는 반응을 보였다. 지나고 보니 이런 순정적인 사이버 부부는 차라리 애교 있다. 요즘은 인터넷의 '커플 카페'에 가입하고 파트너 교환 즉 '스와핑'까지 한단다. 김대중 대통령이 취임사에서 '세계에서 PC를 가장 잘 쓰는 나라를 만들겠다.'고 했었는데 그분의 꿈이 기막힌 현실로 이루어졌다는 게 재미있다. 포르노를 즐기는 남자들과 채팅을 즐기는 여자들은 그 분께 감사드려야 한다. 하하~

(수필집 '대통령의 여인'에서 빌췌)

20. 노무현을 잊고 찾은 공산 국가,
   전쟁에 지쳤던 앙코르와트와 사이공

2002년은 서울 월드컵으로 대한민국은 흥분의 도가니로 빠져 들었다. 그리고 온 국민이 합심하여 세계 4강이라는 실로 엄청난 결과를 만들었다. 홈그라운드의 함성이 이토록 중요하다니! 당연히 나도 아내와 지인들과 서울 상암동 개막경기는 물론, 인천 전주 대구 경기장까지 쏘다니며 그 열광의 분위기에 동참했다. 우리  태극전사들이 어쩌나 자랑스러웠는지~ (▶ 우측은 빨간 붉은 악마 차림의 우리 부부 모습... 얼굴엔 태극기까지?)

뿐만이 아니었다. 사실 2002년엔 대통령 선거가 있었다. 난 우연히도 노무현후보의 IT특보가 되어, '현정포럼'이라는 전문가 그룹을 결성하고 (이남용교수를 비롯, 박용찬 · 김용식 · 홍석동 · 최승억 대표와 우종식소장 · 이호준상무

등과 함께), 공약집을 만들어 노무현후보가 '디지털 대통령'임을 알리는데 혼신의 힘을 쏟았다.(◀ 왼쪽 사진은 2002년 여름 어느 날의 허운나 의원, 노무현 후보, 남궁석 의원, 그리고 나) 심지어는 민주당 당사에서 직접 기자회견까지 하는 등 정말 바쁜 날을 보냈다. (▼ 아래는 기자회견하는 내 모습~) 내 당시의 열정은 대단했다. 다행히 노무현 후보는 온갖 우여곡절 끝에, 대한민국 제16대 대통령에 당선되었다.

노무현 당선자의 IT가정교사로 세상에 알려지고 동아일보가 뽑은 '노무현 대통령을 만든 100인', 매일경제가 선정한 '노무현 파워 엘리트 235인' 등에 포함되면서 나는 일약 유명인사가 되었다. 기자들의 인터뷰 요청이 쇄도하고 IT대기업 CEO들이 만나자는 문의가 너무도 빈번했다. 심지어 일부 언론은 정보통신부 장관 후보로도 거론하기 시작했다. 주위 사람들의 나에 대한 눈초리도 달라졌고 심지어는 아내조차 내 앞으로의 계획을 묻곤 했다. 정말이지, 난 그저 대한민국을 위한 IT정책을 만들었을 뿐이거늘~!

자고 깨니 유명해져 있었다던가. 내가 딱 그 꼴이었다. 난 이 모든 상황이 부담스러웠다. 그래서 결정한 것이 노무현을 잊고 마음을 비우기 위해 베트남과 캄보디아로의 탈출, 중앙대 김성근 교수와의 부부 동반 여행이었다. '앙코르와트나 봅시다', 겨울방학을 맞아 따뜻한 나라로의 여정은 즐거웠다. 다시 발견한 왕궁, 앙코르와트는 대단했다.

(▶ 노무현 후보가 당선된 날, 민주당사에서 최준석 회장과 이남용 교수와)

20-1 **앙코르와트**

앙코르는 王都를 뜻하고 와트는 사원을 뜻한다고.. 크메르족의 바라문교 사원

12세기 초에 건립되었다는 앙코르와트.

앙코르 왕조가 13세기 말부터 쇠망하기 시작해 15세기경에는 완전히 멸망함에 따라 정글 속에 감춰져 있다가 1861년 프랑스 박물학자에 의해 발견되었으나... 1972년부터는 외부인에게 폐쇄된 후 베트남군과 크메르루지 게릴라의 전쟁 속에 휩싸이다가... 1982년 11월에야 다시 공개되기 시작했다고.

아닌게 아니라.. 전쟁총탄 자국이 많았다. (▲ 김성근 교수 부부와)

한 변이 4km에 이르는 성벽으로 둘러쌓여 있는데 돌로만 만들어진 웅장한 석궁인데 그 당시에 어찌 저걸~! 사람 아닌 코끼리들이 동원되었을텐데.. 그래도 그렇지 저 큰 돌들이 그 지역이 아닌 먼 곳에서 운반해 온 것이라니! 중국의 만리장성. 이집트의 파라오 등과 함께 세상에 가장 신비로운 건축물로 평가받을 만!

그 당시만 해도 앙코르와트는 찾는 이가 많지 않았다. 그러나 몇 년 후 다시 방문해 캄보디아의 관광청장을 만났더니 2003년 이 후부터는 한 해 2백만 명 관광객 중 한국인이 절반에 달할 정도로 최대 관광객이 되었다고.

20-2 캄보디아의 톤레삽 호수

여기.. 평생 물 위의 수상가옥에만 사는 참혹한 전쟁의 서글픈 후예들도 있다

캄보디아는 서쪽의 태국과 동쪽의 베트남이라는 강국 사이에서 늘 힘들었던 나라..

그리고 1975년 친미 정권을 잡은 크메르 루즈의 지도자 폴포트가 과거 친미 론놀정권에 협력했다는 이유로 무려 전 인구의 1/4에 해당하는 200만명을 학살한 뼈아픈 추억.. 그래서 수천 명이 살해됐던 킬링필드도...

(우리나라도 중국과 일본 사이에서 늘 힘들었고... 북한의 지도자 김일성 때문에 사상자가 얼마였던가!)

세월이 지나... 캄보디아 여행에서 또 하나 빼놓을 수 없는 것은 베트남 피난민들이 정착해 사는 호수 주변의 수상가옥이었다. 육지로는 못 올라오고 물위에서만 살아야한다니... 그것도 오염되어 생선 썩은 내가 진동하는 물위에 둥둥 떠서 평생을! 반기문 UN 사무총장이 꼭 나서야 할 곳. ▼ 관광하기엔 미안했으나 배 타고 돌며 보트에서 사진 한 장.

이 여행 이후 캄보디아엔 한 두 번 더 출장을 갔는데.. 2005년 2월 전자정부 사업 관련 방문 땐 실세라는 Sok An 부총리를 예방했더니 집무실 방이 수상가옥과는 180도 다르게 화려한 금장식품들로^^

빈부격차가 없어야 선진국이거늘~ (하기야 우리나라도 문제지만!)

20-3 호치민시티의 인민위원회 청사

사이공을 호치민시티로 개명한 후 이 도시의 상징이 되었단다

호치민시티... 예전의 사이공... 지금은 너무 개방되고 발달한 베트남의 산업도시가 되었다. 초등학교 때 맹호부대 백마부대 국군 아저씨들에게 위문편지 쓰던 생각이 났다. 노래도 만들어져 불렀는데...

자유통일 위해서 조국을 지키시다 조국의 이름으로 님들은 뽑혔으니 그 이름 맹호부대 맹호부대 용사들아〜

이제 보니 참 박정희 대통령이 파병을 시켜놓구선 어린애들까지 세뇌시켰었군^^...
우리 청년들이 이곳에서 많이 죽었었지? 한국장병들도 베트남 전쟁에서 나쁜 짓도 꽤나 했었겠지? 5만 7천명의 미군 희생자가 있었음에도 미국은 왜 전쟁에 패했을까? 어차피 전쟁은 군수물자 기업가들과 정치인들의 권력놀이?

◀ 호치민시티는 그 어느 도시 못지않게 화려함까지 보이던데..
전쟁 당시 겪었을 고통은 얼마나 컸을까. 우리도 같은 6.25 민족!
▼ 그래도 과거는 아프지만 현재 배는 고프기에, 메콩강 유역의 어느 식당에서

노무현과의 만남과 대통령 후보의 IT특보

5공 청문회 이후부터 노무현은 유명 인사였다. 2001년 어느 날 IT 행사장에서 그와 처음으로 나란히 앉았다. 안산 법무법인 해마루 개소식날였던가. 그 전에도 한번 뵌 적은 있었으나, 옆자리는 처음이었다. 축사를 하러 온 우린 인사만 나누었다. 당시는 짧은 해양수산부 장관직을 그만 두고 거의 무직이었을 때다. 그러던 그가 대통령이 될 줄이야!

그런데 2001년 말 친구들과의 망년회, 죽마고우 천정배 의원이 경상도 출신 노무현만이 대통령감이라 주장했다. 난 천 의원의 정치공학적인 사고도 그렇거니와 '대통령 노무현'에 대해 공감하기 힘들었다. 그러나 당시엔 내가 노무현을 몰랐을 때다. 그후 2002년 3월부터 우연히 다시 알게 된 그는 내 영웅이 되었다. 그는 역사의식과 정치철학으로 날 감동시켰고 맑은 미소로 내 마음까지 빼앗았다. 자주는 아니었지만, 그를 만나면 그의 인간적 매력에 매료되었다. 그러나 이인제 대세론과 정몽준 대망론과 이회창 차기 대통령의 관문을 뚫으리라고는 전혀 예상하지 못했다.

그러나 난 당선 가능성과 무관하게 그의 IT특보를 자임했다. 전문가 그룹을 만들고, 지지자를 결집하고, 정책 사이트를 개통시키고, IT연설문을 써 주고, IT현안과 대안을 함께 논하고, 지지선언 기자회견을 하고... 돼지저금통을 전달하고 주변의 표를 얻는 데 혼신의 힘을 쏟았다. 그는 도움을 받은 후면 고맙다고 직접 전화도 주곤 했다.

그랬는데, 그는 정말 그해 12월 19일엔 대통령으로 당선되었다. 그 때의 감격이란! 지금은 이 세상을 떠나셨지만, IT공약을 발표하던 그의 모습이 기억에 생생하다. 물론 내가 만든 IT공약집을 사전 배포하고 내가 써준 연설문을 낭독하는 모습 말이다. 그 발표의 핵심은 다음과 같았다... ▲ 위 캐리커처(펌. 내가 그린 건 아님)...가 끔씩 그가 그립다.

정보통신 일등국가를 만들겠습니다

4대 비전	10대 공약
1. IT로 튼튼한 나라 – 튼튼한 정보화 기반의 지식강국	1. 세계 최고수준의 정보통신 인프라와 IT인력의 지속적인 확충 2. 정부와 공공 부문의 지식정보화 강력 추진
2. IT로 잘 사는 나라 – IT로 경제적 번영을 누리는 산업국가	3. 세계 5위 권 기술강국을 목표로 IT산업과 기술의 집중육성 4. 전 분야 전통산업의 첨단 정보화체계 확립을 촉진
3. IT로 행복한 나라 – 국민 모두가 정보화를 누리는 복지국가	5. 정보화의 혜택을 모든 국민에게 공여하는 복지사회 건설 6. IT와 정보화를 통해 투명하고 공정한 사회 실현 7. 세상에서 가장 안전하고 신뢰할 수 있는 사이버환경 조성
4. IT로 우뚝 선 나라 – 세계를 선도하는 IT강국	8. 동북아를 주도하는 IT 허브기지 구축 9. 글로벌 리더십을 발휘하는 IT중심국가로 도약 10. 남북 IT 협력 활성화 추진

노무현 후보를 지지하는 이유

16대 대통령 선거전이 제법 뜨겁다. 양강대결로 좁혀진 이번 대선에서 이회창 후보는 '정권교체'를, 노무현 후보는 '세대교체'를 외치고 있다. 이도저도 아니오, '시대교체'를 해야 한다는 주장도 있다.

두 후보의 다른 구호를 들을 때마다 IT 전문가의 입장에서 정보시대의 걱정거리가 된 '디지털 격차'가 생각 난다. 컴퓨터를 잘 모르는 50대 이상 유권자들의 지지율이 높은 이 후보와, 20~30대 네티즌들이 열렬히 지 지하는 노 후보는 분명 차이가 있다. 인터넷 선거를 강조하는 노 후보와, 노트북조차 어색한 이 후보 간의 격 차는 하늘과 땅 차이로 느껴진다. 두 후보가 주장하는 교체의 대상이 다른 점이 자연스레 이해되는 구석이다.

물론 컴퓨터를 잘 쓰고 못 쓰고는 중요하지 않을 수도 있다. (중략) 그러나 과연 그럴까. 아니다. 지금 세상은 현기증이 날 정도로 급변하고 있다. 동서를 건너뛰고 주야를 초월해 광속으로 움직이는 글로벌 시대를 살고 있다. (중략) 인터넷이 오늘을 살기 위한 생존도구가 됐는데 대통령이라고 해서 그렇게 방관하는 자세로 IT를 다룰 때는 이미 아니기 때문이다.

디지털 경영을 위한 성공요인으로 전문가들은 흔히 최고경영자(CEO)의 철학, 경영혁신(BPR)에 대한 의지, 정보화전략계획(ISP) 그리고 유능한 최고정보책임자(CIO)의 역할을 꼽는다. 나아가 새 시대의 CEO는 디지털 마인드로 경영하고 솔선수범할 줄 아는 eCEO여야 한다고 한다. 낡은 환경과 구습을 타파하지 않으면 결국 은 타의에 의해 파괴된다고 경고하기도 한다. IT는 더 이상 기술이 아니라 신문명이다. 21세기의 국가 CEO 도 마찬가지다. 따라서 디지털 마인드가 없는 대통령이 글로벌 리더가 될 수 없음은 자명하다. (중략)

나는 노 후보를 위한 산·학·연 30인의 IT정책팀을 이끌던 연초부터 그의 국가경영철학을 IT 정책에 담 도록 노력했다. 노 후보 역시 함께 토론을 할 때마다 강력한 정보화 추진체계, 한반도 평화와 동북아시대의 꿈, 투명한 전자상거래, 정부의 과감한 정보공개와 데이터베이스화, 기술표준의 중요성, 방송과 통신의 구분이 사 라지는 미래, 벤처에 대한 공정한 평가, 일자리 창출, 깨끗한 사이버 세상 등의 중요성을 강력하게 전달하곤 했 다. (중략)

노 후보는 IT정견발표에서 IT를 모르는 사람은 장관으로 임명하지 않겠다는 뼈있는 농담을 던졌다. 또한 청와대에 정보화 수석(국가 CIO)을 두겠다고 약속했다. 그만큼 IT에 대한 신뢰를 대변한 말임은 물론 노 후보 스스로 IT와 함께 살아오면서 IT만이 우리나라를 새로운 대한민국으로 도약시킬 수 있다는 소신이 확고한 까 닭이라고 믿는다.

자신이 바라는 개혁은 대한민국 BPR라고 선언한 노무현! "넷(net) 밖의 남자 창은 창(窓) 밖의 세상 인터넷을 알라"고 지적받기도 한 이 후보와 비교해 가히 새 시대를 이끌 '디지털 대통령'이라고 자임할 만 하지 않은가.

(전자신문, 2002년 12월 12일 기고문에서 발췌)

IT정책가로 뛰다

(2003~2006)

IT인생 이야기

IT칼럼과 생활수필

21. 경기도 양재천 가에서 국가와 민족을 위해...
차관급 공직을 맡다

2002년 12월 27일 아침 9시경, 한국경제신문의 예상 대통령직 인수위원회 명단에는 내가 포함되어 있더니, 2시간 후의 연합뉴스 공식발표에는 나 대신 과학계의 순천대 박기영 교수로 (나중에 청와대 과기보좌관) 바뀌었다. 오후에 임채정 인수위원장이 (그 후, 국회의장 역임) "이 교수께서 포함된 인수위원 명단을 들고 결제를 받으러 갔는데 당선자께서 직접 교체하셨다"면서, "더 좋은 다른 뜻이 계신 듯 하니 기다려보시라"는 야릇한 내용의 전화를 걸어왔다. 난 그저 그런가보다~ 했다.

그런데 동남아 여행를 다녀온 어느 날, 김효석 국회의원으로부터 전화가 왔다. 정보통신정책연구원(KISDI)의 차기 원장이 되어보라는 것이었다. 며칠 후 안병만 당시 외대 총장께서 (나중에 교육과학기술부 장관 역임) 내게 베풀어준 조촐한 식사 자리에 동참한 서울대 방석현 교수도 같은 추천을 했다. 두 분 다 KISDI원장 출신들, 그래서 난 고민에 빠졌다. 그리고 생각 끝에 공직을 맡기로 결정했다. 폴리페서? No! 남자가 국가와 민족을 위해 일할 수도 있지 않은가!

그러나 그 과정이 쉽진 않았다. 이상철 당시 정통부 장관은 (現 LGU+ 부회장) 내가 KISDI에 관심이 있다 했더니 뜻밖이라 했고, 오찬에 배석한 변재일 실장도 (現 국회의원) 의아스러운 눈빛이었다. 하기야 난 경제학도가 아니었으니!

그러나 이미 결정한 사안! 난 KISDI라는 조직으로 IT강국을 재건하겠다는 일념으로, 혁신계획을 수립하느라 홀로 고뇌했다. 그리고 연임을 원했던 윤창번 원장과의 (現 청와대 미래수석비서관) 경쟁과정을 거치고서야 제7대 KISDI 원장이 되었다. 역시 경쟁에 나섰던 연대 정갑영 교수께서 (現 연세대 총장) 경제사회연구회의 KISDI원장 선출 당일, 나와의 통화 후에 경쟁을 포기한 것이 큰 도움이 되었다. (그 사이, 신임 정통부 장관으로는 삼성전자의 진대제 前 사장이 부임.)

정보통신정책연구원장이 되면서 내 삶은 180도 바뀌었다. 아침 일찍 넥타이 매고 출근하고, 귀찮은 회의에도 참석하고, 공무원들 바글거리는 광화문은 물론이요 엄숙한 분위기의 청와대도 드나들었다 (▲ 위 대통령과 악수하는 사진처럼). 다행히 연구원 박사들이 환영해 주어서 나름 편안하게 공직을 시작할 수 있었다. 우면동 서울교육회관 뒤에 위치한 KISDI는 사계절이 아름다운 곳이었다.

2003년 4월 1일은 취임식 날(◀ 사진), 취임사를 다시 찾아 읽어보니 웃기는 대목이 있다. "전 늘 청바지만 입고 다녔습니다. 그래서 양복도 제대로 없습니다. 새 생활을 시작하려니 걱정도 됩니다. 공무원들을 상대하는 것도 벌써부터 부담입니다. 그러나 아마도 제 자유주의적 성품은 크게 바뀌지 않을 것입니다"

21-1 정보통신정책연구원(KISDI) 전경

국가균형발전 계획에 따라 최근 충북 제천으로 이사갔다고.. 정말 좋은 곳이었는데 아깝다~

양재동 서울교육문화회관 뒤, 양재천가에 위치한 KISDI는 사계절이 아름답다.
주소는 경기도 과천시 주암동. 이곳에 난 3년간을 몸담았다.
그 곳의 연구원들, 수위 아저씨들, 식당 아줌마들... 그리고 내게 수족 같았던
박중권 행정실장, 김혜영 홍보팀장, 비서 신보람, 운전기사 박찬범씨도 그립다.
◀ 좌측은 설경을 배경으로 오성백 부원장과 함께.
넓은 잔디 축구장에 테니스장과 농구장까지 갖췄다. 실내 헬스장과 탁구장도
있다.

▼ 아래는 어느 주말 KISDI에서의 부부동반 고등학교 동창의 운동회 모습

◀ 행사에 참석한 친구 천정배와 우리 부부, 당시 열린우리당 원내대표였던가?
(이 행사 때문에 조금 뒷말이 있었던 듯도 싶지만, 요 정도야 원장 재량 아닌
가ᄊ)

21-2 광화문 거리

광화문 거리에 나가 서울광장과 청계천을 둘러보고 이순신 장군과
세종대왕 동상에 눈길을 준 후 경복궁이나 덕수궁을 거니노라면
한국인으로 살아 숨쉬는 기분이다.
그러나 허구한 날 이곳 건물 내부에 들어가 딱딱한 회의라니!
연구원에서 광화문까지는 30분에서 1시간 남짓. 회의가 있을 땐,
그래도 내겐 자동차로 이동하는 동안이나마 달콤한 낮잠시간이었다.
◀ 2004 정보통신인 신년인사회 때 ... 난 뒷 줄 오른쪽 끝

진대제 장관과 나, 왜 코드가 안 맞았을까?

왜 그리도 코드가 안 맞았을까. 2006년 어느 날, 노준형 장관께 (진대제 장관 후임) 취임축하 인사를 드리러 갔더니 불쑥 나와 진 장관과의 얘기를 꺼내면서, 옆에서 보기 민망했다고, 경쟁자로 여겨 견제의 대상이었음은 아는 사람들은 다 알지 않았냐고 웃으며 말했지만, 난 아직도 이해가 안 되는 대목이다. 그 분은 처음부터 장관이었고 난 그저 차관급 기관장이었거늘~ 내 인생의 풀리지 않은 수수께끼 중 하나다. 굳이 풀어본다면 아래와 같은 이유들일까?

첫째, 국가 IT 철학이 근본적으로 달랐다. 예를 들어, 진 장관은 인터넷 실명제에 대해 찬성을, 나는 반대를 확실히 했다. 전자정부에 관해 진 장관은 기술을, 나는 혁신을 강조하다 보니 주무부처를 놓고 논란을 빚었다. IT 정책에 대한 시각도 차이가 있었다. 진 장관은 미래 먹거리에 초점을 맞춰 대기업 수출지향적인 하드웨어 공급정책을 중시한 반면 나는 미래사회의 설계 및 수요 전망과 소프트웨어 정책을 강조했다. 당연히 IT-386전략에 대한 견해도 달랐다.

둘째, 지휘체계가 불분명 했다. 정통부는 연구예산을 지원하지만 KISDI는 독립된 국무총리실 산하 국책연구기관이었다. 장관은 나의 임면권자가 아니었고 '이상적' 정책 연구와 '현실적' 집행 부처 사이의 긴장감이 처음부터 있었다.

셋째, 출신이 달랐다. 진 장관은 영남·삼성 출신의 경기고-서울대-전자공학도-IBM과 였던 반면, 나는 호남·LG 출신의 목포고-미국대-전산학도-벨연구소가 배경이었다. 전공도 반도체와 컴퓨터로 달랐다. 보수·자본주의적 사상과 진보·사회주의적 사고의 차이도 느꼈다. 공통분모가 너무 없었다.

넷째, 시작부터 경쟁구도가 그려졌다. 언론에서도 내가 차기 장관직을 꿈꾼다는 등, 갈등구조를 만들며 즐겼으며 이 과정에서 서로 본의 아니게 오해가 발생하곤 했다.

다섯째, 스타일에 차이가 있었다. 진 장관은 밀어붙이는 스타일, 나는 '내식대로'를 고집했다. 또 한편, 자유분방하고 직설적이고 흑백이 분명한 내 성격이 진 장관에게는 도전적으로 여겨질 수도 있었겠다. 기업가 출신과 교수 간의 마찰도 짐작 가능하다.

그래서인지, 장관실에서의 첫 만남부터 의견이 충돌했다. 꼭 그럴 이유가 있었을까. 아니다! 나의 잘못이 컸으리라. 무엇보다도, 그는 참여정부의 최장수 장관이었기에!

뒤늦게나마, 진대제 前 장관께 당시 보다 화합하며 참여정부의 IT정책개발 기능을 더욱 힘차게 발휘하지 못한 점에 대한 유감의 뜻을 전하고 싶다.

늘 건강하시길 바라는 마음이다.

◀ 좌측 사진은 당시 등장한 '손 안의 TV'

아직도 마음은 청바지

언제부터였는지 모르지만 내 차림은 늘 블루진이었다. 강의실에서는 물론, 정부부처 회의나 기업 자문회의에 들어갈 때도 당당하게 청바지였다. 게다가 나이답지 않은 긴 머리에 가끔씩은 덥수룩한 턱수염까지, 난 나만의 자유를 한껏 누리며 살아왔다. "나처럼 청바지를 자신만만하게 입을 수 있는 사람 있으면 한번 나와 보라지…"

간혹 점잖지 못하다는 지적을 받을 때면 난 더욱 단호한 태도로 일관했다.

"대학이나 연구소는 자유로움이 넘쳐야 합니다. 틀에 얽매이면 창의력을 상실합니다. 고정관념을 깨야 개혁이 가능하고 다양성을 존중해야 사회가 발전합니다. 내가 5년간 일하던 미국의 벨연구소는 반바지만을 금지했을 뿐입니다. 하버드대학의 교수가 블루진을 입은 채 대중강연을 하면 멋스럽고 한국교수가 노타이로 회의에 나타나면 예의 없다는 비난은 아직도 머리 속에 옛날 조선시대 엽전이 굴러다닌다는 증거입니다. 첨단을 걷는 IT분야 교수의 옷차림을 운운하는 사람은 21C 세계인이 아닙니다. 그냥 내 식대로 살겠습니다."

청바지만이 아니다. 짧은 인생! 프로답게 최선을 다 한다는 전제하에, 할 말은 하고 가고 싶은 곳은 가되, 대신 싫은 것은 철저히 거부한다는 것이 내 인생지론이었다.

그러던 내가 KISDI로 옮기면서 돌변했다. 아침 7시면 어김없이 깨어나 양복 정장으로 출근하고 하루 종일 예약된 일정에 얽매이는 생활을 시작했다. 그러나 과거와 다른 지난 100일을 보내면서 느끼게 된 가장 큰 고충은 옷차림의 부자연스러움이나 수면부족은 전혀 아니다. 사실인즉, 내 가장 큰 어려움은 관료주의의 행태를 이해하고 그 틀 안에서 조심스레 말하고 행동해야 한다는 주변의 압박인 듯 하다. 말하고 싶은 것을 참고, 하고 싶은 것을 거두어야 한다니 답답하다. (중략)

하기야 "아직은 시기상조"라고 했더니 "국책연구원장은 반대!"라고 대서특필되고 "범 국가 싱크탱크가 목표"라고 했더니 "KISDI 홀로서기"라고 써대니 일리 있는 지적이다.

그러나 내가 양보하지 못할 것이 하나 있다. 다름 아닌 전문가로서의 양심이다. 원칙이고 진리이며 자존심이고 꿈이다. 개혁이고 발전이며 밝은 미래를 설계하기 위한 끊임없는 노력이다. IT세상을 가끔씩 흐리게 만들어 온 불의와 편법과 불공정성과 인권침해에는 도저히 침묵할 수가 없다. 악습과 타성에도 물론 길들여지지 않겠다는 각오이다.

내가 지금껏 추구해 왔던 이상은 생각의 자유로움과, 더불어 사는 삶의 아름다움이었다. 정말이다. 내 비록 양복정장으로 갈아입었지만 마음 속의 청바지만은 결코 벗지 않으리라.

(KISDI기관 홈페이지, 첫 번째 〈블루진 에세이〉에서 발췌, 취임 100일, 2003년 7월 10일)

22. 사회주의 국가를 찾아... 주홍색 베트남, 새빨간 중국, 회색빛 러시아

실별 업무보고를 받으며 난 KISDI 원장 직무에 본격적으로 임했다. 곧 이어 오성백 부원장을 비롯한 연구 실장급 인사는 물론, 기조실장 · 행정실장 등 관리직 간부도 새로 임명하는 등 대대적인 조직개편도 단행했다. 막상 업무에 임하는데 당연직 감투가 마구 씌워지고 나도 모르게 임명장들이 날아왔다. 한국태평양경제협력위 원회 이사, 국가정보화 편찬위원, 통일문제연구협의회 공동의장, 한국정보통신학원 이사... 그 땐 내가 뭘해야 하는지도 모르는 자리들~

아무튼 시작은 어수선한 가운데, 난 연구실 별로 토론하며 현안을 이해하고 또 한편 미래 연구방향을 설정하 면서도 밤마다 박사들과 회식하고... 갑자기 못 마시는 술까지 마셔가며 과거와는 다른 삶으로 돌입했다. 물론 정부 관료들과 인사하고, 언론사를 예방하고, 타 분야 국책연구원장들과도 교류하면서... 정신없이 진행되었다.

(▼ 밑 단체사진은 우리나라 14개 국책연구원장의 총리공관에서의 회식... 앞 줄 중앙이 고건 총리, 뒷 줄 가운데가 나)

시작인지라 내 할일도 바쁜데, 하필 손님들도 많았다. 특히 IT관련 외국 귀빈들이 방한 중에 KISDI를 찾겠다는데 거절할 수도 없는 노릇이었다. 첫 달부터 베트남 Ta 장관과 (◄) 말레이시아 Moggie 장관 일행이 찾아 왔고, 한 · 호 협의회 회장은 당장 5월에 호주에서 개최하는 한 · 호 Broadband Summit에서 주제 강연을 부탁했으며, 다른 국가들도 방 문을 공식 요청해 오는 등, 나를 더욱 혼란스럽게 만들었다.

결국 원장부임 다음 달부터 난 당장 호주와 베트남으로의 출장을 떠나게 됐다. 또 몇 개월 후엔 막강해진 중국과 아직도 힘 있는 러시아까지도(▶) 다녀왔다. 이미 출장 에 익숙한 연구원 박사들의 보조 때문에 불편하지 않았던 점이 다행이었다.

사회주의 국가들을 다니면서 느낀 점은 독재의 권력이었다. 절대 독재자와 공산당 원만이 인민을 지배하는 나라들... 내겐 우선은 흥미롭게 다가왔다. 그리고, 나라마다 색깔이 보였다. 당시는 그림에 관심을 두지 못했음에도 베트남은 주홍, 중국은 빨강, 러시아는 회색이었다.

22-1 베트남 하롱베이

하노이에서 2~3 시간 북쪽에 있는 천연지역.. 1600개의 크고 작은 섬 및 석회암 기둥들로 장관이다

베트남은 인구가 1억 가까운 대국이다. 비록 지금은 사회주의 국가이지만 따이안(한국)과도 인연이 깊다. 모두 사람 냄새도 풍긴다. 난 이곳을 무려 네 번이나 찾았지만 갈 때마다 느낌이 달랐다. 2002년 말 아내와의 호치민시티 관광도 좋았지만, 2003년도 양국 간의 업무협력 차 방문했을 때 Ta 우정통신부 장관의 호의, 2003년 하노이에서 개최된 유엔개발기구(UNDP)에서의 기조연설 및 베트남 우정통신연구소(NIPTS)와의 연구협력 양해각서체결 때의 Truc 차관의 개인적인 배려는(▶) 따뜻한 추억이다.

그러나 2004년 6월 윤동윤 · 양승택 前 장관님 등 IT원로들도 (정장호 정보통신산업협회장, 박문하 LG전자 사장. 조정남 SK텔레콤 부회장, 박성득 전자신문사 사장. 서울대 곽수일 교수 등) 동참한 가운데 내가 주최하고 사회를 본 한국–베트남 포럼을 마친 후... 단체로 하롱베이 관광을 (◀) 했을 때가 가장 추억에 남는다.

아름다운 섬들 사이로 둥실둥실 떠 있는 배 위에서 한–베 술 마시기 대회가 갑자기 벌어져 얼마나들 술을 마셨는지! 박성득 前차관은 몸을 가누기 위태로울 정도.^^ 그러나 밤엔 다들 노래 실력들을 뽐내고!

하노이에서는 LG전자 당시 구자홍 부회장의 추천에 따라 일부러 찾아간 시장거리의 쌀국수집도 일품!.. 베트남 도시들은 2002년 첫 방문 때와 달리 그 엄청난 자전거들이 지금은 대부분 오토바이로 바뀌었단다.

22-2 중국 천안문 광장

◀ 중국의 천안문 광장.. 명나라 때인 1420년 완공되었다고.. 이 주변에 중국의 중앙 관청들이 모여 있다. 새빨간 건물 앞엔 모택동의 사진이 걸려있고, '중화인민공화국 만세'라는 큰 글자들이 보인다. 들어가면 자금성이다. 여기서 20km 북서쪽으로는 서태후가 거주했던 이화원이 있고(▼)... 알다시피 다 중국의 관광명소들이다.

중국 북경은 여러 번 들렀지만... 내게 북경 하면 무엇이 떠오르느냐 묻는다면 나는 서슴치 않고 한국대사관 내의 탈북자 수용시설이라 말하련다. 큰 방 두 개에 남녀로 나뉘어 한국으로의 송출만을 기다리는 많은 북한주민들... 내겐 처절한 삶을 목격한 현장이었다. 이왕 온 김에 둘러보고 가라는 당시 김하중 주중 대사의 (후에 통일부 장관 역임) 친절도 (◀) 기억에 남는다.

22-3 만리장성

만리장성은 시황제가 북방민족의 침입을 막기 위해 건설한 방어용 성벽이라는데 길이가 무려 5천km... 인류 최대의 토목공사를 그 옛날 했다니!

'밤새 만리장성을 쌓았느냐'는 말의 어원은 공사장에 끌려간 새 신랑이 신부가 보고 싶어 도망 나오자 신부가 놀라서 내뱉은 말이라던가.

◀ 왼쪽은 출장 아닌 여행 때의 아내사진.

▶ LG전자의 북경 연구소를 들려 현지 생산을 위한 노력을 경청한 후 기념사진을 찍었고.

22-4 **모스크바의 붉은 광장**

모스크바는 우중충한 날씨와 회색 빛 건물들로 추억의 장면들이 밝지 못하다. 모스크바 대학과 관청들은 다 비슷한 건축물로 어둡다.
그러나 붉은 광장의 화려함 (◀), 볼쇼이극장에서의 '호두깎기 인형' 발레 (▼), 트레티야코프 미술관은 대단했다.

또한 LG전자 현지 방문의 감흥. 날 만신창으로 만든 보드카, 그리고 미술에 조예가 깊었던 미모의 가이드가 기억에 남는다. 그 가이드는 기혼 유학생이었는데 삼성 이건희 회장 같은 거물급만 가이드한다던가?^^

인터넷 실명제를 둘러 싼 공방

인권은 사이버 세상에서도 중요하다. 디지털시대의 자유주의는 정보인권의 보호가 핵심이다. 이것은 평소의 내 지론이었다. 그래서 2000년 5월, DJ정부 시절, 정보통신부가 처음으로 인터넷실명제를 들고 나왔을 때 나는 걱정을 했다. 사이버공간의 각종 범죄가 익명성에서 비롯된다는 사고에 동의할 수 없었으며, '익명은 곧 누구든지 악마로 만들 수 있다'는 논리는 정보인권 옹호론자로서 한심스럽기까지 했다. 다행히 실행으로 옮기지는 못한 채 정권이 끝났지만.

그런데, 2003년 3월 참여정부가 들어선 후 첫 업무보고 때 정통부는 인터넷 실명제를 실시하겠다고 다시 나섰다. 난 이 정책이 인권주의자 노무현과는 맞지 않은 것임을 확신하고 그 심각성을 알리기로 결심했다. 그래서 원장부임 인사 차 장관실에 들렀을 때 내 의견을 분명하게 개진했다. 그러나 장관의 뜻은 달랐다. 아래와 같은 공방이 있었다.

장관: "게시판에 일이십대들이 올린 익명의 쓰레기 게시물 때문에 얼마나 낭비가 많은 줄 아세요?"

나: "아닙니다. 인터넷 게시판은 스스로 정화하는 힘이 있습니다. 욕설도 시간이 지나면 서서히 사라지고 찬반이 극렬하다가도 스스로 안정됩니다. 인터넷 실명제는 재고해야 합니다. 익명성도 인권입니다. 공무원부터 시작하자는데 공무원은 시민 아닙니까?. 지난 정부에서 전자주민카드 도입이 실패했던 것은 5%의 반대 때문이었습니다. 인터넷 실명제에 대한 찬성과 반대가 각각 30%라면 큰 반대입니다. 심사숙고하셔야 합니다"

그리고 얼마 후인 2003년 4월 22일. 소신 발언을 한 나와의 인터뷰 내용을 연합뉴스, 한국일보, 전자신문, 미디어오늘 등 언론이 대서특필하기 시작했다. 기사 제목은 'KISDI원장, 인터넷 실명제 시기상조', '인터넷 실명제 반대여론 확산', '인터넷 실명제 신중해야'식이었는데 정통부는 내 반대가 못마땅던 모양이다.

이튿날 아침 출근하기가 바쁘게 정통부 OOO실장으로부터 전화가 왔다. 이미 정부가 결정해서 발표했는데, KISDI원장이 반대을 하면 안 된다고 윽박지르는 내용이었다. 정책가의 입장에서 우려를 표명한 것이고 또한 실행은 심사숙고하자는 뜻이라 했더니, "원장님! 원장님은 이제 교수가 아닙니다, 자유로운 발언보다는 국가를 위해 언행하셔야지요" 하는 게 아닌가. 난 갑자기 화가 났다. 내가 그럼 내 자신을 위해 반대했단 말인가? 이런 예의 없는 관료의 말투라니! 난 화가 치민 나머지, "지금 아침부터 날 훈계하는 겁니까? 그만 전화 끊읍시다"라고 뱉은 후 수화기를 내려놓았다. 그후 연구원 박사들도 내 의견에 동조하는 보고서를 썼다. KISDI-정통부 갈등의 시초가 된 사건이다.

그후 반대여론이 거세지자, 정통부는 하루 평균 이용자 수가 30만 명 이상인 인터넷게시판만을 대상으로 실명제를 도입했지만, 표현의 자유와 프라이버시권을 침해한다는 주장이 다시 제기되면서 결국 2012년 8월 23일 헌법재판소에 의해 위헌 결정이 내려졌다. 제도 시행 5년 만에 효력이 상실된 셈인데, 다행이라 생각하면서도 이제 와 회상하니 쓸쓸한 웃음만 나온다. (◀ 실명제를 반대한 인터넷 기업들의 검색엔진들)

자유주의와 디지털정책 방향

개인의 자유를 존중해 국가의 간섭을 최대한 줄이려는 사상을 자유주의라고 부른다. 자유주의자들은 권위주의적 통치방식이나 관료주의적 특권의식 등을 거부한다. 나아가 시민의 자유가 침해당하는 시대, 인권이 억압받는 사회는 더는 용납될 수 없다는 입장이다. 이들은 자유주의야말로 세상을 다양성의 공간과 열려 있는 장으로 만든다고 확신한다.

정보통신기술과 인터넷문명 역시, '따뜻한 디지털 세상'을 희망하는 자유주의 관점에서 보면 복잡한 현안들의 정책방향을 의외로 쉽게 설정할 수 있다. 인터넷게시판 실명제는 익명성이 보장하는 표현의 자유를 억제하므로 정부는 가급적 인내하는 것이 좋다. 인터넷요금 종량제도 네티즌의 권익을 단순히 경제논리로만 규제하자는 것이므로 때가 이르다는 생각이다. 자유는 책임을 동반한다지만, 무책임이 지나치다는 사회적 합의가 이루어지는 것이 우선이다.

특히 정보인권이 중요하다. 삶의 권리를 침해하는 정보화라면 단호하게 거부해야 한다. 따라서 개인의 생년월일과 출신지역 정보를 노출시키는 현행 주민등록번호체계는 행정편의주의의 산물이므로 개정을 서둘러야 한다는 입장도 성립된다. 통신업계의 SMS문자 장기간 보관방침도 위험하다. 개인의 위치정보(LBS)나 전자태그(RFID)에 의한 구매정보의 악용 가능성만은 적극 막아야 한다. 인체관련 정보수집도 조심해야 한다. 전자정부의 성공을 위해서라도 '권위 높은' 개인정보보호위원회의 발족이 시급하다. 디지털시대의 자유주의는 정보인권의 보호가 핵심이기 때문이다.

그렇다고 해서 신자유주의까지 수용하자는 것은 아니다. 아니, 미국식 자본주의에 충실함으로써 맞게 된 우리의 경제 양극화 현실은 매우 안타깝다. 까닭에 중소IT기업 우대, 내수 IT시장 활성화, 지방 IT산업단지 조성, 소프트웨어산업 육성, 도·농 간 정보격차 해소, 전통산업의 정보화수준 향상, IT일자리 창출, 보편적 통신서비스의 확대 등은 IT 839전략과 함께 펼쳐가야 할 중요한 디지털정책으로 꼽힌다. IT가 '더불어 사는 세상'을 만들어 주어야 한다.

신자유주의가 허용하는 '부익부 빈익빈'만은 경계한다는 시각에서 정부의 규제관련 현안들에 관해서도 생각할 점이 많다. 예를 들면, 후발 통신서비스업계를 보호하기 위한 '비대칭 규제정책'의 필요성은 여전히 인정된다. 규제혁신은 오로지 국민복리와 소비자를 먼저 생각하는 정책으로 접근해야 한다. 뉴미디어에 대한 방송위원회의 정보통신부와는 다른 해석이 IPTV를 비롯한 통·방융합서비스의 개시를 지연시키고 있는 것이 안타깝다. 통·방융합은 중복규제가 가져오는 폐해를 최소화하는 데 중점을 두어야 한다. 민감한 사회현안일수록, 정치성을 배제한 연구와 공청회를 존중하는 열린 정책만이 자유주의적 이념과 합치한다고 믿는다.

국가 IT정책을 논하면서 웬 이념이냐고 물을지도 모르겠다. 내 답은 오히려 이념이 없는 정책이나 철학이 없는 연구는 무의미하다는 것이다. 이상과 현실의 괴리를 좁히기 위해서라도 올바른 가치관이 필요하다고 생각한다. 헌법에 명시된 자유민주주의가 IT정책의 기본이 된다면 디지털문명이 좀더 행복한 세상을 만들어 주리라고 확신한다. 내가 디지털 한국의 미래를 '잘' 설계하자고 강조하는 것도 바로 이 때문이다.

(전자신문 〈월요논단〉 2005년 6월 13일)

23. 영어를 잘 하는 휴양 국가, 말레이시아와 필리핀

국책연구원장은 해당 분야 국가정책을 개발하는 책임자라고 생각했던 것은 나의 큰 오산이었다. 연구보다는 행정, 안보다는 밖을 나다니는 정책 세일즈맨이었고, 나아가 외부의 끊임없는 만남 요청에 응해야하는 자리였다. 이게 공직일 줄이야~!

머리보다는 몸과 입이 바빴다. KISDI가 주관하는 행사의 개회사야 당연한 것이나, 각종 기관의 IT행사에 와서 축사를 해달라는 청탁이 의외로 많았다. 특히 강연요청이 쇄도했다. 각종 협회·단체·기관·학회·대학들은 끊임없이 날 연구원 밖으로 내몰았다. '정보통신 일등국가로 가는 길', '참여정부의 IT정책', '미래 한국 건설을 위한 IT비전'... 난 열심히 정책 세일스맨이 되었다. 그래도 교수출신인 까닭에, 서울대·연세대·서강대·한양대·카이스트·전남대·목포대 특강은 보람 있었고(◀ 사진은 KAIST 강연 장면), 한국경영정보학회·한국경영과학회·한국정보처리학회에서의 주제 강연은 의미 있었다고 기억된다.

IT분야 CEO들, 교수들, 기관장들과의 만남은 당연히 잦았다. 그중에서도 선배·원로 분들은 새 정권에서 중책을 맡은 나를 진심으로 도우려 했고, 또한 내가 같은 생각의 길을 걷길 바랬다. 오명·윤동윤·양승택 前 장관님 등이 따뜻이 대해주셔서 고마웠다. 암튼, 그래서 결성된 것이 한국IT리더스포럼! 윤동윤 前 장관님의 주도로 난 전직 장차관들, 기관장들, 현직 CEO들, 학회장 등 우리나라 IT거물들이 총 망라된 민간조직의 탄생에 씨앗이 되었다.(▶ 회장은 윤동윤 前 장관, 나는 부회장... 정통부가 압력단체를 만드는 게 아닌가 경계한다고 들었지만 내가 그냥 밀어붙인 셈~)

힘 있는 자리가 아님에도, 각종 개인적 문의도 쏟아져 들어왔다. 기업 CEO들의 통신정책 관련 현안이야 당연히 들어봄직 했으나, 중소기업들의 제품 선전, 학회의 재정 지원요청, 교수들의 연구과제 문의... 심지어는 주한 외국대사들, 은행지점장들까지도 사무실을 찾곤 했다. 시도 때도 없이 인터뷰를 요청하는 기자들이야 말해 무엇 하랴!

점차 업무 파악이 되고 정신적인 여유가 생기면서 다시 해외출장이 시작되었다. 말레이시아는 국가요청에 따른 정책협의, 필리핀은 아시아개발은행(ADB)과의 협약이 주 목적이었다.

23-1 **말레이시아가 자랑하는 쿠알라룸프르의 페트로나스 트윈타워**
한국의 삼성건설이 지었고, 내가 잘 아는 김종훈 상무가 (現 한미글로벌 회장) 총감독을 맡았다고

말레이시아는 인구 약 3천만 명, 동양의 이슬람 국가이다. 영국의 지배를 받아와 영어를 제법 잘 한다. 22년간의 유능한 마하티르 총리의 지배로 선진화 정책을 펼쳤으나 외환위기를 맞는 등 경제적으로 침체기를 맞기도 했다.

말레이시아 IT장관이 다녀간 이후 2003년 7월 방문하여 그곳 IT인들과 회합하고 또한 하림 샤피 차관보에게 IT정책연구소 설립에 대한 자문도 해 주었다.

23-2 말레이시아의 행정도시 푸트라자야

마하티르 총리가 만든 행정도시 푸트라자야.... 우리나라 세종시보다 훨씬 앞선 균형발전 정책의 결과?

◀ 말레이시아의 대표적인 IT기관이며 최첨단 IT단지인 MSC(Mulrimedia Super-Corridor)... 그 MSC를 총괄하는 MDC의 다나발란 부사장을 만나 단지 소개를 받았다. 영어가 유창했다.

▼ 아래는 말레이시아의 모기(Moggie) 장관과 만났을 때의 사진.

빡빡한 출장일정 때문에 관광은 별로 못한 듯... 서쪽 해변의 랑카위 비치는 개인적으로 가 봤지만.... 언젠가 다시 가 보고 싶은 곳.

23-3 필리핀의 따가이가이 화산지대

필리핀은 독재에 시달려 근대 역사가 암울했지만, 인구 1억이 넘는 큰 나라이며, 영어를 잘하는 탓에 미래가 밝을 것이다. 그러나 서너번 갔는데도 특별한 감상이 없다. 특히 마닐라는 해산물만 좋을 뿐, 호텔과 술집들 외에는 별로 볼거리도 없었던 듯싶다

그래서인지 오히려 1999년도에 딸들을 데리고 흔해빠진 패키지관광을 갔을 때의 추억이 더 좋게 느껴진다.

◀ 왼쪽은 배 타고 또 말타고 올라 간 따가이가이 화산지대 관광 사진.

◀▼ 2005년 방문 때는 아시아개발은행에 들러 지식관리센터 책임자인 단 붐 박사를 비롯한 간부들과 개발도상 국가들을 돕기 위한 공동의 관심사를 논의했었지만.

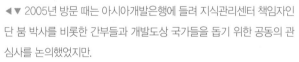

23-4 팍상한 폭포

마닐라에서 남동쪽으로 100km쯤, 라구나에 위치한 팍상한 (Paganjan) 폭포.

◀ 900m 아래쪽에 있는 팔라히프 폭포에서 배를 타고 올라가는데, 물을 거슬러 올라가기 위해 사공들이 안간 힘을 쓰는 게 보기 안쓰럽기도 하고 재미있기도 하고.

한국인들이 즐기는 관광지역답게 배를 타고 올라갈 때도 이곳저곳에서 한국말이 들린다. 하기야 요즘은 세계 어느 곳을 가도 마찬가지지만.

▶ 막상 팍상한 폭포에 도착하면 쏟아져 내리는 물줄기를 맞기 위해 뗏목을 타고 가기도 했는데 이때만은 동심의 세계로~

내가 뽑은 IT원로 30인,
IT강국을 만든 그 분들과의 인연

우리나라의 IT 역사는 사실 30년 남짓이다. 국산 PC의 생산 시작, 1가구 1전화기 시대의 개막, IT라는 용어의 통용도 모두 1980년대 중반이다. 그렇다면 그 무렵 귀국한 나도 대한민국 IT 역사와 함께였다고 본다. 그러나 나 아닌 IT강국의 주역들은 따로 있었으며 난 그 분들을 한없이 존경해마지 않는다. 내가 뽑은 IT 원로 30인은 아래와 같다.

▶ 장관출신 원로분들	최순달, 오명, 서정욱, 윤동윤, 경상현, 양승택, 남궁석, 이상철
▶ 차관 · 비서관 출신 원로들	홍성원, 신윤식, 정홍식, 박성득
▶ 연구계 원로들	성기수, 오길록, 이철수
▶ 산업계 원로들	이용태, 민병준, 정장호, 박병철, 조정남, 이기태, 구본준
▶ 학계 원로들	김길창, 조정완, 곽수일, 전길남, 안문석
▶ 벤처계 대표들	조현정, 이찬진, 안철수

이 분들은 1980년대부터 이런저런 이유로 다들 만나뵈었는데... 역시 카리스마가 대단한 분들, 친화력이 뛰어난 분들, 성취욕이 높은 분들, 혜안이 밝은 분들이다. 뒤늦게 롯데호텔에서 처음으로 담소를 나누고 그 후 친분을 쌓은 오명 前 부총리님을 포함하여 IT리더스포럼에서 뵙는 이 분들은 칠순 팔순임에도 아직도 정정들 하시다.

내가 직접 모신 분들은 윤동윤 前 장관(한국IT리더스포럼), 민병준 前 전무(금성반도체), 조정완 교수님(금성소프트웨어).... 개인적으로 가까운 분들은 故 남궁석 前 장관, 정홍식 前 차관, 오길록 前 원장, 구본준 現 LG전자 부회장 등이고... 내가 좋아하는 분은 故 박병철 전 쌍용컴퓨터 사장, 정장호 前 LG정보통신 사장, 고대 안문석 교수이시다. 인연이 안되어 친분을 제대로 쌓지 못한 분들은 홍성원 前 비서관, 이기태 前 삼성전자 사장.

나와 술자리를 같이 한 분들은? 장 · 차관 출신들은 몇 분 빼고는 대부분이었던 듯 싶은데, 그 중에서도 노래 좋아하시는 양승택 장관님, 유머가 넘치는 이상철 現 LGU+ 부회장님과의 시간이 가장 유쾌하곤 했다. 나보다도 연배는 밑이지만, 병원관리 소프트웨어 선구자 조현정 대표, 아래아한글의 이찬진 대표, 바이러스 전문가 안철수 의원 세 분은 80년대부터 상징적인 IT 인물들.. 당연히 IT강국에 기여한 젊은 피로 여길만 하다. 이제는 더 이상 젊지 않은 50대^^

여담이지만 공직 시절, LG출신인 나는 LG그룹의 CEO분들과는 개인적으로 친했는데 이것이 가끔씩 뒷말을 낳기도 했다. 심지어는 내가 공직을 그만 두면 LG텔레콤 대표로 갈 것이라는 근거 없는 증권가의 루머도 있었다. 그러나 정병철 LG-CNS사장(現 전경련 부회장), 남용 LG 텔레콤 사장, 김종은 LG전자 사장, 이윤호 LG경제연구원장(후에, 지경부장관), 정홍식 데이콤 부회장 등은 내게 늘 따뜻하게 대해주어 고마웠다. 특히 미국에서부터 가까웠던 구본준 現 LG전자 부회장, 아내끼리 가깝던 구자홍 現 LS그룹 회장은 자주 뵙고 싶은 분들이겠다.

(▲ 위는 2000년도 무렵부터 모두가 지니게 된 개인용 정보저장매체 USB)

월드컵 16강은 좋지만...

남아공 월드컵축제가 드디어 막을 내렸다. 예상대로 무적함대 스페인이 우승을 했다. 그러나 원정 16강이라는 새 기록을 세운 태극전사들도 칭찬받을 만 했다. 1954년 스위스 월드컵부터 동참한 이래, 지난 2002년의 홈그라운드 경기를 제외하면 가장 잘 싸워주었다.

월드컵 기간 내내 새삼 느낀 점이지만 축구엔 매 경기마다 스토리가 있고 감동이 있다. 승자와 패자가 나뉘는 순간이 냉혹한 까닭에 늘 환희와 아쉬움이 공존한다. 그래서 흰색천사 같은 내 아내조차 붉은악마로 변신하는지 모르겠다.

아무튼 이제 4년 후를 다시 기약해야 한다. 30대 노장인 안정환, 이동국, 이영표 선수 등이 국가대표에서 물러나더라도 기성용, 박주영, 이청용 등이 새 시대를 열어 주리라 믿는다. 국민의 성원이 이어진다면 8강, 아니 또 다시 4강인들 불가능하랴.

화제를 IT로 바꿔보자. 우리나라 축구역사가 100년이라면 IT 역사는 불과 40년 남짓이다. 아니 국산전자교환기 개발을 시도하고 16비트 PC 생산을 개시했던 1980년대 중반부터 따진다면 30년도 채 되지 않는다. 노트북과 휴대폰 수출시대가 열린 때는 15년 정도, 아마도 대한민국이 IT강국으로 부각된 것은 10년 미만일 것이다. 세계4강 수준의 눈부신 성과가 불과 10여년 사이에 이뤄진 셈이다. IT 4강을 이룬 그 주역들이 지금은 고희를 맞고 있다. 베스트11에 해당하는 경상현, 남궁석, 서정욱, 신윤식, 양승택, 윤동윤, 오명, 이용태, 정장호, 정홍식, 조정남 님들은 존경받는 IT 태극전사들이었다. 김대중, 노무현 등 IT비전을 중시했던 명장들도 역사 뒤로 물러갔다.

그 분들이 경기장을 떠난 까닭일까. 지난 2~3년 전 갑자기 IT경쟁력이 16위로 추락하더니 회복 기미가 보이지 않는다. 수비 위주의 전술을 고집하면서 골 기회를 못 만드는 상황이 안타깝다. 그래서 감독이 중요한 모양이다. 정보통신부를 없앤 것은 마치 자책골 실수 같다.

이 현실을 지켜보는 노장들은 어떤 생각일까. 이들은 무슨 코치를 하고 싶을까. 혹시 더욱 공격적인 R&D 전술을 원할까. 수비형 미드필더를 보완해 기술융합시대의 공수체제를 동시에 강화하라고 할까. 골 결정력을 높이려면 역시 스마트폰 개발에 집중해야 한다고 할까. 삼성·LG 등의 해외파나 KT·SK 등 K리그의 활기를 못 살리는 사령탑의 전략 부재가 못마땅할까. 감독과 선수들의 불화가 문제라고 꼬집을까.

사실, 축구는 좀 못해도 괜찮다. 골 못 넣어 망할 이유도 없다. 그저 좀 아쉬울 뿐이다. 그러나 IT경쟁력이 무너지면 국가경제가 위태로운 것이 우리의 현실이다. 소프트웨어 두뇌밖에 내 세울 것이 없는 대한민국 아닌가. 월드컵 16강은 좋지만 IT 16강은 싫다. 다시 4강으로 도약하길 소망한다. 꿈은 이루어진다고 했다. 대~한민국!

(전자신문, 2010년 7월15일, IT원로들을 언급했었기에 여기에 옮긴다)

24. 정치참여를 고사하고, 신화의 나라 그리스와 동서양이 만나는 터키로

2003년과 2004년은 정신없이 흘렀다. 난 KISDI에서는 'IT이슈 리포트'를 창간하고 기관 홈페이지를 개편하는 등의 노력을 기울이면서도, 대외적으로는 정보통신정책 심의위원회와 전자정부위원회 등에 참여하여 국가정책에 일조했다. 또한 동아시아 정보격차 해소를 위한 국제 심포지움 개최, 태국에서의 인터넷교육연구소 개소식 축사, 신규 박사채용을 위한 미국으로의 출장, 프랑스 파리에서의 OECD주최 경제협력 세미나, 중국 심천 IT단지 방문등 각종 행사자리는 물론, 광복절 · 개천절 행사까지 참석하느라 바빴다.

정통부는 시끄러웠다. 10대 신성장엔진의 사업주관을 두고 진대제 장관과 윤진식 산자부 장관의 대립은 첨예했다. 당시 김병준 위원장이 내게 조율을 부탁하기도 했고, 산자부의 김종갑 차관이 (그 후 특허청장 · 하이닉스 사장) 직접 내게 찾아와 하소연을 했던 기억도 난다. 결론은, 정통부 4 (디지털TV · 방송, 차세대 이동통신, 지능형 홈네트워크, 디지털콘텐츠 · SW솔루션), 산자부 5(지능형로봇, 디스플레이, 미래형자동차, 차세대 반도체, 차세대 전지), 과학기술부는 1개 (바이오신약산업) 였지만, 당시 "홈네트워크는 사실 상 생활가전이니 산자부에 넘겨주고 차라리 로봇과 맞바꾸면 어떠시냐"는 내 조정안을 "'네트워크'라는 단어 때문에 양보할 수 없어요"라고 일축하던 진 장관의 응답이 기억난다.^^

2003년 후반, 4월 총선을 앞두고 대한민국 정치는 요동쳤다. 민주당 내부의 불협화음은 정계개편으로 이어졌고, 친노 세력들은 열린우리당을 창당하기에 이르렀다. 창당 과정에서, 난 정치 참여를 제의 받았다. 당시 외부 인재 수혈을 책임지고 있던 남궁석 의원과 실세로 활약하던 천정배 의원은 각각 입당과 출마를 강력하게 종용했다. 어휴~ 이제 겨우 KISDI원장 자리를 잡아가고 있었거늘! 물론 난 극구 고사했으나, 그 때 만약 동의했다면 난 이듬해 탄핵역풍으로 노무현의 노랑물결이 전국을 휩쓴 총선에서 당선되고 그 후 최소 4년은 또 다른 인생길을 걸었을 가능성이 높다.

2004년 3월엔 '21세기 한국 메가트렌드 심포지움'을 개최했다. 3월 12일엔 진대제 장관, 송도균 SBS사장, 박성득 전자신문 사장, 김성국 교수 등과 '디지털 한국의 미래' 특별대담도(▶ SBS방송) 했는데, 녹화 당일 국회의 노무현 대통령 탄핵의결 뉴스가 터져 나와 사회를 보던 난 녹화 내내 정신이 무척 혼미했다. 5월 14일 헌법재판소의 탄핵기각 결정이 나오긴 했지만.

그 해 5월, 취임 1주년 기자회견을 한 후 난 그리스와 터키로 출장길에 올랐다. 아테네는 IT세계대회 참석, 이스탄불은 터키의 Turkcell社와의 간담회 목적이었지만, 사실은 필요해서라기보다는 잠시 머리를 식히고 싶었던 것 같다.

24-1 그리스 파르테논 신전

그리스 신화를 모르고선 관광을 말아야 할 정도로 신화의 나라.. 땅의 신 하데스, 바다의 신 포세이돈, 하늘의 신 제우스... 페르세우스, 헤라클래스.. 그리고 일리아스와 오디세니아.. 헷갈렸다. (▼ 난 그냥 신전이나 바라볼 수 밖에.) ◀ WCIT 행사는 손연기 정보문화진흥원장과 함께

출장 당시는 아테네 올림픽을 불과 몇개월 앞 둔 시점.. 도시가 공사를 마무리 하느라 이곳저곳 정신이 없었다.

◀ 올림픽 손님 맞을 준비하느라 바쁠 정해문 주 그리스대사를 만나 환담... 사진의 왼쪽 끝은 KISDI의 당시 국제협력연구실장 (現 LH공사 부사장), 오른쪽 끝은 손연기 정보문화진흥원장 (現 한국정보통신기능대학장)

24-2 이스탄불의 성소피아성당

동서양이 겹치는 도시 이스탄불.. 비잔틴 혹은 콘스탄티노플이라고도 불렸다.

이스탄불엔 성당과 사원들이 많다. 역시 최고의 명소는 소피아성당! 비잔틴 제국의 카톨릭 성당이다. ◀ 그 앞에 앉아있는 이스탄불의 사나이~

돌마바흐제 궁전도 보고 지하궁전도 내려가 보았는데, 그보다는 눈앞에 보이는 보스포루스 해협 쪽으로 다리를 건너가 그곳에서 어린 시절 부르던 터키 민요를 불렀던 기억이~

'우스크다라 머나 먼 길~ 돌아서 왔더니~'

▼ 2천만 가입자를 보유한 최대 이동통신 사업자인 Turkcell을 방문해 Akpinar 사장과 4G휴대폰 시대를 함께 전망해 보기도 했고.

대통령 앞에서의 실언 사건

전자정부나 국가CIO에 관한 내 철학은 분명하다. 이미 2000년도에 난 그 누구보다도 먼저 '우리나라의 전자정부 구현을 위한 정책집'을 국회의원회관에서 배포하면서 많은 국회의원들 앞에서 전자정부의 방향과 추진방법을 역설한 적도 있었다. 내가 보름 가까이 밤을 새운 200쪽이 넘는 그 책자는 당시 전자정부 정책 바이블과 다름없었다. 김대중 대통령께서 전자정부를 언급하기 시작한 것은 훨씬 그 후의 일이었으니 내 뜻이 어느 정도 반영된 결과였다.

그러나 2003년 8월 14일, 난 큰 실수를 저질렀다. 그날 난 노무현 대통령을 포함해 국무위원들 여러 명이 우리나라 전자정부 구축방향을 논하던 회의에 참석했다. 회의 도중, 내가 '우리나라 국가 CIO (정보화 총괄 책임자, Chief Information Officer)가 누구인지 궁금하다'고 화두를 꺼냈는데 국무총리의 반응은 모호했고 정보통신부 장관도 분명한 의견을 제시하지 않았다. 부처 간의 갈등으로 비칠 가능성을 조심하는 눈치였다. 난 답답했다. 무엇보다도 국가혁신을 이끌어가야 할 행정자치부 장관이 침묵을 지키는 게 그랬다.

그런데 침묵을 깨고 대통령께서 입을 열었다. 그리고 그 분 특유의 화법으로 국가정보화에 대한 철학을 긴 시간 쏟아냈다. 대부분 일리 있는 내용이었지만 난 그 상황조차 참을 수 없도록 답답했던 모양이다. IT에 대한 철학빈곤과 대통령 눈치보고 침묵 지키는 국무위원들이 불만의 대상이었다.

그래서 '제가 한 말씀드리겠습니다.'라고 말 한 후 그만 큰 실언을 하고 말았다.

"대통령님께서 하신 말씀에 저도 동의합니다. 그러나 다른 장관님들께서 소신을 밝히고 계획을 제시하셔야 하는 자리에서 먼저 말씀을 하신 것은 대통령님의 월권이 아니었나 하는 생각도 듭니다. 제 생각으론…"

나도 모르게 '월권'이란 단어를 뱉고 당황했다. 다음 말은 기억에도 없다. 대통령 앞에서, 공식 회의석상에서 대통령께 월권이라니! 누구에게, 어디서, 감히! 불충도 이런 불충이 없었다. 옛날이었다면 대역죄였다.

이 날 회의에 관해 한 언론은 '전자정부, 밥그릇 싸움은 안 된다'는 제목 하에, 대통령 주재 국정과제 회의에서 내가 먼저 '치고' 나와, 때 아닌 국가 CIO 논쟁이 불거져 나왔다고 쓴 정도였지만, 내 실언이 공개됐더라면 재미있는 가십거리로 삼고 덕분에 난 무척 곤혹스러웠을 수도 있었다.

그러나 실언한 순간, 확실한 기억이 났다. 바로 그 순간, 다행스럽게도 대통령의 표정에 부드러운 미소가 한 번 스쳐 지나가는 것을 난 분명 보았다. 천만다행이었다. 그 후 난 대역죄에 관해, 그 누구로부터도 그 어떤 이야기도 들은 적이 없다. 정말 다행이었다. 그러나 지금도 죄송한 마음이다. (수필집, '대통령의 여인, 2009'에서 발췌)

◀ 파워포인트.. 이게 없었으면 발표나 강의용 자료 만들 때 얼마나 불편했을까

솔로몬의 명판결

변호사 친구가 있다. 지금은 국회의원이다. 정치를 즐기는 듯, 언제 봐도 얼굴이 밝다. 재선에 실패하고 좌절했을 땐 마음고생이 심했는데, 4년 후에 또 재도전, 지역구까지 바꿔 재선에 성공했다. 지금은 당당한 3선 중진의원이다.

초선 때도, 재선 때도, 내가 '지역구를 잘 배정 받아라', '수도권 고집하지 말고 고향으로 내려가라'는 등 상담역을 열심히 해 준 기억이 생생한데 몇 달째 소식이 뜸하니 아마 요즘은 혼자 잘 나가는 모양이다.

이 친구의 변호사 시절에도, 내가 상담해줬던 일화가 있다. 15년 전쯤 됐을까? 점심약속 장소에 나타난 친구가 자리에 앉자마자 골치 아픈 사건을 생각 없이 맡았다며 내게 도와 달라는 부탁부터 했다.

사연인즉, 시골에 돈 많은 졸부가 있는데 아버지나 아들이나 유명한 바람둥이란다. 아들놈이 서울에 올라와 직업도 없이 허구한 날 여자들만 밝히며 살다가 한 여자를 만났단다. 근데 웬만하면 돈과 재주에 다 넘어가는데 이 여자만은 절대 안 넘어가더란다. '한번만 잠자리를 같이 하자'고 그렇게 유혹해도 안 넘어가기에, '요즘 세상에도 이토록 순결한 여자가 있군. 이런 여자라면 아내로 삼을 만하다'고 판단하여 '이젠 마음잡고 사람답게 살자'는 생각으로 청혼을 하고 정식 약혼까지 했단다. 약혼 후에도 마찬가지! 첫날밤만을 기다리라기에 애를 태우면서도 약혼녀가 한편 사랑스럽고, 결국 기다리게 됐단다.

그런데 제주도 신혼여행에서 첫날밤을 치르면서 보니 여자의 밑에 털이라곤 아예 없더란다. 숫처녀임엔 틀림이 없었지만! 근데 아침에 곰곰이 생각하니 '거기에 털 없는 여자와 한 번 하면 10년간 재수 없다.'란 옛말이 떠올라 자꾸만 걱정이 되더란다.

그래서 시골 아버지에게 몰래 전화를 해 사연을 털어놓았더니, 바람둥이 아버지 왈, '아직 혼인신고 안 해 천만다행이다! 당장 비행기 타라!' 하기에 아들은 결혼은 없던 일로 하고 파혼한 후 헤어졌단다.

결국 여자는 남자를 고소하기에 이르렀단다. '혼인 빙자 간음'이었는지 '사실적 결혼한 후의 이혼소송'이었는지 지금은 기억이 희미하지만 말이다. 아무튼 아들 측에서, 즉 아버지 되는 졸부가 아들을 변호해 달라고 사건을 들고 와 맡게 되었는데, 변호할 수 있는 논리를 내가 개발해 주었으면 좋겠다는 것이었다.

왜 나에게 그런 부탁을 하느냐 물었더니, 컴퓨터 박사가 치밀한 컴퓨터 논리를 만들어 보란다. 컴퓨터는 0과 1밖에 모르는 기계이거늘, 내가 어찌 바람둥이의 변론을 만들 수 있단 말인가! 그러나 이럴 때 친구부탁을 어찌 거절할 수 있으랴. 점심도 그 친구가 사겠다고 했거늘! 잠시 머리를 짜낸 후, 내 나름대로의 대응 논리를 즉흥적으로 말해 줬다.

내 논리는 대략 다음과 같았다.

이번 파혼의 책임은 절대적으로 여자에게 있다. 그 이유는 다음과 같다.

1. 약혼까지 한 남자를 끝까지 속였다. 신뢰문제가 처음부터 있었다. 여자 측의 잘못이다.

2. 여자는 음부 무모증(無毛症) 환자였다. 환자가 결혼할 상대에게 심각한 병을 감춘 건 용납될 수 없는 잘못이다.

3. 음모가 없으면 부부관계에 문제가 있을 수 있다. 시각적으로, 정신적으로 남자를 힘들게 하고, 부부관계 중에는 육체적으로 고통을 줄 수도 있다.

4. 나중에 애라도 생겨 엄마와 함께 목욕을 하다가 다른 엄마와 다르다는 사실을 알게 되면 애의 정신건강에도 안 좋을 수 있다.

5. 무모증이 유전병일 가능성도 배제할 수 없다.

물론 그렇게 태어난 여자 개인의 잘못은 없다. 안타깝게 생각한다. 그러나 이번 사건에서는 결과적으론 여자에게 책임이 있다. 숨겼기 때문이다. 미리 알리고 양해를 구한 후 결혼식을 치른 것과는 분명히 다르다.

따라서 남자의 파혼은 정당하다.

내 논리에 변호사 친구는 흡족해 했던 것으로 기억한다. 사건이 잘 해결되면 '술 한 잔 거하게 사겠다.' 했다. 그러나 그 후 술자리는 없었다. 사건에서 패했기 때문이다. 소송인이었던 여자가 이긴 것이다.

내가 말해 준대로 열심히 변론을 했더니만, 판사 왈, '변호인의 변론은 구구절절 옳다'고 하더니, "그럼에도 불구하고, 남자는 무모증인 줄 알면서도 여자와 첫날밤 관계를 맺었고 그 후에야 파혼을 결심했으니 남자 측의 변론은 받아들일 수 없다."고 여자 측의 승소 판정을 내리더라란다. 결국 졸부 아버지가 논 팔아 웬만한 직장인 연봉의 10년 치 위자료를 지불하게 되었단다. 10년 재수 없단 말이 꼭 맞단다.

나는 그 이야길 듣고 조금도 섭섭한 마음도 없이, "그 판사 친구, 똑똑하네. 솔로몬의 명 판결이야!" 하며 박장대소했다.

누군가로부터 '무모'가 10년 재수 없단 말은 잘못 됐단 말을 최근에 들었다. 사실은 너무 좋아 아까워서 다른 남자에게 빼앗기지 않으려고 억지 풍문을 만든 것이 와전된 것이란다. 믿거나 말거나.

근데 내 친구나 나나, 나이가 들면서 함께 고민하는 사안이 하나 있다. 머리숱이 너무 줄어든다는 점이다. 같이 모발관리 병원에 간 적도 있다. 남자 머리 무모가 설마 이혼소송감은 아니겠지만 말이다. 남자 대머리는 100년 재수 좋다 하더라고 아내에게 거짓 풍문을 전하면 믿을까나?

요즘 정치판은 어찌 돌아가는지, 오랜만에 다시 점심이나 하며 뒷얘길 들어봐야겠다.

(수필집, '대통령의 여인'에서 발췌, 북콘서트, 2009년)

25. 반갑게 달려간 서유럽의 스페인과
   동유럽의 체코, 그리고 파리

2004년 5월, KISDI원장 취임 2주년 째가 시작되었다. 중국·멕시코·핀란드 등지를 비롯하여 외국 손님들은 여전히 많이 내방했고, 난 나대로 열심히 밖으로 뛰어다녔다. 대학 특강에선 '꿈꾸는 청년들이 되자', 동북아 경제포럼에서는 '동아시아 경제권의 IT전략'을 (◀ 사진), 하와이 동서문화재단과는 '이동통신의 발전과 정보격차' 국제학술대회를 개최했다. 또 7월엔 한국정보기술원가표준원의 원장 자격으로 '기능점수 활용과 소프트웨어 사업 합리화 국제 컨퍼런스' 개최하며 미국과 브라질의 선진사례를 귀담아 듣기도 했다. 서울은 물론, 지방과 동남아까지 강행군이 이어졌다.

그러던 중, 반가운 초청장이 날아왔다. 스페인 출신 정보사회학계의 거장 마뉴엘 카스텔 교수가 바르셀로나에서 개최되는 '전자정부 워크숍(International Workshop on e-Governance)'에 참석해서 주제 강연을 해 달라는 것이었다. 강연도 좋지만 난 카스텔 교수를 직접 만나고 싶었다. 사실은 그와 난 이미 전자신문의 지상대담으로 서로 알고 지내던 사이였다. 그래서 2004년 7월, 전 세계의 많은 석학들이 대거 참석한 바르셀로나 컨퍼런스로 떠나 '한국의 지방자치 서비스와 시민참여에 있어 인터넷의 활용'이라는 제목의 강연을 했다. 이 자리에는 EU의 리카넨 장관을 비롯, 정치인들도 많았다.

스페인에 가는 길에 체코슬로바키아를 먼저 들렸다. 한국산 단말기에 대한 동유럽의 수요전망을 이해하기 위해서였다. 미녀라는 소문이 자자했던 체코 정보통신부의 베로바 차관이 (▶ 오른쪽에서 두번째) 반갑게 맞아주어 흐뭇했던 기억이 난다. 왜 남자는 미녀라면 장소불문 좋아할까 ^^

사실 체코 방문은 이준희 주 체코대사가 주선해 주었는데 (◀ 왼쪽 사진)... 그 와는 동구권 국가전략수립에 있어 체코의 중요성에 대해 의견을 나누었다. 그런데 이 대사 초청 만찬자리에 불려나온 프라하 한인들이 (기업체 지사장, KOTRA 지사장, 유학생 대표, 1등 서기관 등) 모두 한국외대 출신이어서 기분 좋게 웃었던 기억이 난다. 그들에겐 모교 교수가 손님으로 방문한 셈이었으니! 이 대사께 (혼자만 서울대 출신?) 지금도 감사하는 마음이다.

이 출장보다 5개월 앞서 우리나라 국책연구원장들과 단체로 프랑스 파리도 방문했다. OECD국가들과의 세미나가 목적이었는데, 파리 도심보다는 근교를 둘러보았던 추억이 잔잔하게 남아있어, 체코·스페인과 함께 이곳에 기록한다.

25-1 **체코의 프라하 성**

체코는 아름답다. 환상적이다. 수도 프라하는 낭만의 도시이고 시골은 아름다운 전원이다.
한 때는 동유럽 공산국가 중 최고의 생활수준과 문화를 향유했단다. 1968년 두브체크가 공산당 서기로 집권하면서
민주화 운동을 벌이다가 소련군의 장갑차와 탱크 세례를 받은 적이 있는 제법 지식국가이기도하다. 여자들은 예쁘다.

관광객의 입장에서는... 찰스 다리는 작지만 운치 있고 주변 경관은 멋스
럽다.(▼) 역사와 문화와(◀) 자연이 어우러진 체코가 정치적인 이유로 경
제적으로 고달파하는 상황만이 안타까운 현실일 뿐!

◀ 체코에서는 체코의 유무선 지배사업자인 체스키텔레콤의 베
르다 사장을 만나 통신시장의 규제정책과 한국의 단말기 등에
관해 논의 했었다.

25-2 스페인 바르셀로나

지중해안 칸탈루냐 지방의 중심도시로, 산업도시이며 미항으로도 유명하다.
언젠가 스페인 마드리드와 올레길도 가 봐야 하는데...!

바르셀로나 시청에서 열린 전자정부 국제 워크샵에서 나는 한국이 인터
넷 강국으로 발전하게 된 배경과 전략을 소개하고, IT로 달라진 한국사회
의 변화상을 예를 들어 설명해 참석자들의 관심을 모았다.

내가 바르셀로나 건축가 가우디의 작품이 과학과 예술의 조화이듯이 e-
Governance도 기술과 사회의 조화로 발전할 수 있다고 강조했더니 다
들 공감하는 듯 웃음바다~

◀ 왼쪽은 시청 앞에서 포럼 발표자들과 함께... 왼쪽의 자그마한 체구의 흰머리 신사가 카스텔 교수, 내 오른 편은 미국
USC의 아론슨 교수 (이 두 명과는 후에 미국 방문 때 재회했다)

▼ 아래는 세미나장에서 카스텔 교수와 환담하다가.

바르셀로나 항구는 평화롭고 가족 나들이에 안성맞춤이었다. 콜롬부스가 신대륙을 발견하기 위
해 출항 한 곳이라는 설도 있었다. 예술의 도시이기도 했다. 화가 후안 미로, 파블로 피카소, 살
바도로 달리의 작품도 만날 수 있는 곳이다. 바르셀로나 올림픽 경기장엔 황영조 마라톤 경기
장엔 황영조 선수의 조각상도 있었는데 그걸 잠시 보면서 무척 자랑스러웠다.

25-3 천재 건축가 가우디의 작품 중 하나

바르셀로나는 천재 건축가 가우디의 도시 같다. 가우디는 건축의 성자이면서 실내 디자인과 장식조각.
심지어 의자와 화장대까지도 제작한 20세기의 독창적인 예술가로 알려져 있다. 전 작품에서 표현된 우아하고 기괴한 곡선과,
다양한 자연의 이미지를 건축에 사용한 건축물들은 세월이 지나면서 더욱 높은 평가를 받고 있다고도... 평생 독신으로
살다가 1926년 전차에 치어 사망할 당시의 행색이 아무도 몰라볼 정도로 너무 초라해서 비운의 예술가로 평가받기도 한단다.

◀ 가우디가 40여 년간 매달린 평생의 역작인 사그라다 파밀리아 성당.. 문이 세개 있는데 중앙은 사랑. 왼쪽은 소망. 오른쪽은 믿음의 문이라고.

▼ 1910년 완공된 연립주택 카사밀라.. 곡선들이 신기하기만 하다. 이 안에 입장하면 가우디의 실내 장식물들도 볼 수 있었다.

25-4 **프랑스 파리에서 찾아 간 밀레의 전원**

스페인보다 5개월 앞선 2004년 2월, 문석남 경제사회연구회 이사장을 (법적으로는 당시 내 직속상관) 비롯한 우리나라 국책연구원장들과 OECD 회의 후 관광에 나섰는데... 가장 인상 깊었던 곳이 밀레의 고향... 파리에서 과히 멀지 않은 노르망디 작은 마을 바르비종에서 그의 생가와 (◀) 작품 만종의 현장을 본 것이었다.

밀레는 농민의 삶을 주제로.. 이삭 줍는 여인들, 만종 등으로 유명한 사실주의 화가... 빈센트 반 고흐와 클로드 모네도 밀레의 영향을 받았단다.

▼ 아래는 '만종' (좌측 명화) 의 현장에서.

25-5 프랑스 파리 근교의 퐁텐블로 궁전

◀ 퐁텐블로 궁전은 프랑수아 1세가 건축... 그 후 나폴레옹이 프랑스 혁명 이후 보수해 자신의 권위를 상징적으로 들어낸 곳이란다.

참! 파리에서의 많은 국가로부터 파견된 OECD대사들과 함께한 OECD회의는 성공적이었다. 나는 'Vision of e-Korea and Policy Agenda'라는 제목의 주제발표를 했었다. 각국의 주 OECD대사들이 많이 참석했었다고 기억~

▼ 아래는 존스톤 OECD 사무총장과 함께. 사진 왼쪽이 문석남 당시 경제사회연구회 이사장 (후에 대불대학교 총장)

통신3강 정책과 비대칭 규제는 反 자본주의 사고?

기업은 경쟁이 원칙이다. 경쟁은 생산성을 증대시키고 품질을 높이며 소비자를 보호한다. 승자와 패자가 엄존할 때 시장은 효율성을 찾는다. 경제 원칙 상 그렇다.

그러나 과연 그런가. 강자의 지배력을 축소시키고 약자의 힘을 키워 시장의 안정과 경쟁을 촉진시키는 것도 정책적으로 필요성이 있을 수 있다. 그래서 언젠가부터 통신3강 정책이라는 말이 나왔다.(양승택 장관 시절부터?) 다름 아니라, 하나는 독점이요, 둘은 담합 가능성이 있으나, 셋은 경쟁이라는 이유에서였다.

反 자본주의적 사고라는 논란이 있을 수는 있으나 사실 우리의 IT산업정책은 아래 표에서 보듯이 시장별 3강 정책을 유도해 왔다.

시장	KT	SK	LG	삼성	펜택큐리텔
유선통신	KT	SK브로드밴드	LGU+		
무선통신		SK텔레콤			
인터넷		SK브로드밴드			
단말기			LG전자	삼성전자	펜택큐리텔
IT서비스		SK C&C	LG-CNS	삼성SDS	

그러다보니 세 기업들 사이에 팽팽한 줄다리기가 이어지고, 정부를 향한 하소연은 끊임이 없었다. 특히 이동통신시장에서의 주파수 획득과 가입자 확보는 무리한 투자와 불법 판촉활동으로 이어져 논란이 되곤 했다.

2003년 중반, 정통부의 정보통신정책심의위원회에 출석, 각각 입장을 발표하며 호소를 하던 당시의 SKT의 김신배, KTF의 남중수, LGT의 남용 대표들의 진지한 표정은 지금도 잊을 수가 없다. 기업의 사활이 걸린 일이라지만^^

사실 010 번호이동 정책도 약자를 보호하려는 취지로 KISDI가 만든 비대칭규제 정책 중 하나였다. 외형적으로는 번호의 주인을 가입자에게 주자는 것이었지만, 내면은 800Mhz 주파수대를 독점하여 가입자 점유율 52%를 갖고 있는 (실제 시장점유율은 아마 60% 정도?) 101 브랜드 파워를 축소시키겠다는 발상에서 비롯되었다고 하겠다.

지난 정부가 KBS · MBC · SBS 등 3강이 존재함에도 무려 4개의 종편채널을(조선 · 중앙 · 동아 · 매경) 추가로 허용하는 것을 보며 난 말문이 막혔다. 무려 7개의 방송이라니! 그리고선 종편채널 보호를 위한 뒤늦은 비대칭규제라니^^

▲ 위는 프린터, 스캐너, 팩스 기능 등이 포함된 융합기기인 복합기

정치와 정책, 그리고 원칙

4.15 총선을 앞두고 여야의 힘겨루기가 급기야 국회의 대통령 탄핵소추안 가결로 나타났다. 사회 분위기가 극도로 어수선해서인지 마음이 무겁다. 정치는 모르지만 공직자 입장에서 급박한 국정 현안에 무관심할 수도 없는 노릇이다.

지난주 금요일 '디지털한국의 미래'라는 주제의 TV 대담을 불과 2시간 앞두고 국회의 탄핵표결 장면을 지켜 본 나는 한동안 그 충격에서 헤어 나오지 못했다. 현실이 파국으로 치닫고 있는데 무슨 여유로 미래를 논할 수 있으며, 아날로그적 '후진정치'가 건재한 상황에서 디지털정책을 운운하는 것이 과연 의미가 있는지 혼란스럽기까지 했다.

정치와 정책은 어떤 관계일까. 의연하게 업무를 충실하게 추진하려고 해도 국론이 분열되면 국가정책의 집행 속도에 변화가 있을 수밖에 없다. 국회의 힘에 내각이 휘둘리고 장관의 말 한 마디에 증권가가 술렁이는 것이 현실인데, 탄핵 정국에 대통령의 국정 어젠다가 아무 일 없다는 듯이 진행될 리 만무하다. 누가 정치를 고려하지 않은 정책은 무의미하고 정책의 뒷받침 없는 정치는 공허한 메아리라 했던가. 그 말이 새삼 가슴으로 느껴진다.

전에는 정책개발에 있어 정치성은 배제되어야 마땅하다고 생각했었다. 정치의 눈치를 보다보면 정책이 표류할 수 있다는 우려 때문이었다. 그 일례로, 디지털TV 수신방식을 둘러싼 논쟁이 몇 년째 되풀이되는 것도 정치적인 고려 때문일 것이다. 통신과 방송의 융합이라는 시대적 명제는 정통부와 방송위의 힘겨루기로 실타래처럼 얽히고설켜 있다. 정책이 정치를 포용하느라 원칙까지도 상실하면 안 되는데 말이다.

이와 반대로 정치가 정책논리에 심하게 의존하면 오히려 실효성을 상실할 수도 있다. 예를 들어, 통합과 분배의 정치철학은 정책적으로 우선 판단할 사안이 아닐 것이다. 그럼에도 국가의 생산성과 효율성을 조목조목 따지느라 지역균형발전이라는 국정과제가 지지부진 힘겹게 추진되는 모습은 안타깝기만 하다. 벤처기업에 대한 정부 지원도 가시적 실적이 단기간에 안 나타난다고 해서 젊고 유능한 벤처인들을 실업자로 내모는 결과를 가져와서는 안 될 일이다. 이 경우에는 정책이 정치 다음에 있어야 한다. 그래야 나라가 방향성을 가질 수가 있다.

그러나 현실은 왜곡이 되어 있다. 정치를 모르면 무능한 공직자이고, 정책을 모르면 무지한 정치인이라고 한다. 그러면서도 정치 쪽을 의식하면 소신이 없다 하고, 정책만 강조하면 정치적 균형 감각이 부족하다고 하니, 필자 같은 교수출신 공직자는 정말 헷갈릴 수밖에 없다. 하지만 이럴 때 일수록 '원칙에 충실'하는 것이 옳다고 본다. 국책연구원의 경우는 더욱 그렇다. 오로지 정책에 전념해야 한다. 연구에 정진해야 할 연구원이 정치적 논리에 좌우된다면 관료 눈치, 업계 눈치, 소비자 눈치를 보느라 그 와중에 갈 길을 잃고 말 것이다.

희망찬 미래를 위해 사과나무 한 그루를 심는 심정으로 우리 모두 원칙을 중시하며 맡겨진 일에 매진하자.

(전자신문, 2004년 4월 22일)

26. 50번째 생일을 맞아 정열의 땅, 남미의 브라질과 콜롬비아로

2004년 10월, KISDI 원장 3년 임기를 절반 넘긴 시점에 난 50번째 생일을 맞았다. 쯧쯧, 어쩐지 머리가 더욱 심하게 빠지고 눈이 안경을 바꿔야할 정도로 더 침침하더라니! 그러나 생일날, 연구원이 축하해 주고 아내가 꽃을 보내줘서(▶) 행복했다.

그보다 2개월 전, 사실은 50 된 자축, 아니 내 스스로를 위로할 겸 남미로 떠났다. 남미는 쌈바 춤이 떠오르는 정열의 땅! 꼭 가보고 싶었던 곳인데, 마침 콜롬비아 정부의 국제정보통신컨퍼런스의 기조강연 초청이 있었다. 강연 제목은 '한국의 디지털 네트워크 구축경험',

내가 주요 손님이었던 셈이니 명분은 충분했다. 대한민국이 IT강국이라고 알려지면서 나까지도 더불어 바쁜 시절, 그러나 이 핑계로 먼 출장길을 마지못한 듯 떠날 수밖에!

발표는(◀) 좋았다. 다들 한국의 정책적 성공요인에 대해 큰 관심을 표명했다. 콜롬비아의 IT주무 장차관이(▼ 아래 사진이 하르타 장관, 뒤 배경의 남자가 로페즈 통신위원장) 둘 다 여성이란 점은 조금은 놀라웠지만.

여길 또 언제 오랴! 멀리 가는 김에 브라질에도 들렀다. 상파울로에서는 전자제품으로 브라질 시장을 장악한 LG전자의 생산라인을 견학했다. 축구에 열광하는 나라 브라질에서의 프로 축구경기 현장관람도 기억에 생생하다.

리오에선 브라질-한국 간에 소프트웨어 협의체를 구성키로 약속한 국제 기능점수협의회 회장을(▼ 예수 상 사진, 내 뒤가 마우리시오 회장, 내게 리오를 구경시켜 준다고 하루종일 고생ㅆ) 만났는데, 남미는 초행길이라 제사보다는 젯밥에 관심이 더 있어 많은 곳을 구경했던 것도 같다.

사실은 그 어느 곳보다도, 나는 이과수 폭포를 보고 싶었다. 그래서 일부러 주말을 이용해 아르헨티나와 브라질 국경의 세계3대 폭포 중 하나라는 이과수로 향했는데... 과연 환상적이었다. 아마존 밀림지역을 못 들어간 건 지금도 후회막심이지만.

그러나 귀국 길은 힘들었다. 상파울로에서 12시간 타고 미국 워싱턴DC로, 공항에서 4시간 머문 후 다시 서울로 13시간... 태평양 위에선 비행기에서 뛰어내리고 싶을 정도로 지쳐서. 이 여행 후 6개월간은 비행기를 거부하겠다고 다짐할 정도였다.

26-1 브라질 리오데자네이로에서 가장 아름답다는 이파네마 비치

세계적인 재즈 연주가 겸 작곡가 스탄 게츠의 1963년 인기곡 The Girl from Ipanema로 더욱 유명한 곳이라고

◀ 출장 중인 관계로 시간은 부족하고....

오후시간 잠시, 이파네마 비치를 거닐다가... 사진 저 뒤로 보이는 모래 사장 어느 의자엔가 옷 벗고 누워 한 아르바이트 여학생의 오일 마사지 서비스를 받았다.^^

▼ 리오를 떠나 상파울로에 가서는 LG전자의 현지공장을 견학했다.

총 들고 습격해 와 트럭 수십 대의 휴대폰 물량을 강도짓 하는 브라질 조폭들이 제일 무섭다고. (후에 2014년에, 삼성이 정말 이렇게 털렸다!)

26-2 아름다운 항구도시 리오데자네이로 (Rio de Janeiro)

◀ 영화배우도 아니면서.... 항구를 배경으로 폼나게 사진도 한 장~!
이곳 2014년 월드컵에서 한국은 16강 진입에 실패하며 참패~

▼ 이 곳을 관광시켜준 분은 국제 IFPUG의 마우리시오 회장..
브라질 소프트웨어 산업계 대부 중 한 명.
관광 전엔 한국(KFPUG)–브라질(BFPUG) 간 소프트웨어 측정 관
련 활동을 교류하기로 진지한 협약..

26-3 이과수(Iguassu) 폭포

리오에서 비행기를 타고 일부러 날아가 찾은 폭포.... 아르헨티나와 접경지역...전역이 수많은 폭포로 가득!
저기 그림에 보이는 구름다리를 걷노라면 처음엔 코로 물안개가 가득.. 그러다가 온 몸이 푹 적셔진다.

지금도 이과수의 추억에 잠기노라면... 이왕 간 김에 꼭 찾아 관광해 보라고 추천하고 모든 것을 배려해 준 정병철 사장
님께 (前 LG—CNS사장, 現 전경련 부회장) 크게 감사하는 마음이다.

너무 장엄한 풍경에 입이 벌어져도 말이 나오지 않은 곳... 어마머마한 규모의 환상적인 모습! 이곳을 누비다가,
보트를 타고 폭포 아래로도 접근... 돌아오는 길은 우비를 썼어도 생쥐 꼴, 그러나 상쾌한 웃음만^^

26-4 **콜롬비아 보고타**

미녀들이 많다는 나라, 커피로 유명한 나라, 자연이 웅대한 나라, 그러나 조금은 못 사는 나라...
또한... 마약의 나라 (초록색은 마리화나, 흰색은 코카인... 전화로 색깔만 말하면 배달해 준다고),
반정부군이 언제 무슨 테러를 감행할지 모르는, 정치적으로 불안한 나라..

▶ 모든 것이 궁금했던 나는 짧은 시간 동안 밤낮으로 여기저길
돌아다녔다.

◀ 박삼균 당시 주 콜롬비아 한국대사는 행사장에 직접 참석해 내 강연을
듣기도 하고 또 저녁엔 대사관저로의 만찬초대를 해 주셨다. (만찬 후 찍
은 사진에서 박 대사는 왼편에서 6번 째)... 나 때문에 현지 영사, KOTRA
지사, 기업 지사장 분들이 불려 오신 듯 했는데... 암튼 너무 감사했다.
그리고, 방탄유리로 중무장한 차로 보고타 시의 여러 곳을 안내해 준 현
지 모 전자통신업계 지사장도 기억에 따뜻하게 남아있다.

외국 IT장관들과의 만남

KISDI에 근무하며 많은 외국의 IT관련 분들을 만났다. 그 중에는 외국의 장관·차관들도 많았는데 지금 생각하니 영광의 순간이었다.

많은 분들 중에서는 당연 따 베트남 장관과 뜨룩 차관이 가장 기억에 남는다. 그들의 친절은 가슴에 와 닿아서 난 베트남을 진심으로 돕고 싶은 생각이 날 정도였다. 쏙안 캄보디아 부총리도 부드러웠다. 반면에 아리모프 우즈벡 총리는 독재시대의 관료 같았고, 레카텐 EU장관은 카리스마로 돋보였다. 베로바 체코 차관은 소문대로 예뻤고!^^

미래학자로 유명한 데이토 하와이대 교수는 노령임에도 의욕이 대단했으며, 정보사회학의 거장 카스텔 USC교수는 소탈했다. 유럽 Rand사의 마틴 사장은 너무 다정다감해서 미안할 정도였다고 기억된다.

이제 10년의 세월이 흘렀고, 나 역시 공직을 떠났으니 다시 만날 기회가 어렵겠지만 좋은 인연으로 삼으며 추억에 묻어둔다. 각자 태어난 국가를 위해 더욱 큰 일들을 하시기 바란다. 어차피 IT 때문에 세계는 하나의 지구촌이니!

지역	장·차관 (빨간 색), 그리고 기타 고위직 및 유명인사
아시아	따 베트남 우편통신부 장관, 뜨룩 베트남 차관, 모기/림켕약 말레이지아 장관, 수라퐁 태국 장관, 아리포브 우즈베키스탄 부총리, 쏙안 캄보디아 경제부총리, 울란 몽골 부총리, 친 캄보디아 차관, 바트카 인도의 석학, 쑨깡민 중국 사천텔레콤 사장, 자스월 인도 통신정보기술부 차관보, 악피날 터키 터프셀 사장, 마인트 미얀마 정보화추진위 부위원장, 챈 방 카자흐스탄 KIMEP총장
북남미	하르타 콜롬비아 정보통신부 장관, 데이토 하와이대학 미래학 교수, 모리슨 동서문화센터 소장, 카스텔 USC교수, 코웨이 캘리포니아 정보통신연구소장, 로씨 개도국 정보격차해소재단 회장, 사르미엔또 멕시코 아즈테카TV 부사장, 마우리시오 브라질 BFPUG 회장
유럽	아일랜드 장관, 존스톤 OECD 사무총장, 레카텐 EU장관, 베로바 체코 정보기술부 차관, 그리첸코 우크라이나 전 외무부 장관, 타쉬스 스웨덴 성장정책연구소장, 눔미넨 핀란드 외무부 국장, 마틴 랜드社 유럽 지사장, 루스 유럽미래학회 사무총장, 팔루단 덴마크 미래연구소장, 자노스 헝가리 Bute 대학 부학장
오세아니아	알스톤 호주 장관, 쿤리프 네덜란드 차관, 스태머 한-호 재단 이사장

이 분들과는 선물도 주고받았는데 혹여 다음 기회가 생긴다면 IT코리아의 로봇청소기는 어떨까 싶다. 좀 비싸고 실용성은 사실 없지만 IT의 기능이 신기하고 재미있기도 하고.

◀ 로봇 청소기를 그려봤더니 마치 UFO 같아 보이는군^^

디지털 정책 선교사

IT코리아의 명성이 알려지면서 해외로부터 문의가 많다. 정보통신정책연구원(KISDI)에도 외국 인사들의 내방이 잦고 원장인 나를 직접 초청하는 국가도 적지 않다. 덕분에 지난 2년 동안 일본, 중국, 아시아의 개도국들은 물론이고 미국, 중남미, 유럽, 오세아니아 등 20여개 국가 인사들과 협력하느라 제법 바빴다.

그러나 방문 외빈들이나 초청강연 의뢰자들이 가장 궁금해 하는 것은 사실 딱 한 가지다. 한국을 IT강국으로 만든 정책적 비결이 과연 무엇이었느냐는 것이다. 그런데 안타깝게도 내 발표나 설명은 그리 간단하지 않다. 우선 정보통신부가 정보화촉진기금 조성과 함께 앞장섰던 정보문화운동, 사이버아파트 인증제도, 전자정부구축 등 성공한 정보화 정책을 소개한다. 다소 모험적이었던 TDX 교환기 개발과 이어진 CDMA상용화 성공, 인터넷 보급을 위한 낮은 요금제도와 경쟁시장을 촉진한 산업정책도 큰 효과를 가져왔다고 설명한다.

나아가 '세계에서 가장 PC를 잘 쓰는 나라'를 약속했던 김대중 대통령의 각별한 관심이 주효했다고 강조한다. 세계 최초의 '인터넷 대통령'이라고 알려진 노무현 대통령의 당선 일화를 전하노라면 제법 공감하는 눈치다.

그러나 그 뒤에 이어지는 내 말이 그들에겐 뜻밖이다. 한국사회의 병폐였던 학부모의 '치마 바람', 참을성 없는 '빨리 빨리' 민족성, 쉽게 뜨거워지는 '냄비' 근성, 세 명만 만나면 못 말리는 '고스톱'이 IT 문화 창달에 결과적으로는 크게 기여했다고 주장하기 때문이다. 소위 한국인의 'IT 유전인자론'이다. 대단히 흥미롭단다. 동네방네 게임 열기 높은 PC방, 24시간 가동되는 수백만개의 사이버 커뮤니티, '사촌이 땅 사면 배 아파'식의 휴대폰 구매 선풍, '대충대충'이라도 바삐 출시되는 모방상품들, 전통조차 파괴하는 젊은 벤처인들, 삼성·LG 등 재벌간의 과열경쟁 등도 모두 한 몫했노라고 하면 헷갈리는 표정이다. 게다가 하느님이 보우하사 운까지 따라준 결과이므로 똑같은 정책을 펼쳐도 한국의 성공을 반복할 수 없으리라고 결론내리면 어색한 미소를 짓고 만다.

제법 장황하게 들릴 수도 있는 내 설명의 의미는 사실 단순하다. 나라마다 나름의 문화와 여건이 존재하므로 모방 아닌 맞춤식 정책을 추천한다는 것이다. 그리고 원한다면 KISDI가 정책수립을 돕겠다는 제안이다. 결국 난 'IT정책선교사'를 자임하며 열심히 IT코리아 사상을 전도하기 위해 여러 국가를 상대해 온 셈이다. 이런 노력 때문만은 아니겠으나 KISDI는 국제 IT컨설팅을 본격 시작했다. 지난해에는 베트남의 '전자정부 로드맵'을 그려주었고, 지금은 미얀마의 정보통신정책을 수립중이다. 정보통신부의 전략에 따라 인도네시아와 말레이시아의 자문에도 응했다. 콜롬비아, 캄보디아, 카자흐스탄, 몽골 등도 관심이 있단다. 교육훈련도 활발하다.

'주식회사 IT코리아'의 회장은 대통령이고 사장은 정통부 장관임에 분명하다. 홍보는 정부가, 마케팅은 여러 관련 기관들이, 판매는 기업들이 이미 맡고 있다. 따라서 난 숭고한 IT선교사 직분에 충실하련다. IT정책을 전도하고 IT말씀을 전파하는 데 더욱 노력할 예정이다. 아무쪼록 개도국들이 감화되어 IT문명국가로 거듭나기를 기대한다.

(전자신문, 2005년 4월 11일)

27. 다시 찾은 동남아, 불운한 전쟁의 캄보디아와 불교 문명국가 미얀마

2004년 후반에는 베이징 포럼, 아시아 첨단망 워크샵, 한반도 화해포럼, 국제 법률학술대회, 전자정부 토론회 등, 행사가 많았다. 난 개회사·축사·강연 등을 위해 이리저리 쫓아다녔다. 특히 박준영 전남지사(목포고 선배)가 전남 IT정책을 개발해 달라고 강권하여 광주에도 여러 번 내려갔다(◀ 사진). 가는 길에 전남대·광주대·호남대 등에서 특강도 했다고 기억된다.

2005년도를 맞으면서는 시무식이 끝나기가 바쁘게 APIS 학술 대회의 주제강연차 호주로의 출장이 있었고, 3월엔 KISDI의 20주년 행사를 크게 개최했다. 시무식 날, 앞으로의 연구원 경영계획을 야심차게 발표했다. 20주년을 맞아 더욱 발전을 도모하자는 취지였다. 창립 20주년 행사의 일환으로 나는 '디지털 컨버전스 시대의 전략 및 정책방향'이라는 기념세미나를 개최하고, 'IT세상을 그리다'라는 책을 만들었으며, 심지어는, '미래를 그리다'라는 동영상까지 제작했

다. 20주년 기념행사에는 전·현직 정보통신부 장차관들, 국회의원들, 국책연구원장들, 주요 산업계 인사 등 500 여 명이 참석해 축하해 주었다. 내가 개최한 최고·최대의 행사가 아니었나 싶다.(▲ 사진은 행사 때의 내 모습)

2005년 2월, 20주년 행사들을 챙기던 중에 KOICA의 후원으로 미얀마 ICT마스터플랜이 진행되고 있던 양군으로 떠났다. KISDI박사들은 물론 중앙대 김성근 교수도 파견 자문 중이었는데, 난 그들의 중간보고회 참석이 목적이었다. 귀국 길에는 다시 캄보디아에 들렸다. 프놈펜에는 캄보디아 전자정부사업을 진행 중이던 케이컴스의 강태헌사장이 동행했는데 실세라는 Sok An 부총리와의 회담에는(◀) 캄보디아 왕립대학교 총장도 배석했다.

흥미로운 점은 군사정권이 장악한 미얀마나 시아누크가 집권한 캄보디아나 모두 왕국이면서 불교 숭상국가이고 또한 북한과 수교하는 사회주의 국가이면서 (전두환 정권시절의 북한의 폭파사건이 기억나는 나라... 당시 사망한 김재익 경제수석은 외대 황병태 총장에게 내가 소속한 경영정보대학원을 설립토록 추천했다고도 들은 듯) 국민들은 궁핍을 면하지 못하고 있는 독재국가라는 점이었다. 양군이나 프놈펜은 일국의 수도로는 보잘 것 없는 모습이었다. 난 한 때 융성했던 두 나라가 각각 전쟁을 겪고 내전에 휩싸이면서 수십 년째 아직도 신음하고 있음에, 통치자의 의식과 정치의 중요성을 새삼 깨달았다. 특히 미얀마 아닌 버어마는 6.25전쟁 때 파병을 해 올 정도로 당당한 국가가 아니었던가!

27-1 캄보디아 왕궁

캄보디아! 앙코르와트의 유적을 가진 나라.. 그러나 한때 프랑스에 지배받았고,
크메르 루즈 정권 당시 무참한 학살을 단행했던 비운의 국가.. 시아누크가 왕이 된 후 이젠 그 이복동생이 이 왕궁의 주인

캄보디아에선 국가정보화를 총괄하는 정보통신기술원을 방문, Phu Leewood 원장과 한국의 전자정부 구축사례을 토론했고... 정책 협의도 했으며(▼)..

이어서 Suos Yara 관광청장도 만났는데.. 앙코르와트를 찾는 연 25만 명 중에 한국이 12만 명으로 1위라고 들었던 듯.... 대단한 우리나라!

◀ 짬을 내어 왕궁에서 사진 한 장^^

27-2 미얀마의 쉐다곤 파고다

황금! 눈이 부실 정도다. 불교문명이 얼마나 대단했었는지 단적으로 보여준다. 불상들이 이곳에만 3000개가 넘는다 했던가?

미얀마에서는 정보화추진위원회 U Aung Myint 부위원장과 회합한 후 ICT파크를 찾아 미얀마 컴퓨터산업협회 회장 및 교수들과 회의를 가졌다. (▼ 아래 사진)

▶ 출장 중에 주 미얀마 이경우 대사가 우리 연구팀을 오찬으로 초대해준 건 지금도 고마운 추억으로 간직하고 있다^^ 참! 노벨평화상 수상자, 아웅 산 수지 여사는 지금은 자택연금에서 벗어나 정치를 재개했다지?

이명박 前대통령, 그리고 MB정부의 실세
최시중 방통위원장과 천신일 회장

난 이명박 대통령을 알진 못한다. 대통령 시절엔 멀리서라도 뵌 적이 없다. 그러나 2003~4년, 서울시의 DMC(Digital Media City) 기획위원 자격으로 당시의 이명박 시장을 회의석상에서 몇 번 만난 적은 있다. 회의는 주로 상암동 DMC에 입주시킬 업체들을 평가하고 선정하는 내용이었는데, 시장의 박력 있고 꾸밈없는 스타일에 배석했던 국장들이 쩔쩔 매곤 했다. 청계천 복구사업은 모르겠으나 서울시의 교통문제. 특히 대중교통의 전자결제카드, T-Money 도입은 상당히 진보적인 의사결정이었다고 평가한다. 대통령만 되지 않았다면 난 그분을 내심 좋아했을 수도 있다.

한 회의에서는 같은 DMC 필지를 놓고 펜텍-큐리텔과 LG 텔레콤이 경쟁을 벌였다. 나는 상암동 DMC가 말 그대로 디지털 단지라면, 두 회사 다 충분한 자격이 있다고 생각했다. 그래서 비록 같은 필지에 신청했더라도 두 기업 모두를 입주시킬 방안이 있으면 좋겠다는 의견을 제시했다. 그랬더니, 이명박 시장은 너무도 호탕하게,

"IT전문가가 말씀하신 것이 맞게 들립니다. 자금도 없는 영화사들이 DMC로 들어가 건물 짓고 나중에 분양이나 하려는 것이 문제 같은데, 그보다는 대신 두 IT기업에게 필지를 공급하는 안을 국장은 찾아보세요"

하는 것이었다. 결과도 그리 되었다. 너무 '불도저'식이었나? 그러나 난 화끈한 그가 마음에 쏙 들었다.

그가 대통령이 된 후, 첫 방송통신위원장에 최시중 한국갤럽 회장이 임명되었다. 의외의 인물이었다. 안 좋은 선입견 때문이었는지, 2003년 IT리더스포럼의 송년회에서 무려 30분씩이나 IT와는 무관한, 그날의 군부대 위문행사 이야기로 횡설수설하는 그가 참으로 한심스럽게 느껴졌다. MB는 왜 그를 IT 수장 자리에 앉혔을까 내내 궁금했다.

두 분보다 먼저인 2003년 여름, 난 우연히 세중여행사의 천신일 회장을 지인의 소개로 알게 되었다. 세중나모를 경영하면서도 MS의 XBOX(▼ 그림) 사업도 펼치고 VOD 사업에도 관심이 있는 등 IT사업 진출을 꾀하고 있던 차였다. 물론 내가 도와드릴 건 없었는데, 그럼에도 그는 가끔씩 술자리에 초대해 나와 지인들을 즐겁게 해 주곤 했다.

XBOX 게임기
2014.0.14

부드러운 미소, 탁월한 친화력, 소탈한 성품! 알고보니 그는 당시 박관용 국회의장, 이명박 시장, 이건희 삼성회장 등 관계 · 정치계 · 재계의 거물들과 친분이 두터웠다. (박관용 국회의장과는 잠시 자리를 함께 한 적도 있다.) 그 분 스스로 한국레슬링연맹 회장이었으니 체육계 인사들도 잘 알았을 터!... 언젠가는 해외출장을 가려는데 전화가 왔다. 잘 다녀오라고 말이다. 어찌 내 출장을 알았을까, 난 그의 세심함에 깜짝 놀랐던 적이 있다. 아마도 대한민국 최고의 마당발(?)을 꼽는다면 천 회장일터인데, 이유불문 MB정권 내내 곤역을 치룸을 지켜보면서 마음이 편치는 않았다.

호탕한 이명박, 횡설수설 최시중, 부드러운 천신일, 지난 정부의 실세였던 이 세 분의 공통분모를 난 지금도 찾을 수가 없다.

▲ 위는 천신일 회장이 수입해 사업하던 XBOX 그림

통신망에 사는 '낮 새'와 '밤 쥐'

낮말은 새가 듣고, 밤 말은 쥐가 듣는다고 했다. 세상엔 비밀이 없다는 이야기이다. 그런데 시대가 발전하면서 밤낮 가리지 않고 모든 말은 휴대폰이 듣고 모든 글은 인터넷이 기억하기에 이르렀다. IT에 의해 이제 세상의 모든 비밀은 컴퓨터에 영구 보존되고 얼마든지 공개가능하다는 뜻이다. 이론적으로는. 이 지구상에 존재하는 그 어떤 정보도 유출가능하다고 봐야한다. 오늘의 기술현실이 그렇다.

그래서 사생활침해가 심각한 사회문제가 아닐 수 없다. 내 통화기록은 물론, 주고받은 휴대폰 문자정보도 통신기업들의 컴퓨터에 일정기간 고스란히 보관된다니 은근히 불안하다. 휴대폰을 이용한 지금의 '친구찾기' 기능이 위치기반서비스(LBS)로 발전하면 그 정확성은 5m의 오차범위 내로 좁혀진다고 한다. 이를 지리정보시스템(GPS)와 연계하면 위치한 곳의 건물명과 전화번호까지도 자동으로 알아낼 수 있다. 악용 가능성은 상상만 해도 두렵다.

국민 모두가 IT를 잘 이용하는 나라가 된 점도 문제이다. 예를 들어, 너도 나도 디지털카메라맨이 된 지금, 때와 장소를 가리지 않고 찍힌 사진은 불과 수 초 만에 남에게 전달되고, 블로그를 통해 순식간에 세계로 전파될 수 있다. 몇 개월 전, 모 여성 한 명은 애완견의 지하철에서의 실례장면이 휴대폰에 찍혀 그만 세계가 아는 '개똥녀'가 되고 말았다. 온갖 '몰카' 파일들이 인터넷 P2P망에 버젓이 유통되고 있는 것도 현실이다.

그래서일까. 많은 사람들이 불안에 떨고 있다. 지위가 높을수록 더욱 그렇다. 내가 아는 대부분의 지도층 인사들은 조심 또 조심한다. 휴대폰 번호를 수시로 바꾸는 것도 물론이다. 고위관료들은 예전부터 아예 차량이나 집무실에서의 도청을 기정사실로 삼았단다. 인터넷은 개인 목적으로는 잘 쓰지도 않는다. 기록은 그만큼 위험한 까닭이다.

노파심일까. 아니다. 전문가들의 태도를 보면 이해가 간다. 우리나라 국가정보통신기술을 관장하는 모 인사는 국가통치가 도청 없이 가능하겠느냐고 묻는다. 국가정보원의 어떤 이는 뻔히 아는 사이임에도 늘 착신번호 인식이 불가능하도록 전화를 걸어온다. 정보보안의 최고책임자 한 명은 자신의 PC안에 있는 정보는 모두 USB 이동식 메모리에만 저장하면서 늘 몸에 지니고 다닌단다. 인터넷에는 주요자료를 남기는 법이 없다. 그 어떤 비밀번호도 비밀이 될 수 없다는 것이 그의 지론이다. 전문가들이 이토록 조심한다면, 일반인들의 우려는 노파심은 아닌 것이다.

이것이 IT강국의 실상이라면 문제는 심각한 셈이다. 그렇다면 비밀이 없는 이 디지털세상을 사는 비결은 무엇일까. 첫째는 매사 조심하면서 사는 것이고, 둘째는 하늘 우러러 부끄러움 한점 없이 사는 것이다. 그러나 사실은 둘 다 틀렸다. 진정한 비결은 사생활이 보장되지 않는 세상을 단호히 거부하는 것이다. 어떻게? 온 국민이 정보인권을 부르짖어야 한다. 불법감청이 없도록 통신비밀법부터 개정해야 한다. 해킹방지대책을 국가 최우선 기술개발과제로 삼아야 한다. 낮 새와 밤 쥐들이 통신망에서 서식하지 못하도록 우리 함께 민주주의라는 이름의 그물을 치자.

(광주일보/월요광장 2005년 9월 4일)

28. 우리 산 백두산, 우리 동네 같은 연변, 독도는 우리 땅

2005년도도 바쁜 한 해였다. 3월의 KISDI 20주년 행사 직후에도, 한국정보산업연합회가 주관한 21세기 IT정책포럼의 기조연설 (이 자리에는 KAIST총장 출신 홍창선 의원도 참석했던 듯), 대구의 IT전문가협의회에서 특강 (◀ 사진은 초대회장직을 맡고있던 유상진 계명대교수와 함께), '국가발전을 위한 미래연구 추진전략' 심포지움 개최, 허남식 부산시장이 주최한 '부산을 바꾸자— 부산발전 2020 비전과 전략 심포지움'에 참석해 부산시의 u-city의 성공전략을 논하기도 했다.

전파공청회와 KRnet 2005 워크숍을 개최하고, ICU(정보통신대학교)-ETRI(전자통신연구원)-KISDI 공동의 '신규 통신서비스 시장분석과 정책 이슈' 학술세미나를 (▼ 제일 밑의 사진은 ICU 허운나 총장. ETRI의 임주환 원장과 함께) 개최하기도 했다. (▶ 사진은 ETRI의 유비쿼터스 환경을 체험하는 중) 카자흐스탄을 방문해 KIMEP 대학에서 특강을 한 것도 이 무렵이고, 말레이시아 림켕약 신임 통신부장관단 일행, 대만 입법 의원들, 노키아 본사의 간부들 등 외빈들은 여전히 많았다.

학술행사 논의 차 미국의 USC를 방문하기도 했는데, 군이 일리노이 주립대 (UIUC)까지 방문해 그곳 교수들과 '인터넷과 뉴미디어의 미래'를 논한 것은(◀) 막내 딸 정실이가 그 대학 언론학과에 입학한 때문이었다고 고백한다.

2005년 6월엔 '통일문제협의회(통문협)' 소속 국책연구원장들과 중국 길림성 연변 대우호텔에서 열린 '2005 통문협 백두산 공동 워크숍'에 참석했는데, 말이 좋아 광복 60주년을 맞는 시대의 통일역량 강화 워크숍이지, 사실은 문석남 경제사회연구회 이사장이 고생하는 연구원장들을 위해 마련한 백두산 관광이 주 목적이었다.

난 개인적으로는 연변과기대에 들러 '미래를 위한 정보통신정책'이라는 제목의 특강도 했다. 처음 본 연변시는 한국 땅 같았고, 백두산에서 천지를 보는 순간은 전율을 느낄 정도로 감동적이었다. 두만강변에 서서 북한 땅을 건너다 볼 때는 정말 가슴이 찡~ 했다! 이로부터 8년이 지난 후에 찾은 우리 땅 독도도 제목을 감안해 여기서 소개한다.

28-1 연길시 청사

조선족 자치구 연변은 우리나라 같았다. 한글 간판이며 시장 바닥이며.. 마치 강원도 시골에 온 듯한 느낌마저 들 정도였다. 암튼 이곳에서의 통문협 워크숍에는 나 외에도 박영규 통일연구원장, 이규방 국토연구원장, 방기열 에너지경제연구원장, 이종재 한국교육개발원장, 최영기 한국노동연구원장, 정강정 한국교육과정평가원장, 서명선 한국여성개발연구원장 등 기관장 17명이 참석했다.

워크숍은 잘 진행되었고... 나는 개인적으로 연변과기대에 들려 김진경 총장의 환영 속에서(▼) 캠퍼스를 둘러본 후 학생들을 대상으로 특강을 했는데(◀).. 김진경 총장이 내게 갑자기 연변과기대 겸임교수 임명장을 수여해주었는데.. 이것을 언제 어떻게 활용할까 고민 중이다. 참! 미국시민권자인 김진경 총장은 독실한 크리스챤, 평양과기대도 설립하고 그곳도 총장이시다. 김정일 위원장과 각별했다고. 노령임에도 정력이 왕성하신 분.. 마치 조선족을 위한 슈바이처 박사 같은 대단한 분.

28-2 백두산 천지

연변에서 버스로 제법 먼 길을 달려가 백두산을 본 것은 2005년 6.25 무렵이었다. 천문봉까지는 짚차로 올라가서 등산의 개념은 전혀 아니었지만 막상 천지를 바라보니 가슴이 뜨거웠다. 기후 변화가 심해 모택동도 제대로 못 본 천지인데 이렇게 날씨가 맑아 천지를 끝까지 볼 수 있는 건 행운이라 했다. 평균 수심이 200m 란다.

이 민족의 영산인 백두산을 중국이 뺏아가면서 이름을 장백산이라 바꿨다는데. 광개토태왕의 힘이 이어졌었다면 우리 영토가 시베리아 전역으로 이어지고 이 모든 게 다 우리 땅이 되었을텐데 하는 생각도 들었다.

단지 입구 장백폭포까지 다시 짧은 산길을 걸으며 남들처럼 삶은 계란도 사 먹고 (▶ 사진 뒤편 저 멀리 보이는 물줄기가 장백폭포.. 그래도 높이가 60m가 넘는다)... 그리고 백두산 정기를 받았다는 장뇌삼 뿌리도 심심풀이 삼아 씹어 먹으며 한나절을 잘 보낸 듯싶다. 통일을 기원하며 원장들 모두 북측에 자전거 보내기 운동에 모두 적극 동참하자면서!

28-3 중국과 북한을 잇는 도문대교

연길에서 동쪽으로 약 한 시간 거리의 도문시에서 찾은 두만강은 생각보다 강폭이 좁았다. 불과 50m정도라 했다. 그러나 이 강을 사이에 두고 중국과 북한이 서로 마주보고 있다. 백두산 천지의 맑은 물이 흘러 중국의 송화강, 압록강 그리고 두만강까지 흐른다던가. 이 두만강 위에 놓인 도문대교는(◀) 북한의 보따리 장사들이 많이 드나드는데 경계가 삼엄하다고.

1930년대 가수 김정구가 부른 '눈물젖은 두만강'이란 옛 노래는 만날 수 없는 님을 그리워하며, 일제 식민지 시대의 삶과 애환 그리고 분단의 슬픔을 호소하는 노래로, 북에서 내려온 실향민들의 향수를 자극한다고 했는데 아직도 북한 주민들에겐 인기 있다고 했다. 이 지구촌이 하나가 되었음에도 오로지 저 다리만은 쉽게 건널 수 없다니~~! (▶ 우린 여기서 처음으로 단체 사진을 찍었다)

28-4 **독도**

우리 땅 독도를 방문한 것은 백두산 방문 후 8년이 지난 2013년도 6월 4일이었다. 바람 한 점 없이 청명했던 그 날의 감동은 지금도 생생하다.

벼르고 벼르다가 울릉도를 거쳐 찾아간 독도는 생각보다 훨씬 크고 아름다운 섬이었다. 이미 독도 방문객 1백만 돌파라는 뉴스가 있었던 터이라 조금은 애국심이 부족한 죄인 된 기분으로 선착장에 내리자. 웅장한 두 개의 뾰족한 바위들이 물 위에 솟아있는 정경이 너무도 환상적이었다. 날씨가 좋아 망정이지 여기까지 와서 독도땅을 못 밟았더라면 얼마나 억울했을까. 이 멋진 섬을 감히 누가 탐낸다는 말인가. 독도는 분명 우리 땅이거늘! 감정을 억누르며 난 급히 스케치북을 꺼내들었다.

KISDI 원장으로서 강조한 3대 원리, 5대 방향, 10대 원칙들

난 2005년을 KISDI 재도약의 해로 삼았다. 일하는 해, 뛰는 해, 좋은 해가 되도록 하자고 강조했었다. 20년 이상의 역사면 이제 성년이 아닌가. 그래서 큰 틀과 원칙을 제시하고 이를 전 연구원들에게 구두로 공개했다. 이른 바, 3대 원리, 5대 방향, 10대 원칙이었다.

비전 · 선도 · 소신이라는 연구에 임하는 3대 원리의 의미는 다음과 같았다.
 1. 비전 – 국가 전체를 생각하며 최소 5~10년 후를 내다보자
 2. 선도 – 미리 이슈를 선점하여 연구함으로써 정부를 선도하고 국민을 계몽하자
 3. 소신 – 기본에 충실하며 연구자의 양심에 따라 올바른 정책방향을 제시하자.

정책개발 5대 방향도 제안했다.
 1. 성장 (잘 살자) – IT신산업 발전, 공정경쟁, 기술우위, 표준 선정, 시장 개척
 2. 미래 (멀리 보자) – 메가트랜드, 미래설계
 3. 국제 (넓게 보자) – 글로벌 시각, 수출기반 조성, 통상협상, 국제협력, 정보격차 해소
 4. 통일 (하나 되자) – IT기반 통일전략, 민간 · 정부역할 및 전략 모색
 5. 복지 (행복하자) – 따뜻한 디지털 세상, 정보화 역기능 방지, 정보규범

원장으로서의 경영 10대 원칙도 발표했는데, 이들은 투명 · 정도 · 공정 · 화합 · 발전 · 혁신 · 윤리 · 자율 · 공유 · 사랑이었다. 정도(正道) 경영을 하되 자율권을 부여하고 신바람나는 연구 환경을 조성해 보겠다는 혁신 방안이었다.

 1. 투명 – 대화, 절차 준수, 회의록 등 공개
 2. 정도 – 연구 · 박사 · 과제 중심
 3. 공정 – 엄격하고 공정한 평가, 직능별 균형
 4. 화합 – 박사 · 비박사, 경영진 · 노조, 정규 · 비정규직 간
 5. 발전 – 재도약, 역량 강화, 인력확충, 예산체계 개선
 6. 혁신 – MBO강화, 연봉제, 퇴출제도, 평가제도
 7. 윤리 – 연구자의 양심, 채용 · 평가제도, 내부 제도 준수
 8. 자율 – 신뢰 바탕, 권한 위임, 책임의무 강화
 9. 공유 – 정보화, KMS 강화, 홈페이지 보완
 10. 사랑 – 우리끼리 그리고 외부와 함께 온정 나눔

이를 기반으로 2005년 10월부터는 연구기획 기능 강화, (연구과제 선정방식 개선, 부서 단위 책임경영제 장착, MBO제도 관리 강화, 수탁과제 평가 실효성 제고, 외부 전문가 연구참여 확대, 지식관리체계 강화, 종합 연구성과기반 연봉제 도입, 업무처리 절차 개선, 투명경영 실천, 화목한 조직문화 정착 등을 포함한 16대 혁신 과제들을 도출하고 실천에 옮길 수 있었다.

▲ 위 그림은 1990년대 초 일본으로부터 대한민국에 상륙한 노래방 기계... 이것도 따지고 보면 IT 아닌가!

남북 IT협력과 민간의 역할

최근 북핵 문제를 둘러싼 미국과 북한의 강경한 입장으로 인해 6자 회담이 교착상태에 빠져있다. 나아가 미국 일각에서 제기되고 있는 북핵 문제의 UN안보리 회부 주장 등 북미간 정치적 갈등이 남북경제협력사업 추진에 어두운 그림자를 드리우고 있다.

하지만 북핵 문제의 근저에는 북한의 안전보장 못지않게 북한 경제문제의 심각성이 자리 잡고 있다. 개성공단 사업을 비롯한 남북경협 추진 시 지속적으로 유지하는 것이야말로 중요한 사안이다. 특히, 2000년 들어 북한은 침체된 경제회복의 주요 수단으로 IT산업 육성에 대한 강력한 의지를 표명하고 있고, 기술과 투자를 제공해 줄 수 있는 외부 도움을 절실히 필요로 하고 있다.

그럼에도 불구하고 IT부문의 교류 협력은 매우 저조한 것이 현실이다. 국제정치적인 현안 외에도 걸림돌이 많기 때문이다. 대북사업을 추진하는 IT기업들이 가장 큰 애로사항으로 지적하는 것 가운데 하나는 바로 전략물자 통제제도이다. 현재 전략물자의 대북 반출에 대한 국내 규제는 분쟁 우려국가로의 이중용도 품목의 수출을 제한하는 바세나르 협정에 근간을 두고 있다. 이중용도란 민수용 뿐 아니라 군수용으로도 사용될 수 있는 품목을 말한다. 현재 용도의 투명성이 확보되지 않은 486급 이상 컴퓨터의 대북반출을 금지하는 것도 바로 이같은 규제 때문이다.

하지만 IT기업 차원에서 더 큰 문제는 미국 성분이 10%이상 포함된 이중용도 제품이 북한을 비롯한 테러 지원국으로 반출되는 것을 규제하고 있는 미국의 수출입관리규정(EAR)이다. 국내 IT관련 제품 및 소프트웨어의 대미 의존도가 높은 한국기업 입장에서 EAR을 위반한 것으로 판명될 경우, 대미 수출에 타격을 받을 수밖에 없다.

이러한 국제적 규제에서 벗어나 남북 경제협력의 활성화를 위해서는 무엇보다 북미관계의 개선이 선결과제라는 것이 일반적 인식이다. 하지만 북한이나 미국의 변화만을 기다리고 있을 수는 없다. 한 예로, 최근 KT가 끊어진 남북의 전화선을 60년 만에 다시 연결하기로 한 것은 그 자체로 의미가 크다. 국제적인 규제에 상대적으로 자유로울 수 있는 IT관련 민간협회나 학술단체 등도 교류협력의 물꼬를 트는데 보다 중요한 역할을 할 수 있을 것이다. 중국, 러시아, 몽골, 베트남 등 사회주의 국가들과의 교류에 북한을 포함시켜 공동대화의 장을 함께 열어 가는 것도 바람직하다.정부 입장에서도 민간단체의 유용성과 역할에 대한 인식의 전환을 통해 민간단체를 적극 활용할 수 있는 방안을 검토할 필요가 있다. 교류협력에 대한 정경분리원칙 기조를 유지하되, 상호보완적인 역할을 찾아내는 것이 핵심이다.

남북 경제협력은 정치적 기류에 따라 좌우되지만 역으로 안정적 평화 기반을 구축하는데 는 결정적 역할을 할 수도 있다. 경제협력과 정치적 환경의 선순환 고리를 만들어내면서 정경분리에 따른 흔들림 없는 경제협력 추진, IT교류협력에서의 민간 역할의 제고 등을 강력히 추구해야 할 시점이다.

(디지털타임스燕년 5월 4일 기고문에서 발췌)

29. 미래를 꿈꾸며 스위스와 헝가리로, 그리고 우크라이나

2005년도 하반기도 다사다난했다. 소프트웨어 가치를 논하는 KITECS 컨퍼런스를 개최했고, 몽골의 한-몽 리더스포럼에 참석했으며, 네덜란드의 소프트웨어 측정 학술행사에도 다녀왔다. 한국 SI학회로부터는 'SI 우수연구자상'을 받았고, 한국경영정보학회의 회장으로 피선되기도 했다. 내부적으로는 16대 혁신과제를 발표하고 제도화했으며, 또한 'KISDI 홈커밍데이'를 개최했다.(◀ 사진)

당시를 생각하면 두 가지 사건이 기억에 남는다. 첫째는 '월드라이트'라는 비영리 구호단체를 출범시키고 초대 이사장을 맡은 것과(▶ 창립대회엔

김근태 장관과 유선호 · 김영진 의원들도 참석했는데 몽골과 캄보디아에 의료품 등을 전달한 것 외엔 별 큰 성과가 없이 이사장직에서 물러나 부끄럽지만), 둘째는 KISDI의 야심작 정보통신정책 핸드북을 발간한 일이다.(출판기념회 날, 나와 KBS뉴스 자문위원으로 함께 했던 황우석박사의 논문조작 뉴스가 떠들썩했다)

그러나 뭐니뭐니해도 나의 관심사는 '미래'였다. 대규모 메가트렌드 국정과제를 수행하고, '2020 미래한국'이란 책도 발간했으며, 국회에도 미래사회연구포럼을 발족시키도록 일조했음에도 왠지 풀리지 않는 수수께끼들이 많았다. 미래연구 방법론에 대한 갈증 때문이었다. 미래를 예측할 수 있는 현실적인 방법론이 도대체 뭘까?(◀▼ 창립대회엔 김원기 국회의장. 정몽준 · 진영 · 유승희 · 변재일 · 정해봉 의원 등이 참석했고, 나는 주제강연을 한 후 아래 사진의 둘째 줄에 앉았다)

그래서 마침 2005년 7월 스위스 루체른에서 열리는 유럽미래학회에 참석하기로 했다. 미국보다 앞선 유럽의 150여 명이 참석한 이 학회는 내게 미래를 논함이 '구름 잡는 이야기가 아니다'라는 확신을 심어주기에 충분했다.

스위스 가는 길에는 헝가리에도 들려 그 나라 정보통신 관료들과도 만났다. 우크라이나는 이 출장 후 2개월 후였지만 여기에서 함께 소개하기로 한다.

29-1 스위스의 아름다운 루체른

작고 아름다운 스위스의 루체른은 1983년 아내와의 첫 유럽여행 이후 두번 째 방문이
어서인지 정겨웠다. 20년의 세월이 흘렀음에도 루체른 호수와 그 위를 지나는 목조다리
카펠교, 그리고 고풍스러운 건물들은 여전했다. 난 서울대 이지순교수, 고려대 임혁백교
수, KISDI의 황주성 디지털미래 연구실장 등 동행자들이 있었음에도 혼자 거리를 걷는 시
간을 잠시 가지며 과거를 회상했던 것 같다. 사실은 과거 아닌 미래 학회에 왔으면서도!

루체른 문화컨벤션센터에서 개최된 유럽미래학회(European Futurists Confer-
ence)에는 미래학자 150명이 참가해 성황을 이루었다. 특히 Horx 독일 미래연
구소장의 '미래의 영혼', 노키아의 미래전략가인 Sallner의 '미래에 대해 알아야
할 것들'은 흥미로웠다. 또한 Swisscom의 비전닝, Simens의 Pictures of the
Future, 영국정부의 Horizon Scanning 등도 유익했다.

(◀ Paludan 코펜하겐 미래연구소장, 휴스턴 대학의 Bishop교수와 함께,
또 다른 사진은 핀란드의 Wilen-
lius 미래연구소장 및 노키아의
Sallner 전략가)

29-2 헝가리의 부다페스트... 부다와 페스트를 가로지르는 도나우 강.. 그리고 세체니 다리

헝가리는 처음이어서 관광 욕심이 부쩍 생겨 잠시 부다 왕궁으로 올랐다.

13세기 몽골 침입 이 후에 이곳으로 피난 온 벨라4세가 방어용으로 높은 부다의 언덕에 최초로 지은 왕궁이란다'

◀▼ 부다 왕궁에서 본 부다페스트는 가히 프라하와 견줄 만 했다.

◀ 물론 일도 했다. 헝가리 정보통신부를 방문해 Kalman Nagy 부국장과 인터넷 보급확산 등 징보화 논의를 했디. 당시 헝가리 1천 만 인구에 보급률은 고작 30%라 했다.

또한 최고 명문인 BUTE대학에도 들려 Janos 부학장과 IT정책 이슈 등에 관해 환담도 나누었다. 비록 헝가리를 방문하기 위한 명분이었을지언정^^

29-3 **우트라이나의 수도 키에프의 거리풍경**

우크라이나는 인구가 5천 만 가까이 되는 큰 나라다. 2004년 10월의 대통령 선거 때 유센코를 지지했던 오렌지혁명이 있었던 탓에 거리의 사람들조차 멋져 보였다. 수도는 키예프. 얼마 전 미국 여행 잡지가 뽑은 미녀 도시 1순위란다. 글쎄~~^^

이곳은 2005년 9월 네덜란드 방문 길에 들렀는데 그리첸코 前 외무부장관과 오찬을 하며 IT산업 육성 얘기를 나누었다.(◀)

▼ 관광은 비잔틴 양식 건축물인 성 소피아 성당을 가 본 정도였다. 이스탄불의 성 소피아 성당과 쌍벽을 이루는 파스텔 톤의 이 성당은 키에프의 기독교 중심지로서 11세기 건립되어 기독교 복음 전도의 중요한 역할을 담당한다고.

국회와 청와대까지 찾아 간 '미래' 전도사

KISDI 원장 취임 직후부터 내 키워드 중 하나는 '미래'였다. 첫 조직 개편 때 '미래한국 연구실'을 만들 정도였다. 연구자는 1~3년을 내다보는데 그치지 말고 향후 5~10년 후의 미래까지도 전망해야 좋은 정책을 만든다는 판단이었다.

난 정통부가 지원하는 메가트렌드 연구과제의 성공뿐만이 아니라, 대한민국 전체가 미래를 대비하기를 바랐다. 그래서 '미래'를 세일즈하고 국내외를 쏘다니면서 미래 전도사를 자임했다. 심지어 청와대와 국회까지도 찾아다닌 내 활동은 다음과 같았다.

◀ 연구 과제 – 정통부의 메가트렌드 과제 수행, 국책연구원들과 '미래'연구 공동과제 수행
◀ 조직 개편 – 미래한국연구실 설립, 5대 정책방향에 '미래' 포함
◀ 행사 주관 – '21세기 한국 메가트렌드 심포지움', 'IT기반 미래국가발전전략' 워크숍, '국가발전을 위한 미래연구 추진전략' 심포지움, 'IT와 한국의 미래비전' 심포지움 등 개최
◀ 외부 특강 – 대한상의 · 정보산업연합회 등 단체나 연세대 · 한양대 · KAIST 등 대학에서 '미래국가 건설' 특강
◀ 학회 – 한국경영정보학회장의 자격으로 2006년 춘계 학술대회 주제를 'IT와 미래경영'으로 삼음. 또한 한국디지털정책학회 · 한국정보처리학회 등에서 '미래를 위한 IT비전 20/20' 특별강연
◀ 국회 – 국회 내에 '미래사회 연구포럼' 창립을 적극 지원, 간사 역할 자임. 창립총회에서 활동계획을 발표한 후 '21세기 메가트렌드와 미래한국 설계'로 기조연설
◀ 청와대 – '고령화 및 미래사회위원회'에서 '미래 전략' 발표
◀ 기업 – 현대기아차, KT 등에서 미래연구 강조
◀ 기고 – 신문 등에 10여 차례의 미래 관련 기고 활동
◀ 방송 – '디지털 한국의 미래' 좌담회 (SBS)
◀ 출판 – 'IT로 말하는 통일한국의 미래', '2020 미래한국', '메가트렌드 코리아' 출간
◀ 영화 – '미래의 꿈, KISDI의 꿈' 홍보 영화 제작 (여주인공의 이름이 '미래')
◀ 해외 – 하와이 미래연구센터, 스탠퍼드 대학의 SRC, USC의 디지털미래연구소 방문, 유럽 미래학회 참석, RAND사와 '미래 연구' 상호협력, 베이징 포럼 등에서 '미래전략' 발표
◀ 기타 – 한국 IT리더스포럼에 '미래' 강사 초청

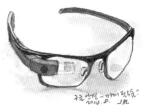

한 때는 미래학회를 구상하다가 참았다. 아무튼 난 미래 전도사로 제법 활발한 활동을 펼쳤는데, 나 때문만은 아니겠으나 그 후 정부기관과 국책연구원과 기업 등에서 '미래'를 준비하는 모습이 많이 보였다. 미래는 내 IT인생의 핵심 키워드 중 하나임은 분명하다.

물론 지금도 미래는 불확실하다. 그래서 더욱 학술적으로 연구할 가치가 있다. 요즘 난 개인적으로 '미래 경영학'이라는 책을 준비 중이다. 아마 학자로서의 마지막 저서가 될 듯 싶다. (▲ 위는 미래지향적 최신형 구글 안경)

메가트랜드와 장보고의 혜안

'미래란, 모르는 자에겐 두려움이고 아는 자에겐 즐거움이다'라는 말이 있다. 이 말이 맞다면 우리 모두는 다가오는 미래를 두려워하며 살고 있는 셈이다. 도무지 미래를 알기 힘든 까닭이다. 머나 먼 미래는커녕 당장 코앞에 벌어질 일조차도 모르는 우리 인간에겐 삶 자체가 불안감의 연속이다. 그래서인지 '재수 없으면' 90까지 산단다.

최근 '트렌드'를 조망하는 책들이 봇물처럼 쏟아져 나오고 있음도 급격한 사회변화에 대한 불안감을 반영하는지도 모른다. 예를 들어, 앞으로는 '사이버레이션'이 중요하단다. 사이버세계에서의 만남과 관계를 강조한 것이다. '디지털코쿠닝'족도 많아질 것이란다. 복잡한 현실에서 도피하여 누에고치처럼 편안한 안식처에서 디지털문화를 즐기는 사람들을 말한다. 유비쿼터스 문명을 즐기는 '유비티즌'이나 이동 중에도 휴대폰으로 구매하는 '트랜슈머' 등 사전에도 없는 신조어들도 등장했다. 아마도 미래의 트렌드는 IT와 직간접적으로 연관이 없을 수 없는 듯하다.

그러나 작은 흐름보다는 큰 물결을 읽어야 한다. 지난 1982년, 미래학자 나이스비트는 그의 저서 '메가트렌드'에서 우리의 삶을 변화시키는 큰 물결을 10가지로 진단했다. 이 진단은 참여민주주의, 네트워크형 조직, 인간존중, 분권화, 다원화사회, 국가복지제도, 글로벌시장, 동북아시대, IT사회, 장기비전 등의 키워드로 잘 알려져 있다. 이어 1996년에 발간된 '메가트렌드 2000'에서는 환태평양지역의 부상, 자유시장 사회주의의 출현, 문화예술의 부흥, 범세계적 생활양식, 여성리더십의 부각, 유전공학의 시대를 예고했다.

그의 20여 년 전의 예측은 적중했다. 참여정부를 선택한 우리나라는 현재 안으로는 국가균형발전과 분권화를 외치며, 밖으로는 글로벌경제선진국, 동북아중심국가, IT최강국를 꿈꾸면서 평화와 번영의 한반도시대를 열자는 장기비전을 갖기에 이르렀다. 10년 전의 예측도 마찬가지이다. 한국에서의 APEC정상회담계획, 수출시장으로서의 중국, 아시아지역의 한류, 해외여행의 대중화, 여성정치인들의 등장, 사이버 커뮤니티의 활성화, 황우석교수진의 줄기세포연구 성과 등도 바로 우리의 현실이 되었다. 대단한 혜안이었던 셈이다.

그러나 우리의 해상왕 장보고는 무려 1200년 전에 메가트렌드를 깨닫고 미래를 준비하는 전략가였다. 최근 개최된 '해신, 글로벌전략가 장보고 심포지움'에서는 장보고의 혁신마인드, 무형자산의 창조적 활용, 민관 공동전략, 동북아 무역정책 등 그의 예지력을 살펴보고 해양대국, 무역강국건설을 위한 지혜를 모았다고 알려진다. 아마도 완도 · 해남 · 영암 · 목포 · 무안 등 과거 '청해진 권'은 동북아의 관광 · 농축 · 해양 · 수산의 중심지로, 과거 '무진주'였던 광주는 디지털문화 · 금융 · 광산업 · 교육도시로, 광양만권은 교통 · 물류와 철강 · 조선업단지로 발전시키겠다는 광주와 전남의 비전과 전략은 이미 신라시대 때부터 시작된 호남인들의 꿈이었던 셈이다.

미래는 다양하단다. 그 중 어떤 미래가 현실이 될는지를 모를 뿐이다. 그러나 미래는 다가오는 것이 아니라 개척해나가는 것이다. 미래를 예측하는 가장 좋은 방법은 미래를 창조하는 것이라고도 했다. '지역적으로 사고하고 세계적으로 행동하라'는 나이스비트의 교훈을 되새겨 보자고 권한다.

(광주일보 2005년 6월 15일)

30. 금강산 찾아가자 일만이천봉,
북한의 개성, 그리고 굿바이 KISDI~

2005년 12월 24일, 대일이가 장가를 갔다. 크리스마스 이브를 앞두고 있었음에도 아들 결혼식 날 많은 분들이 찾아와주셔 고마웠다. LG에서 일을 시작한 은실이는 물론, 유학 중이던 정실이도 일시 귀국했다. 덕분에 우린 오랜만에 가족사진을 찍었다. 난 벌써 며느리를 맞는다는 것이 어색했고 또 손님맞이에 정신이 없는데 아내는 좋은 듯 얼굴이 밝았다. (▼ 이듬해 대일이는 병역 특례를 마치자마자 신부와 함께 미국 존스홉킨스 대학원으로 떠나, 그 후 뉴욕에서 직장생활을 하게 되었고)

결혼식이 끝난 이틀 후엔 청소년위원회 위원 및 산하 간부진을 대상으로 초청 강연을 했다. 그리고 다시 이틀 뒤인 28일, 분단 60년 만에 남북 민간전화를 연결하는 'KT 남북통신 개통식'에 참석하기 위해 많은 IT인사들과 북한의 개성공업지구로 떠났다. 정몽주의 선죽교를 건너봤음도 물론이다. 이 방문과, KISDI 20주년 행사의 일환으로 전 연구원들과 함께 2005년 11월에 찾았던 그야말로 환상적인 금강산 관광은 묶어서 잠시 후 다음 페이지부터 다시 이야기하기로 하고, 일단 2006년으로 넘어간다.

2006년 1월엔 국회에서 국책연구원장 초청 '한국 경제의 잔망과 과제' 토론회가 있었고, 2월엔 드디어 책 한권이 출간되었다. 제목은 '메가트랜드 코리아', 부제는 '21세기, 우리 앞의 20가지 메가트렌드와 79가지 변화'였다. '2020 미래한국'과 마찬가지로 한길사가 출판을 했다. (한길사의 김언호 사장이 파주 출판단지를 소개시켜 줬던 기억도 난다) KISDI의 3년간의 20억 원 이상 투자한 연구결과를 연구진이 쉽게 풀어 쓴 일반인을 위한 단행본이었는데 난 지금도 가끔씩 내가 쓴 서문을 읽고 책 곳곳을 훑어보곤 한다. 가히 대한민국 지성인의 필독서라 자부한다.

역시 2월엔 2005년도 한국정보통신대학교의 학위 수여식에 참석하여 졸업생들을 축하해 주고, 3월 전파법 시행령 공청회를 참석한 것이 내 공식 대외 업무! 그것으로 난 3년 KISDI 원장 임기를 마쳤다. 정통부가 노준형 신임장관을 맞이할 무렵인 3월 하순, 난 내 이임사를 준비하느라 며칠동안 끙끙댔다. 그리고 3월 31일, 직원들로부터 감사패 하나를 받고 (▶ 사진은 당시 정인억 부원장, 現 LH공사 부사장) KISDI 식구들과 작별인사를 했다. 정말 정 든 곳이었는데~!

30-1 금강산 만물상

태백산맥의 우리 산 금강산! 그 일만이천봉의 자태를 보고싶어 찾았다. 무리인 줄 알면서도 20주년 기념행사의 일환이라는 명분으로 큰 예산을 감당하며 연구원 전원과 함께 삼팔선을 넘어 들어갔다. 과연 절경! 모두에게 너무도 환상적인 시간! 아마도 KISDI 연구원들이 날 생각하면 이름은 혹시 가물거리더라도 지금도 '금강산에 데려갔던 원장'이라면 기억하리라. 난 아내도 동행시켰다.

금강산의 만물상은 여러 가지 물체의 기기묘묘한 형상을 띄고 있다는데 가히 절경이다. 이곳을 거쳐 망양대로의 등산길을 계속했다. 비로봉은 아니고 망양대까지만~ ◀ 아내가 너무 즐거워했던 듯, 표정이 정말 밝다.

30-2 금강산 천선대

등산이라곤 한 번도 안해 본 나... 왜 다들 주말이면 힘들게 결국 내려올 길을 올라가나 했었는데 그 산이 금강산이라면야 뭐~
등산복을 처음으로 준비하면서 조금 걱정은 했었지만 별 탈 없었던 내 성공적인 첫 번째 산행은 금강산!

너무 아름다워 하늘에서 신선이 내려 왔다는 천선대. 아찔한 계단을 올라 내려다보니 단풍이 오색찬란~ 사실, 그림으로 표현하기에는 불가능한데 내가 무리수를!

30-3 **금강산 바위**
옥류동 계곡. 금강산은 뾰족한 봉들만이 아니고 이런 듬직한 바위산도 있다. 이런 산은 그림그리기 안성맞춤.

▲ 금강산도 식후경? 웃고 노래하고 춤추던 광란의 밤. 그날 밤 그 시간을 어찌 잊으랴!

▼ 아래 플랜카드에 적힌 '한마음 전진대회'로는 최고의 순간! 벌써 10년이 가까워온다... 그 때도, 그 얼굴들도 다들 그립다.

30-4 개성 고려박물관

개성은 500년간이나 고려의 도읍지였던 유서 깊은 곳이다. 마을의 개천과 다리들이 운치있다. 버스에서 개성으로 가는 길 가 집의 유리창들이 반듯한 평면이 아니고 심하게 어른거리는 저질 유리여서 북한의 경제상황이 조금은 이해됐던 듯....

고려박물관은 김일성장군만 우상화. 볼 게 별로~

◀ 남북통신 개통식장에서

▼ 선죽교 건너편의 표충각 입구에서 동행했던 백원인 사장과 이남용 교수와 함께.. 그 안엔 정몽주의 절개를 기리는 표충비~

30-5 **선죽교**

고려의 충신 정몽주가 이방원과 그의 자객에게 철퇴를 맞아 숨진 곳으로 알려진 선죽교..
지금도 그 핏자국이 남았다고 보여주는데 글쎄~^^

그의 단심가.. '이 몸이 죽고 죽어 일백 번 고쳐 죽어, 백골이 진토되어 넋
이라도 있고 없고.. 임 향한 일편단심이야 가실 줄이 있으랴'...
고지식한 양반이었군^^

◀ 정홍식 前 차관과 (당시 데이콤 부회장) 함께.. 구수한 분^^
▼ 북한의 천연기념물인 성균관 은행나무.. 성균관의 오랜 역사를 보여주는
'풍치수종'이라나~

3년 동안 정들었던 KISDI를 떠나며

정보통신정책연구원(KISDI)에서의3년, 내 인생에 가장 바쁜 시간들이었다. 근데 왜 그리 바빴지? 누군가가, 바빴던 시간을 회상해보면 그 절반은 이유 없이 바쁜 것이라 했는데! 난 3년간 무얼 했을까. 여러 기록문서들이 있지만, KISDI 홍보팀이 내 2006년 3월 31일의 이임식을 취재한 것도 의미가 있을 듯싶어 여기 옮긴다.

KISDI는 지난 3월 31일 KISDI 대강당에서 전 직원이 참석한 가운데 제7대 이주헌 원장 이임식을 가졌다. 이날 이임식에서는 3년간 재직하면서 KISDI의 발전을 위해 노력해 온 이주헌 원장에게 전 직원 명의로 기념패와 행운의 열쇠를 증정, 감사의 마음을 전했다.

이주헌 원장은 이임사를 통해 KISDI 전 직원에 대한 감사와 애정을 전하고 IT정책연구에 있어 개개인 연구원들은 소신과 양심을 좌우명으로 삼아 올바른 국가관과 학문적 양심, 미래에 대한 통찰력으로 임해야 한다고 당부했다.

이 원장은 "여러분과 함께 했던 지난 3년은 제 인생에서 가장 행복했던 시간" 이었다면서 깊은 감사의 말로 이임사를 열었다. 취임 당시를 회고하며 이 원장은 "3년 전의 제 꿈은 우리나라가 '정보통신 일등국가'가 되는 것이었고 그 꿈을 만들어 가는 과정에서 함께 고민하고, 함께 만들어가고자 했다"고 전제하고 "그것은 KISDI 20여년 역사 속에서 국민들로부터 부여 된 책임이며 이는 KISDI가 정책선도기관으로, 국제협력연구기관으로, 미래설계기관으로, 범국가 핵심전략기관으로, 국정과제 참모기관으로, 그리고 통일준비기관으로 도약하는데 앞장서는 약속에 담겨있었다"고 덧붙였다.

KISDI 가족들에 대한 당부의 말도 빠뜨리지 않았다. "정보통신정책은 그 하나하나가 대단히 민감한 산업정책임과 동시에 국민의 삶, 나아가서는 국가의 운명을 좌우하는 미래전략으로 오로지 올바른 국가관과 학문적 양심, 미래에 대한 통찰력만으로 연구되어야 한다고 굳게 믿는다"고 힘주어 말했다. 또한 "KISDI는 독립성을 생명처럼 여기고, 연구원들은 소신과 양심을 좌우명으로 삼아야 한다는 소신과 이를 공유하는 대다수 KISDI인들의 마음을 지금 이 순간도 옳은 지향점으로 확신한다"고 강조했다.

아울러 지난 해 마련한 경영혁신과제들을 실행에 잘 옮겨 '일하기 좋은 곳에서 생산성까지 높아지는 KISDI'를 만드는데 더욱 노력할 것과 이 과정에서 투명 · 정도 · 공정 · 화합 · 발전 · 혁신 · 윤리 · 자율 · 공유 · 사랑이라는 10대 경영원칙을 잘 지켜줄 것을 요청했다.

한편 이 원장은 "제가 어디에서 뭘 하든지 KISDI는 제 마음의 고향으로 남아 있을 것이며 KISDI 가족과 함께 했던 뜨거운 기억이 있기에 행복한 마음으로 떠난다"며 "부족한 제가 여러분들로부터 지난 3년 간 사랑을 듬뿍 받았고 진심으로 사랑한다"고 애정 어린 표현으로 이임사를 마무리했다.

▲ 우리 모두를 바른 길로 인도하는 네비게이션.. 세 여자들 엄마, 아내, 그리고 네비게이션 여자 말은 들으라고!

거룩한 플레이보이

변호사 사무실의 사무장이라는 독특한 직업을 가진 고향 친구가 있다. 순간순간의 위트와 유머가 넘치는, 자칭 '거룩한 플레이보이'다. 체중 120키로가 훨씬 넘는 거구에 여자를 부드럽게 다루는 솜씨가 '도사'라고 누군가 붙여 준 별명이다. 정말 실력도 놀라운 듯, 전쟁 노획물이라도 자랑하듯이 과거지사를 풀어놓으면 끝이 없다. 사실을 확인할 순 없어도 말이다. 남자들은 허풍이 많은 법이다. 특히 친구들 앞에서는 그렇지 않겠는가.

그러나 술자리에서의 그의 비공식 특강을 듣노라면 허풍만은 아닌 듯 하다. 대단히 논리정연하고 흥미롭다. 친구들이 감탄사를 터뜨리기도 한다. 기억나는 대로 소개 해 본다. 지적소유권 침해라고 소송까지야 하겠는가.

[1] **3분론** – "여자를 처음 본 순간 긴장 말라. 남자 마음이 편해야 여자 마음도 풀린다. 30초 내에 좋은 느낌이 오면 최소 3분 이내에 가벼운 스킨십을 하라. 가벼운 어깨 두드림도 좋다. 짧은 '찰라'의 접촉을 여자는 분명 느낀다. 자연스럽게 부딪히는 손길로 인해 철의 장벽이 무너지고, 긴장상태가 완화되고, 몸이 비 무장되고, 마음의 평화와 화친 분위기가 조성되기 시작한다는 것은 남녀 외교의 진리다. 3분 시간을 놓치면, 어색함이 길어지고, 그렇게 되면 2~3 시간 내에도 피부접촉은커녕 얼굴주름도 펴지지 않는다."

[2] **떡밥론** – "떡밥을 잘 뿌려라. 분위기 좋은 식당, 감미로운 음악, 향기로운 와인. 자신감 넘치는 태도, 재미있는 유머가 다 떡밥이다. 물고기가 몰려들도록 미리 여건을 만들지 않으면 고기는 절대 안 잡힌다. 떡밥을 뿌린 후에 낚시를 던지라. 그리고 많은 입질을 하게끔 놔두라. 결정적인 순간에 낚아채면 된다. 낚싯대는 여러 대를 늘어놓는 게 좋다. 그럼 누군가 어느 코에 안 걸리고 배기랴. 그러다보면 붕어만 낚이는 게 아니라 잉어가 잡힐 때도 있다. 붕어는 맛있고 잉어는 몸에도 좋다."

[3] **상황론** – "먼저 상황을 재미있게 만들라. 유머에 여자의 맘이 풀린다. 깔깔대고 웃게 하면 더욱 좋다. 그런 다음 속내를 유머 속에 드러내라. 여자의 대답을 진실로 믿지 말라. 여잔 기본적으로 내숭 끼가 많다. 따라서 먼저 앞서는듯하면서 따라오는 동태를 잘 살피라. 이끄는 유머에 갑자기 정색을 한다거나, 반전을 꾀한 농담을 계속해도 얼굴이 계속 굳어지면 포기하라. 그 땐 갑자기 다 농담이었다고 하면서 점잔을 떨어라. 피곤한 여자이거나 쉽지 않은 상대일 가능성이 많기 때문이다. 세상에 깔린 게 여자들이니 어려운 여자 때문에 골치들 썩지 말라"

[4] **순서론** – "여자는 겪어봐야 안다. 한번 같이 잤는데 그 다음날 또 보고 싶다면 바로 그 여자가 진짜 여자다. 여자의 겉과 속은 많이 다르다. 그러니 먼저 자 보라. 연애는 나중에 하라. 여자는 80점으로 시작해도 한번 자면 40점. 두 번 자면 20점짜리로 점수가 매번 반타작된다. 100점짜리인 듯해도 천박한 말 한마디. 여체의 냄새 한번 고약하면 0점이 되는 게 여자다. 그러나 진짜 여자는 50점짜리로 보여도 사실은 90점짜리 일 수 있다. 외모로 속단 말라."

[5] 나이론 – "나이는 정말 숫자에 불과하다. 여자와는 키스 한 번이면 10년 극복되고 한 번 자면 20년 극복된다. 실제 30년 차이인데 서로 열렬하게 사랑하는 선배도 있다. 옛날 열일곱 살 후궁들이 환갑 넘긴 임금을 섬길 줄만 알았지, 사랑은 하지 않았을 것 같은가. 천만에! 아마도 철없는 질투가 더 심했을 것이다. 나이 땜에 나이 든 여자를 깔봐서도 안 된다. 나름대로의 장점이 많다. 서로 솔직하고, 시간낭비 없애고, 대화 통하고, 느낌 맞고, 비밀 지켜준다."

[6] 서약론 – "시간이 지나면서 사람은 변한다. 감정이 달라진다. 그래서 오래 연애를 하고프면 지켜야 할 '룰'이 있다. 함께 마음의 서약을 하라. 서약의 다섯 가지 조항은 다음과 같다. (제1조) 만남의 횟수에 구애받지 말자. 너무 자주 습관적으로 만나지 말자. 서로 보고플 때만 자연스럽게 보자. (제2조) 남의 눈에 띄지 말자. 가까운 친구에게도 말하지 말자. 공연히 불륜 낙인찍히고 우리만 바보 된다. (제3조) 각자 사생활을 존중하자. 지켜줄 건 지켜주자. 늦은 시간 전화는 물론 핸드폰 문자조차 금물이다. (제4조) 눈물 보이지 말자. 사랑은 눈물의 씨앗! 헤어짐을 전제로 만나기 시작했다고 우리 솔직하게 인정하자. 그러나 서로 어떤 상황에서건 눈물 보이진 말자. (제5조) 그러나 만난 순간만큼은 최선을 다하자. 그날 만나 그날 헤어지는 순간까지는 서로를 기쁘게만 해 주자."

[7] 상대론 – "젊은 여자는 돈에 약하고, 나이 든 여자는 본능에 약하다. 상대에 따라 잘 조절하라. 상대가 어릴수록 분위기 있는 곳에서 맛있는 식사를 사주고 선물을 하라. 비쌀 것 까진 없다. 반면, 나이 든 여자라면 몸으로 솔직하라. 괜히 뜸 들이면 서로 피곤해 진다. 경험 많은 여자는 성의껏 대하라. 감동하며 넘어온다. 반대로, 순진하거나 정숙한 여자는 함부로 대하라. 당황하면서도 색다름에 끌려오면서 오히려 쉽게 포기하고 곧 적응하리라. 상대가 누구냐에 따라 수를 달리 쓰란 말이다."

[8] 자격론 – "진짜 남자는 호텔비를 내지 않는다. 여자가 호텔방 잡고 남자를 기다려 주면 좋다. 왜냐고? 돈 문제가 아니다. 자존심과도 전혀 상관없다. 여자가 갈망하는 잠자리이어야지 남자가 반복해서 모셔가는 잠자리는 신통한 잠자리가 못 된다. 그 정도의 여건을 만들 자신이 없으면 연애 말라. 자격 불충분이다. 물론 지속되는 만남의 경우다. 대신 다른 모든 비용은 남자가 지출하라. 여자에게 경제적 부담을 주지 말라. 물론 밤이건 낮이건, 시내건 교외건, 호텔출입을 함께 하는 것은 금기사항이다."

[9] 채권론 – "나이가 들면 어차피 돈 밖에 방법이 없다. 그러나 그건 매춘이다. 그러니 단기채 중기채 장기채를 잘 혼합하여 포트폴리오를 만들라. 단기채는 몇 번 보고 헤어지는 여자, 중기채는 1~2년 연애하는 여자, 장기채는 늙어도 볼 여자다. 단기채는 몸을. 중기채는 마음을. 장기채는 정을 주는 여자다. 장기채가 가장 중요하다. 장기채는 10년 내지는 15년 정도의 나이 차가 있는 여자가 좋다. 우리가 60 넘더라도 같은 60대 할머니 만나면 여자로 보이겠는가. 너무 얼굴 따지지 말라. 마음씨 고우면 장기채 감이다."

[10] 총알론 – "총알을 아끼라. 실탄 떨어지면 나중에 전쟁터에서 공포탄 쏠 거냐? 쓰면 쓸수록, 용불용설(用不用說)이라고? 천만에! 떠 마셔도 마셔도 솟아난다는 '샘물론'이 '총알론'보다 더 맞는 것 아니냐고? NO! 중국 고전 '소녀경'의 방중술에서 가르치는 '접이불루(接以不漏, 접하되 흘리지 말라)'가 진리다. 따발총을 난사하지 말고 정 조준하여 한 발씩 쏴라. 자제 못한 무리한 사정은 육체를 한달 씩 노화시킨다. 그러니 참을 수 있다면 참으라. 대신, 주기적으로, 적절한 간격을 두고 허용하라. 연애의 기본이며, 건강의 비결이다."

이론이 열 개이니 '한국판 카사노바의 십계명'이라고 불러줄까. 이론 명칭들은 물론 내가 편의상 붙였지만 말이다. 암튼 재미있는 친구다. 그런데도 이런 글을 쓰는 나도 웃기기는 마찬가지. 그래서 우린 친구인가보다.

변호사 사무장이라는 직업으로 다양한 사람을 만나고 다양한 상황을 접하다보니 저절로 쌓아진 논리인지, 아니면 스스로 터득한 실력인지는 알 바 없지만 그 친구가 제법 훌륭하다는 데는 모든 친구들이 동의한다. 법조인으로서의 도덕관념을 물었더니 자긴 그래도 '연애파'란다. 나이 든 변호사들이 조그마한 개인 사무실에 젊은 여직원 6개월에 한 명씩 바뀌가면서 나쁜 짓 많이 하는데 자긴 정정당당 진심으로 연애하는 것이란다. 로맨티스트일 뿐이란다.

또한 일과 사랑은 절대 섞지 않는단다. 둘을 혼합시킨 바람에 인생 망가진 사람들이 '변양균 · 신정아 커플'이란다. 그래서 이혼 변호 맡아달라고 찾아와 은근히 유혹하는 유부녀 많고, 사건을 빌미로 밖에서 따로 보자는 복부인들 많지만 거들떠보지 않는단다. 나름대로의 분리원칙이다. 특히 같은 분야의 여자들은 체질상 질색이란다. 법조계는 싫단다. 여자 판사, 여자 검사, 여자 변호사는 총칭하여 한 마디로 '법조개^^'인데, 법조계의 법조개들은 생각만 해도 머리 아프단다. 젊은 여직원도 싫단다. 우린 웃었는데 친구는 웃지도 않고 한 말이다.

이혼이나 간통사건을 맡아보면 남자들이 병신들이란다. 요즘 재벌가 며느리들의 떠들썩한 이혼소송은 남자 재벌2세들의 무능에서 비롯된 것이란다. 자기가 아는 모 갑부는 유명한 플레이보이인데, 결혼초기부터 서약을 단단히 받아 지금껏 아무 탈 없단다. 그 서약이란, 첫째, 여자는 남자의 사업에 관여하지 말 것, 둘째, 남자의 여자 문제를 제기하지 말 것, 셋째, 같이 교회에 가자고 하지 말 것이란다. 대신 남자는 밖에서 절대 애는 낳아오지 않겠다고 약속했단다.

그런데 이 '거룩한 플레이보이'의 마무리 발언이 있다. 다름 아니라, 바람피울 땐 피우더라도 마누라 생각은 다들 끔찍하게 하라는 것이다. 지금은 하바드 (하는 일 없이 바쁘게 드나드는 삶) 다니지만 나중엔 결국은 하와이 (하루 종일 와이프만 이리저리 따라다니는 삶) 갈 터이니 다들 힘 있을 때 와이프님에게 잘 하라 충고한다.

중요한 것은, 총은 밖에서만 쏘는 게 아니고 집에서도 꼭 쏴야하는 것이란다. 공포탄 아닌 실탄으로 말이다. 다름 아닌 '총알론'의 마무리 발언이다. 적과의 동침! 아내와의 침대 위 전쟁터에서 '적'을 '총'으로 잘 '죽여줘야' 하와이에서의 노후가 편안할 것이란다. 노후엔 따뜻한 신형 난로보다 포근한 구형 아내가 그래도 더 필요하리란다.

나이 들면 남자는 필요한 것이 아홉 개! 아내, 집, 건강, 돈, 소일(消日)거리, 친구, 취미, 자식 그리고 애인인데 그중에 역시 아내가 제일이란다. 이왕이면 열개 채우지 왜 아홉 개나 물었더니 열 번째는 마음의 평안을 주는 신앙이지만 종교의 자유가 보장된 국가이니 그건 지금부터라도 각자 알아서 하란다.

플레이보이의 아내 생각, 친구라는 이유 하나만으로 이율배반적으로 들리기는커녕 기특해 보이고 착하게 들린다. 이것도 우정인가? ㅎㅎ (난 늘 바쁘다면서도 이런 말도 안되는 글을 써 내 PC에 남겨두었다^^)

IT예술가는 웃다

(2006~2014)

31. 대 자연, 북유럽의 노르웨이·스웨덴·덴마크 등 5개국은 아내와

2006년 3월 말 내 임기가 끝난 후의 후임으로는 정통부의 석호익 실장이 선임되었다. (그 후, KT 부회장 역임) 훌륭한 분이지만, 학자 출신이 아닌 1급 실장급 관료가 국책연구원장이 되다니! KISDI의 자존심이 무너지는 듯해서 가슴아팠다. 또한 그런 인사가 가능하도록 도와준 노준형 장관의 관료주의적 판단이 실망스러웠다.

암튼, 2006년 4월부터, 난생 처음 무직이 되었다. 월급 주는 곳도 없었다. 가을학기가 시작되는 9월 초까지는 외대에도 휴직 상태였으므로 정말 백수건달이 된 것이다.

정말 잠시 쉬고 싶었기에 3월 봄학기 대비를 미리부터 안했는지도 모른다. 사실 내가 자리를 비운 동안 외대는 체제가 개편되어 복귀해도 예전 같지가 않을 듯싶었다. 내가 주로 맡던 주간 경영정보대학원은 야간 세계경영대학원과 통합되어 경영대학원 주·야간 프로그램으로 개편되었다. 특히 전산학과가 사라지고 경영정보 전공으로 통합되면서 난 졸지에 소프트웨어공학, 프로젝트관리 같은 내 전공과목 대신 경영학과 학부와 일반대학원에서도 경영정보학 강의를 해야 하는 입장이라 했다.

아무튼 일생일대의 절호의 기회! 난 출장 아닌 편안한 여행시간을 갖기로 했다. 우선, 아내와 북유럽으로 여행을 떠나기로 했다. 오랜만의 부부동반 여행이었다 (▶). 사실 아침마다 공직자 남편의 출근길 챙겨주고 힘들어하는 날 늘 격려해주는 등, 아내의 숨은 내조가 컸는데, 그 빚을 조금이라도 갚고 싶었다.

여행에 앞서, 난 한국경영정보학회장의 자격으로 춘계 학술대회를 개최했다. 학술대회 테마는 'IT와 미래경영', 중앙대 김성근 교수와 KT의 윤종록 부사장이 (現 미래창조과학부 차관) 조직위원장을 맡아주었고, 남중수 KT사장이 (現 대림대학교 총장) '디지털시대의 미래경영'이라는 제목으로 기조강연을 해 주었다. 학회 부회장이었던 윤석경 SK C&C 사장 (現 SK건설 부회장) 외 많은 분들이 재정적인 도움을 주었다. 고마웠다. 난 개회식 외에도 직접 패널토의 사회를 자원하기도 했다 (▲위 사진)

그리고 여행을 떠났다. 2006년 6월의 북유럽 여행 일정은 덴마크→노르웨이→스웨덴→핀란드→러시아 순이었는데, 얼마나 아름다운 곳들이었는지 지금도 아내는 평생 가장 좋았던 여행이 바로 이 여행, 지구상에서 가장 아름답다고 생각하는 나라는 노르웨이라고 말할 정도다. 아닌게아니라 사진을 정리하다보니 그 당시의 아내 모습이 참 밝다. 사진은 많지만 간단히 스케치와 함께 소개한다.

2014. 7. 25

덴마크 아말리에보르 궁전

31-1 아말리에보르 궁전

덴마크는 독일 북쪽의 반도 국가, 바다를 건너면 노르웨이와 스웨덴과 마주한다.
그린란드도 덴마크 땅이었다니 사실은 큰 나라다.

◀ 덴마크엔 왕국답게 궁전이 많았다 사진의 아멜리엔보르 궁전은
1794년부터 왕실의 거처로 사용되는 로코코풍의 건축물이다.
◀ 덴마크 유일의 영국 성공회 교회와 그 앞의 게피온 분수.. 게피온은
덴마크의 수호자인 여신의 이름인데, 4명의 아들을 황소로 둔갑시켜
스칸디나비아의 대지를 떼어 바다로 끌고 가 '셀런'섬을 만들었다고

▼ 코펜하겐 시청사는 1905년 건축된 붉은 벽돌의 중세풍 건물인데
여기선 장시간 거닐었는데... 안데르센 동산도 있는 공원이다.

31-2 **니하운 운하**

◀ 나하운 운하... 술집거리로도 알려져 있다.

그러나 역시 덴마크는 안데르센의 나라... 인어공주, 벌거벗은 임금님, 미운 오리새끼, 성냥팔이 소녀... 전 세계 어린이들에게 가장 큰 선물을 가져다준 분 아니던가.
그가 1975년 8월 죽었을 때 전 국민이 상복을 입었다고 한다.

◀▼ 안데르센과 함께, 그리고 그의 인어공주에서 영감을 받아 1913년 만들어졌다는 인어공주상 앞에서.

31-3 **노르웨이 송네 피요르드**

바이킹의 나라 노르웨이는 '북쪽의 길', 오슬로는 '하나님의 초원'이란 뜻이란다. 선박기술이 뛰어난 바이킹족의 나라가 산유
국이 되면서 지금은 엄청 잘 살게 되었다. 그 많은 긴 터널을 뚫어놓은 걸 보면 말이다.

◀ 노르웨이의 명소는 역시 빙하지대와 송데 피요르드.. 그냥 마음을 뺏
기게 되는 절경이다. 아내와 배를 타고 피요르드를 즐겼다.

▼ 바이킹 스타일 집.. 눈이 많이 내릴 것에 대비해 지붕이 가파르다.

31-4 **노르웨이의 아름다운 항구도시 베르겐**

◀ 베르겐은 아름다운 항구도시다. 사람들이 늘 붐빈다. 사진을 보니 난 뭔가 먹느라 바빴었고. 근처에 근대 노르웨이의 대표적 작곡가인 그리그의 생가도 있어 들렸었다.

◀ 베르겐에 오기 전에 비겔라드 조각공원도 들렸는데 모노리스 석탑 등. 인간의 삶을 표현한 비겔라드의 작품들은 정말 대단했다.

▼ 오슬로 시청사 − 노벨평화상이 수상되는 곳이다. 김대중 대통령도 2000년도에 이곳에서 수상했는데 안에 들어가면 뭉크의 거대한 유화 작품도 있다

31-5 스웨덴 스톡홀름

스칸디나비아 반도 동쪽의 스웨덴 왕국은 인구 1천만 명밖에 안되지만 역시 평화로운 복지 국가답다.
스톡홀름도 독특한 경치를 자랑한다.

◀ 시청 앞 공원에서 우린 다정하게~

◀ 근처에 바사 박물관이 있는데, 바사왕가의 구스타브 2세가 재위하던
1625년 건조했던 길이 62m의 세계 최대의 전함이 1628년 8월 10일,
진수식을 마치고 출항하자마자 열린 포문 사이로 물이 스며들어 수 분만
에 침몰... 1956년 발견, 1961년 인양되었다는 그 전함도 볼 만했다.

▼ 스톡홀름 청사에선 매년 평화상을 제외한 노벨상 수상식이 열린다.
(노벨이 사망할 당시만 하더라도 노르웨이와 스웨덴은 한 나라)

31-6 스톡홀름 시청사

◀ 스톡홀름 시청사 부근에 구 시가지인 감라스탄 지역이 있다. 관광객이 즐겨 찾는 곳이라 해서 거닐어 봤는데 멋진 건물들, 아름다운 거리들, 상점들.. 정말 운치 있었다. 사진을 다시 살펴보니 분위기가 정말 외국풍이다. 이곳은 우리나라로 말한다면 북촌 한옥마을 쯤 될까?

▼ 스웨덴은 왕국인 까닭에 왕궁이 있다. 역시 감라스탄 지역에 위치하는 바로크풍의 이 건물은 총 608개의 방이 있는 세계에서 가장 큰 왕궁이란다. 옛날 왕들은 백성의 혈세와 노동력으로 참으로 대단했던 듯…. 물론 독재가 유적을 남긴다고도 하지만 말이다. 근위병들의 모습도 볼 수 있었다.

31-7 핀란드 헬싱키

핀란드도 잘 사는 복지국가다. 역사적으로는 스웨덴 십자군에 정복되기도 했고 러시아의 자치령이 된 적도 있으나
지금은 공화국이다. 핀란드의 뜻은 '호수의 나라'라고. 그런데 노키아가 무너져서 어쩐담!

◀ 수도 헬싱키는 항구도시 선박들과 꽃 시장과.. 한마디로 멋진 곳이다.
관광할 곳은 많진 않지만ㅆ

◀ 루터란 대성당이 그나마 관광명소라고 해서 들렸다.

▼ 헬싱키 근처 바닷가에 여류 조각가 엘라 힐투넨의 요상한 조각품들이
많은 시벨리우스 공원에도 들렸는데 사진 뒤쪽의 조각품은 핀란드 출신
의 세계적인 작곡가 시벨리우스를 기리기 위한 파이프 오르간 모양의 기
념물.

31-8 러시아의 상트페테스부르르크

예전엔 레닌그라드라고 불렸던 러시아 제2의 도시로 러시아의 표드르 대제가 1701년도에 만든 계획도시란다.
모스크바 시대 전까지는 정치 · 경제 · 문화의 중심이었다고. 그래서인지 미술관 왕궁 등 볼거리들이 무수히 많은 곳이다.
도심을 보트로 볼 수 있는 네바강도 멋지다. 이 도시가 시작되었다는 강가에 페트로파블로스크 요새도 들렀다.

◀ 도심엔 카잔 성당도 있고, 여름궁전도 있다. 화려하다. 에르미타슈 미술관으로 바뀐 겨울궁전도 가봤지만 사진은 생략한다.

▼ 1만 4천 명이 동시에 미사를 볼 수 있다는 성 이삭 사원 광장 앞에서

내가 IT교수로서 잘 하고 못한 것들

흔히들 교수가 하는 일이 열 가지가 넘는다고 한다. 강의, 연구, 저술, 논문지도, 학생 상담, 학회 활동은 기본이고 여기에 학교 보직수행, 외부 특강, 정부 정책자문, 기업 자문 및 산학협동과제 수행, 언론에 기고나 TV출현, 기타 봉사활동 등이다. 어느 교수가 이 모든 것을 다 조화 있게 잘 하랴마는 그래도 평가를 해 볼까.

돌이켜 보면, 난 저술, 기고, 외부 특강, 정부 자문 등은 활발했다. 예로, 혼자서든 공동이었든 아래처럼 10여권은 된다. '미래경영학'도 준비 중이다. 기고문은 300 편 이상, 정부 자문은 물론 꽤나 활발했었고 아예 학교에 휴직계를 내고 3년간이나 공직생활을 한 적도 있으니 말이다. TV는 부자연스러운 내 모습이 싫어 고작 두세 번 뿐.

년도	저서 및 출판사 (*는 공저)
1987	소프트웨어 입문, 한국경제
1991	하나님, 컴퓨터 그리고 사랑 (수필집), 법영사 실용 프로젝트 관리론, 법영사
1993	전략정보시스템(SIS) 구축론 譯, 푸른산 실용소프트웨어 공학론, 법영사 실용소프트웨어 생산공학론, 법영사
2002	*경영학으로의 초대 (공저), 박영사
2005	*IT로 말하는 통일한국의 미래, 전자신문사 *2020 미래한국, 한길사 *정보통신정책 핸드북 1,2,3, 법영사
2006	*메가트랜드 코리아, 한길사
2009	*인터넷시대의 경영정보시스템, 문영사 대통령의 여인 (수필집), 북콘서트
2014	*플랫폼 경쟁시대의 MIS, 문영사

▼ IT 책들...
내 삶의 보배!

그러나 산학협동 연구나 기업 자문은 활발했던 반면, 순수 학술연구는 그리 활기차지 못했다. 30년 가까이 고작 30여 편에 불과하다. 학교 보직 맡는 것도 게을렀다. 2000년도에 경영대학원장직을 고사했던 것은 총장께 죄송했다. 학생 상담도 소홀했던 것 같다. 그래서 스승의 날 꽃다발이라도 받으면 공연히 미안하고 반성하게 된다.

다행스럽게도 2006년 학교로 복귀하고부턴 학부생들을 대상으로 하는 강의가 신나고 학생들과 어울리는 시간도 많아졌다. 난 단 1분도 강의실에 지각하는 법이 없다. 내 나름대로는 열강을 하려고 노력하는 중인데 학생들의 반응까진 모르겠다. 예전엔 귀찮게 생각했었는데 이제 야간 직장인들과도 잘 어울린다. 이왕 천직이라 생각하며 평생 이 길을 걸어왔으니 앞으로 남은 몇 년 간은 학교 외부보다는 제자들에게 전념할 생각이다.

IT를 가르치는 기쁨과 슬픔

교수생활 25년째다. 그러나 아직도 학교 캠퍼스에 들어서면 가슴이 뛴다. 강의실에서 학생들과 눈을 마주치는 것은 큰 즐거움이다. 정말 천직인 모양이다. 왜 하필 박봉의 훈장노릇이냐는 질문은 아마도 날 잘 몰라서이리라. 평생 젊음과 자유를 만끽하고 싶은 내가 어찌 다른 직업을 선택할 수 있었으랴. 여전히 청바지 차림이거늘.

그동안 대학원만 맡다가 최근 경영학부 3~4학년 대상 IT강의를 시작했다. 과목명은 경영정보학개론이다. 처음엔 클래스 규모가 너무 커서 마이크까지 잡고 목소리를 높여야하는 부담이 있긴 했다. 하지만 디지털기술이 이룩한 신문명, 인터넷이 만들어가는 e비즈니스, IT가 창조해가는 글로벌 기업의 미래상을 가르치는 것에 큰 기쁨과 보람을 느낀다.

교수마다 강의 스타일은 다르리라. 난 우문현답(愚問賢答)을 즐기는 형이다. 예로, 학기 초부터 대뜸 컴퓨터의 발명가를 아느냐고 묻는다. 나중엔 우리나라 국가 CIO는 누구냐고, 스마트폰이 그저 좋기만 하냐는 질문도 던진다. 사색하며 지식을 쌓아가라는 취지에서다. 또한 지식은 글과 말과 그림으로 표현할 줄 알아야한다고 수필쓰기 숙제를 내주고 조별 7분 발표를 강조한다. 종강의 주제는 IT기반 미래경영, 학기말 시험엔 인생설계도를 그리는 문제가 포함된다. 수강생 입장에서는 당혹스럽겠지만 성적을 좌지우지하는 교수에게 누가 감히 항변을 하랴. 하하.

그러나 교양과목과는 달리, 전공교육의 문제는 심각한 것이 IT교육의 슬픈 현실이다. 좋은 학생들을 찾기 힘들다. 컴퓨터공학과의 인기폭락을 보라. 이공계 기피현상은 정말 난망한 사회문제다. 난 그 옛날 프로그래머가 될 대망에 부풀어 전산학과를 지망했었거늘!

경영학도들도 너도나도 재무, 마케팅 등을 선호할 뿐 경영정보학은 회피하는 형국이다. 아날로그 기업의 CEO가 꿈이고 기술 없는 상품의 마케팅이라니! 우리나라가 IT강국의 위상을 어찌 지켜갈지 심히 우려된다. 결혼의 조건은 집안과 경제력, 성공은 연봉으로 평가하는 신자유주의시대의 사고를 BPR하는 방법은 과연 무얼까. 아내조차 인정하지 않은, 나만 혼자 행복한 내 인생을 벤치마킹하라고 할 수도 없는 노릇이고!

문제는 내 교수인생이 아직 10년 가까이 남았다는 점이다. 그래서 걱정이다. 수십 명 대학원생들과 씨름하느라 몹시 바빴던 옛날을 그리워할 때만은 아닌 듯싶다. 제 아무리 교양강좌가 흥미롭다지만 벌써부터 내 전공연구를 소홀히 할 수도 없겠다. 아니, 난 아직도 배우고 가르치고 싶은 게 너무 많다. 욕심 같아선 쓰고 싶은 책도 여러 권이다.

대학수능시험이 끝났다. 대학원생 모집도 활발한 시점이다. 때에 맞춰, 오늘 이 글은 구인광고로 대신하련다. 대한민국 대학들이 컴퓨터공학, 정보통신, 경영정보 등의 학문탐구에 정진하며 미래를 개척해나갈 우수학생들을 공개모집한다면 객원논설위원의 지위를 남용하는 셈일까.

(전자신문, 2010년 11월 23일)

32. 칭기스칸의 사막 몽골과 달라이라마의 티베트 고원

2006년 9월, 가을학기에 복귀했다. 신기하게도 난 왜 대학 교문만 들어서도 정신이 맑아지고 캠퍼스를 거니는 학생들을 바라보면 아직도 가슴이 뛸까. 과연 천직인가보다.

3년 5개월 사이, 외대는 새 건물들이 들어서고 기존 건물들도 외형이 단장되는 등 제법 산뜻해 보였다. 본부 건물 중앙엔 못 보던 대형 현수막이 붙어있었다. '외대를 만나면 세계가 보인다'라고! 나도 홀로 다짐했다. '이주헌 교수를 만나면 IT를 알게 된다', 'IT를 알면 미래가 보인다'가 되도록 학생들을 잘 가르쳐야겠다고 말이다. 난 경영정보학을 '디지털 경영학'이라고 개념을 바꿔 강의에 정열을 쏟았다.

그러나 모든 기업들이 IT를 본격 활용함에 따라 경영정보학은 정체성의 위기를 맞고 있었다. 어찌 가르쳐야 하나. 난 학회장으로서, 부회장단과 우리나라 대학들이 가르쳐야하는 경영정보학의 바람직한 교과과정 연구도 진행시켰다. 건국대 이국희교수가 많은 수고를 해 주었다.

여름방학 땐 SK C&C의 지원 하에 학회 부회장단 전원과 함께 몽골에 갔다(▶). 중앙대 김성근, 서강대 남기찬, 동국대 황경태, 한양대 조남재 교수 등 총 여섯 명이 동참했다. 명분은 몽골정부의 관료들과의 전자정부전략 세미나, 그러나 내면엔 학회에 봉사하고 있는 후배교수들에 대한 회장으로서의 배려의 의도가 깔려있었다. 다들 너무 좋아했다. '하늘에서 별들이 쏟아지는 밤'을 실감했다고 지금도 이야기 할 정도다.

사실 몽골은 이런저런 이유로 자주 가 본 나라다. 2002년도에 처음으로 스케치여행을 따라간 후에, 2005년의 한-몽 포럼, 2006년도의 해외원조단체의 이사장 자격으로(▲ 제일 위 사진은 몽골 활동을 앞두고 국민일보와의 인터뷰 모습), 그리고 나중엔 대학 특강, 그리고 휴식 차… 아마 열 번 가까이 되는 것 같다. 그러나 2009년의 KAL 김성윤 기장 친구와의 가젤 사냥이 가장 기억에 남는다. 그 때와 2007년 6월 스케치여행을 동행한 티베트의 추억도 이곳에 담는다.

2006년도는 오랜만에 자유를 누리며 산 해였다. 그해 말, 송년회 모임의 내 표정도 밝았다.(◀ 중앙의 작은 분이 노준형 장관, 그 왼쪽은 윤동윤 前 장관과 정장호 정보통신산업협회장, 그리고 나)

32-1 **몽골의 평원**

태무진 칭기스칸의 나라 몽골, 난 이 나라가 참 좋다. 생긴 모습도 느낌도 다 정겹다. 그래서 우리 몸에 몽골 반점이 있었던가. 옛날 1204~1223년까지 중국, 중앙아시아, 남러시아까지 평정해 세계 최대제국을 건설했던 그 시대의 광영은 뒤로 하고 지금은 가난한 나라다. (◀그러나 난 2002년도 여름 처음으로 몽골을 갔을 때 울란바토르에서 무려 8시간이 되는 길을 달려가 흑룡강가의 칭기스칸이 태어난 고장, 그곳의 작은 왕궁을 찾았다)

수도 울란바토르는 인구 100만, 전 몽고인의 40%가 사는 도시인데도 볼품이 없다. 오랜 세월 동안 소련의 지배를 받았던 탓에 북쪽 바이칼 호수는 소련에 빼앗기고 또 남쪽 내몽골 땅은 중국에 빼앗겨 더욱 초라해졌지만 그래도 갈 때마다 훈훈한 삶의 향기가 나는 곳이다. 이제 현대화에 눈을 뜬 젊은이들이 멋 부리고 휴대폰을 열심히 즐기는 정도이지, 산도 강도 거의 없다. 척박한 사막에서 천막집을 짓고 또 이동하며, 양고기와 젖을 먹고 사는 유목민들의 삶이 그래도 운치 있어 보임은 왜일까.

2005년 10월의 한몽 포럼은(▶) 대통령궁에서 만찬도 했고 (LG CNS의 백상엽 전무가 동행), 2006년에 해외구호단체 이사장 자격으로 갔을 땐 기업인들과 무려 20여 대의 짐차를 동원해서 울란바토르→바양다와→후도아랄→바트시레트→빈데르구 등을 돌며 의약품과 생필품을 나눠 준 적도 있다. 2006년의 11월의 Huree ICT대학에서의 특강과 2006년 9월의 전자정부 세미나도 기억에 남는다.

32-2 몽골의 게르 마을

몽골 말은 작지만 강하다. 지구력이 엄청나서 수백 km씩 쉬지 않고도 뛴다.
바로 이 말들 때문에 칭기스칸의 기동력이 가능했단다.

▼ 2009년 KAL 기장 친구 김성윤과의 나들이 땐... 우린 낮엔 말 타고 밤엔 술 마시고 또 가젤 사냥을 즐겼다. 게르에서
몽골인과 어울리고 또 양고기 찜을 먹었다. 여러 나라에서 양고기 음식을 먹어봤지만 몽골의 '허르헉' 맛은 가히 일품이다.

32-3 **티베트의 포탈라 궁전**

2007년 6월. 스케치 여행반에 동참해서 찾았던 히말라야 기슭의 티베트... 오로지 종교적 믿음으로 고행하며 사는 불교국가이다.
(지금은 중국의 자치구이지만) 중국 성도에서 비행기로 잠시 날아오는데 역시 고지대여서인지 라싸 공항에 내리니
머리가 어지러웠다. 라싸의 상징물인 포탈라궁은 하늘 아래 가장 높은 곳에서 그 위용을 자랑하며 중생을 굽어보고 있다.
달라이라마 14세의 인도 망명이 길어지면서 중국 정치에 지배받는 비운의 궁전이기도 하다.
마침 우리가 도착한 때가 북경과 라싸를 잇는 열차가 개통 된 시점.

◀ 포탈라 궁 앞에서 어울리지 않는 카우보이 모자를 쓰고.
▼ 궁으로 올라가면 아직도 많은 승려들이 참배를 올리는 모습을
볼 수 있다. 빨간 승려복의 청년들이 무슨 토론을 하는지 각자 말
한마디 할 때마다 박수를 치는 바람에 시끌버끌.. 화가 친구와 내
겐 그저 신기하기만.

내가 가르친 IT과목들은 많아서 문제

교수가 하는 일 중 제일 중요한 것이 물론 강의다. 가르치기 싫으면 교수직은 맞지 않다. 다행스럽게도 배움 못지않게 난 가르치는 것도 즐겁다. 똑같은 내용을 매 학기마다 반복하다시피 해도 학생들이 바뀌면 또 새롭다.

그러나 IT를 가르친다함은 쉽지 않다. 기술의 진보와 속도를 같이 하지 않으면 실력 없는 교수가 되고 만다. 신임 젊은 교수들은 물론이요 대학원생들까지도 교수의 지식을 쉽게 능가할 수 있는 것이 IT분야다. 그래서 힘들다.

교수 생활 30년 가까이, 난 제법 여러 과목들을 개설하고 가르쳐 왔다. 필요에 따라, 개인적인 관심 때문에 가르치는 과목들도 조금씩 변천사를 겪어온 듯싶다. 미국에서 박사과정 때 강사로 활동할 당시 난 두 과목을 3년간 가르쳤다. 일리노이 공대에선 '프로젝트 관리', 듀페이지대학에서는 '컴퓨터와 경영', 20대 젊은 시절의 좋은 경험이었다.

외대 경영정보대학원에서는 주로 전산학 분야였다. 데이터베이스, 알고리즘, 소프트웨어공학, 소프트웨어개발방법론, 프로젝트관리였는데 난 소프트웨어공학시리즈 책을 3권 저술하여 강의실에서 가르치기 편하고 학생들에게도 당당할 수 있었다. 그러나 산업공학을 공부한 배경으로 계량경영분석, 통계학도 가르친 적도 있다. 시간이 지나면서 다른 과목들도 개설시켰는데 이는 순전히 그 당시의 내 관심사였기 때문이다. 정보산업정책론와 IT기술세미나에서 난 그냥 학교 밖의 산업계와 정부정책을 분석하고 최신 기술동향을 강의노트 없이 토론하기도 했다.

공직을 끝내고 글로벌경영대학으로 복귀한 후에 내가 신경을 쓰는 과목은 학부생들을 대상으로 하는 경영정보학개론이다. 강의의 목적은 세 가지, (1) 디지털시대에 대한 이해, (2) IT 요소기술들과 발전동향, (3) 현대기업의 IT활용방안인데, 야간 경영대학원에서도 매학기 이 과목을 즐기며 가르치는 중이다. 경영학도들에게 디지털경영의 중요성을 깨닫게 하는 것을 사명이라고 생각하고 있다. 사실 종강 강의는 '미래경영' 특강으로 진행시켜 오면서 '미래경영학'을 별도의 과목으로 발전시키고 싶지만, '先 저술 먼저, 後 강의 개설' 원칙을 세우다보니 많이 지연되고 있는 상황이다.

국내 10여 개 대학에서는 주로 특강을 했다. 타 대학으로부터의 강의요청은 2~3번 있었는데 응할 이유가 없었으나 한양대 경영대학원에서는 너무도 여러 차례 간곡한 부탁을 해 와 결국 IT프로젝트관리 과목을 두 학기 동안 토요일마다 나가 가르친 경험은 있다.

가르치는 과목들이 많았다는 것은 부끄러운 고백이겠다. 연구 분야가 뚜렷치 않고 집중한 전문영역이 부족했다는 의미도 된다. 아무튼 남은 학교생활, 난 디지털경영학과 미래경영학에 초점을 맞출 생각이다.

▲ 위는 블루투스 헤드폰... 앞으론 더욱 활용 분야가 넓어질 듯.

나는 교수다

학기가 끝났다. 지난 1986년부터 대학에 몸담아왔으니 무려 50학기를 보낸 셈인데, 이상하리만큼 이번만은 가슴이 허전하다. 몇몇 학생들의 종강을 아쉬워하는 표정도 기억에 남는다. 왜일까. 서로 정이 들어서? 난 역시 교수가 천직인 까닭에? 글쎄다.

생각해보니 유독 IT에 대한 올바른 이해를 강조했던 지난 학기였다. 디지털기술이 이룩한 신문명, 인터넷이 만들어가는 e-비즈니스, IT가 창조해가는 기업의 장밋빛 미래상만을 논하지는 않았던 것 같다. 융합·모바일·스피드·임베디드·클라우드 등의 기술관점보다는 오히려 개인화·소셜·글로벌과 보안·프라이버시·그린IT 등의 정치사회적 이슈를 화두로 삼았다.

사실은 최근의 IT세태에 무기력함을 느끼던 나였다. 특히 스마트폰에 종속된 삶, SNS와 LBS 과열로 나타난 사생활침해 현상, IT원전사고와 다를 바 없었던 농협사태 등은 날 우울하게 만들었다. 그래서였을까. 난 무능한 정부와 몰지각한 기업과 무책임한 전문가를 비판하며 '참IT정신'을 호소했다. 젊은 세대가 신기술의 정치사회적 영향을 고뇌해야 인류가 발전한다고도 주장했다. 오죽하면 학생들이 나를 IT 아닌 인문학 교수라고 평가했을까.

맞다. 이번 학기가 전과 달랐다면 바로 그 점이었다. 그런데 웃긴다. 이변이 일어났다. 아이러니컬하게도 IT교수가 인문사회학을 강조하고 디지털시대의 명암을 논하니 오히려 학부생들의 눈이 반짝거렸다. 고객의 개인정보나 시스템보안을 소홀히 취급하는 기업은 정보화를 운운할 자격이 없다는 말에 대학원생들이 진심으로 환호해 주었다.

마치 얼굴 없던 가수가 '나는 가수다'로 인해 새삼스레 인기를 누리는 것처럼 나는 무명교수생활 25년 만에야 '나는 교수다'에 출현해 비로소 박수갈채를 받은 느낌이었다. IT학도들조차 사실은 겉만 현란하게 진보하는 기술문명에 지쳐있었던 까닭일까.

학기말엔 새로운 시도도 있었다. 다름 아니라, 인생프로세스의 혁신방안을 제시하라고 한 것이다. BPR이란 기업의 핵심 업무 프로세스에 파격적인 변화를 가해 고객의 관점에서 획기적인 성과를 올리자는 IT기반 경영혁신 사상 아니던가. 그러나 기업 아닌 개인의 남은 인생을 행복추구 관점에서 재설계해보라니! 아마도 다들 어안이 벙벙했으리라.

제법 감동이 있던 학기가 끝났기에 허전한 것일까. 아무튼 난 앞으로도 IT가 과연 '인간의, 인간에 의한, 인간을 위한 기술'인지를 학생들과 계속 토론할 계획이다. 반값등록금 이슈로 부끄러운 마당에 '나는 교수다'에서 탈락을 면할 좋은 비결인 듯싶어서이다.

(전자신문, 2011년 6월 23일)

33. IT화가를 탄생시킨 루마니아·세르비아· 크로아티아 등 발칸 6개국

2006년도 겨울, 난 옛 제자들을 소집했다. 20년간 내가 논문을 지도해 졸업한 대학원 제자들이 당시 200명 남짓, 그 중 120여 명이 강남의 모 음식점에 얼굴을 비춰주었다. 그동안 연구하고, 기업 자문하고, 책 쓰고, 공직까지 맡아봤지만 결국 난 가르치는 교수였음이 새삼 가슴에 와 닿았다. 이 제자들에게 부끄럽지 않기 위해서라도 더욱 노력해야겠다는 다짐까지 하게 되고... ▶ 제자들로부터 재직 20주년 기념패를 받는데 가슴이 뭉클했다.

2007년 5월, 한중일 소프트웨어 메트릭스 유니온을 결성하기 위해 나는 한국측 대표 자격으로 중국에 갔다. 북경에선 3국 간 합의도 보고(◀ 중앙은 흐어신구 중국소프트웨어산업협회장. 우측은 니시야마 일본 JFPUG회장) 나는 초대 의장이 되었다. 그런데 회의장에서 무대 위에 올라 발표를 하려고 일어나는 순간, 허리에 심한 통증을 느꼈다. 나중에 알고 보니 급성 디스크 파열, 결국 귀국 후 난 전신 마취를 하고 수술을 받았는데, 수술실에 들어가면서 생애 처음으로 '죽음'을 연상했다.

2007년 11월엔 대통령 선거가 있었고 BBK 사건의 진상은 관심조차 없다는 듯, 국민들은 오로지 '경제 대통령'을 외치던 청계천의 불도저 이명박 후보를 승리시켰다. 어떤 놈이 선거 때만 되면 우리나라 국민들은 위대하다 했던가. 나와 지인관계인 정동영 후보는 참패했다. 천운이 따라주지 않았던가보다. 아쉬웠다.

그러나 당시 내게 더욱 안타까웠던 것은 정보통신부의 해체였다. 아니 누가 왜? 정통부의 자업자득이라고만 하기엔 몰지각한 인수위 멤버들이 한심스러웠다. 나는 화가 난 나머지, 전자신문에 '도대체 누가 정통부를 죽이는가'라는 제목의 기고를 했다. 편집국에서 내 기고문 제목을 '정통부 해체 그 이후'라고 바꿔 게재해서 더 화가 났다.

2008년 7월, 난 이 모든 것을 뒤로 하고 화가 친구를 따라 발칸 반도로 떠났다.(▶ 슬로베니아에서) 내 인생의 중요한 터닝포인트였다. 이 여행이 바로 나를 그림의 길로 인도한 계기가 되었기 때문이다. 물론 내가 'IT화가'로 새 삶을 시작한 것은, 개인전도 갖는 등 뒤늦게 그림에 활발하신 어머님의 피를 물려받은 이유가 컸겠지만 말이다. (다음 장에 어머님의 작품들을 간단히 소개하는 것이 예의일 듯^^)

[도록] 어머님의 그림 몇 점만 소개

어머님은 미국에서 귀국 후 50대 때부터 그림을 배우기 시작했다. 30년 가까이 주로 정물화를 그리신다.
난 엄두도 못내는 장르다. 함께 전시회를 갖고 싶기도 하지만 글쎄 동의하실지는 모르겠다.

내가 어줍잖은 스케치라도 함은 어머님의 피를 이어받은 때문이리라. 어머님은 문학 소녀였으며 목포가 낳은 원로 문인으로 알려지기도 한다. 내가 제법 글쟁이가 된 것도 당연히 어머님 때문이다. 그러나 난 컴퓨터공학을 지망했고 그 후 줄 곳 IT전문가의 길을 걸어왔다. 뒤늦게나마 내가 그림을 그리니 어머님도 좋아하신다. 모전자전인가? (◀ 어머님의 2004년 5월 전시회 날 함께.)

발칸반도는 예전의 유고슬라비아 연방으로 더욱 잘 알려진 곳이다. 유능한 정치가 티토가 인종과 종교를 초월하여 여러 지역들을 통일한 나라였다. 서쪽으론 이태리, 동쪽으론 터키가 있는 아담한 반도국가, 한때 미국 자유진영 및 소련 공산세계와의 사이에서 중심을 잃지 않고 자동차를 생산하는 등 산업국가로서의 면모도 과시하던 나라였단다. 티토의 사망 후 크로아티아, 슬로베니아, 보스니아, 세르비아 등으로 찢겨 나눠지고 말았지만 말이다.

지역의 역사성보다는 난 아직 관광지로 개발되지 않은 때 묻지 않은 아드리안해의 자연을 보고 싶었다. 그렇게 두 말 없이 따라간 여행은 루마니아→불가리아→세르비아→보스니아→크로아티아→슬로베니아 순서였다.

그런데 사건이 벌어졌다. 그림쟁이들 스무 명 남짓과 함께 한 이 여행에서 난 갑자기 스케치북을 빌려 첫 스케치를 해본 것이다(▼). 그리고 유치한 이 스케치 하나를 해 놓고 가슴 속 환희를 느꼈다. 인생의 새 길이 열린 듯 했다. 이 사건 후부터 나는 미술학도의 길을 걷게 되었는데 지금은 스케치북 없이 어딜 간다는 건 불가능하다고 생각할 정도다. 아직도 부끄러운 실력이지만 그림은 이제 내 인생의 일부분이 되었다. 그 전의 스케치여행을 왜 바보처럼 나는 그냥 따라다니며 어깨 넘어로만 부러워했던고~!

2008년 7월 17일은 IT화가의 탄생일! 그림 옆의 글을 읽어보니 당시 홀로 감동했던 듯 싶다.

33-1 루마니아 필래슈 성
정말 화려하고 아름다운 성....
자그마한 성 안이 오밀조밀 보물들로 가득 찬 느낌이었다.

불현듯 떠나 온 여름여행의 첫 나라,
루마니아의 산 길과 들판을 지나
이 나라의 국가보물 1호라는 팔래슈 성을 들렀다.
햇볕은 따사하고 맑은 공기.
작지만 호화로운 14세기의 궁전이
가슴에 스며들었다.
그 가슴으로 생전 처음 용기를 내어
펜으로 흰 종이에 그림으로 그려보았다.
아~ 이렇게 사는게,
이렇게 그림 그리며 누비는 것도 재미있구나~~

루마니아 시골
브라쇼브 구시가지
옛건물과 카페들과 꽃들이 어우러진 광경 -
한참 또 그려보았다.
2008. 7. 17
이 극희

33-2 루마니아의 구 시가지, 브라쇼브

◀ 루마니아 시골의 부라쇼브 구 시가지, 옛 건물과 카페들과 꽃들이 어우러진 광경이 평화롭다. 이곳에서부턴 색연필을 빌려가며 어린 시절의 끼를 발산해 봤다.
(색연필로 그린 후 붓으로 물을 칠하면 수채화처럼 되는데 색깔 감각이 부족~)

▼ 루마니아의 관광명소.. 수도 부쿠레슈티에 공개 처형된 독재자 차우셰스쿠 대통령이 지은 무식하도록 큰 대통령 왕궁... 그리고 폭악한 성주가 흡혈귀가 된 재미있는 역사의 브란성 (일명 드라큘라의 성, 사진 뒤쪽에 높이 보인다)

33-3 불가리아 소피아 시내 전경

불가리아는 인구가 고작 8백만. 터키의 오스만투르크와 러시아의 지배를 받다가 1991년 공화국이 되었단다. 주변 국가들에 비하면 별 신통하지도 않은 이 나라가 귀에 익은 건 남양유업의 '불가리스' 요구르트 때문일까. 아닌 게 아니라 불가리아는 요구르트 때문에 장수하는 낙농 국가인지, 여행 가이드가 한 시간 내내 유산균만 이야기하던 기억이 난다. 정작 헬리코박터 균을 찾아 노벨상을 받은 사람들은 호주 출신 과학자들이었는데? 암튼 마시는 요구르트, 떠 먹는 요구르트, 잘라 먹는 요구르트... 위가 안 좋은 난 다 먹어봤고, 큰 통으로 사서 버스에서도 마시는 등, 지금도 불가리아 하면 요구르트 생각 밖에 안 날 정도다.

◀ 불가리아에서는 미술관에 들리고 몇 곳을 더 관광했는데 기억은 가물~
▼ 죽마고우, 박성현 교수와 어색한 포즈

33-4 보스니아 사라예보의 공예방 거리

보스니아는 다나르알프스 산맥의 사바 강과 드리나 강 사이의 아름다운 경관의 내륙 국가다. 1980년, 유고 연방을 주도했던 티토의 사망 후, 1990년대 접어들어 독립을 선언하면서 4년 가까이 내전으로 심한 고통을 겪었던 나라로 알려져 있다. 사라예보에서의 종군기자들이 급보를 전하던 TV뉴스가 지금도 기억에 남는다.

◀▼ 그러나 지금은 평화로운 나라, 우린 사라예보의 공예방 거리를 찾는 등 한가로이 거닐고 먹고 구경하고... 그리고 왼쪽 사진의 스케치북을 들고 다니는 내 모습을 보라!

33-5 **보스니아의 스타리 모스트 다리**

보스니아의 최대 관광명소는 아마도 네레트바 강 위에 높이 치솟아 올라 걸려 있는 돌로 된 아치모양의 스타리모스트
다리일 것이다. 1566년 오스만 제국의 황제 쉴레이만의 명에 따라 하이루딘이 설계한 건축학적 걸작이란다. 모스타르
에 있는 이 다리는 1993년에 크로아티아 포병대에 의해 파괴되었다가 2004년 다시 개통되었다고.

◀ 다리 주변엔 관광객을 위한 카페와 상점들이 가득~
▼ 사라예보에서 묵었던 호텔 근처의 밀야츠카 강가에서

33-6 세르비아의 칼리메그단 요새

세르비아는 유고 연방에 속해 있다가. 연방 해체 시 몬테네그로와 신유고연방을 결성했으나 몬테네그로와 분리되었고 그 후 또 코소보를 분리시킴으로 인구 750만 명밖에 안되는 작은 나라다. 결국 인종과 종교 문제! 세르비아엔 특별한 게 없어 한인 교포들이 매우 적다고.

◀▼ 수도 베오그라드의 사바 강과 도나우 강의 합류지점에. 전쟁을 많이 겪은 나라답게 2000년의 역사를 지닌 칼레메그단 요새가 있었다. 요새 주변에 널려 있는 탱크와 대포들이 마치 무기 전시장을 방불케 한다. 이 요새에서 베오그라드 도시를 내려다보는 느낌은 그래도 일품이었다.

33-7 크로아티아 두브로브니크 성곽 위

크로아티아는 인구가 고작 5백만이지만 내가 가 본 나라 중에서 가장 아름다운 나라이다. 그 전엔 격투기 선수 크로캅 때문에 관심을 가졌을 뿐이었는데 말이다^^ 유고 연방 해체 시, 절경의 아드리아 해변을 독차지하다시피 한 욕심 많은 나라인 듯도 싶지만 정말 아름다운 경관은 말로 형용하기 불가능할 정도이다. 특히 프리트비체 국립공원은 천국을 연상시킬 정도였으니!

아드리아 해의 진주라는 별칭답게, 중세의 모습을 간직한 두브로브니크 성도 기막힌 관광 명소!! 해외여행을 가끔 다니는 사람들을 만나면 지금도 난 말하곤 한다. 내겐 크로아티아가 최고였다고!

▼ 찌는 듯한 날씨, 두브로브니크 성위에서 스케치를 하다가 사진 한 장
◀ 항구의 풍경... 바닥에 주저앉아 기타 치며 노는 젊은이들을 배경으로 나도 철퍼덕 주저 앉아 잠시 휴식을 취했노라~

33-8 **크로아티아 두브로브니크 성 안**

▶ 두브루브니크 올드타운의 노상 카페에서

▶ 크로아티아에서는 넥타이의 유래가 시작되었다길래 기념품으로 하나 사 매어 보았는데 지금 생각하니 저걸 비싼 돈 주며 왜 샀었는지 나도 몰라ᄊ

▼ 성안에도 볼거리가 널려 있었다. 화가 친구의 가막힌 스냅샷!

33-9 붉은 지붕의 크로아티아

▶ 2014년도 여름 이 지붕 위를 뒤늦게 배회하는
아내의 모습...
'꽃보다 누나'들이 되어 이대 동창들과 들렸다고

슬로베니아 디나르 알프스의 그림같은 호반도시 블레드의 전경
2008.7.24
이곽희

33-10 **슬로베니아 디나르 알프스의 호반도시 블레드의 정경**

슬로베니아는 인구 2백만의 작은 공화국이다. 수도는 류블랴나.. 볼거리는 별로 없었다. 가장 기억에 남는 건 블레드 호수의 아름다움... 절벽 위에 우뚝 솟은 블레드 성, 물 위를 노니는 오리들~.. 그리고 기차를 타고 들어가는 세계에서 두 번째로 긴 석회암 동굴이라는 (전체 20km, 5km만 개방한다고) 포스토니아 동굴 정도.

◀ 블레드 호수주변에 앉아 커피 한 잔을 마시고 있는데 화가 친구가 뒤 여자 관광객들 사이로 내 얼굴을 넣어 사진을 한 장 찍어 주겠다고 ^^
◀ 아내도 나중에 이곳을 친구들과 들렀다.

▼ 포스토니아 동굴 앞에서 동행자들을 기다리며 한가로이~
근데 사진 찍히는 자세가 좀 불량?

난 내가 국회의원이 되는 줄 알았네

2008년 봄, 새로이 구성된 방송통신위원회의 야당 몫 위원과 다가오는 총선에 국회에서 비례대표로 활동해 보라는 추천이 동시에 들어왔다. 순간, 차관급 관료는 관심 밖이지만 IT정책가로서의 역량을 국회에서 펼쳐 봐도 좋겠다는 욕심이 났다. 좋은 정치가 좋은 정책에서 비롯된다면 민주당 내에 나 한 명쯤 있어도 괜찮으리라는 생각도 들었다. 이미 한나라당은 과학기술 분야에 의원들이 많은데 비해 민주당 사정은 그렇지 못했다. 또한 박재승 공천심사위원장이 오로지 공정하게 공천 심사를 하겠다고 공언하고 나섰기 때문에 가능성이 높다고 했다.

고민 끝에 난 비례대표 모집에 응했다. 그리고 이력서 및 의정활동계획서와 더불어 자기소개서를 작성했다. 지금 생각하면 웃기지만 나는 스스로를 '전문성을 갖춘 참신한 예비 정치인'이라고 자평한다면서 그 이유로
1. 색다른 사람 (미국에서 고1 때부터 수학한 후 기업 연구소장, 교수, 국책연구원장 등으로 늘 새로움에 도전해 온 사람),
2. 글로벌 시대의 디지털 리더 (다양한 국내외 경험을 쌓아온 디지털 정책가이며 국제통이면서 미래 개척가),
3. 준비된 정치인 (국가발전에 책임을 통감하는 지식인이고 계몽가이고 현실주의자이며, 민주당과 가까이 살아온 사람)

등의 논리를 일목요연하게 정리했다. 서류가 무려 30쪽에 달했다. 심사비에 해당하는 특별당비도 150만원이나 냈다.

심사가 시작되었는데 여러날이 소요되었다. 비례대표 공천심사위원회엔 다행히 아는 분들이 여럿 있었다. 외대 교수를 포함해서 날 밀겠다는 다른 지인들도 있었다. 그 결과, 전체 250여 명 신청자 중에서 쉽게 100위권 안에, 그 후 30위권 안에, 그리고 순위를 정하면서 10위 안류, 마침내 민주당 심사확정 하루 전 저녁의 최종 명단에는 내가 당선 안정권인 6위 후보라는 소식이 은밀히 전해져왔다. 밤중에 아는 취재기자로부터도 비슷한 내용의 전화도 왔다. 이제 아침이면 뉴스에 이름 석 자가 나오는 판이었다. 그래서 고향의 부모님께 혹시 뜻밖의 뉴스를 보시더라도 놀라지 마시라는 전화까지 드렸다.

그러나 웬걸! 막상 2008년 3월 24일 아침의 발표 명단에선 내 이름은 아예 찾을 수도 없었다. 사연을 들어보니, 손학규 대표의 직권에 의해 내 이름이 삭제되는 대신 손 대표의 지인인 무명의 중소기업가로 (정국교 H&T대표이사, 임기 초에 주가조작 혐의로 구속) 교체되었다 했다 (100% 사실을 난 확인할 수 없지만). 박재승 공천심사위원장도 별 도리가 없었단다. 결국 난 며칠 동안 헛물만 켠 셈이 되고 말았던 셈이다. 하하

또한, 나중에 들으니 방송통신위도 김효석·홍창선 의원의 의견이 무시되고 손대표의 일방적인 '자기 사람 심기식' 결정이었다니, 참 정치인의 겉과 속은 모를 일이다.

이제 와 생각하건데 그냥 내 인생의 해프닝일 뿐, 그림이나 그리며 행복하라는 하늘의 배려이었을 수도!^^

▲ 위는 IPTV 셋탑박스와 리모콘

춘화교실의 음란서생과 호랑나비 한 마리

지난 가을, 모 대학 사회교육원 서양화 미술 강좌에 등록을 했다. 내가 박사학위를 받은 이후 참으로 오랜 세월이 흘러 다시 학생이 된 순간이었다. 담당 교수는 내 초등학교 동창 P였다. 몽골, 티베트, 발칸반도 등으로 몇 번 해외 스케치여행 따라다니다가 그림에 맛 들여, 그만 친구의 유화교실에 들어가 새로운 배움의 길로 나선 것이었다.

덕분에 지난 가을, 내 생애 처음으로 가을을 보았다. 단풍이 그렇게도 아름답고 찬란한 빛을 내뿜었었는지 예전엔 미처 몰랐다. 겨울도 절경이었다. 아니 그림을 시작하노라니 세상이 다 그림이었다. 화실에 다니며 그림 그리던 고등학교 시절로 다시 돌아간 기분으로 그림에 푹 빠졌다. 밤엔 눈을 감아도 머릿속에선 물감을 섞고 있을 정도로 말이다.

미술반은 온통 아줌마들이었다. 40대의 팔자 좋은 가정주부들이 대부분이고 30대와 50대도 있었다. 어린 시절의 끼를 간직하고 있다가, 애들 키우고 늦깎이 학생들이 된 비교적 여유 있는 집의 아낙네들이었다. 반면에 남자들은 기껏 서너 명, 주로 70세 가까운 정년퇴임한 분들이었다. 알고 보니 다들 미술반 재학 수년째씩 되는 아마추어 화가들.

신입생을 반겨주는 화기애애한 분위기가 내가 가르치는 엄숙한 IT대학원 교실 분위기와는 판이하게 달랐다. 난 갑자기 꽃밭에서 노는 호랑나비가 되었다. 일주일에 한번, 오전 10시부터 저녁까지, 호랑나비 한 마리는 훨훨 날며 그림을 배우면서 즐겁기 그지없었다.

미술교수 친구 P는 이제 알고 보니 교수가 아닌 '교주(敎主)'였다. 유화 수채화는 물론 스케치의 귀재로 대단한 서양화가인 줄은 알았지만 자신의 세계에서 이토록 막강한 힘을 발휘하고 있는 줄은 몰랐다. 각종 행사의 위원장, 심사위원, 협회의 회장직 등을 맡고 있음이야 나도 부러울 건 없었지만, 제자들에게 그는 가히 신적인 존재였다. 일반 어린 제자들에겐 미래로 인도하는 하늘같은 스승, 평생교육 성인 제자들에겐 그림 한 번 봐 주면, 한 수 가르쳐 주면, 그림 많이 좋아졌다는 말 한마디면 다들 넋을 잃을 수밖에 없는 위대한 존재였다.

P의 말 한마디는 교실에선 곧 법이고 진리였다.

"그림은 뭐로 그리는 줄 알아요? 손이요? 눈이요? 마음이요? 무엇으로 그린다고 생각해요?"

분위기상, 아무도 대답을 못하면

"손으로 그리지요. 기본이 안 되어 있으면 느낌을 표현 못하는 법, 많이 그리다보면 손의 움직임을 스스로 터득하게 되고, 그런 후에야 그림을 그릴 줄 알게 되지요."라고 담담하게 이야기한다. 그러고선 교실임에도 불구하고 "이해 안 됩니까? 그림이 섹스와 같은 거라면 이해됩니까? 부부관계도 맘이나 눈으로 하는 게 아니잖아요. 몸으로 하잖아요. 연습 많이 해서 다들 잘 하고 사시지요? 맞지요?"라는 발언도 거침없이 내뱉었다.

그러다가 갑자기 진지한 표정으로, 그림은 구도를 잘 잡는 것이 핵심이라면서

"화폭을 나눌 때 '황금분할'을 해야 최대치의 안정감과 조화로움을 느끼지요. 황금비(golden ratio)는 1:1.618 정도 되지만 숫자로서가 아니라 감각으로 터득해야 해요."

라고 미술이론을 쏟아냈다. 그의 교육에 아줌마 학생들도 오금을 못 폈다.

누드 그림시간이라도 되면

"자세가 도발적이면, 그림도 잘 그려지지요."

하면서 모델의 다리를 앉아 있는 자세를 교정한다는 명분으로 한 순간의 주저함도 없이 벌리기도 했다. 그런 다음, 그림 그리는 수강생 한 명을 골라

"잠깐 일어나 보세요. 잠깐 내가 도와 줄 테니. 붓 몇 동작으로 어찌 좋은 그림이 될 수 있는지 잘 보세요."

하고선 쓱~쓱~ 붓을 대면 불과 몇 분 만에 그 어떤 그림도 새로운 빛을 발했다. 그럴 때면 그 걸 삥 둘러 바라보는 여자들 입에서 '와~ 너무 좋다~' 하는 감탄사만 터져 나왔다.

그러다가

"남자는 마지막 사정(射精)이 중요해요. 하하"

하고 물 뿌리듯이 물감을 듬뿍 묻힌 붓을 캔버스에 힘차게 뿌려 마무리하면, 다들 박수를 치는 식이었다. P의 말의 무게에, 권위에, 실력에 모두가 꼼짝 못했다.

난 새삼 친구가 자랑스러웠다. 젊은 시절 그리도 고생하더니, 스스로 아름다움을 창조하는 험난한 길을 택해 놓고 고민도 많더니, 이렇게 행복하게 살게 되었구나! P는 교수생활 불과 10여 년 만에 자기 세계의 교주가 되어 있었던 것이다. 난, 그저 교수였을 뿐인데 말이다.

흥미로운 점은 교주는 존경하지만 쉽게 대할 수 없는 존재인 반면, 나는 주부 수강생들에겐 편한 후배에 불과한 까닭에 그림공부 시간만큼은 그들과 더불어 자유를 만끽할 수 있었다는 것이었다. 주변에 늘 충성 조교들은 물론, 사람들의 주목을 받는 위치에 익숙해 있다가 난생처음 '무명(無名)의 신입생'으로 초라하게 전락하니 흥미로운 사건들도 있었다.

"심부름 하나 해 주세요." 하며 사소한 일을 시키질 않나, 강의시간에 지각이라도 하면 좋은 자리를 양보해 주기는커녕 쓰레기통 있는 구석으로 비집고 들어가도 별로 신경들을 쓰지 않는 눈치였다.

그러다가 친구 P가 나타나면 그에겐 '교수님! 어머, 모자가 너무 잘 어울리셔요~'하면서 애교를 떨었다. 그러나 난 무시당하는 설움보다는 상황이 오히려 유쾌할 따름이었다.

P가 다른 수업이나 회의라도 있어 사라지는 오후가 되면 왁자지껄하게 여자들 특유의 대화가 교실을 떠들썩하게 만들었다. 어느 날의 대화는 이랬다.

여자 A – "반장언니, 우리 단체로 영화구경가요."

여자 B - "그럼 우리 '미인도' 보러 갈까? 다들 어때요?"

당시는 드라마 '바람의 화원'이 방영되던 중이었다. 주인공인 신윤복이 정말 여자였느냐, 김홍도와의 관계가 무엇이었느냐 말들이 많았고, 최근 모 전시장에 '미인도(美人圖)' 진품을 구경하려고 사람들이 구름처럼 몰렸다는 등은 이미 몇 주 전 한차례 대화의 주제가 된 후였다.

여자 C - "아니에요, '미인도' 그 영화 별로예요. 김민선이 옷 벗는다고 해서 봤는데 별로였어요. 우리 연말에 '쌍화점' 어때요? 그 영화, 진짜 야~하대요."

여자 D - "맞아, 난 주진모 멋있더라."

여자 E - "근데 한국 영화는 야해 봤자예요. 지난번 '색계' 보면서 난 죽는 줄 알았다니까요. 양조위 나체가 결정적인 부분까지 그냥 보이던데요."

여자 B - "뭐라고? 난 그런 장면 못 봤는데…."

못 들은 척 그림만 그리다가, 내가 칠순 퇴직 고위공무원 분을 향해 다들 들으라고 한 마디 했다.

나 - "S선생님, 여기 앉아있는 우린, 남자로 보이지도 않는 모양이네요."

남자들, 아니 노인 분도 계시는데 여자들이 입조심해야 하지 않느냐는 핀잔이었다. 그런데 막상 당사자인 그 분은 이미 오래 전부터 그랬다는 듯이 날 보며 씩~ 웃기만 하신다. 아니, 어쩌면 재미있는 얘길 한참 귀동냥하면서 나름대로의 자유세계를 즐기는 중인데 공연히 나서서 대화를 중단시킬 필요까지 있느냐는 의미심장한 미소였을 수도 있다.

여자 E - "어머, 내숭 떨 나이 지난 게 언제인데요."

나한테 한 대꾸였다.

여자 D - "근데 우리 P교수님, 이번 학기엔 꼭 남자 누드모델 찾아보겠다더니 왜 소식이 없으시나 몰라~."

여자 A - "혹시 P교수님이 자기와 비교될까봐 자신 없어 그러시나? 호호호."

여자 C - "맞아, 그러시는지도 몰라."

여자 F - "이번 학기는 남자 누드모델을 그리고, 다음 학기엔 춘화(春畵) 공부하는 건 어때요? 호호."

여자 B - "춘화요? 남녀 모델을 같이요? 호호."

여자 F - "그럼 우리 P교수님은 춘화 교실의 '음란서생'이 되시겠네. 호호호."

참, 여자들이란! 이러니, 남녀가 어울려 세상을 함께 살 수 있는 모양이다. 몇 주 전에 워낙 김홍도와 신윤복의 춘화 이야기로 시끄러웠던 까닭에 별로 새롭지도 않은 말들이었지만, 이렇게 다들 이젤 앞에 앉은 채 손은 붓놀림으로 바쁘면서도 입은 어느 방향으로 튈지 가늠조차 할 수 없는 대화가 매주 이어졌다.

꽃밭 호랑나비의 모습, 이젠 조금 이해가 될까?

('대통령의 여인', 수필집, 2009년 6월, 북콘서트, 발췌)

34. IT수필가로 변신, 중국의 명소 우루무치·곤명·중전·성도를 찾아

2008년 9월, 친구가 미대 교수로 있는 경기대 평생교육원에서 유화반에 등록하면서부터 난 바빠졌다. 월요일 아침부터 교수회의 대신 그림교실로 달려가 그림을 그렸다. 세상이 이리도 오색찬란하고 사시사철 아름다웠을 줄이야! 그러나 유화 그림은 생각보다 어려웠다. 스스로의 재능부족을 한탄하기 일쑤였다. 다행스러운 점은 시간이 지나면서 내 스케치 솜씨도 점점 늘어서 눈앞에 펼쳐진 야외의 자연을 표현함에 점차 미묘한 맛과 요령을 깨닫게 된 점이랄까(◀).

유화교실은 15명 남짓, 남자라곤 두 셋, 나머지는 그림에 끼 있는 가정주부들이었다. 그들과의 분위기는 화기애애했다. 화가 친구의 교수법도 독특해서 교실은 늘 웃음꽃이 피었다. 스케치여행을 함께 하노라니 쉽게 친해질 수 있어 좋았다. 누드 그림시간도(▶누드 그림시간을 내가 스케치 해 본 것), 학기 초와 말의 회식시간도 즐겁고, 인사동을 나들이 해 맥주 한잔을 기울이는 시간도 좋았다. 연홍화우회 원로 분들과 교류하면서는 노후를 위한 취미가 얼마나 중요한지도 새삼 깨달았다.

그림공부 한 학기를 마친 2009년 1월 겨울방학, 난 갑자기 수필을 썼다. 아줌마들과의 그림 공부시간을 글로 표현하다가, 하나 둘 더 써 내려갔는데 내 인생의 여자 이야기들 30여 편이 모아지면서 불과 한 달 만에 책 한권이 되었다. 6월에 출간한 수필집의 제목은 '대통령의 여인', 책 표지엔 루마니아에서의 내 첫 스케치를 넣었다. 전자신문사의 금기현 사장이 출판은 물론 신문에 전면광고까지(◀) 여러 차례 내 주는 등 여러모로 배려해 주었다. 책 속에서 대통령의 여인으로 묘사된 아내가 가장 좋아했다.

그런데 책 출간을 2주 앞둔 5월 29일 노무현 대통령이 사망하는 참사가 벌어졌다. 그 날은 토요일, 한양대학교 경영대학원 강의를 하고 있는데 아내로부터 비보를 담은 핸드폰 문자가 왔다. 얼마나 충격적이었는지! 사실 수필집을 들고 찾아가 뵈려 했건만! 결국 며칠 후 난 아내와 봉하마을로 내려가 참배하며 고인의 명복을 빌었다(▶ 뒷 산 앞쪽이 부엉이 바위).

그리고 여름방학이 되자 난 중국 북서부의 우루무치로 가는 스케치여행에 동참했다. 중국의 실크로드다. 2011년도엔 남부 운남성의 곤명·중전으로의 여행도 따라갔다. 그 전, 2007년도 중국 서부 사천성 '삼국지'의 성도지역도 갔는데 그 중국 명소들을 여행한 기록도 여기 함께 소개한다.

34-1 천산천지(天山天地)

굵은 펜을 사용하고 배들을 너무 크게 그리는 등, 지금 보니 참 서툴게 그린 그림이다^^

우루무치(투쟁이란 뜻이라고)는 중국 북서부의 신장웨이우얼 자치구의 산업도시로, 위그르족이 사는 곳이다. 겉으로 봐도 동양인 아닌, 이목구비가 뚜렷한 서양인의 모습들이다. 서쪽은 카자흐스탄 등의 중앙아시아, 중국에서 보면 유럽과 왕래하는 실크로드 지역이다. 티베트처럼 중국정부와 마찰이 일어나기도 하는데 우리가 방문할 때도 그런 중국인–위그르족 간의 마찰이 불거져 나와 도시 전체가 요동을 쳤다. 우린 일박 후 우루무치를 떠나 동쪽으로 관광과 스케치 길에 나섰기에 사고지역은 피했지만 과연 며칠 후 다시 우루무치에서 귀국비행기를 탈 수 있을까 조금은 불안했다.

▲ 2009년 7월 우리가 처음 들린 곳은 천산천지, 해발 2000m 지점에 위치한 빙적호였다. 반달 모양의 이 호수 뒤편으로는 만년설로 덮힌 산들이 보였다. 여름에는 피서지로, 겨울에는 스케이트장으로 알려진 곳이란다.

그리고 찾아 간 곳이 투루판. 텐산산맥의 동부의 분지 지역인데, 사막의 오아시스 같은 지형으로 산에서 물을 끌어들여 포도밭으로까지 만들어 유명해졌단다. (▶그림)

34-2 **양관고성**

돈황에서 70km 쯤 떨어진 양관고성은(▼) 실크로드의 출발지로 알려진 곳이다. 한나라의 무제가 군사적 요충지로 삼았던 곳이 양관고성이며, 한번 들어가면 나올 수 없는 곳이란 의미의 타클라마칸 사막, 그 남쪽으로 가는 출발점이기도 한다.

◀ 이곳으로 오는 길에 흙으로 지어진 고대의 교하고성과 불교의 힘을 실감하게 하는 화염산 천불동도 있었다... 대단한 유적지들!

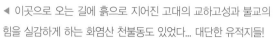

34-3 **돈황의 명사산**

◀ 돈황시에서 아주 가까운 명사산에선 사막을 음미해 본 곳으로, 낙타도 타고 (제일 앞에 보이는 말 탄 이가 나). 모래 썰매를 타기도 했다.

◀ 명사산 입구 단체사진.. 중앙에 빨간 목도리의 아줌마들에게 인기 짱인 남자가 인솔 교수님인 내 친구다. 누가 내게 노란 마후라를 빌려줬지?

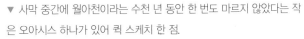

▼ 사막 중간에 월아천이라는 수천 년 동안 한 번도 마르지 않았다는 작은 오아시스 하나가 있어 퀵 스케치 한 점.

34-4 **파리쿤 초원**

사막지대지만 산도 있고 들도 있고 물도 흐른다. 하밀로 가는 길에 당상구 개울에 발도 적셔보고 파리쿤 초원에 들렸다. 꽤 이름 있는 초원이라나. 근데 왜 굳이 여길 데려왔는지 느낌은 별로였지만 열심히 스케치는 했다. 위 그림에 소 몇 마리를 넣는게 어려워 화가 친구에게 도와달랬더니 슥슥 그 자리에서 까만 소를 세 마리씩이나^^ 역시 프로는 달라~!

▶ 후에 남강 초원에서 양 떼보며 들판에 쉬다가 말도 타보고 그림도 그렸던 듯.

▼ 들판의 한 천막 앞에서 낡은 의자 쿠션에 비스듬이 기대앉아 그림을 그리고 있는데 누군가 찰칵한 후 이 사진을 보내줬는데 누구였드라~

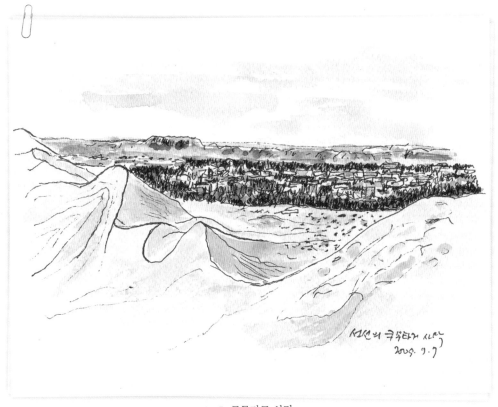

34-5 **쿠무타크 사막**

▼ 짐차에 태워져 저 모래산 위에 버려졌는데 산 건너를 바라다보니 까마득한 사막일 뿐! 이런 곳을 통과해가며 실크로드를 개척한 중국인들.. 어찌 버틸 수 있었을까. 난 그냥 이유 없이 달려 내려가 두 팔 벌리고 소리 질러 보았다.

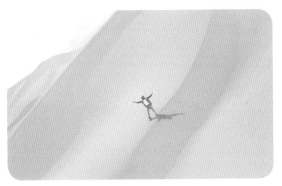

▼ 스님들은 여기서 어찌 수도를 했지? 절벽에 굴을 파고 도를 닦는다... 막고굴도 대단한 볼 거리였다.

34-6 곤명 시내 풍경

2009년 7월의 여름방학을 맞은 우루무치 스케치여행 후. 2011년 겨울엔 중국 운남성 곤명으로 떠났다. 사시사철 봄날씨인 중국의 남부지역이다. 곤명에 도착해 하룻밤을 보낸 후 이른 아침 호텔 창밖으로 보이는 곤명 시내를 그려보았다. 일정은 곤명 지역과 석림 그리고 비행기를 타고 중전으로 이동하는 것이었는데 우리가 갔을 땐 어찌나 추운지 혼났던 기억도 있다.

34-7 여강 옥룡설산

옥룡설산.. 버스에서 내리기도 전에 멀리 보이는 이 산을 보면 와~ 하는 감탄사가 튀어나온다. 중국 서부 가장 남단에 위치한 고산으로, 산에 쌓인 눈이 마치 한 마리의 은빛 용과 비슷하다 하여 붙여진 이름이란. 이번 여행의 하이라이트였다. 케이블카를 타고 올라가니 넓은 평야. 운삼평이 나왔다. 근처의 여강고성과 야외에서 펼쳐지는 인상여강(印象 □江)쇼도 볼만^^

◀ 옥룡설산 앞에서 운삼평으로 오르기 위해 기다리던 중

▼ 상류의 협곡 호도협과 맥이 닿는데. 좋은 트래킹코스이기도 하다.

34-8 **여강의 석림**

◀ 곤명시에서 120km 정도 떨어져 있는 관광지로서, 수천 수만 개의 기암괴석들이 돌기둥 모양으로 우뚝 솟아 숲을 이루고 있어 정말 신기했다. 2억 7천만 년 전 바다였던 이 일대에서 일어난 지각 변동으로 형성되었다는데, 말 그대로 石林이다.

▼ 동행한 동창 친구들과도 기념사진 한 장

34-9 샹그릴라

원래는 지명이 중전이었으나 2001년 샹그릴라라고 개명하였는데 티베트어로 '마음 속의 해와 달' 이란다. 사실 큰 기대를 하고 갔건만 라싸의 포탈라 성을 흉내 낸 초라한 모습이어서 크게 실망했었다.

◀ 그날 날씨는 왜 그리 추웠을꼬! 공항에서 급히 잠바를 사 입고도 벌벌 떠는 상황이었으니 말이다.

◀▼ 그래도 이왕 왔으니 구경은 하고 그림은 그리고 사진도 찍어야지~

34-10 **중국의 성도**

중국 사천(쓰촨)성의 성도(청두)는 2007년 6월 티베트 방문 시에 들렸던 곳이다. 삼국지 촉나라의 수도여서 유비 · 관우 · 장비 관운장을 신처럼 모셔서 신기했다. 하기야 도교는 세상 모든 것이 신이라니까 뭐~

◀ 유람선을 타고 본 낙산대불.. 발가락 위에만 사람 열 명까지도 올라간다니 크기가 짐작되리라. 높이 70m, 세계 최대의 석각대불이라는데 당나라 때 90년에 걸쳐 절벽을 깎아 저렇게 불상을 만들었단다.

▼ 관우를 모신 곳이라해서 들어가 보았는데 ....

자문교수가 벌린 촌극,
그리고 우리나라 대기업들

IT교수로서 기업자문은 자주 있는 일이다. 나도 4~50대 땐 참 많은 기업들을 드나들었다. 물론 청바지 차림이었다. 교수로서의 권위보다는 '난 교수니까!'라는 생각이었는데 아마도 찡그림 절반 부러움 절반이었을게다.

IT 황무지였던 30대 젊은 시절엔 주로 자문보다는 교육이 목적이었다가 40대 때부터는 본격적인 IT기업들을 대상으로 하는 기술자문이나 공기업 대상 정보화전략 자문으로 바빴다. IT기업들 자문은 연구프로젝트로 이어져 애들에게 유학자금을 보내줘야 했던 나로서는 큰 도움이 되기도 했다.

공기업들이라면 한국통신의(現 KT) 공공 DB구축 자문, 한국전력과 한국토지공사(現 LH공사의 정보화 자문 등을 꼽을 수 있는데, 나는 같은 IT전문가의 '갑'보다는 고생하는 '을'의 입장을 더 생각해 이상한 촌극이 벌어지기도 했다.

사례 하나! 1996년부터 98년까지 자문한 한국토지공사는 정보화전략계획수립(ISP)와 경영혁신(BPR)은 미국의 KPMG가, 방대한 통합시스템구축은 쌍용정보통신이 맡고 있었는데, 회의에 참석해 보면 보수적인 공기업이 IT기업들을 하청업체 다루듯이 막무가내로 밀어붙이며 인신공격까지도 마다않는 보기 역겨운 상황이 벌어지곤 했다. 그래서 어느 날 아침 갑-을 모두가 모인 자리에서 난 참다못해 한 마디 하겠다 해 놓구선, "용역업체의 무능도 문제겠으나, 발주기업의 무지가 프로젝트를 실패시킬 가능성을 키우고 있어 보여 정말 한심스럽다"고 뱉고 말았다. '갑'의 정보화처장 얼굴이 일그러지는 걸 보면서 좀 미안하긴 했지만 어쩌랴! 자문교수가 할 말 하는데! 결국 이 사건은 쌍용의 구학태 이사와는 절친, KPMG의 최승억 당시 팀장과는 호형호제 사이로 발전했다. 지금까지도!

자문을 한 IT기업으로는 포철그룹의 포스데이타, LG-CNS, 삼성SDS, 현대기아차 등이고 쌍용정보통신은 사외이사로 일하기도 했다. 재미있는 점은 그룹의 성격에 따라 임원들이 달리 보인다는 사실이었다. 포철은 우직함, LG는 따뜻함, 삼성은 냉철함, 현대는 투박함, 쌍용은 완고함이 두드러진다랄까. 그 당시의 분들, 유병창·오해진·김홍기·염정태 사장님들.. 내게 잘 해 주었던 분들인데 정년퇴임한 후 잘들 계시리라 믿는다.

이제보니 KBS, 한국예탁결제원 같은 공기업들과 CJ그룹도 스쳐 지나갔고, 퀄컴과 SAP코리아 같은 외국 IT기업들도 있었다. 2001년도엔 SAP코리아의 최승억 당시 대표와 너무 친한 나머지 단 둘이서 회사 돈으로 동남아 크루즈 여행도 갔다. 싱가포르까진 날아가 그곳에서 크루즈로 태국 파타야와 말레이지아 랑카위 해변을 도는 호화 여행이었다. 배의 가라오케는 우리가 점령했으니 이런 자문역이 또 어디 있겠는가.

지금은? 일단 이 스케치북과 '미래경영학' 책을 마쳐야겠다. 그리고 사실, 지금 난 그림 그리고 놀러 다니느라 학교 강의조차 버거울 정도로 너무 바쁘다!^^

(▲좌측은 자문교수로 일한 적이 있는 대기업 로고들)

또 한 번 느끼고 싶은 신선한 충격

IT 덕분에 온 국민이 신바람 나던 시절이 있었다. 초고속인터넷 보급률 세계 1위의 위상에, 벤처 열풍이 뜨겁고 휴대폰과 컴퓨터 수출이 급상승하던 때 말이다. 러시아나 남미는 물론, 히말라야 산골까지 즐비한 '메이드-인-코리아' 전자 제품을 보며 '한국 사람들 정말 지독해.'하면서도 내심 흐뭇했던 그때, IT코리아의 성공요인을 묻는 해외정부기관의 문의로 나가까지 덩달아 바빴던 그때가 불과 5~6년 전이다. 근데 요즘은 아니다. 희소식이 없다. 천안함 침몰, 4대 강 개발, 세종시 논란, 방송사 파업, 좌파 논쟁, 검찰 스폰서, 교육계 비리, 지방선거 분란과 같은 정치사회적 이슈는 그렇다고 치자. 귀에 들리는 건, 온통 애플과 구글이라는 이름들 뿐이요, 우리나라의 IT경쟁력 추락소식이다. IT강국은 진정 허상이었던가.

왜일까. 어디엔가 이유가 있을 것이다. 정보통신부 해체가 그 이유인가. 글쎄다. 성급한 정부조직개편을 되돌리기도 어렵지만 어찌 2년이 지난 지금까지 '죽은 자식 ○○ 만지며' 한탄만 하랴. IPTV와 DMB와 와이브로 활성화에 늑장 대응한 결과도 아니리라. 따지고 보면 어차피 폭발력 강한 서비스들은 아니지 않았던가. 통신사업자들의 안일한 사고나, 차세대 스마트폰에 대한 제조업계의 실책만으로도 설명되지 않는다. 쯧쯧 한국인의 몸 안엔 IT유전자가 흐른다고 자랑했거늘!

정말 왜일까. 난 그 이유를 억압된 창조문화, 폐쇄된 관료주의, 그리고 미래비전의 부재에서 찾는다. 미국의 강연장을 활보하는 청바지 차림의 벨 게이츠나 까만 티셔츠의 스티브 잡스와 견줄만한 한국인이 도무지 연상되지 않는다. 대중강연은커녕 오히려 언론을 꺼리는 재벌 총수나 아직도 규제의 힘에 의지하는 듯한 관료의 모습에서 아이폰 충격의 해법이 그려질 리 만무하다.

비록 거품은 있었으되 뜨거웠던 IT벤처 창업시대를 다시 맞고 싶다. 자발적 창조문화가 뿌리내리지 않아 젊은 영웅들이 날지 못하면 IT강국은 사라진 꿈에 불과하리라. 한때 비난을 받긴 했지만 청와대 인터넷게시판 글에 댓글 붙이며 즐기던 탈권위주의적이고 개방적인 대통령도 새삼 그립다. IT관점에선, 스마트폰을 즐기고 트위터로 소통하는 보수 아닌 진보 사상의 대통령을 빨리 보고 싶다. 제발 비인기학과로 전락한 컴퓨터공학과에 학생들이 다시 몰리는 정책을 펼쳐 젊은 두뇌들이 미래를 선도해주길 소망한다.

며칠 전, 청와대 IT특보가 10년 후의 국가 미래설계에 대한 의견을 나누고 싶다는 연락을 해 왔다. 이젠 나 역시 최근 손자까지 본 할아버지 주제인데 무슨 미래를 논할 자격이 있겠는가. 혹시, 대통령의 손에 최신 스마트폰부터 우선 쥐어드리라고 건의하면 어떨까. 글쎄다. 아무쪼록 또 다른 젊은 '김연아'와 '비'들이 세계에서 가장 영향력 있는 IT인물 100인에 뽑혔다는 또 한 번의 신선한 충격을 온 국민이 느끼도록 만들어 달라고만 부탁할까 싶다.

(전자신문, 2010년 5월 13일)

35. 실패한 IT영화제작자가 본
사무라이들의 나라, 일본

나는 자칭 자유인이다. 그러나 그래도 그렇지, IT교수가 영화라니! 이제야
밝히는 것이지만 지난 1999년, 난 갑자기 영화제작의 길로 뛰어들었던 적이
있다. 살던 집을 대대적으로 리모델링하고 미국에 있던 아내와 딸들이 귀국
한 직후였다. 영화 제목은 '프로젝트 비너스', 한국의 최신 군사기술을 일본이
동남아시아계의 산업스파이를 고용해 빼내가는 과정에서 첨단 IT기술들이
등장하는 한국판 007 영화다. 난 '정보는 국력이다', '미래의 IT기술은 이렇
다'는 점을 계몽한다는 명분으로, 충무로에 영화사를 설립하고 기획제작자를
자임했다. (▶사진은 영화 '비너스' 촬영현장에서의 내 모습)

그러나 홍콩 유명 여배우 오천련 등이 동참, 한ㆍ중ㆍ일 합작으
로 동시개봉이 목표였던 이 영화는 홍콩 펀드사와의 마찰로 80%
까지 촬영을 마치고도 제작 중단사태를 맞았다. 감독과 이견이 컸
던 나도 손을 털고 빠져나왔는데, 지금 생각하면 아쉬움이 크다. 제
2의 대박 '쉬리'가 될 수 있었건만! (◀ 왼편 사진은 리모델링을 마친
우리 집에서 찍은 영화의 한 장면… 총을 들고 있는 손병호씨의 모습이
보인다. 나중에 유명배우가 된 하지원도 작은 역이라도 맡겨달라고 영화사로 찾아왔었는데^^)

왜 우리나라와 일본은 숙적이 되었을까. 왜 사무라이들은 조선을 그리도 끈질기게 괴롭혔을까. 왜 일본 보수
우파들은 지금도 신사참배를 강행할까. 왜 세월이 흐른 후에도 우린 한일전 축구 때면 광분하게 되는 것일까.
그래서 나까지도 일본을 영화 속의 적으로 삼는데 통쾌해 했을까. 일본! 정말 가깝지만 먼 나라다.

2009년 7월, 난 바로 그 나라에 갔다. 목적은 소프트웨어 측정 학술대회였는데 아내가 동행했다. 몇 번째인
지는 몰라도 일본은 갈 때마다 느낌이 달랐다. 1984년 첫 출장 때 (▶우측 사진
이 금성반도체 이장규 이사와의 첫 방문 때의 모습), 난 일본인들의 몸에 밴 예의와
친절에 깜짝 놀랐었다. 1985년 캐논社의 사장과의 단 둘만의 오찬도 잊을 수
가 없다. 난 그 때 30대 초반 피라미였거늘 어찌나 다정다감하던지! 2000년도
에 후지쯔 초청으로 관광과 견학을 겸한 여행에서는 그들의 기술력에 또 한 번
놀랐고, 2004년의 전자정부(e-Diplomacy구현 목적) 사업 관련 주일 대사관 방
문 출장 때는 그들의 전통 문화와 관습에, 그리고 소박한 삶이 신기했었다고 기
억된다. 그런 일본 방문기를 모아 정리해 본다.

35-1 **동경 다리**

가장 마지막으로 일본을 찾은 것은 2009년 7월이었다. 한국정보화측정연구원장 자격으로 국내 전문가들과 함께 일본에서 개최된 소프트웨어 메트릭스(software metrics) 학술대회에서 대한민국 사례를 발표함이 주된 목적이었다. 니시야마 JFPUG 회장이 특별히 우리를 위해 만찬도 베풀어주고 (▼ 오른쪽 아래 사진) 일본 기업들을 시찰하게 해 주기도 했다.

◀ 그러나 이 출장에 아내가 동행하겠다는 바람에 목적이 동경 관광으로 바뀌고, 마침 일본 공사로 나가있던 외교관 친구 이대희 부부와 함께 이곳저곳을 쏘다니는 상황이 되어버렸다.
친구 부부가 사무실 근무조차 대충, 많은 수고를 해 주었다.

35-2 동경시내

▶ 사실 첫 일본 방문은 내 나이 갓 서른, 1984년 여름이었다.

첫 느낌은 충격적이었다. 우수한 제품, 몸에 베인 친절함, 깨끗한 거리, 예쁜 말씨와 서비스… 역시 선진국… 당시는 한국과는 정말 대조적이었다. 그러나 한국도 눈부시게 발전하게 되었고, 그 후 일본은 자주 가 봤지만 새로움을 느끼진 못했다.

2004년 출장 땐 당시 동아일보 동경지사장이던 前 김충식 방통위원과 술 한 잔 걸쳤던 기억도 난다.

▼ 아내도 딸애와 일본을 다녀오기도 했고.

35-3 일본 황궁

대한민국 침략을 명령했던 곳? 또 1945년 미국에게 항복을 했던 분이 사는 곳? 일본 천황은 무슨 재미로 살까?

수 차례 일본 방문 중 또 한 번의 기억나는 점은 외교부의 d-diplomacy 정책 수립을 위해 전자정부위원 자격으로 주 일본대사관을 찾았을 때이다.

▼ 새천년민주당 총재권한대행 시절 안면을 맺었던 조세형 당시 주일대사가 반갑게 맞이해 주었던 듯.

◀ 물론 일행들과 시내 관광을 하기도 했지만.

35-4 후지산과 하꼬네의 녹차밭

이제 기억하니 더 감명 깊었던 일본 출장이 있었다. 1998년 5월 한국정보산업연합회가 주관한, 한국후지쯔 초청 일본 시찰단에 동참해서 당시는 우리보다 훨씬 우월했던 일본 IT기술을 살피고, 후지쭈 본사가 마련한 다양한 관광 프로그램에 참석한 여행이었다. 당시는 인터넷이 아직 새롭던 시절, 후지쭈가 'Every on the Internet'을 구호로 삼고 일하던 모습이 기억에 생생하다.

이 여행에서 하꼬네 지역도 관광하며 일본 시골마을을 거닐기도 하고 후지산도 처음 보았던 듯.
이제 생각하니 안경수 당시 한국 대표의 유창한 일본어가 부럽던 기억도. (나중에 일본 본사 사장을 역임한 이 분도 사실 한국 IT계의 원로, 내 1984년 귀국 당시 이미 대우의 컴퓨터 담당 이사로 맹활약하던 인물... 지금은 노루페인트 회장?)

▼ 1998년 후지산을 배경으로
◀ 하꼬네는 온천으로 유명.. 아내는 따로 들렸던 듯

사실 일본인도 착한 민족...소설 '대망'에서 깨달았듯이 결국 왕과 사무라이들이 문제!

IT상, 나는 왜 못 받나?

남들은 곧잘 상을 받건만 난 상복은 없나보다. 각종 임명장들은 처치 곤란할 정도이고 감사패들도 즐비한데 난 상을 받은 기억이 별로 없다. 어린 시절의 우등상이나 백일장 · 사생대회 특선 수상 같은 종이 부스러기들은 많지만 진짜 상은 수상한 기억이 별로 없다.

표창장들은 두어 개 된다. 1998년의 정통부장관 표창장, 2001년도의 대통령 표창장 정도다. 거의 유일하게 받은 상이라곤 SI학회가 준 'SI연구 상'인데, 뭐 심사해서 준 것도 아니고 학회장이 그냥 배려 차원에서 준 것이니 고맙게 받았을 뿐이었다. 남들은 무슨 국가훈장도 잘도 받더구만 내겐 연락조차 없으니... 나도 하나 달랄 수도 없고.. 참!

대략 40년을 이 바닥에서 이런 저런 일로 고생했고 나름대로 기여한 바도 있었는데, 나와 비슷한 업적으로 훈장을 받은 사람들은 무슨 연유일까. 아니, 수상자를 선정하는 심사위원은 자주 맡으면서 기실 난 못 받았던 이유는 뭘까. 상복만큼은 없노라고 자위해야하나.

사실은 훈장보다도 받고 싶은 상이 있긴 했다. 그래서 1990년대 언젠가 응모를 한 적도 있다. 다름 아닌 정보문화상이었다. 정보문화교육상에 응모하느라 수백 쪽의 업적자료를 만드느라 고생도 좀 했다. 교육상이나 기술상보다는 내심 정보문화대상까지 노렸는데 모든 게 낭패였다. 내가 심사를 할 땐 내 업적 정도면 가능하리라 확신했는데 내 착각이었던가 보다. 대상의 부상으로 주어지는 해외여행을 어디로 갈까 김칫국만 마셨던 셈이다. 하하

한국CIO상도 은근히 욕심내긴 마찬가지였다. CIO들을 위한 저서나 강연이나 자문을 할 만큼 했고, 특히 상을 수여하는 단체의 대표간사로서 많은 이들에게 상을 주어왔으니, 누군가 내게 직접 받을 자격이 있으니 서류라도 제출해보라고 할 수도 있었으련만 그 대표간사직을 그만 둔 지 10년이 넘었는데도 전화 한 통화조차 없다.

사랑하는 후배 윤영민 교수는 김대중 대통령시절 전자정부위원 2년 만에 홍조근정훈장을 받았다고 자랑하더구만, 난 참여정부 시절, 같은 위원직을 3년 동안이나 맡았음에도 그 누구도 말이 없었다. 세상은 왜 이리도 불공평한가. 정년퇴임할 때 나눠주는 상 말고는 이젠 앞으로는 더욱 받을 기회가 없을테니 그냥 포기할 수밖에. 하하.

사실 무슨무슨 훈장이건 무슨무슨 금자탑 상이건 그게 뭐 대수랴. 그냥 해 보는 소리일 뿐이고.. 그러나 난 진짜 상다운 상을 받은 사람 한 명을 안다. 다름 아닌 12년 개근상을 받았다는 내 아내다. 난 단 한 번도 못받아봤던 상! 대단하다. 어찌 12년 씩이나 단 하루도 결석이 없이 학교를 다녔을꼬! 세상에 훈장 받은 사람들은 많겠지만 12년 개근상을 수상한 사람들은 과연 몇 명이나 될까. '그런 여자를 아내로 맞은 내가 진정한 수상자가 아니겠는가'라며 자위해 본다.

▲ 현대인의 필수품이 된 스마트폰

독도를 양보해?

봄이다. 꽃샘추위가 가시니 봄기운이 완연하다. 우리 집 작은 정원에도 봄이 꿈틀거린다. 겨울잠을 잤던 화초들이 연두색 싹을 조심스레 땅위로 내밀고, 라일락 나무에도 새순이 돋기 시작했다. 20년째 같은 곳에서 보는 장면이지만 또 새롭다. 아, 자연의 신비로움이여!

봄과 함께 반가운 손님이 온단다. 미국에 사는 아들이 일시 귀국한다는 봄소식이다. 3년만의 인사 겸 어린애 돌잔치를 겸해서라는데 손자를 안아보면 나도 할아버지가 되었음을 어쩔 수없이 인정하게 될까. 대단하다. 씨한 방울로 새 생명을 연이어 만들며 인류를 번창시키고 넓은 태평양까지도 쉽게 넘나드는 인간의 위대함이라니! 위대한 인간은 신비한 자연을 얼마나 알까. 게놈 프로젝트로 생명의 비밀을 이해하고 인공위성으로 지구를 샅샅이 탐지하는 인간 아닌가.

그러나 최근 일본의 대지진 관련 뉴스를 연일 접하면서 '아직 한참 멀었다'는 생각이 들었다. 첨단과학의 일본이 오랜 시간 땅과 바다가 보냈을법한 신호를 감지하지 못하고 그 많은 쓰나미 희생자를 내다니 말이다. 인간이 이룩한 과학의 경지? 글쎄다. 지금 세계적 관심사가 된 원전사고의 위험도 인간의 과욕 때문임에 분명하다. 과학을 빙자하여 스스로 무덤을 파 온 인간이라니! 환경오염도 모자라 지구를 수십 번 파괴할 핵폭탄을 만든 인류는 시간문제일 뿐 결국 자멸하게 되리라고 누가 말했던가.

그러나 어디 원전뿐이랴. 사실 IT시스템들도 원전과 다를 바 없다. 폭발하면 대 재앙이 온다. 국방과 금융과 통신시스템의 마비는 상상만으로도 끔찍하다. 민간 시스템들 내의 카페와 블로그만 막혀도 대 혼란이 예상된다. 만약 개인들의 이메일 정보라도 유출된다면 방사능 유출보다 훨씬 더 치명적이리라. 이 경우, 안전거리도 없다. 폭발하면 뿌릴 냉각수도 모른다. 바이러스 백신 정도로 어찌 지진 참사를 막겠는가. IT 원전들은 과연 얼마나 안전할까. 혹시 어디에선가 보내오는 위험신호를 듣지 못하고 있는 것은 아닐까. 기술편의주의에 눈이 어두워 밀려오는 쓰나미도 안 보인다면 큰일인데 말이다. 안전과 보안! 우리, 진도 10.0의 IT지진에 미리 대비해야 하지 않을까.

한편 일본 뉴스를 접하는 반응이 흥미롭다. '안타깝다'는 물론, '하나님의 뜻'이라는 해석까지 다양하다. 그러나 나는 다르다. 난 늘 '얄밉던' 일본에 대해 고맙다는 생각을 처음으로 했다. 자연의 섭리를 깨닫게 해줘 고맙고, 과학기술의 한계를 가르쳐줘 고맙고, 미움을 동정과 사랑으로 바꿔줘 고맙고, 무엇보다도 환태평양 지진대의 한반도 방패막이 역할을 해줘 고마웠다. 너무 고마워서 오죽했으면 '독도를 양보해?'라는 생각까지 스쳐지나갔을까.

화사한 봄이건만 일본은 아직 춥다. 이웃인 우리도 마음이 따뜻하진 못하다. 아무쪼록 사태가 잘 복구되고 일본도 꽃향기가 흐르는 봄을 맞이하면 좋겠다. 희생자들의 명복을 빈다.

(전자신문 2011년 3월 23일)

36. 고려인이 많이 사는 중앙아시아의 우즈베키스탄과 카자흐스탄

중앙아시아에서의 스케치 소개를 하기 전에 시간을 잠시 돌이켜 보면... 2007년 5월엔 두번 째 패밀리 리유니온이 목포에서 있었고, 2008년 10월엔, 미국 존스홉킨스 대학원을 마친 아들 대일이가 작장을 구하고 첫 월급을 받았다고 감사패를 보내왔다. 제목은 '첫 열매', 내용은 "사랑으로 심으신 작은 겨자씨 한 알이 큰 나무가 되어 열매를 맺었습니다.. 은혜 감사드립니다..." 라고 씌여 있었다. 2009년엔 미국 일리노이 주립대에서 공부하던 막내 정실이가 3년 만에 졸업을 하고 귀국해서 LG그룹의 HS-Ad(前 LG-Ad)에 취직해 들어갔다. 드디어 학비 걱정에서 벗어난 나는 안도의 한 숨을 쉬었다. 아~ 이제 살았다!

그리고 2010년 4월 10일, 난 당혹스럽게도 할아버지가 되었다. 아들 대일이가 애를 낳은 것이다. 이름은 해건, 좀 특이한 이름인데.. 암튼 만 55세의 나이에 손자를 보다니! 아내가 미리 아들 내외를 도와줄 겸 미국에 가 있다가 소식을 전해왔는데 갓 난 아이를 안고 찍은 사진(▲)을 보내와도 도무지 실감이 나지 않았다. 그러나 4개월 후엔 나도 대일이가 미국에서 작은 아파트를 산다길래 도움을 주며 축하해 줬다.(▶새 집 앞에서)

그 해 10월 23일엔 조촐하게 외갓집 식구들을 모시고 어머님의 팔순잔치를 베풀어 드렸다.

아무튼 내가 할아버지가 되기 며칠 전인 2010년 4월 4일, 난 KAL기장 친구와 우즈베키스탄의 로보트김을 찾아 떠났다. 어차피 2010년도 봄은 안식 학기였다. 로버트김은 우리가 각자 우즈베키스탄을 갈 때마다 가이드 신세를 졌던 고려인인데 처음으로 함께 만나 시간을 함께 하기로 한 것이다. 실크로드를 찾아 사마르칸트 옛 도시 등을 돌며 절친과 함께 지내노라니 이리도 행복할 수가!(◀)

사실 난 우즈베키스탄도 자주 간 편이다. 처음 간 건 2001년도 대학원생들과 봉사 목적이었지만(그 땐 최승억 당시 SAP코리아 대표도 개인적으로 합류했었다) 그 후론 2002년 (고향친구 제일제강 최준석 회장과), 2004년 (부총리와 회담 목적 출장) 등, 이유도 다양했다. 그 때의 기억들과 2005년 5월의 카자흐스탄 방문을 함께 기록한다.

36-1 마르카지 호텔에서 내다 본 타쉬켄트 시내

한반도 크기의 2배, 인구 2800만 명인 우즈베키스탄은 사실 정말 보잘 것 없는 나라다. 카리모프 대통령이 철권통치를 하는 독재국가이고 경제 도 천연자원이 풍부한 이웃 카자흐스탄과 달리 엉망이다. 바다도 인접하 지 않고 날씨도 고온건조한 사막성 기후다. 여자들이 예쁘다지만 좀 반 반하면 이젠 다 카자흐스탄이나 모스크바로 떠난단다. 경제가 어려우니 우리나라 교민들도 생활이 어려운 편이다.

이 나라의 특색은 내겐 두 가지! 하나는 실크로드의 문화를 간직한 옛 유적들이 많다는 것이요, 두 번째는 1937년 소련 스탈린의 소수민족 분산정책에 따라 화물열차에 실려 강제 이주된 17만 명 서글픈 한민족의 후예들이 고려인이라는 이름으로 살고 있다는 점이다. (현재의 고려인 수는 우즈베키스탄에 20만 명, 카자흐스탄에 10만 명이라고)

이곳으로의 첫 방문은 2001년 여름. 대학원생 두 명과 함께 정보문화진흥원 의 인터넷 봉사단의 일원으로 우즈베키스탄의 한국교육원에서 젊은이들을 대 상으로 컴퓨터교육을 시키고자 함이었다. 난 그 때 로버트김을 처음 만났다.(▲ 사진 뒷줄 왼쪽에서 네번째) 어눌한 한국말. 그러나 정겨운 고려인이다. 나는 그가 경영하고 있던 PC방에 준비해 간 프린터를 기증했다.(▶ 사진은 당시 함 께 동행해 준 SAP코리아의 최승억 사장과 야시장에서 찍었던 듯)

36-2 **사마르칸트로 가는 길**

사마르칸트는 실크로드의 교역도시로 가장 번창했던 곳이다. 11세기에는 티무르 왕조의 수도였고, 레기스칸 광장의 울르그베그 마드라사 이슬람 신학교, 샤히 진다 영묘, 바비하눔 모스크 등 유적들이 많다. 사마르칸트에서 한두 시간 더 가면 역시 유적이 많은 부하라... 거긴 포기했었다.

타쉬켄트에서 사마르칸트로 가는 날은 무척 더웠는데 고기만두 간식을 먹으며 편도 서너 시간의 봉고차 여행을 즐겼던 것 같다. 당연히 스케치북은 필수품이었다.

◀ 레기스칸 광장에서... 동갑내기인 로보트김도 물론 함께였고^^

▼ 아래는 그 이튿날 올랐던 침간산에서... 운치 있다!

36-3 **로보트김의 식당 앞 마을 분위기**

2010년에 로보트김은 고려인식당을 경영하고 있었다. 참 여러가지로 열심이다. 국수 맛이 가히 일품이어서 날마다 먹었다. 거기서 탁구도 치고 그림도 그리고~ 지금은 KT전무 출신 서상원 후배도 우즈백 항공의 CIO로 나가 있다는데.. 또 가고프다.

2004년 2월 공직 시절 한–우즈백 IT협력방안을 논의하러 갔을 때는 아리모프 정보통신 부총리를 만났고(◀), 한국 대사관을 방문하여 KOICA사무소장, 한국교육원장 등과 환담도 나누었고 (나중에 외교통상부 장관이 된 당시 김성환 대사는 마침 한국에 잠시 귀국해 있는 상태여서 만나진 못했다. 대신 1등 서기관을 공항에 보내고 일정 수행을 하게 하는 등, 호의에 뒤늦게 감사~) 우즈백의 동방대학교에 들려 한국학 분야의 원로인 김문옥 학장과 우즈베키스탄의 한국 문화에 대한 이야기...

▶ 주 우즈베키스탄 한국대사관 앞에서

36-4 **카자흐스탄의 풍경**

카자흐스탄은 카스피해에서 티베트 접경까지 동서로 길게 뻗은 나라인데. 산유국이 되면서 급속히 잘 살게 되었다. 2005년 5월 아마티를 들린 것은 KIMEP 카작경영경제정책대학교에서의 특별강연이 명분이었으나 내심 이 출장에 합류한 최승억 · 김용석 사장과의 주말 관광이 더 기다려졌었다. 아름다운 추억인데 왜 자꾸 기억이 희미해질까.

▼ 침불락 스키장 앞에서.. 그냥 경치가 죽여준다기에 여기까지 드라이브 나갔었다.

▼ 카작 KIMEP대학의 방찬영 총장과 함께 (자르바이에브 대통령의 경제고문으로 알려진 미국시민권을 가진 미국 대학교수 출신 경제학박사로, 한국 분.. 이 나라에선 대단한 분이시란다... 나중에 이곳 대학 교수 한 명을 KISDI에서 연수를 받게 해 주었다)

IT를 쉽게 이해할 수 있도록 한 장의 그림으로 그리라?

IT는 무엇인가. 과연 어찌 쉽게 이해할 수 있을까. IT를 잘 모르는 후배를 위해 한 장의 그림을 그린다면?

내가 학부 과목의 기말 시험에 즐겨내는 문제다. 다소 황당한 시험문제 같지만 내 나름대로의 이유가 있다. 교실에서 한 학기 내내 디지털시대를 이해하고, 다양한 IT기술을 익히고, 기업 정보화 전략을 공부하고, 인터넷과 통신 문명을 논했는데, 도대체 IT가 뭐냔 말이다. 요약해서 단어 20~40개가 포함된 파워포인트 자료 한 장을 만들어보는 과정에서, 머리 속에 배운 학문과 지식을 정리하노라면 드디어 그 배움이 자신의 것이 되리라 믿기 때문이다.

학생들의 그림들은 흥미롭다. 정답이 없는 문제이니 얼마나 많은 생각들을 했을까. 결과를 떠나, 그 고뇌과정 중에 깨우침이 있었음에 분명하다.

평가는 어찌하느냐고? 물론 대단히 주관적이다. 그러나 난 사실 폭넓은 개념을 체계화시켜 단순하게 표현한 그림이라면 후한 점수를 주곤 했다. 즉, 아래 핵심 용어들을 포용하면서 학문과 기술과 시장과 산업과 미래를 동시에 내다볼 수 있는 그런 그림말이다.

△ 학문 기반 – 컴퓨터공학, 전자공학, 정보사회학, 경영정보학 등
△ 기초 기술 – 컴퓨터, 통신, 인터넷, 정보화기술
△ 기술 추이 – 지능화, 모바일화, 내재화, 집적화, 융합화
△ 시장 전망 – 소셜, 무선, 클라우드, 인텔리전스, 개인화, 유비쿼터스, 글로벌
△ 응용 분야 – 행정, 교육, 의료, 교통, 건설, 문화, 예술 등
△ 미래 전망 – IT + 나노, 바이오, 코그노(cogno,인지)

(▲ 하이패스는 RFID 무선통신기술을 교통에 응용한 상품의 예)

그러나 이게 어디 쉬운 일인가. 그러다보니 아래처럼 다채로운 그림들이 제출되곤 했다. 그래서 채점도 즐겁다.^^

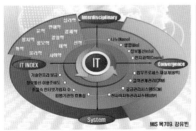

이왕 '그림 한 장' 이야기가 나왔으니 진짜 손으로 그린 그림 한 점을 아래 삽입한다. 이 책의 곳곳에 흩어져 있는 내가 그린 삽화들을 하나로 묶어보았다. 흑백 전화기부터 스마트폰에 이르기까지, 노래방 기계와 하이패스와 IPTV와 웨어러블 안경과 손목시계까지, 그리고 윈도우와 파워포인트와 SNS와 IT · 인터넷 기업들까지 망라해 한 장에 그려본다면 아래와 같을까? 글쎄다 ㅎㅎ

개 짖는 소리

사랑표현이 자연스러운 세상이다. 대로변에서 낯 뜨겁게 포옹하는 젊은이들 뿐 아니라, 손을 꼭 잡고 정 겹게 걷는 노부부들의 모습도 눈에 자주 띈다. 유교문화로 찌들었던 우리사회가 그만큼 개방되었다는 증거이리라. 모두의 생각과 행동이 참 많이 바뀌었다.

불륜도 많아졌단다. 영화나 드라마에서는 형부-처제사이에, 친구의 남편과, 심지어는 엄마의 옛 연인과의 사랑까지도 등장한다. 사랑엔 성역도 없고 금기도 없는 것일까. 내가 하면 로맨스요 남이 하면 불륜이란 말은 옛 말, 요즘은 '남이 알면 불륜이지만 둘 만 알면 사랑'이란다. 즉 모르게만 하면 무조건 사랑이다. "사랑해선 안 될 사람을~"이라고 시작하는 어느 유행가처럼, 지금 이 순간에도 '해서는 안 될 사랑'을 나누는 남녀들이 얼마나 많을까. 아직 간통죄가 존재하거늘, 성매매가 불법단속 대상이거늘 내 작업실 주변만 봐도 러브호텔들과 술집들이 즐비하다. 그 이유가 뭘까. 남자들이 늑대인 까닭일까. 여자들이 여우인 때문일까. 원죄는 누구에게 있을까. 역시 인간은 죄인인가?

언젠가 내가 사는 단독주택의 조그마한 정원에 앉아서도 같은 질문을 한 적이 있다. 봄만 되면, 넓지도 않은 우리 정원엔 어디서 찾아왔는지 나비와 벌들이 참 많이도 날아다닌다. 나비는 어떻게 꽃을 알고 찾아올까. 꽃의 향기는 얼마나 멀리 퍼질까. 꽃과 나비의 만남은 나비가 찾아 온 때문일까, 꽃의 향기 때문일까. 꽃이 있어 나비가 날아왔나, 나비가 있기에 꽃이 불렀나.

이 꽃밭을 가끔씩 망쳐놓곤 하는 우리 집 백구 진도개, '진이'도 마찬가지. 나이 불과 일년도 안 된 이 암캐의 발정 냄새가 얼마나 멀리 퍼지길래 가끔씩 우리 집 대문 앞엔 동네 수캐들이 여러 마리 모여들까. 정말 동구 밖, 10리까지 퍼지나? 누가 누구를 먼저 유혹한 것일까.

개 이야기가 나왔으니, 개 소리 좀 해 볼까?

다행인지 불행인지, 개들이 밖에서 들어올 수 있는 유일한 통로인 우리 집 대문은 밑에 굵은 창살들이 달려있다. 그래서 정말 작은 개들이 아니면 출입불가이므로 우리 진이는 여건 상 짝짓기의 상대는 못 된다. 작은 개들이 들어와본들 등에 앞발을 얹고 뒤에서 공략하는 개 특유의 성 체위가 나오지 않는 까닭이다. 기껏 해 봐야 키 큰 우리 진이 꽁무니에 코를 대고 킁킁대며 쫓아다니는 정도일 뿐이다. 덕분에 정원만 엉망이 되고, 그럴 때면 난 소리를 질러 남의 집 작은 개들을 밖으로 내 몰곤 했을 뿐이다.

근데 어느 하루, 깜짝 놀랄 장면이 목격되었다. 다름 아니라, 현관문을 열고 나오는데 대문 앞에서 진이가 어느 수캐를 등에 태운 채 꼼짝없이 서 있는 게 아닌가.

'아니, 어떻게 저처럼 큰 개가?'

'어떻게 들어왔지?'

나만 놀란 게 아니었던 듯, 한 쌍의 개들도 순간 주인을 쳐다보며 어찌할 바를 모르는 듯 했다. 그러나 그것도 잠시, 이미 일이 끝나가던 중이었는지, 그 수캐는 순식간에 대문 창살 밑으로 빠져나가는 것 아닌가. 대문 앞에 질펀하게 뭘 흠뻑 쏟아놓으면서 말이다. '아니, 저 밑으로 저처럼 큰 개가 어떻게?'

담배를 한 대 입에 꽂으며 이런저런 생각이 들었다.

'나쁜 개새끼! 감히 우리 집 숫처녀를 몰래 범해?'

'아니야, 나쁜 우리 집 개년! 어린 것이 주인 허락도 없이 집안에 수캐를 끌어들여? 그리고 대낮에 대문 앞에서 정사를 벌려?'

'둘 다 못 된 개 년놈들!'

그러던 중, 또 다른 장면이 보였다. 아직도 대문 밖을 내다보며 꼬리를 치면서 아쉬워하는 진이의 모습이었다.

'아쉽다고? 떠난 님이 그리워? 저 년 봐라!'

난 어이가 없어 씩~ 웃을 수밖에 없었다.

'피임을 안 했는데 어쩌지? 체외 사정을 하고 떠났으니 괜찮을까?'

고 정도 생각에서 멈출 수밖에.

그러나 그날 깨우친 교훈이 있다. 년놈이 동시에 잘못을 저질을 때, 주범은 년이고 놈은 공범일 뿐이라고 말이다. 우리 집 년을 범한 놈이 '간음죄'나 '성폭력죄'나 '풍기문란죄'나 '무단침입죄' 용의자로 붙잡혀 검찰 앞에 선다면 '개콘 법무법인 안상태 변호사'의 입을 빌려 아래와 같이 짖어대며 항변할 것 같았기 때문이다.

난...

이름도 모르는 년의 암내를 맡고 나도 몰래 멀리서 대문 앞까지 달려왔을 뿐이고~!

제발 안으로 들어와 달라는 년의 부탁을 그냥 지나칠 수 없어 등가죽이 찢기는 아픔을 감내하면서까지 대문의 창살을 뚫고 집안으로 들어갔을 뿐이고~!...

년의 꼬리치는 교태에 흔들리는 마음을 주체하기 힘들어 함께 본능을 발산했을 뿐이고~!

그러다가 주인이 너무 무서워, 목숨을 걸고 좁은 구멍으로 다시 빠져나왔을 뿐이고~!

년이 다시 와 달라고 꼬리쳤지만, 무섭고 떨려 거절했을 뿐이고~! ...

내가 비록 판사는 아니지만, 불륜 사랑의 원죄를 굳이 따진다면, 여자가 주범이지 남자는 공범일 뿐이라는 판결을 내리련다. 선악과를 따 먹은 이브와 아담 때부터 줄곧 마찬가지였잖은가. 남자는 여자의 꼬리치는 웃음에 녹아나는 바보일 뿐, 알고보면 시작은 늘 여자였다. 그렇다. 여자가 악독한 주범이고 남자는 이용당한 공범이니, 앞으론 간음 간통 풍기문란죄 등에 대한 처벌은 여자에게 내리는 게 맞다.

아닌가? 여자에게 올가미를 뒤집어씌우는 비열한 개수작은 그만 두라고?

틀렸나? 역시 시끄럽기만 한 개짖는 소리에 불과한가?

아니면 말고! 난 내 생각을 말했을 뿐이고~!

ㅎㅎㅎㅎㅎㅎㅎ

('대통령의 여인', 북콘서트, 2009년에서 발췌)

37. IT블로거가 겨울에 여름을 찾아간 나라, 인도네시아

2009년도 초에 내 블로그가 개통되었다. 그동안 썼던 글들, 자료들, 사진들을 총 망라한 내 일생의 기록을 담은 블로그다. URL은 blog.daum.net/eprofessor, 첫 화면에 '이주헌의 IT인생 이야기'라고 썼다(▼). 그런데 방대한 양의 자료입력이 얼마나 힘들었는지 결국은 오십견이 찾아왔다. 오른 팔을 움직일 수가 없고 어깨 통증이 너무 심했다. 수술을 하고 3~4개월의 고통스러운 과정을 거쳐서야 비로소 팔을 조금 편하게 움직일 수 있었다.

2009년 후반부터 2010년까지는 미국 통신기업인 퀄컴의 자문교수 역을 맡았다. 대한민국 공정거래위원회와 힘든 법적 싸움을 하던 외국기업의 자문역을 맡는 것이 바람직한 일인지 처음엔 의문스러웠으나, '공정'은 국제적으로 통용되어야 할 개념이라 판단하고 자문에 임했던 기억이 난다.

그리고 2010년도! 국내에서도 아이폰을 계기로 스마트폰 바람이 불기 시작한 해다. 특히 삼성전자의 갤럭시가 출시되면서 스마트폰의 열광적인 인기는 놀라웠다. 인터넷 컴맹인 아내까지 스마트폰을 쓰기 시작했다면 가히 혁명이었다.

2010년 10월부터 난 전자신문사의 객원논설위원이 되었다(◀신문 사진). 이미 IT분야에선 글쟁이로 알려져서 그것이 더 부담도 되었으나 난 첫 칼럼을 '사랑하는 사람과 살고 있습니까?'라는 제목의 글을 써서 IT칼럼니스트로 다시 섰다. 그 칼럼은 마침 가까운 후배교수가 암으로 투병하다 세상을 떠난 지 불과 며칠 후의 기고문이어서 추도문의 성격도 띄고 있었다. 마지막 문장이 "하늘나라에서도 가능하다면 트위트 한번 날려달라!"였는데 반응이 매우 좋았다.

그리고 다가 온 겨울은 유난히도 추웠다. 2011년 2월, 난 철새처럼 추위를 피해 인도네시아로 날아갔다. 화가 친구와 부부동반 스케치여행이었다. 자카르타엔 큰 사업가로 오래 정착하신 친구 누님 가족이 살고 계셨다. 가보지 못한 나라였기에 출발 전부터 제법 흥분이 되었다.

37-1 발리 인터컨티넨탈 호텔 수영장 정경

우선 우리는 발리로 갔다. 누님의 배려로, 가격도 모르고 묵게 된, 노무현 대통령도 머물었다는... 발리의 최고급 호텔이라나? 오랜만에 수영복으로 갈아입고 풀장에 뛰어든 건 좋았는데, 평소에 운동이 아무리 부족했어도 그럴지, 불과 40m 남짓 거리를 고작 두세 번 왕복한 후, 이튿날부터 어깨 통증 때문에 끙끙~ 수영을 포기하고 그림.... 저 뒤로 보이는 파아란 바다가 매력 포인트!

37-2 발리 뉴쿠타 (New Kuta) 비치

인도네시아는 세계 인구 4위. 2억3천만의 거대한 섬나라! 잠재력이 무궁무진한 산유국! 무려 40년을 인도네시아에서 지낸 선배왈, 세상에서 가장 착한 사람들이 사는 나라란다.

도착하고 보니 역시 따뜻해서 좋았고 자연이 싱그러워 유쾌했다. 제주도의 세 배 크기라는 발리 섬은 보는 곳마다 절경! 위 스케치는 드림랜드 지역의 기막힌 풍경이라는 가이드의 추천으로 절벽 사원 가는 길에 잠시 들린 곳이다.

◀▼ 마누라님들과 우리 부부

37-3 발리 짐바란(jimbaran) 비치

점심은 대충 먹는 둥 마는 둥, 해변 가를 걸어나가 스케치북을 꺼내며 오색찬란한 바다를 가슴에 품었는데, 그림 그리는 나를 신기해하며 몰려 든 동네 꼬마들 때문에 재미있었던 추억이다(◀). 아니, 어린 여자애들은 그림보다는 모자 쓴 동양인이 흥미로운지 그림보다는 나만 쳐다보던 기억이 나고 화가 친구가 코리아의 대 화백이라고 날 소개하자 식당 종업원들이 다들 믿어주는 것 같았다^^

▼ 해산 특산물 점심을 하기 위해 들어간 식당...
점심은 신통찮았지만 갑자기 밴드가 다가오더니 한국노래를 연주하며 함께 불러보라고... 노래 제목은 '사랑해 당신을~'
우리 부부도 마지못해 동참 ㅎㅎ

37-4 발리 우르와트 절벽

◀▼ 사진 뒤의 언덕 위 건물이 절벽사원이라고..

바위가 부딪히는 흰 파도는 묘사가 안 되더군... 흰 원숭이들이 주변에 바글
바글~

37-5 발리 바투르(Batur) 화산... 백두산 천지같이 웅장한 호수

37-6 자카르타 수목원 숲길

37-7 자카르타 수목원 거목... 암수 한 쌍

사진으로 더욱 실감나는
둘레와 높이가 어마어마한 나무들.
이 한 쌍의 나무 중 왼쪽이 숫컷, 오른 쪽이 암컷이라고.
한 그루가 죽으면 다른 하나도 말라 죽어버릴까?
함께 수백 년을 붙어있는 금술 좋은 한 쌍이라니~
인도의 타지마할처럼 신혼부부가 와 볼만한 곳.

그래서 위 그림은 나무 아래서 서로 포옹하는
한 쌍의 연인을 그리려 했는데 실패... 왠지 어색^^

◀ 이 사진의 찍사는 바로 나, 가운데가 아내.

인기 없는 블로거의 디지털 유산 상속 걱정

내 블로그(http://blog.daum.net/eprofessor)에 담긴 정보는 제법 방대하다. 올린 정보 건수가 1000건이 훌쩍 넘었다. 크게 일곱 분야로 분류 했는데 다음과 같다.

1. IT기술–Columumnist

그동안 쓴 글들이 있는 곳이다. 약 400건의 정보다. 신문과 잡지에 기고한 IT논단, 디지털 오피니언, 아날로그 단상, 전자신문 사설, 소프트칼럼, KISDI에서 쓴 블루진 에세이 등을 실었다.

2. 미래–Researcher

내가 저술한 책들, 내 대표강연 동영상, IT기반 미래경영 자료, 내가 번역했던 아시모프 칼럼 모음집, IT리더들의 강연록, 그리고 IT대통령 만들기 정책을 담았다.

3. 교수–Professor

동아일보 컴퓨터교실, 소프트웨어 특강집, 학교에서 가르치는 과목 (경영정보학, 프로젝트관리, IT산업정책론 등) 관련 자료집, 그리고 석박사 제자들의 논문 목록이 정리되어있다.

4. 인물–Newsmaker

언론에 비친 나, TV대담 동영상, 유명 인사들과의 만남, KISDI에서의 36개월 활동이 모아져 있다.

5. 예술– Artist

여행 스케치, 유화 및 전시회 출품작 등 그림 관련 자료들과 수필 · 소설등이 포함되어있다.

6. 자유–Romanticist

남자와 여자에 대한 생각들, 세계여행 기행문과 사진들, 추억의 사진들, 그리고 좋은 글과 유머가 있는 곳이다.

7. 개인–My eyes only

일반인은 접근 금지된 밀실이다. 개인 자료들도 많다.

이 외에도 프로필과 블로그북들이 여럿 있으며 (사실 이 책도 처음엔 블로그북으로 작성되었었고), 가족 홈페이지로도 연동될 수 있도록 되어있다. 내 프라이버시를 최대한 지키되, 이미 공개된 자료들은 다 이 블로그에 담았는데, 2009년 1월 1일 개통을 위해 2008년 내내 얼마나 진통을 겪었는지 모른다.

찾는 이들은 많지 않고 주로 학생들이다. 인기가 없음은 대중성이 결여된 전문적 · 개인적 자료가 대부분인 까닭이겠으나 요즘은 부쩍 그림들이 많아져 나름 볼만 하고 찾는 이들이 늘었다.

물론, 아직도 인기 없는 블로그이지만 내 소중한 디지털 유산인 셈인데 내가 죽으면 이 유산을 누구에게 물려줘야 할까. 그림에도 관심 있는 수제자 한 명을 새로 키워야할까 보다.

발리에서 생긴 일

최근 발리에 다녀왔다. 따뜻한 햇살, 시원한 바다가 좋았다. 오랜만에 아내와 정겹게 소통하며 지낼 수 있었던 점도 큰 소득이었다.

유행어가 된 '소통'을 잠시 논하련다. 서로 뜻이 통한다는 단순한 말이건만 대통령도 '국민과의 소통'을, 사장님도 '노사 간 소통'을 새삼 강조하는 세상이 야릇해서다. 예전엔 대화조차 몰랐던가. 여당은 국민소통위원회까지 만들었단다. 캐치프레이즈가 '대한민국이 소통하는 그날까지'라나. 웃긴다. '여자들이 밥을 사는 그날까지'를 외치는 어느 방송사 개그 프로그램의 한 장면을 연상시킨다.

소통은 영어로는 '커뮤니케이션(Communication)', 이를 재번역하면 통신이다. 물론 대중에게 정보를 전달하는 매스컴(Mass Communication)은 신문·방송 등을 일컫는다. 따라서 이름만으로는 방송통신위원회(KCC)가 우리나라의 소통담당 행정기구인 셈이다. KCC의 위대한 업적 때문일까. 국민과 소통한답시고 스마트폰으로 트위터를 애용하는 정치인이 부쩍 늘었다. 역시 웃긴다. 정치나 잘할 일이지!

알다시피 통신이 가능하려면 유무선 매체는 물론, 프로토콜이 필요하다. 언어와 대화법이 같아야 하기 때문이다. 모뎀도 필수다. 모뎀 없이는 아날로그 신호가 디지털로 변환되지 않는다. 휴대폰의 경우 양방향 통신모드를 사용해야 하고 좋은 주파수 대역에서 CDMA와 같은 다중화 기술도 필요하다. 물론 상대가 전화를 받지 않으면 불통이지만. 소통이 부족하다 함은 결국 이와 같은 통신의 기본원리를 무시한 이유일 것이다. 국민은 디지털인데 정치는 아직 아날로그거나 노사 간에 양방향 아닌 단방향 통신이거나 부부 사이의 많은 문제는 표준 프로토콜은커녕 주파수조차 맞지 않은 불통이 그 연유가 아닐까.

사실 이번 여행은 고향친구들끼리의 부부동반이었다. 그러나 한 친구만은 혼자 출발해야하는 사태가 벌어졌다. 다름 아니라, 차를 몰고 공항에 나오다가 여권을 챙기지 못한 불상사가 생기자 부인이 갑자기 여행을 거부했기 때문이었단다. 이리도 난망한 일이!

사연을 듣고 보니 역시 소통의 부재, 아니 불통이 그 이유였다. 여권 때문에 바삐 집으로 되돌아가는 차 안, 둘 사이에 정적만이 흘렀단다. 책임추궁을 하다보면 화를 내게 될까봐 침묵한 결과가 오히려 독수공방 신세로 나타난 셈이다. 괜찮다고 서로 한마디씩만 대화를 나누었으면 좋았을 것을 말이다. 대화는 오해대신 이해를 가져다준다 했는데! 이해라는 나무엔 사랑의 열매가, 오해라는 잡초에는 증오의 가시가 돋는다 했거늘! 쯧쯧.

약효기간은 모르겠다. 그러나 발리 덕분에 우리 부부만큼은 사이가 나아졌다. 정경유착이 그렇듯이 부부지간의 소통에도 단순 대화보다는 해외여행 향응 같은 뇌물이 필요하지 않나 의심스러울 정도다.

(전자신문, 2011년 2월 7일)

38. 보고 싶었던 시베리아의 진주, 바이칼 호수

2011년 4월, 외할머님께서 타계하셨다. 향년 98세, 뼈만 앙상한 몸이시면서도 불과 한 달 전 뵈었을 때만 해도 의식은 좋으셨는데 말이다. (◀내가 어머님을 모시고 요양원으로 할머님을 찾아뵈었을 때 찍어드린 사진) 첫 손자인 날 유난히도 예뻐해 주셨고 마지막까지도 '저 누구에요?' 물으면 한 눈에 알아보시고 '응, 주헌이~!' 하셨는데! 지금은 하늘나라에서 편히 계시리라.

기쁜 일도 있었다. 아버님 팔순잔치와 해건이 돌이었다. 2011년 5월, 동생 가족들이 모두 동참한 가운데 난 서울에서 제법 성대하게 잔치판을 열어드렸는데 부모님께서 크게 기뻐하셨던 것 같다(▶). 아내가 세밀하게 신경을 써 줘 고마웠다.

마침 손자 해건이도 며느리 지선이랑 함께 귀국해 돐잔치도 겸할 수 있었다.(▼) 난 비로소 내 손자를 직접 안아보고 신기해했고! 외할머님께서 한 두달만 더 사셨더라면 5대가 (외할머님→어머님→나→며느리→손자) 함께 자리를 할 수도 있었으련만!

난 2011년과 2012년의 많은 시간을 스케치로 보내면서도 친구들 모임에 열성이었다. '녹유회'라는 절친 모임의 회장을 맡아 부부동반 모임까지 주선하는 등 나름대로 여유있는 시간이었다. 모임 멤버인 천정배·유선호 국회의원 친구들이 2012년도 4월 총선에서는 서울로 지역구를 옮기더니 다 고배를 마셔서 안타까웠지만.

2012년도 11월 대통령 선거 땐 김두관 캠프의 강력한 요청에 따라 김 후보에게 잠시 IT정책자문을 해 준 적도 있다. 특히 '인터넷 민주주의의 원칙'을 제안했더니 나도 모르게 덜커덕 발표를 해서 약간 당혹스럽기도 했다. 만나보니 성실한 정치인, 그러나 자질도 운도 아니었던가 보다. 결국 박근혜 대통령과 '미래창조경제'시대가 탄생되었다. 그 후 2013년도 초, 나는 MB정부의 오해석 IT특보와 '고생하셨다'며 식사를 함께 했다.

그리고 2013년 여름, 난 상형전 화가들과 여행을 떠났다. 오래전부터 가고팠던 시베리아의 바이칼 호수가 목적지.

38-1 누르간스크의 바이칼 호수

바이칼호수는 1980년대부터 아이작 아시모프의 과학칼럼을 읽고 정말 궁금하던 곳이었다. 세상에서 가장 깊은 호수, 바닷고기가 있는 호수, 거기엔 그 호수 특유의 많은 식물과 동물체들이 있다고 했다. 1,200개가 넘는 종이 호수 속 각기 다른 층에서 서식하고 있으며 그 중 약 4분의 3은 지구상 어디에서도 발견되지 않는 것들이라나. 역시 담수량 세계 1위의 호수답게 호수 색깔은 에메랄드 빛으로 맑았고 가는 곳마다 자연 그대로의 모습을 간직하고 있었다.

'시베리아의 파리'라 불리는 이르쿠츠크에 밤 늦게 도착해 하룻밤을 쉰 후 우리 일행은 오전엔 앙가라 강 유역의 역사를 훑어 보았다. 오후엔 바이칼의 유일한 유인도인 알흔 섬으로 건너갔는데 도로 사정과 음식은 불편했지만 경치는 일품이었다. 가장 먼저 들린 곳은 누르간스크라는 곳, 비가 가끔씩 뿌리는 쌀쌀한 날씨였지만 화가 친구와 난 틈날 때마다 스케치북을 꺼내들었다.

▲ 호수 앞 내 모습이 여유롭다.

우린 바이칼뷰 호텔에서 사우나를 하고 일박을 한 후, 누르간스크—빼씨안까—사간후순—하보이—우주리 등을 돌며 삼형제 바위, 사랑의 언덕, 우리만 등을 관광했다. 우르즈이에서는 처음으로 바이칼의 물에 직접 손을 넣어보았는데… 이 물은 오래 간직해도 부패하지 않는다나? 설마~^^ 정말일까 싶어 병에 넣어가지고 올까하다가 참았네~

38-2 바이칼뷰 호텔 앞의 전경

38-3 우르즈이의 바이칼 호수

38-4 **환바이칼 열차**

알흔 섬에서 이튿날 다시 육지로 나와 리스트비얀카를 기점으로, ◀ 어느 날은 기차로 (환 바이칼 열차), ▼ 또 어떤 날은 유람선을 타고 바이칼 호수를 즐겼다.

열차 관광은 제법 낭만적이었다. 차창 밖으로 보이는 바이칼 호수, 반대편으로는 고즈넉한 시골 마을들... 중간중간 내려 걸어보기도 하고 그림도 그렸다. 열차 내에서 준비해 간 도시락을 까먹는 재미도 솔솔~.
◀ 심심했었는지 기차 안에서 화가 친구가 그려 준 당시 내 모습이 진짜 더 화가답다^^

유람선으로 바이칼을 돌기도 했는데... 사람의 발이 닿지 않은 바이칼을 연상하던 내게 기차와 배와 관광객들의 모습은 조금은 실망이었다고 할까.

38-5 바이칼의 자작나무

이미 들었던 바대로 바이칼 주변엔 자작나무들이 많았다. 북유럽도 자작나무 숲들이 즐비했는데...
여기도 그렇군!... 흰 나무 기둥들은 정말 인상적!

이르쿠츠크에서 50km 지점에 위치한 민속촌에도 들렸다. 18세기 러시
아 사람들이 거주하는 곳이었단다.

◀ 이 사진은 옥외 민속마을인 딸지 박물관에서

▶ 리스트비얀카의 호숫가 노천시장은 관광객들과 기념품들로 가
득. 이곳을 거닐다가 쉬면서 또 스케치 한 장~
그런데 그림 그리는 도중 갑자기 한 동안 아무도 안보여 난 순간
미아가 되는 줄 알았네ᄊ

대통령 후보에게 제안한 인터넷 민주주의의 6대 원칙

2012년 여름, 나는 당시 김두관 대통령 후보에게 '인터넷 민주주의의 원칙'을 공표할 것을 제안했다. 아니, 난 여야 어떤 후보라도 이런 선언을 하기 바랬다. 혹여 누가 날 '폴리패서'라고 비난한다면 정말 변명하고 싶다. 보다 나은 우리나라를 위해 정치인들를 바르게 생각하도록 유도하고 자문하는 것은 지식인의 책무라고 생각한다고 말이다.

〈인터넷 민주주의의 6대 원칙〉

인터넷은 정보사회를 살아가는 현대인의 소통수단이며 생활공간으로 정착되었다 그러나 그 동안 우리나라 정부와 기업의 관료주의 · 편의주의적인 정책은 민주 시민들의 권익을 보장하지 못했던 바, 이에 인터넷 민주주의 실현을 위한 6대 원칙을 아래와 같이 제안한다.

1. 인터넷 사용자의 익명성과 표현의 자유 보장

   인터넷 게시판의 익명성은 보장되어야 한다. 현재의 실명제(제한적 본인 확인제)는 폐지하여 표현의 자유를 통한 정치사회적 토론장으로의 인터넷 환경을 발전시켜 나아가야 한다.

2. 인터넷 콘텐츠의 검열과 조작 금지

   인터넷 게시판에 올린 콘텐츠는 검열의 대상이 되거나 삭제되어서는 아니 된다. 사용자들의 자율 정화 기능을 신뢰해야 한다. 나아가, 인터넷 포털기업은 실시간 인기검색어를 삭제 · 조작하거나, 선정적인 뉴스케스트 기사제목으로 독자들을 현혹시켜서는 아니 된다.

3. 개인정보 열람권 보장과 취합 · 공유 금지

   개인은 본인에 관한 정보의 온라인 열람을 보유기관의 장에게 청구할 수 있되, 보유기관들은 특정 개인에 대한 정보를 취합하거나 공유하여서는 아니 된다. 보유기관은 개인정보보호 기준의 내용과 준수 현황을 대외적으로 주기적으로 공고해야 한다.

4. 주민등록번호 수집 금지와 iPIN 사용 의무화

   사생활 보호를 위해 인터넷 이용자를 대상으로 한 주민등록번호 수집 및 저장은 전면 금지되어야 한다. 대신, iPIN 사용을 의무화하여 불필요한 개인정보의 수집을 금해야 한다.

5. 망 중립성 존중과 인터넷 사용자의 권익 보호

   네트워크 사업자는 모든 서비스와 콘텐츠를 동등하게 취급함으로써 인터넷 사용자의 권익을 보호해야 한다. 그 어떠한 경우에도 사전에 정부의 사전 허가 없이 망으로의 접속 차단이나 품질 저하를 유발시켜서는 아니 된다. 또한, 와이파이망의 공유로 전 국민적인 모바일 인터넷 서비스 개선에 앞장서야한다.

6. 정보윤리 의식 고취와 사이버 범죄 처벌 강화

   정부는 사생활 침해, 해킹, 불법복제, 사행심 조장, 음란물 · 폭력물 유통, 인명 경시, 언어폭력, 명예훼손, 유언비어 유포 등이 범죄 행위임을 계몽하여 건강한 인터넷 문화를 정착시켜 나아가되, 사이버 범죄에 대한 처벌은 더욱 강화해야 한다.

   (◀ 좌측은 새로 산 3D+인터넷 TV)

사랑하는 사람과 살고 있습니까?

언젠가 '지금 사랑하는 사람과 살고 있습니까?'라는 영화제목을 본 적이 있다. 순간, '뭐, 그럭저럭 그런 셈이지'라며 혼자 중얼대긴 했지만 과연 그럴까. 정말 난 사랑하는 사람과 살고 있을까. 사랑이 뭐기에?

사랑이 뭐든, 인간은 사랑을 먹고 사는 동물이라 했다. 더불어 살며 서로 정을 주고받아야 사는 맛이 난다. 사랑 없이는 살아도 사는 게 아니란다.

그러나 사랑 나눔이 쉽진 않은 것일까. 익명의 사람들까지도 '내 친구'로 만들려는 노력들이 대단하다. 다름 아니라 SNS 열기가 너무 뜨거워서 하는 말이다. 수천만 개의 카페와 채팅 사이트들은 왜 24시간 쉼 없이 가동될까. 트위터는 왜 또 유행인가. 틈만 나면 모두 스마트폰을 만지작거리는 요즘의 기이한 풍경은 어찌 생겨났을까. 혹시 각박한 현대를 살며 외로움에 찌든 인간들의 처절한 사랑찾기 몸부림은 아닐까.

비밀스러운 일기장을 공개하며 생면부지의 사람들과 '일촌'관계까지 맺는 2500만명 미니홈피 주인들의 속내는 무엇일까. 자신의 140자 생각을 시도 때도 없이 퍼뜨리는 우리나라 150만명 트위터들의 애정공세 행각은 어떻게 봐야 하나. 대중 정치인이나 인기 연예인도 아닌 주제에 왜 '나, 이런 사람이야'라고 자꾸 재잘댈까. 존재감 확인인가, 자랑하고픈 과시욕인가, 아니면 제발 사랑해달라는 비명인가.

페이스북 이용자는 세계적으로 무려 5억명이란다. '사이버레이션' 네트워크가 이토록 확장되고 있으니 새로운 커뮤니케이션 매체로서의 SNS의 위력은 더욱 커지리라. 파워 블로거들에 의한 광고나 트위터를 통한 홍보 등은 이미 새로운 마케팅 수단으로 각광받기에 이르렀다. IT를 통해 사랑을 나누자는 SNS의 순수한 취지가 또 다시 자본주의에 의해 퇴색되는 듯해서 조금은 쓸쓸해지지만 말이다.

개인적으로 나는 IT교수답지 않게, 메신저는 귀찮고, 미니홈피는 유치하고, 블로깅은 번거롭고, 트위팅은 싱겁고, 채팅은 답답하다고 생각한다. 할 일 없이 온라인 게임이라니! 난 역시 눈을 마주보며 손을 잡는 스킨십 만남이 좋다. 그래서인지 개인 블로그나 가족홈피 관리도 시들해진 지 오래다. 새로운 '앱'을 다운로드해서 노는 재미도 요즘은 별로다. 정말 나만큼은 사랑하는 사람들과 잘살고 있기 때문일까. 글쎄다.

며칠 전 동료교수 C가 안타깝게 세상을 떠났다. 불과 40대 중반의 나이에 말이다. 청바지 차림에 한쪽 귀는 피어싱까지 했던 멋쟁이, 연구와 강의에 대한 열정도 남달랐다. 오늘은 벌써 그리운 그에게 한마디 하고프다. 우리 마음속의 당신은 지금도 사랑하는 팔로어들과 함께 살고 있다고! 하늘나라에서도 가능하다면 트위트 한번 날려 달라고!

(전자신문, 2010년 10월 14일에서 발췌)

39. 중국의 절경 장가계와
시간이 멈춘 나라 라오스

2013년도를 맞자 난 우리 나이 예순이 되었다. 그 기념으로 6월엔 초등학교 동창모임을 신안군 증도에서 가졌다. 졸업 후 무려 47년 만의 집합이었는데 졸업생 80여 명 중 25명이 참석해서 동심의 세계로 돌아갔다.(◀) 난 만 59일 뿐이데, 연말의 중고등학교 송년회는 '동창 합동 회갑연'이라나?(▼)

그러나 나이가 들어도 머리가 빠지는 내 모습은 왜 싫을까. 그러다가 김성근 교수의 추천으로 중앙대 피부과를 찾곤 했는데… 불과 몇 개월 만에 수천 개의 새 머리카락들이 돋기 시작했다. 2013년도의 가장 큰 기쁨에 속한다. (◀ 병원에서 보내준 6개월만의 성과 비교 사진)

일은 여전했다. 외부로는 정보화측정연구원 대표로서의 역할도 있었고 (▶ 2013년도 이사회 후 이지운 부회장과), 학교에서는 갑자기 잊혀진 영어로 강의하느라 신경이 쓰였다. 외대 영화동아리의 지도교수를 맡기도 했는데 사양한 적이 있는 '경영대학원장'같은 학교 보직보다는 내 스스로 어울린다는 생각도 들었다.

(▼ 외대 신현길 · 이명호 · 권석균 교수 등과 청계산 등산나들이 때)

내가 예술의 전당의 드로잉 강좌반에 입학했던 것도 이 즈음이다. 또한 울릉도 · 독도로 스케치 여행을 떠나기도 했다.

그러나 정작 가고팠던 곳은 중국의 장가계! 2014년도 안식 학기를 맞아 난 제자들과 중국으로 떠났다. 친구 김성윤과 라오스를 찾은 것도 이 무렵이다.

39-1 **천문산**

산 위에 큰 구멍이 있어 그 구멍을 하늘문이라 부르고.. 그래서 이 산 이름은 천문산

2014년 6월, 천하절경이라는 중국 장가계로 떠났다. 함께 늙어가는 4~50대 제자들이 베풀어준 여행... 걷고 타고 오르면서 보고 먹고 마시며 웃었던 아름다운 여행이었다.

설레는 마음으로 가장 먼저 찾은 곳은 천문산... 길고 긴 케이블카를 타고 올라 절벽에 붙여만든 아찔아찔한 잔도길을 따라 걸으며 감탄사만 연발... 정말 대단~

◀ 천문산의 하늘문 구멍은 예상했던 것보다 컸는데 하늘문까지 무려 999개나 된다는 계단길은 제자 두 명에게 일임하고 나머지는 밑에 남아 막걸리와 빈대떡 간식... 씩씩한 두 제자들의 기록이 몇 분이었다더라~?

천문산을 배경으로 한 '나무꾼과 요정여우의 러브스토리' 야간 야외 공연도 제법 볼만! 백여우가 호랑이왕의 유혹을 물리치고 자신을 구해준 인간 나무꾼과 애절한 사랑에 빠진다는 중국판 '선녀와 나무꾼'이야기...

39-2 천자산의 굽이굽이 산길

둘째 날은 무릉원으로 이동해 모노레일을 타고 눈에 보이는 모든 것이 산수화 같다는 십리화랑을 돌아본 후, 굽이굽이 산을 도는 길 위의 케이블카로 천자산 정상까지 올랐는데 이곳 역시 보는 곳마다 비경!

절벽에 붙여 길을 만든 잔도들... 스릴을 더 하기 위해 어떤 부분은 아예 절벽 아래가 훤히 보이는 유리로...
대단하다고 해야할까, 무식하다고 해야하나... 아무튼 대단한 중국!

귀곡잔도.. 나뭇가지마다 빨간 리본들을 어쩌면 그리도 많이 달아놓았는지~

◀ 왼쪽부터.. 조철현, 정진희, 나, 남성현, 황선희, 김희영, 송기훈, 한문승

39-3 **원가계**

그리고 드디어 찾아간 곳이 영화 아바타의 배경이었다는 원가계.

아! 하늘의 뜻이 아니고서야 세상에 어찌 이런 장엄한 비경이 펼쳐질
수 있으랴!
글로는 감히 형언할 수 없고 그림으로는 감히 엄두도 안 나고..
아니 사진을 찍고 비디오 촬영을 해도 이 감흥을 담을 수 없을 듯!

비가 뿌리는 바람에 안개 속의 우뚝 솟는 기암절벽들이 더욱 신비스
러워 우린 발걸음을 떼기가 쉽지 않았던 듯!
금강산이 1만2천봉인데, 원가계는 12만봉이라나?
우리의 결론? '장가계는 원가계다!'

결국, 귀국 후 뒤풀이로 영화 아바타를 3D로 다시 단체관람하기로
모두가 합의~

39-4 라오스의 방비엥 쏭강

라오스는 장가계와 전혀 다른 분위기... 인도차이나의 마지막 '에덴 동산'이라는 평가답게 나라 전체가 은은하게 가슴에 와 닿았다. 친구와 함께 찾은 8월의 라오스는 비엔티엔에서 2박, 방비엥에서 1박인 짧은 여행이었지만 마냥 정겹고 아름다웠다.

시간이 멈춘 나라. 맑고 때 묻지 않은 나라..
우리나라의 60년대를 연상케하는 이곳은 촉촉히 비가 뿌리고 안개가 자욱해서 더욱 운치가 있었다.

세계를 누비며 살아온 KAL 파일로트 친구와 제법 해외 나들이가 잦았던 나..
◀ 그러나 우리 둘 다 처음으로 방문한 라오스는 두 명의 환갑쟁이들이 60 인생을 회고하기에 너무도 어울린 나라였던 듯! 평화롭고 고요하고 아름답고 은은하고 정겹고...!

밤비행기를 타고 수도 비엔티엔에 도착해서 대통령궁 앞의 어느 호텔에서 새우잠을 잔 후, 우린 이튿날 아침부터 서둘러 우선 4시간 거리의 방비엥을 찾았다. 이왕 자연을 즐기기로 했으니 낮엔 시골 논밭을 눈으로 즐기고, 쏭강에서 카약킹을 하고, 뚝뚝이 택시로 근처의 블루라군에 가서 발도 담궈보고... 밤엔 민물 생선구이를 안주삼아 라오 비어를 마시며 추억을 만들었다.

39-5 탕원마을

방비엔 쏭강은 진흙탕처럼 색깔이 누렇다.
그래서인지 더 운치 있어 보이는지 모르겠다.

◀ 황홀했던 카약킹... 애들 물놀이로 짐작했었는데...
맑은 공기을 흠뻑 마시며 흐르는 물에 떠내려가노라니
세상에 이런 평온함이!
암튼 제법 낭만적이었군^^

다음 날은 비엔티엔 근처의 탕원마을로 나가 남능강 선상에서 아예 웃통
을 벗고 맥주 한잔을 기울이기도 하고 떠가는 배위에서 스케치도 했으니
이런 신선놀음이 과연 또 쉬우랴.

▶ 이 사진을 블로그에 올렸더니 미국의 손자가 전화로 "할아버지, 왜 옷
을 다 벗었어요?"라고 묻던가?^^.. 너무 더워서 벗었다. 이 녀석아! ㅎㅎ

오가는 길의 과일가게... 왜 그리 싼지~ 하루 저녁은 가장 고급이라는 쿠
알라 레스토랑에서 전통춤 관람을 겸한 식사 후, 참파 스파&마사지에서 피로를 풀기도.

39-6 **탓 루앙 사원**

수도 비엔티엔의 시내 관광은 대충...

◀ 왓 싸싸껫 사원과

▼ 빠뚜싸이 독립기념탑 등...

가이드의 안내로 이곳저곳 많이 본 것 같은데.. 강한 햇볕과 찌는듯한 날씨의 마치 사우나 같은 더위와 싸우느라 어찌 힘들던지~

암튼 모처럼 한가롭고 편안했던 여행이었군^^

환갑 자축기념 여행으로 괌이나 베트남 다낭 휴양지 이야기도 나왔었는데 라오스를 택한 것은 정말 잘 한 일!

친구야! 60은 또 다른 인생의 시작이란다.

세월이 빨리 흘러도 우리 다정하게 오래오래 건강하게 살자~

다음엔 또 어딜 함께 갈까?

애국자와 매국노의 갈림길, 그리고 변호사들의 세상

몇 년 전 이야기다. 지난 2009년 7월 공정거래위원회는 퀄컴에게 로열티 차별, 조건부 리베이트 등 시장지배적 지위남용에 대한 시정 명령을 내리고 무려 2600억 원이라는 사상 최대 규모의 과징금을 부과하는 결정을 내렸다. 퀄컴은 CDMA 원천 기술을 보유한 독점기업인데, 국내 CDMA 모뎀칩 시장의 99%를 차지하면서 일약 거부가 된 미국 기업이다. 기술개방에 대한 지적도 있었다. 퀄컴이 자사 모뎀칩에 연결할 수 있는 멀티미디어 소프트웨어를 제3의 소프트웨어 업체는 개발할 수 없도록 ADSP 인터페이스 정보를 제공하지 않고 있다는 것이었다.

그러던 중 그 해 겨울 어느 날, 퀄컴으로부터 연락이 왔다. 자문위원으로 위촉을 하고 싶다는 것이었다. 로열티와 인센티브 문제보다는, 기술개방과 관련해 사실을 냉정하게 파악한 후 공정위에 대신 항변해 달라는 주문이었다. 아마도 정보통신정책연구원장 출신의 내가 직접 변호해 주면 큰 도움이 되겠다는 것이었으리라.

순간 난 망설였다. 첫째, 옳고 그름이 불분명했고, 둘째, 한 때 공직을 맡았던 내가 정부에 반해 외국기업을 두둔하는 것이 과연 옳은 길인가가 불분명했기 때문이다. 애국자와 매국노의 갈림길에 서 있는 느낌도 들었다. 그래서 고민에 빠졌다. 퀄컴이 없었으면 세계 최초의 CDMA 상용화를 못할뻔한 우리나라... 삼성·LG 등은 잠자코 있는데 공정위의 일개(?) 여성 과장 한 명이 밀어붙여 세계적인 기업에게 엄청난 징벌을 내리기로 했다니... 당연히 법적 투쟁이 이어질텐데 난 무슨 판단을 하게될까, 그리고 그 결과는 어찌될까... 여러 생각들이 머리 속을 스쳐지나갔다.

난 세 가지 조건을 내 걸었다. 무조건 퀄컴을 옹호하지는 않을 것이며 객관적인 의견만 말하겠다. 그리고 공정위와의 회의에 참석하여 구두 변호를 하는 일은 없을 것이며, 또한 직접 보고서 작성 같은 작업은 못하겠다 했다. 의외로 내 조건은 쉽게 수용되었다. 그리고 그 후 난 일주일에 한 차례 정도, 약 4개월 간을 퀄컴의 변호를 맡고 있던 세종법무법인에 나가 한 두 시간씩 변호사들과 의견을 교환하곤 했다.

변호인들의 세상은 재미있었다. 죄를 묻지 않는 변호사들, 상박하후로 젊은 변호사들은 고생이 대단했고, 15분 단위로 비용을 매긴다는 사실, 그리고 결국 공정위 때문에 퀄컴으로부터 수임 받는 법무법인으로서는 판결결과가 그리 중요하지 않다는 현실도 와 닿았다.

그래서 결과는 어찌 됐느냐고? 퀄컴의 완패였다. 퀄컴은 ADSP정보를 개방하기로 했으며, 지난 2013년 6월에 고법은 2730억원의 과징금이 정당하다고 판결했다. 그리 되었다^^. 억울하겠지만 그동안 우리나라에서 벌어간 돈이 뭐 수 조원은 될 테니...ㅎㅎ

여담이지만.. 난 그 4개월의 자문료로 약 8천만원의 돈을 퀄컴 본사로부터 송금 받았다. 말도 안된다. 너무 많다. 난 결과적으론 도움도 안됐는데 말이다. 하기야, 청문회 나온 법조계 출신 장관 후보자들 보면 이름만 걸치고 수억 원씩... 소송 중에 돈버는 대형 법무법인들에겐 껌 값인가 보다. 이 바닥도 요지경 같다.

▲ 위 그림은 변호사들이 회의에 가지고 들어오던 테블릿 PC

자동차, IT 그리고 잘 사는 비결

다들 살기가 힘들어졌다고 입을 모아 말한다. 현대식 아파트, 자동차, 휴대폰으로 호화판 생활을 즐기면서 오히려 삶이 궁핍해졌다니 뭐가 문제란 말인가. 잘 사는 건 맞는데 잘 사는 게 아니라니 무슨 말인가.

그러나 이 같은 아이러니컬한 불평이 우리의 현실이란 점이 바로 문제이다. 서민들의 생활이 당장 각박하다. 젊은이들의 입에서 꿈과 희망보다는 취업, 결혼, 내 집 마련 걱정의 신음소리가 새어나오고 중년들은 노후가 불안하단다. 양극화현상은 심각한 지경이다. 국민소득 고작 1만5천불 주제에 평당 3~4천만 원짜리 고층아파트나 1~2억짜리 외제자동차들이 즐비한 서울거리의 모습이 바로 그러하다.

중산층이 튼튼한 다이아몬드 사회구조가 가장 바람직하다고 하거늘, 서민이 주류를 이루었던 과거의 피라미드에서 갑자기 최악의 눈사람 모습으로 바뀐 대한민국의 모습을 보면 암담해진다. 머리와 몸통이 철저하게 구분되어 빈부가 세습되어가는 사회가 겉만 번지르르한 채 속은 곪고 있다보니 잘 사는 게 아닌 것이다. 정말 모두가 제대로 잘사는 비결은 무엇일까. 경제력인가. 뭐니 뭐니 해도 결국은 머니(money)인가.

잠시 이야기를 바꿔보자. 흔히들 국가경제를 주도하는 대표산업으로 자동차와 전자통신을 꼽는다. 자동차산업은 그 특성 상 기계, 철판, 내외장재, 전기전자, 고무 등 다양한 부품제조업은 물론, 철강, 금속, 유리, 고무, 플라스틱, 섬유, 도료, 운수서비스, 정유, 보험, 금융, 의료분야와도 밀접하게 관련되어 있는 등 전후방연쇄효과가 매우 크다. IT산업 역시 반도체, 디지털가전, 컴퓨터, 유무선 통신, 뉴미디어방송, 엔터테인먼트 등의 신산업을 주도하고 자동차를 포함한 전통산업의 효율을 증대시키는데 이바지 한다. 다행스럽게도 세계를 누비는 메이드 인코리아 자동차와 세계에 자랑할만한 IT수출 덕분에 이 만큼이라도 누리고 살 수 있다는 점에서도 시사하는 바 크다.

이들 두 산업의 동반성장은 불가능할까. 우선은, IT코리아의 위상과 기대에 걸맞게 우리 차의 브랜드를 첨단 IT자동차로 새로이 하면 어떨까. 부유층을 위한 Benz, 성공을 상징하는 BMW, 안전한 Volvo처럼 'IT로 무장한 Hyundai'라면 좋겠는데 말이다.

진정 잘 사는 비결은 무엇일까. 경제적으로 윤택한 복지국가라면 좋으련만, 국산 미래형 자동차가 대한민국을 행복국가로 만드는 필요충분조건은 아니리라. 국민 대다수의 행복지수를 높이는 비결은 없을까. 글쎄다. 혹시, 미래를 향한 꿈은 원대하되 오늘을 사는 자세가 겸손하면 가능할까.

난 지금도 꿈꾸며 산다. 꿈은 미래로 가는 원동력이라고 확신한다. 내 꿈 중의 하나를 소개한다면, 오늘은 비록 구름 위 아닌 땅 위에서 잠자며 낡은 그랜저를 몰되, 정년퇴직 후엔 아내와 함께 전국을 '미래형 캠핑카'로 쉬엄쉬엄 일주하는 것이다. 유럽의 멋쟁이 노부부들처럼 말이다. 그 길이 통일한국으로 뻗은 길이라면 얼마나 좋을꼬.

(자동차 경제, 2008년 12월호에서 발췌)

40. 환갑기념 여행은 그리스와
터키의 고대도시로

2014년 1월 1일, 축복교회 김정훈 목사님으로부터 신년 말씀을 받고 난 깜짝 놀랐다. 말씀은 요한계시록 2장 3~5절, 내용은 "… 그러나 너를 책망할 것이 있나니… 회개치 아니하면 내가 네게 임하여 네 촛대를 그 자리에서 옮기리라" 이었는데 난 머리를 망치로 한 대 맞는 느낌이었다. 내가 겁을 먹고 다시 주일예배에 참석하자 아내가 가장 기뻐했다. (▶ 의사 친구 노만수의 초대로 녹유회 친구들과 함께 간 2014년 신년음악회에서 지휘자인 임평용 선배와 우리 부부)

2014년도 초엔 교과서 두 권의 개정판이 출간되었는데 (공저자들이 많은 노력을 해 준 '플랫폼 경쟁시대의 MIS'와 '경영학으로의 초대'), 그보다는 아버님의 시집 '갈 곳 없는 외출'이 출간된 것이 더욱 기쁜 일이었다. 팔순 노인이 시집을 펴내고 어찌나 좋아하시는지~

소공자 (내게 '소프트웨어공학'을 배운 자들) 제자들과도 모임도 제법 정례화되었다. 오래된 제자들을 온라인으로 만날 수 있는 점도 좋았다. 네이버의 BAND가 이토록 편리할 수가!

그러나 2014년 봄 내가 가장 신경을 쓴 건 2013년 7월부터 시작된 '서래힐스'의 완공이었다. 힘들었던 건축 과정이었지만 무려 9개월 동안 아내와 심혈을 기울인 작은 우리 건물… 우린 3월에 4층으로 입주해 들어갔다. 1~3층은 임대를 주며 노후에 대비하면서, 이곳에서 남은 일생을 보낼 생각인데… 때마침 미국에서 며느리와 손자, 남동생 가족, 여동생 가족이 각각 귀국해서 건축을 축하해 주었다.

난 IT · 자유 · 사랑 · 예술 · 미래를 인생의 키워드로 삼고 살아왔다. IT전문가로 나름 열심히 살았고, 친구들과 제자들 많은데다가 '자유로운 영혼'이라고 누가 칭했듯이 그림을 그리며 여행까지 즐겨왔으니 행복하게 살아온 사람이라 자평한다. 미래라고 크게 다를 바도 없으리라. 이 순간은 이런 장난질 같은 책을 펴낼 수 있는 여유도 흐뭇하다.

드디어 인생 60년, 2014년도의 환갑기념 부부여행은 그리스와 터키로 떠났다. 그러나 그 여행을 기록하기 전에 우선 아버님의 시집에서 시 몇 편을 발췌해 소개한다.

[시집] 아버님의 시 몇 편만 소개

나는 詩心이 부족해 평가 불가하지만.. 팔순 老시인이 겨울에 꽃피운 南道의 서정시라고 언론에서 극찬을 했는데..
아버님 이영식의 시집 〈갈 곳 없는 외출〉에서 발췌해서... 여기선 석 점만 소개

그림자
- 나의 신부

숙명의 명에 목에 걸고
삶을 끙끙 앓으면서도
마음 하나의 다짐으로
제자리를 지켜온 사람

눈 한번 잠깐 돌린 사이
훌쩍 커버린 자식놈들
제 갈길 찾아 뿔뿔이 떠나고
빈 둥지엔 바람만 소슬한데
살가운 그림자처럼
아픔과 기쁨 함께 나누며
가까이서 길동무가 되어준 사람

너는 꽃보다 아름다운 나의 신부
호젓한 이 밤
두근두근 설레임 속에
우리의 화촉을 밝히자.

빈손

별을 따러
앞산에 올랐다가
달빛만 한 짐 지고 내려왔지요.

파도를 낚으러
바닷가에 나갔다가
노을만 한 아름 안고 돌아왔지요.

추억을 만나러
고향 찾아 갔다가
눈물만 실컷 흘리고 돌아왔지요.

마음을 구(救)하러
산사(山寺)에 올랐다가
목탁 소리만 듣고 내려왔지요.

영원(永遠)을 찾아서
한평생 헤매다가
미련 없이 빈손으로 돌아갑니다.

기도

자비로써 먹이시는 당신은
가난한 마음을 채워주시는 긍휼의 주,
당신의 고요한 입김으로
진실을 찾는 나의 눈
나의 흐려진 유리창을 닦게 하소서.

사랑으로 먹이시는 당신은
그리움을 가르치신 구원의 주,
때 묻은 인간의 언어들일랑 지워버리고
당신께서 허락하신 침묵으로써
우리의 절실한 대화를 잇게 하소서.

은혜로써 먹이시는 당신은
고독한 넋을 달래시는 영생의 주,
소돔성의 환란이 이 가슴에 오는 날
검은 머릿단 길게 풀어 뜨리고
당신의 동산 옆에 잠들게 하소서.

▼ 시집 출판기념회를 갖고자 서울 아들집에 올라오셨을 당시의 부모님과 우리 부부, 그리고 손자 해건이와 함께

40-1 **그리스 마테오라 수도원**

환갑이라고 애들이 보내준 여행은 큰 딸 은실이가 예약하고 동행해 주었는데... 그리스의 아테네–)메테오라를 거쳐, 터키의 차나칼레–)트로아–)에베소–)파묵칼레–)케코바–)안탈냐–)카파토키아–)이스탄불로 이어지는 힘든 행군이었다.

첫 관광지는 그리스의 아테네 아크로폴리스 언덕의 세계문화유산 1호라는 파르테논 신전! 따가운 햇볕이 문제였는지, 그리스 신화가 머리를 혼란스럽게 만들었는지, 아니면 10년만이지만 두번 째 방문이어서 주변 상황에 방심한 탓인지 그림에 열중하다가 그만 휴대폰을 분실한(도난당한?) 낭패를 본 것만 기억에 남는다. 많은 사진들도 그 잃어버린 휴대폰으로 찍었거늘~ 나중에 알고 보니 주 그리스 대사관에서 소매치기를 조심하라고 특별히 주의를 주었던 곳이더군 ㅠㅠ

◀ 좌측은 그나마 디카로 건진... 파르테논 신전에서 내려오다가 딸과 찍은 사진 한 장.

▶ 아테네에서 버스로 달려 영화300의 격전지 테르모필레를 거쳐 도착한 곳은 메테오라... 황량한 벌판에 절벽을 이루는 기묘한 바위산들이 웅장하다. 그 산 위 공중에 떠있는 수도원들은 경이롭기 그지없고... 계단을 따라 올라가니 성화들로 가득... 전날 밤 거닐었던 거리는 제법 관광객들로 붐볐는데 수 도원에서 내려다 본 마을 풍경은 고요하기만 하다. 누군가가 '세계에서 가장 아름다운 곳 40곳'에 메테오라가 포함되어 있다더니 역시나!

40-2 에게 해안가, 차마칼레의 리조트

그리스에서 에게해를 건너 터키의 차나칼레에 도착... 이곳에서 오스만제국을 지키느라 연합군과 터키 병사 10만 명 이상이 죽었다나~

▶ 아이리스 리조트에서 여장을 풀고 해변가를 즐겼는데... 2층 베란다에서 황혼이 지는 푸른 바다 그림도 한 장~

◀ 아침부터 서둘러, 호머의 서사시 '일리아드'의 트로이 목마로 유명한 고대도시 트로이를 둘러보았는데 황금사과를 놓고 그것을 차지하고자 서로 최고의 미녀라고 우기는 여신들이 결국 트로이전쟁을 일으켰다는 신화적인 배경이 웃기더군.

가는 곳마다 그리스 신화~ 좀 공부하고 갔으면 더 좋았을걸~

40-3 **터키 파묵칼레**

그 후, 사도 바울이 장기간 기거했었고 탈레스와 같은 철학자를 낳았다는 터키 최대의 고대도시 에베소를 관광.

▶ 헬리니즘 시대에 건축되었다는 아름다운 건축물들이 2600년이 지난 후에도 아직도 제법 그 위용을 과시해서 그저 놀라울 뿐.

햇볕이 뜨거운 이곳을 두 시간이나 거닐다가 맛없는 비빔밥으로 한 끼를 때우고 또 이동해 파묵칼레의 호텔에서 야간 노천온천을 하고~

◀ '목화 성'이란 뜻의 파묵칼레! 목화라기보다는 새하얀 눈이 덮인 것 같은 석회봉들의 이곳의 모습도 경이로웠는데 언덕의 온천물에 발을 담근 채 마을을 내려다보니 절로 그림을 그리고 싶더군.

파묵칼레에서 항구도시 케코바로 이동해 유람선을 타 보고... 그림 같은 휴양도시 안탈랴에 도착. 이곳은 유럽인들이 가장 많이 찾는 곳이어서 휴가철엔 인구 1백만에서 3백만으로 넘쳐흐른다고. 역시 호텔 주변엔 사람들이 바글바글~

40-4 터키 갑바도키아

그리고 찾은 곳이 이번 여행의 절정인 갑바도키아!

◀ 갑바도키아의 괴레메 계곡은 무려 3백만 년 전 화산분수로 퇴적된 응회암층이 오랜 세월이 걸쳐 땅 속에서 솟아나와 기묘한 형상의 바위들로 늘어서 있는 곳인데 우선 비둘기 계곡과 석굴교회를 보는 것만으로도 감탄사만 나왔다.

▶ 그리고 새벽부터 깨어나 기대하던 열기구를 탔는데 (10여 년 전에 캘리포니아 나파밸리에서 시도하려다 기류가 심해 못 탔던 기억이 있어 이번만은 꼭 타겠다고 '버킷리스트'에 기록하고 벼르던 참에!)...

불과 한 시간이었지만 갑바도키아 600미터 상공까지 하늘에 떠 있던 그 황홀함이란! 바람 한 점 없는 하늘 위에서 일출을 맞이하고 저 밑 눈 아래 펼쳐진 갑바도키아의 계곡들이 신기해서 그저 가슴이 뭉클~ 풍선기구의 과학성과 파이롯트의 정교한 조종술도 신기했고!

버섯바위 모양의 파샤바 계곡과 기독교인들이 박해를 피해 숨어 지냈다는 지하도시 데린구유도 신기하기만~ 덕분에 사진기는 이곳저곳에서 찰칵찰칵!

40-5 **보스포러스 해협**

이튿날엔 이스탄불의 명소들을 찾았는데… 우선 보스포러스 해협의 유람선을 타고 좌우로 나뉘어진 아시아와 유럽지역을 안내받았다. 이스탄불의 면적이 서울의 무려 7배라던가?

배에선 내려 당연히 블루모스크와 (2만 개의 푸른색 타일로 치장되어 있어 그리 불린다고) 성 소피아성당부터 (이스탄불이 동로마제국의 콘스탄티노플로 불릴 때의 그리스도교의 대성당) 살펴보았는데…

난 이 곳이 두 번째 방문이라 처음으로 밖에 홀로 남아 좀 더 여유 있게 그림을 그릴 수 있어 좋더군. 한가로이 벤치에 앉아 세계 각지에서 찾아온 여행객들도 훔쳐보며 아이스크림도 사 먹고^^

8박9일의 그리스와 터키! 이스탄불에서 인천까지의 긴 비행시간은 내내 잠만 잘 정도로 몸은 힘들었지만 좋았던 여행!
좋은 환갑여행을 선물해 준 애들에게 땡큐베리머치~~

소공자 제자들과의 재회

2013년 5월, 지난 이 맘 때와 마찬가지로 스승의 날 자리에 참석했다. 시 낭송에 편지에 '스승의 날' 노래에 작은 선물까지…. '교수님, 고맙습니다. 존경합니다. 사랑합니다"라는 인사도 쏟아졌다. 어휴~ 이리 인사 받을 자격도 없는데 하면서도 가슴이 뭉클했다. 아마 이런 재미로 교수짓을 하는 것을 보통 사람들은 모르리라.

오래 된 제자로부터 연락이 오면 그리 반가울 수가 없다. 나야 쉽게 받는 이메일이고 전화겠지만 제자의 입장에서는 큰마음 먹고 연락을 취한걸게다. 안부를 묻고 찾아올 필요는 없으니 열심히 건강하게 잘 살라고만 말한다. 대학원 제자들의 수 많은 결혼주례 부탁을 못 들어주며 지금껏 살아온 것은 좀 미안하기도 하지만, 어쩌랴! 주례는 내 적성이 아닌 것을!

며칠 전 고작 한 과목을 수강한 졸업생이 이메일을 보내왔다. 회사 일 잘 하고 있는데 근무 중에 내가 가르친 대로 윗 상사에게 생각을 정리해 보고했더니 칭찬이 쏟아지더란다. 입사면접 때 내게 배운 IT철학을 강조한 후 합격통지서를 받았다는 이메일 처럼 기분이 째지게 좋았다.

그렇다! 내가 교수로 한 많은 일 중에서 가장 보람 있는 것은 당연히 제자들 때문이다. 사제지간은 직장 상사와는 천지차이고 평생 간다. 그동안 내가 직접 논문지도교수로 배출시킨 석박사들이 200여 명 되는가보다. 1986년 학교로 처음 부임했을 땐 친구나 형뻘에 불과했는데 삼촌뻘이 되는가 하다가 지금은 아버지뻘로 나이 차이가 난다. 오래전 졸업한 제자들 중에는 대기업 임원이나 중소기업 대표도 있고, 벤처회사 사장, 관료, 연구원, 교수 등 다양하다. 그냥 주부도 있다. 10여 명은 해외에 나가있는 듯도 싶다.

지난 2005년 내 교수생활 20주년 모임 때 120여 명이 참석해 대성황을 이룬 후 뜸했는데 최근 제자들과의 정기적인 만남이 생겨 큰 기쁨이다. 모임의 이름도 정해졌다. 소공자… 소프트웨어 공학의 아들들이다. 소공자는 원래 미국 여성작가 프랜시스 버넷의 소설 아닌가. 미국의 한 서민의 아들 세드릭이 조부인 영국 백작의 대를 잇기 위해 영국으로 건너가 천성의 명랑함과 명석함으로 백작을 비롯하여 많은 사람들을 행복하게 한다는 이야기처럼 모두가 세드릭이 되어 우리나라를 행복하게 하는데 기여해 주었으면 하는 바램도 있다.

우린 일년에 두세 번씩만 보기로 했다. 서로 바쁘니 말이다. 그러나 소공자들과는 가까운 우면산으로 번개 등산도 했다. 단체로 장가계도 다녀왔고 내소사 단풍구경도 갈 예정이다. 내 정년퇴임 때 이 제자들을 모두 초대해서 소품 그림 한 점씩이라도 나눠주면 좋겠다는 생각도 해 본다.

소공자들은 누구? 다음 장의 표와 같이 정리해 보았다. 어차피 이 책은 내 인생 기록! 제자들이 빠지면 안 될 것 같아서이다.

▲ 위는 요즘 내가 차고다니는 최신 손목폰, 갤럭시 기어

졸업년도	논문지도한 석·박사 제자들 (붉은 색은 박사학위)
1987	김욱 김재수 박창원 이승재 표영
1988	민석기 박현규 윤광수 이원근 홍인기
1989	나관상 박전규 박종순 장인수 정종철 정철윤 지명준 홍재선 김상현 류칠수
1990	김삼 김성식 김희진 박일호 오귀택 오상훈 유장희 유재용 윤홍원 이상연 조홍수 최연택 최현준
1991	강보선 남성현 손영주 신충호 이민나 장재웅 정진희 최연준 김세훈
1992	권순보 길영미 김유석 석현직 이기황 이은경 조은희 최지훈 최창훈 권순보 길영미
1993	박성배 배국선 서이철 성시용 이윤식 정재화 진인기 최용선
1994	김인경 이진순 조현복 구자경 권기섭 김정원 서병연 윤정원 이경아 이동신 이재영 이창열 전선영 정득현 최진태
1995	지경숙 김도형 박상만 박상춘 박은수 박철원 윤성춘 이기현 이동진 이미진 이보연 이준규 홍정
1996	강영숙 김범준 목진희 배숙이 선승한 송상준 신청담 이상엽 이창복 최용호 황선희
1997	김숙 박태호 양병천 윤길영 이건영 이영호 이창민 임성렬 전명주 정경익 조철현 한진영
1998	김정엽 민경호 박영준 서현석 이강일 이민복 강춘운 관민수 김대선
1999	장문봉 곽민철 김종현 김진규 김판길 박영석 신우철 왕병운 유남철 이대호 이수국 정의천 조정석 천미정 최규진 최필균
2000	강형순 김동례 김보성 김석기 김태형 박준서 송기훈 오효진 이규성 이정원 이상엽 전건수 조병룡
2001	권기훈 김성회 남화정 유명주 이한호 임지현 전성훈 한기철
2002	구은진 이경아 홍광섭 정재원
2003	임정현 곽경훈 최준호 윤여익
2004	노성래 박상화 김태준
2007	정희연
2008	김형중
2011	윤영준 진우석
2014	김희영
예정	신우철, 조성현, 한문승

지금 명단을 보니, 1990년대까지는 활발하다가 지난 10여 년은 논문지도가 많지 않았다. 내가 공직으로 나가면서 휴직이 있었지만, 그보다는 경영정보대학원의 체제개편이 그 이유일 것이다. 요즘은 박사과정만 선별해 지도 중이다. 그림 그리느라 좀 게을러진 탓도?

어우동 팬클럽

마지막 수필이니 흥미위주로 하나 소개한다. 그냥 읽어달라.................^^

섹스는 사랑의 필수요건이다. 정말 섹스만큼 신비스러운 인간의 행위도 없다. 사랑 없이도 가능하고, 사랑 없다가도 사랑을 낳고, 있던 사랑도 없애 버리고, 사랑할 땐 더욱 사랑하게 만든다. 모든 사랑은 그것을 위해 돌진한다. 거기에 도달하지 않으면 미완성 같고 완성이다 싶다가도 그게 아니다.

섹스는 시작이기도 하고 끝일 수도 있단다. 정겨움을 물씬 느끼게 하여 둘 사이를 새로운 관계로 확립시키는 계기가 될 수 있으면서도, 한편 말초적 호기심의 충족은 애절하던 관계를 한 순간에 끝나게 만들기도 한다. 남녀 간의 사랑의 결정체를 이 세상에 탄생시키기도 하고 그 잉태로 말미암아 사랑을 깨뜨리기도 하는 오묘한 것이기도 하다. 정말 신비스럽다.

흔한 남자들의 질문으로, "마음을 뺏으면 몸도 갖게 되나?"라는 것이 있다. 대부분의 여자들은 마음을 주면 몸도 주게 된다고 믿지만, 근데 정답은 그 반대인 경우가 대부분이란다. 약간의 호감으로 분위기에 편승하여 우연히 몸을 허락하고 나면 없던 마음까지도 물씬 주는 게 여자의 일반적 생리이기 때문이다. 마음을 100% 뺏은 후 몸이 저절로 오기를 바란다면 순진한 생각이되 자연의 섭리를 모르는 남자란다. 이토록 섹스는 정신과 직결되어있고 신비롭기 이루 말할 수 없다.

웬 섹스신비론? 아니다. 섹스의 '정신분석론'이 맞다. ㅎㅎ

대학교 때 읽었던 미국소설 한 권의 스토리를 소개하고 싶다. 미국의 베스트셀러 작가 어빙 월러스 (Irving Wallace)의 '팬클럽 (The Fan Club)'인데 우리나라엔 번역본이 안 나온 소설로 알고 있다. 시놉시스 정도로 요약하면, 그리고 우리나라 상황과 정서에 맞도록 각색하면, 대충 기억나는 줄거리는 다음과 같다.

일단 시작은 그럴 듯 하게 해 보자.

-------- 〈어우동 팬클럽〉 --

장소는 미국 아닌 우리나라 서울 모 처. 때는 요즘처럼 경제가 어렵고 특히 서민들의 아픔이 큰 시절의 어느 날 밤. 동네 포장마차에 사내들 몇이 흩어져 앉아 소주잔을 들이키고 있었다. 각자 힘든 생활에 지친 모습들이 역력했다.

"에이 씨발~ 빌어먹을 놈의 세상. 하루 벌어 하루 먹기도 힘드니 더러워서!"
막노동판에서 힘깨나 씀직한 우람한 체격의 한 사내가 허공을 향해 욕을 내 뱉었다. 건설경기가 예전 같지 않은 모양이다.
"맞아요. 세상 한 번 뒤집어져야지 어떤 놈은 젊은 여자 끼고 해외골프 치러 다니고 어떤 놈은 종일 택시 운전대 잡고 허리 망가지고, 나도 더러워 못 살겠네요"
누군가가 응답하듯이 허공을 향해 또 내뱉었다. 옷차림이 택시기사임에 분명하다.
"요즘은 요놈의 포장마차 장사해 먹기도 힘들어요. 허구한 날, 경찰짭새들이 와서 철수하라고 달달 볶아대니~ 사기치고 호화판 인생사는 새끼들은 그냥 놔 두고 말이에요"

갑자기 50대 초반처럼 보이는 뚱뚱한 포장마차 주인이 거들고 나섰다.

이어서 모두가 몇 마디씩 더 쏟아냈다. 세상을 향한 욕이 난무하고 시끄러워지더니, 이들은 전쟁터에서의 전우들이나 되는 것처럼 의자들을 끌어당겨 모여 앉아 서로에게 술을 권하기에 이른다.

"이 동네 사시우? 자~ 흥분하지 말고 한 잔들 하시우~"

포장마차는 갑자기 화기애애한 분위기가 연출되고 있었건만, 구석에 앉아있던 청년 한 명은 이 소리가 들리는지 안 들리는지 잠자코 홀로 소주만 들이켰다.

그 때, 포장마차의 조그마한 TV화면에 영화 '어우동' 예고편이 보였다. 매혹적인 웃음을 짓는 여배우의 모습이 보였다. 보일 듯 말 듯, 저고리를 벗은 몸매에 가슴이 터질 듯하게 부풀어 올라 있었다.

"어휴~ 저 년 진짜 맛있게 생겼네."

이번에도 막노동판 힘 꾼이 먼저 입을 뗐다.

"뒈질 땐 뒈지더라도 저런 년을 한번만 먹고 죽었으면 한이 없겠구먼요."

순대 안주를 썰면서 포장마차 주인도 한 마디 했다.

그 순간 TV엔 예고편이 끝나는가 싶더니 여배우가 기자와 일문일답을 하는 게 보였다. 아마도 연예 프로그램을 방영하는 중이었던가 보다.

"어우동 역을 너무 잘 소화시킨 것으로 영화 평이 매우 좋은데, 먼저 축하드립니다. 근데, 영화 찍을 때 어려움 같은 건 없으셨나요?"

"네. 감독님이 잘 지도해 주셨고요. 스태프가 고생 정말 많이 했어요. 저 역시 꼭 맡고 싶었던 배역이어서 열심히 했어요."

"네... 어우동이라면 황진이와 더불어 조선시대의 가장 매혹적이었던 여자였다고 흔히 알려져 있는데, 스스로 남자를 유혹하는 끼가 있다고 생각하세요?"

"호호 글쎄요. 남잔 다 여자하기 나름 아닐까요. 끼가 전혀 없진 않겠지요. 호호"

부끄러운 듯 웃는 모습에 모두가 넋을 잃고 TV화면만 응시했다.

"대학교 때 전자공학을 공부하신 걸로 알고 있는데 어떻게 영화를 시작하게 되셨는지 궁금합니다."

"졸업 후. 통신기업에 들어갔다가 회사 홍보팀에서 신문광고에 회사직원이 모델로 필요하다고해서 도와주다가. 그 신문 광고를 본 모 연예기획사 사장님께서 연락주신 바람에 퇴직을 하고... 그냥 그렇게 되었답니다."

"네. 알겠습니다. 근데요... 다른 연예인들과 달리 스캔들이 없으신데 혹시 숨겨 놓은 남자는 있을까요? 시청자들을 위해 밝히실 의향은 없으신지요."

"호호 비밀이에요. 그냥 지금은 '어우동'으로 대한민국 모든 남자들에게 사랑받고 싶다는 욕심뿐입니다."

몇 편의 영화에서 이미 노출 씬을 선보인 여배우답게 인터뷰 장소에도 과감하게 입고나온 가슴이 깊게 패인 빨간 원피스가 화면을 가득 메웠다.

"저 년이 대한민국 남자들 모두에게 먹히고 싶다네요."

힘꾼이 침을 꿀꺽 삼키며 참다못해 한 마디 했다. 그러자

"우리가 못 해 줄 것도 없지요. 몰래 낚아채다가 한 번씩 먹고 돌려줄까요? 저 년이야 인기 관리하느라 신고도 못 할 텐데요"

택시기사가 받아쳤다. 그러자 이번엔 포장마차 주인이 또 거든다.

"근데 정말 맛있을까요? 허허허"

그러다가 혼자 있는 사내를 의식한 듯.

"어이~ 기자선생! 왜 오늘은 그리 침울 하시우?"

그 때서야 그 말없던 청년이 다른 사내들을 향해 돌아보는데 눈에 눈물이 맺혀 있었다. 청년은 소주 한 잔을 또 들이키더니 드디어 말문을 열었다.

"아니요. 저도 세상이 싫습니다. 너무 불공평해서 미치겠습니다."

"아니 왜 오늘따라 그리 저기압이시우?"

"오늘 이혼 도장 팍 찍었다는 것 아닙니까. 돈 못 버는 남자라고 깔보더니 결국은 마누라가 바람피우더군요. 갈려면 확실하게 가라했지요~"

"어이구~ 참 그렇게 됐군요. 내 여편네도 작년에 죽었다우. 자, 이리 와서 '돌아온 총각'끼리 한잔 같이 하면서 기분 풉시다."

"네. 그러지요. 그나저나 저 어우동을 어떻게 하자구요?"

갑자기 청년이 눈빛을 반짝이며 모두를 훑어본다.

소설은 그렇게 시작한다. 내 식대로 한국적 인물과 스토리로 각색했지만 말이다. 네 명의 사내들은 그 후 자주 만나 의기투합하기에 이르고 어우동의 주인공을 성공적으로 납치한다. 적극적 '어우동 팬클럽'이 된 셈이다. 이 모든 작전의 두뇌역할은 기자가 담당하고 납치는 힘꾼, 차량 이동은 택시기사가 맡는다. 납치 장소는 경기도 어느 한적한 산골의 포장마차 주인 소유의 빈 초가집이 사용된다.

물론 스토리의 전개는 복잡하면서도 짜릿하다. 아니면 어빙 월러스의 소설이 아니리라. 납치 직후, 언론은 대서특필, 방송은 납치사건을 속보로 알리고 경찰의 추적이 시작된다.

한편 빈 초가집에선 차례대로 여자를 범하고 또 범하는 사내들의 강간장면이 계속 이어진다. 그러나 며칠이 지나는 동안 내분이 일어나고, 납치강간 사건은 거금의 몸값을 요구하는 인질사건으로 변질된다. 동시에 여배우와 납치범들 사이에 치열한 두뇌 싸움이 벌어진다. 나아가 동정심과 적개심과 두려움과 자포자기의 심경들이 혼합되어 재미있게 묘사된다.

알고 보니 주인공 여배우는 TV화면에 비친 것과는 정 반대로 대단히 정숙한 여자였다. 영화홍보사가 만들어 낸 섹시 이미지였을 뿐이다. 침착하고 명석한 여자였다. 야한 외모와는 달리 IQ 155 두뇌의 맨사(MENSA, IQ 150 이상으로 구성된 국제적 친목단체) 회원이었다. 자신을 험하게 다루면서

"나 같이 물건 좋고 힘 좋은 놈 만난 넌 행운아야 허허"

하는 무식한 힘꾼은 대단하다고 칭찬해 주고

"오늘은 제발 짜증나게 거부하지 말고 조용히 받아주면 살려 보내주지"

비열한 택시기사에겐 조건부라고 달래면서 동네 아래 구멍가게를 자주 드나들게 해서 사람들에게 노출시키고

"내 쓰러져가는 초가집도 쓸모가 전혀 없는 건 아니었군."

하면서 차례를 기다려 또 들어온 포장마차 주인에겐 슬며시 초가집의 위치를 묻는 등 계속 묘안을 찾았다.

특히 몸값 요구로 발전하는 상황을 이용하여 자신의 안전함을 증명하는 친필 메모에 납치장소의 위치를 알리는 암호를 교묘하게 삽입시킴으로써 경찰의 추적이 가능하도록 만든다. 메모 속의 암호 삽입은 천재 여배우의 진면목을 보이는 대목이다.

물론 짐작하듯이 남자 주인공은 기자선생이었다. 착할 건 없지만 바른 얼굴, 말없이 동정하는 눈빛, 식사 챙겨주는 배려, 강간 후의 부끄러워하는 표정에 시간이 2~3주 지나면서 여배우는 점차 적개심을 풀게 된다. 여자를 증오하게 만든 아내의 불륜 사연을 들으면서부터는 잠시나마 그에게 연민의 정도 느끼게 된다.

그러다가 겁탈행위가 반복되자 놀랄만한 사건이 발생하는데, 다름 아니라 기자의 강간행위가 느끼게 해 준 순간적인 육체적 희열이었다. 다른 강간범들과는 전혀 없었던 이 느낌! 이 납치된 상황에서 기자가 준 단 한 번의 오르가즘! 아니라고, 그럴 리 없다고 부인하면서 여배우는 그만 정신적 혼란에 빠진다. 이 부분이 클라이맥스다.

소설의 후반부에 이르면 경찰이 몰려들고, 사내들은 물러가지 않으면 여배우를 죽이겠다고 협박한다. 여자 맛을 볼 만큼 본 사내들은 이젠 여자의 생사에도 관심이 없다. 여배우를 실제 죽이려는 장면도 나타난다. 욕정을 발산한 남자의 전과 후가 차별되는 심경이 그려진다. 돈 요구와 안전한 탈출보장을 위한 협상이 이루어지는 듯하다가, 경찰 한 명이 몰래 잠입하다가 들키고, 화난 힘꾼이 사냥총으로 경찰을 쏘는 상황으로 전개된다. 이어 특공대가 투입되고 한 명씩 차례로 사망하게 되는데 시끄러운 총성 속에서 살아남은 두 남녀 주인공의 마지막 모습이 기이하다.

묶여 있는 여배우와 눈을 마주 친 기자가 뒷문으로 몰래 빠져나가자마자 경찰이 문을 깨부수며 쳐들어오고, 경찰이 범인들의 시신 세 구를 확인하며 여배우에게 묻는다.
"범인들은 총 몇 명이었지요?"
잠시 정신이 없는 듯 망설이던 여배우의 힘없는 대답은
"세 명이었어요"
특공대 한 명이 본부에 무선으로 보고한다.
"납치피해자 안전 구출! 범인 전원 사살, 상황 종료입니다!"
물론 소설도 여기서 종료된다.

한 번의 오르가즘이 만든 여배우의 거짓말! 물론 소설이기에 가능했으리라. 통속소설의 전형이어서인지 흥미진진했었다. 난 끼니마저 거르며 책에서 손을 뗄 수 없었던 것 같다. 특히 암호를 만들고 푸는 과정이 꽤나 논리적이고 과학적이었다. 머리 좋은 여배우와 인질범 한 명 한 명과의 심리전도 흥미로웠다.

그러나 내용의 핵심은 이 글 서두에 밝혔던 '사랑 없이도 가능하고, 사랑 없다가도 사랑을 낳는 섹스'였고, 결론은 '죽어 마땅한 목숨까지 살려낸 오르가즘의 신비'였다.

얼마 전의 중국영화 '색계'에서도 마찬가지 아니었던가. 민족의 배신자를 암살하기 위해 미인계까지 스스로 감수한 여인이 결국 섹스 때문에 사랑을 느껴 결정적인 순간에 남자를 살려주고 만다는 줄거리가 비슷하지 않은가. 동서양의 차이는 있지만 남녀의 심리는 똑같이 묘사된 셈이다. 남녀의 차이인가. 전희를 즐기는 남자와 '후희'를 원하는 여자와 같은 논리인가.

그러나 오르가즘 후엔, 여자는 남자를 살리고 남자는 여자를 죽이려 든다. 묘한 이야기들, 소설과 영화로 풀어본 신비로운 섹스의 정신분석학적 사례연구가 아닐 수 없겠다.

기자를 교수로 바꿔, '남자는 교수, 여자는 배우'라는 부제로 내가 정말 '한국판' 어우동 납치사건을 다룬 시나리오를 쓰겠다고 나서면 아내는 어떤 반응을 보일까. 못 마땅한 표정이겠지? 그렇다면 여배우를 독실한 기독교인으로 설정한다면? 마지막 살아남은 남자 주인공인 무능한 교수가 여배우로 인해 예수를 믿게 된다면? 그럼 마지못해 OK?

(수필집 '대통령의 여인'에 포함시키려고 써놓고 차마 공개 못한 글이었는데....^^)

Appendix 부록

국내 스케치와 유화 작품

(도록 · 후기 · 저자 소개)

여행 기념품과 선물

여행을 다니며 하나씩 구한 기념품들이 우리집 거실의 장식장 안에는 물론이요, 패밀리룸 책장 선반에도 가득하다. 아내가 이제 제발 그만 주워 모으란다. 그래도 여행을 가게 되면 주먹만한 크기의 기념품 하나 정도는 집는 것이 정상 아닌가. 그것도 재미이거늘!

출장 중에 선물을 받은 것도 많다. 베트남, 말레이지아, 아일랜드는 장관 선물들... 나머지는 방문국의 현지 기업 선물들이다.

가격이야 얼마 되랴마는 그래도 의미있는 선물들이기에 내 작업실 선반에 모셔두고 가끔씩 보는 재미가 있다.

우리나라의 아름다운 금수강산을 찾아 떠난 스케치 여행

등잔 밑이 어둡다 했던가. 사실 난 우리나라를 잘 알지 못하고 살아왔다. 해외 여행에 비교하면 국내여행은 거의 못한 셈이었다. 적어도 그림 공부를 시작하기 전까지는 말이다.

그런데 알고 보니 우리나라야말로 아름답기 그지없다. 산세 높고 강물이 흐르고 평야 광활하고 바다로 둘러싸여, 보이는 곳이 바로 그림이요 가는 곳이 바로 스케치 명소들이었다. 그래서 난 스케치 여행을 빙자하여 제법 많은 곳을 쏘다녔다. 사시사철 멋들어진 우리나라는 나 같은 아마추어 미술학도에게도 큰 선물이다.

단체로 버스여행을 하니 오가는 길에 낮잠을 잘 수 있어 좋고 내리면 풍경이요 유적이요 향토음식이니 그 얼마나 좋겠는가. 덕분에 산으로 들로, 강변으로 호수로, 바다로 섬으로, 신라 백제의 유적지로 유명사찰로 이곳저곳을 찾아다녔다. 인간 네비게이션 화가친구가 있으니 불안할 리도 없었고.

스케치 여행은 함께 가는 재미도 솔솔 있었다. 친구는 정겹고 그림 그리는 아줌마들은 챙겨주고(▼), 낮엔 그림이요 밤엔 술과 노래니 이런 한량이 어디 있겠는가. 난 나중엔 한 학기 2~3번의 야외 나들이가 부족해서 별도의 소모임을 만들어 한달에 두세 번씩 근교라도 드라이브를 했다. 알고 보니 차로 서울에서 두 시간만 운전하면 아름답고 멋진 곳들이 사방에 널려있고 1박만 작정하면 못갈 곳이 없는 대한민국이었다.

지금까지 어딜 다녔느냐고? 국내 스케치 여행 및 소풍을 아래와 같이 분류하여 소개해 보면 어떨까 싶다.

1. 산과 들 - 산들 바람이 불어온다
2. 강과 호수 - 엄마야 누나야 강변 살자
3. 바다와 섬 - 내 고향 남쪽 바다, 그 파란 물이 눈에 보이네
4. 유적지 - 역사의 발자취를 더듬으며

1. 산들 바람이~ 산들 불어온다~

난 등산은 싫다. 힘들어서 싫다. 그러나 자연은 너무 좋다. 산들 바람이 부는 곳을 거니는 것은 행복이다. 산을 바라보며 단풍 우거진 숲을 음미하는 순간도 즐겁다. 숲속을 걷고 위에서 흘어내리는 졸졸졸 시냇물 소리를 듣는 것도 좋은 시간이리라.

기억에 남는 추억들이 많지만 2010년 4월의 설악산과 2013년 1월의 지리산 스케치 여행이 떠오른다. 두 날 다 어찌나 추웠던지~! 설악산은 봄이어서 날씨는 좋았는데 비룡 폭포까지 올라가 폭포 아래 앉아 그림을 그리는데 콧물이 줄줄 흘렀다. 폭포 물을 떠서 수채화 그림을 그리는 재미도 있었지만... 지리산도 마찬가지! 단단히 무장을 하고 갔음에도 손이 꽁꽁 얼어오는 바람에 구룡폭포 등산길에서의 붓놀림이 편치 않았다. 사실은 정령치에서 바래봉까지 트래킹을 하기로 했었는데 눈 때문에 출입금지여서 구룡폭포로 만족해야 했지만 그래도 기분은 최고! 산이 좋아 산을 오르는 기분을 조금은 알 것 같기도(▲ 구룡폭포 아래서)

2012년 11월의 소래 생태습지공원도 좋았다. 둘레길을 걷노라니 억새풀 곳곳엔 정자와 탐조대들이 너무도 잘 만들어져 있고... 바람도 없고 햇볕이 그윽한 그 공원을 거닐며 얼마나 행복했었는지! 한강신도시에 아파트를 노후용으로 하나 구해 놓았는데 그 한강변에 조성된다는 생태공원도 제발 이만큼만 되면 좋으련만. (◀ 친구 진방현 화백과) 2012년 10월 상암동 하늘공원의 억새풀 사이를 거닐었던 때도 이제 돌이켜보니 좋았군!

경기대 미술반원들과의 버스여행 나들이는 참 자주 있었는데 감곡의 복사꽃, 임자의 튜립, 나주의 배꽃, 제천의 사과밭 나들이가 생각난다. 갈 때마다 점심 도시락 챙기고 간식 싸 오고.. 반장이 늘 수고가 많았다. 난 대충 묻어서 혜택만 보던 사람^^

언젠가 미술 교수 친구의 군포 화실에 단체로 놀러가 근처 수리산 정경을 그리고 막걸리를 마시던 때도 아름다운 추억이다. (▶ 사진은 경기대 미술반원들.. 수리산 자락의 군포 화실 앞에서 공무원으로 퇴임하신 70대의 노장 화가 신백현 선생님이 찍어주셨다. 여학생 아줌마들과 포즈를 취해보라더니만 찰칵^^)

스케치 다닌 여러 곳들은 이어지는 그림들로 대신하련다.

41-1-1 설악산 비룡폭포 (2010년 4월)

41-1-2 **군포 수리산** (2010년 11월 14일)

41-1-3 **나주 배꽃** (2011년 4월 16일)

41-1-4 **임자도 튜립축제** (2011년 4월 17일)

41-1-5 **감곡의 복사꽃 피는 산골** (2010년 5월 3일)

41-1-6 **지리산 뱀사골 계곡** (2011년 9월 25일)

41-1-7 제천 사과밭 (2011년 11월 7일)

41-1-8 상암동 하늘공원 (2012년 10월 19일)

41-1-9 소래 생태습지공원 (2012년 11월 27일)

41-1-10 수원 광교산 마을 (2013년 2월 26일)

41-1-11 **지리산 구룡폭포** (2013년 1월 28일)

41-1-12 **우면산 겨울** (2013년 1월 8일)

41-1-13 **과천 국립현대미술관의 봄** (2013년 4월 30일)

2. 엄마야 누나야 강변 살자

우리나라는 산도 많고 강도 많다. 오죽했으면 4대강 사업까지 펼쳤겠는가. 또한 호수도 있고 곳곳에 저수지도 있다. 참 아름다운 나라다. 특히 서울의 한강… 얼마나 그 폭이 넓은지, 아마도 대도시를 가로지르는 강으로서 한강 같이 큰 강은 세계 어느 곳에도 없을 것이다. 30여 개의 한강 다리를 각기 특색 있게 꾸미고 밤에 조명을 달리 하면 좋으련만 둥둥섬 같이 쓸데없는 곳엔 투자를 많이 하면서 한강의 미를 살리는 데 소홀히 하는 서울시가 조금 아쉽다.

경기대 사회교육원 유화반이 버스를 대절해 수학여행 같은 스케치 나들이에 나선 강들은 여럿 된다. 남한강, 섬진강, 영산강… 영산강은 2011년도 봄에 특별 '영산강-이화의 향연' 전시회까지 가졌었다.

호수도 많이 찾았다. 가까이는 백운호수, 충주호와 청풍호반, 그리고 경주의 보문호수까지(▲). 난 물을 좋아해서인지 산과 강과 호수 등이 어우러진 풍경을 보면 마음도 잔잔해지고 스케치도 더 잘하는 편이다. 남자는 산을, 여자는 물을 좋아한다던데 난 왜 반대인지는 모르겠지만 말이다.

저수지 중에서는 2011년 겨울에 찾아 간 강원도의 평화의 댐이 기억에 남는다. 독재시절 '서울 물바다' 남침 빙자 사기사건의 결과물이 궁금했던 탓이다. 첩첩산중을 뚫고 도착하니 생각보다는 작은 규모… 87년 전두환정권 때 착공, 노무현 정부가 마무리했다는데… 꽁꽁 얼어붙은 채로 흰 눈에 덮여있던 평화의 댐은 그래서 오히려 절경이었다.(◀)

댐 윗길 터널을 통과하여 화천으로 가면 파로호가 나온다. 거기도 겨울 풍경이 일품이었고! 얼어붙은 호수의 풍경이 얼마나 황홀경을 자아내던지 차에서 내려 추위도 잊은 채 스케치에 열중했던 기억이 새삼 새롭다.

이제 생각하니 한탄강의 비경도 정말 좋았었다(▲). 배를 타고 잠시 강변을 구경하노라니 절벽과 강물의 조화가 정말 운치 있었는데 이 강은 흘러 흘러 서울 쪽 한강으로까지 간다나.

41-2-1 **평화의 댐** (2011년 2월)

41-2-2 **화천 파로호** (2011년 2월)

41-2-3 **섬진강** (2011년 9월 24일)

41-2-4 **충주호** (2011년 10월 8일)

41-2-5 **경주 보문호** (2011.10.23)

41-2-6 **양평 남한강** (2012년 10월 24일)

41-2-7 **청풍호반** (2012년 10월 29일)

41-2-8 **백운호수** (2013년 3월 26일)

41-2-9 행주산성에서 바라 본 한강 (2013년 5월 14일)

41-2-10 강원도 철원의 한탄강 (2012년 11월 25일)

3. 내 고향 남쪽 바다, 그 파란 물이 눈에 보이네~

난 바다가 좋다. 마냥 좋다. 목포 앞 바다 선창가에서 태어난 까닭인지 비릿한 바다 내음도 좋다. 섬들도 정겹다. 배 멀미도 잘 하고 수영도 잘 못하지만 바다는 그저 좋다.

바다! 동해안도 있고 서해안도 있지만 난 역시 남쪽 바다가 좋다. 눈 감고 있으면 그 파란 물이 정말 눈에 보인다. 화가 친구도 태생은 못 버리는 까닭인지 우리 미술반을 데리고 남쪽 섬들을 참 많이 찾아 다녔다. 덕분에 내가 구경한 섬들은 연홍도, 지도, 임자도, 증도, 압해도 등 많았다. 친구 덕에 강남간 게 아니라 강남을 떠나 우리나라 섬들을 돌아다닌 셈이다.

기억에 남는 바다 중에서 역시 처음 갔던 고흥군 연홍도가(▲) 가장 인상적이다. 총 가구 수 100 정도밖에 안되는 자그마한 섬이어서 마치 섬 전체를 전세내는 느낌이다. 배를 타고 앞바다의 섬들을 돌아보니 다도해의 절경들이 홍도  못지않은 곳이다. 튜립 축제로 유명한 임자도 역시(▶ 임자도로 들어가는 지도 선착장에서) 싱싱한 갑오징어를 먹었던 추억 때문인지 기억이 생생하다. 물론 내 고향 목포 앞 바다는 말할 나위도 없고! 서해안의 안면도는 너무 추워서 그림 그리며 벌벌 떨었던 기억만 있다.

서울 근교의 섬들을 찾았던 때도 아름다운 추억이다. 특히 미국에서 온 남동생에게 출국 전에 보여 주었던 영종도 앞 바다의 신도·시도·모도의 삼형제 섬은 함께 했던 아내도 좋아했다. 그 날은 비가 조금 뿌렸었는데 막내 섬인 모도의 배미꾸미 조각공원에서는(▶) 구름 사이  로 나온 햇살과 어우러진 바다 풍경이 환상적이어서 공항으로 떠나는 동생의 표정도 흐뭇해 보였다.

역시 영종도에서 KAL 기장 친구와 찾아 들어갔던 장봉도도 멋졌다. 또 무의도와 실미도도 너무도 아름다웠다. 평일 날에 찾아서인지 사람 그림자도 찾기 힘든 실미도의 호젓한 산책 시간은 정말 행복했다.

그 외, 그림 친구들과 오붓하게 소풍갔던 섬들도 있다. 제부도와 대부도 같은 곳 말이다. 섬이란 항구에서 출발하는 곳이기에 항구를 그리는 맛도 제법이다. 월곶포구의 황혼도 머리 속에 멋진 풍경화로 입력되어있고!

내 스케치 실력으로 어찌 바다와 섬의 아름다움을 표현하리오마는 그래도 난 늘 열심히 그렸다. 여기 소개해 본다.

41-3-1 **내 고향 목포 유달산 앞바다** (2011년 5월 29일)

41-3-2 **압해도** (2011년 5월 28일)

41-3-3 신안군 송공 선착장 (2011년 5월 28일)

41-3-4 연홍도 (2011년 8월 1일)

41-3-5 **임자도 터미널** (2011년 4월 17일)

41-3-6 **증도 뻘** (2011년 11월 19일)

41-3-7 **부산 해운대** (2012년 2월 24일)

41-3-8 **겨울의 태안반도** (2012년 2월 26일)

41-3-9 **실미도**

무의도 해변에서 실미도를 배경으로
두 팔 벌려 하늘 향해..
아~ 가을이구나~
정말 좋다~

41-3-10 **무의도** (2012년 11월 5일)

41-3-11 옹유도의 을왕리 (2012년 1월 12일)

41-3-12 제부도 (2012년 11월 13일)

41-3-13 **월곶포구** (2012년 11월 27일)

41-3-14 **장봉도 국사봉에서** (2013년 3월 9일)

41-3-15 **대부도 구봉마을** (2013년 3월 12일)

41-3-16 **대부도 전곡항** (2013년 3월 12일)

41-3-17 **탄도항의 석양** (2013년 5월 21일)

41-3-18 **탄도와 제부도** (2013년 5월 21일)

41-3-19 **울릉도 저동** (2013년 6월 6일)

41-3-20 **신안군 증도 엘도라도 리조트의 해변** (2013년 6월 9일)

4. 역사의 발자취를 더듬으며,
이런들 어떠하리 저런들 어떠하리

난 역사 공부를 제대로 하지 못했다. 그래서인지 역사소설이나 사극은 가급적 읽고 보려고 노력하는 편이다. 텔레비전 드라마 중에서 내가 유일하게 즐겨보는 게 있다면 대하사극물이다. 예전엔 주로 조선 500년사 위주이더니 최근엔 삼국시대와 고려시대까지 다루어주어 방송사에게 감사하는 마음이다. 특히 주몽, 광개토태왕, 연개소문, 해신 등은 좋았고 고려시대를 다룬 태조 왕건, 무인시대, 무신도 재미있었다. 조선시대는 용의 눈물, 뿌리깊은 나무, 왕과 비, 대장금, 여인 천하, 불멸의 이순신, 허준, 추노, 동이, 장희빈, 다모, 이산, 바람의 화원, 성균관 스캔들, 상도, 명성황후 등이 볼 만 했고, 최근 방영되었던 정도전은 가히 일품이었다.

내가 역사의 발자취를 더듬게 된 것도 스케치여행 덕분이었다. 2011년 10월 하순에 찾은 경주는 25년 만에 많이 깔끔하게 단장되어 있었다. 그러나 첨성대는 역시 작았고 왕들의 무덤은 여전히 컸다(▲). 비가 부슬부슬 내리는 바람에 신라의 달밤은 보지 못했지만 찰보리빵집을 스치며 맡아 본 신라인들의 향기는 아직도 머리 속에 그윽하다.

백제의 부여는 목포 가는 길에 들렀다. 사실 처음엔 마침 월요일이어서 재현했다는 사비성은 못 본 터이라 2013년 5월 다시 찾았다.(▶) 역시 호화스러운 성, 의자왕의 몰락이 바로 이 성 때문이었던가. 낙화암이야 당연히 들렀고.

그리고… 고구려는 북한 땅이어서 가 볼 수 없으나 조선시대로 넘어오면 주로 왕궁과 성과 절들이다. 성들은 전국적으로 수십 개가 남아 있다는데 그 중 2013년 4월 9일에 찾은 정조의 수원 화성이 제일 좋았다. 정조가 1796년 왕권을 강화하기 위해 당시 30세의 실학자 정약용에게 설계를 맡겨 불과 2년 반 만에 축성했다는 그 성 말이다. 화성 외에도 행주산성, 남한산성처럼 전쟁용이었던 곳도 있고!

◀ 2012년 12월 초엔 눈 내린 남한산성을 올랐는데… 연주봉옹성에 올랐을 땐 구름 한 점, 바람 한 점 없는 날씨와 내려다보이는 풍경이 얼마나 상쾌하고 아름다웠던지~

참! 2011년도에 찾았던 전남 강진의 정약용 유배지도 생각난다. 2012년 한탄강의 고석바위가 임꺽정의 도피처였다는 사실을 난 처음 알았다. '나의 문화유산답사기'로 알려진 유홍준 교수가 우리나라는 사실 보물창고라면서 '알고 보면 보이나니, 그 때 보는 것은 그 전과 다르다' 했거늘 앞으론 좀 더 역사 공부를 하면서 유적지 나들이를 즐길까도 싶다. 이런들 어떠하리, 저런들 어떠하리~ 난 그냥 내 식대로 이렇게 그림그리며 살련다.

41-4-1 **경주 왕릉** (2011년 10월 23일)

41-4-2 **창덕궁** (2012년 11월 2일)

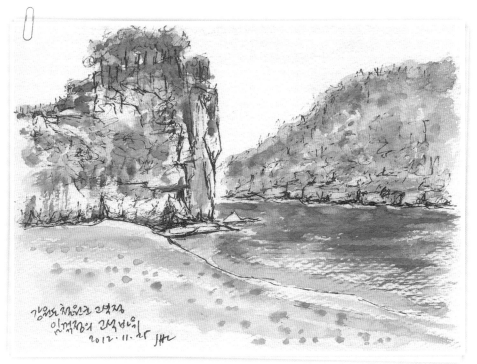

41-4-3 **철원 고석정** (2012년 11월 25일)

41-4-4 **남한산성** (2012년 12월 10일)

41-4-5 **수원 화성** (2013년 4월 9일)

41-4-6 **부여 낙화암** (2013년 4월 15일)

2020년 2월 정년퇴임 기념 전시회 날 나눠드리고픈 유화작품들

그림을 그리는 사람에게 바램이 있다면 전시회에 출품하는 것이다. 그동안 난 부족한 실력임에도 제법 여러 전시회에 그림을 선보였다. 물론 스승이자 친구인 박성현 교수의 마무리 붓터치가 필요한 경우가 대부분이었지만.

이제 나에게 작은 소망이 있다면 개인전을 갖는 것이다. 난 그 때를 2020년 2월 내 정년퇴임 전후로 생각 중이다. 작은 전시회를 열어 내 IT와 여행 및 그림 인생을 회고하면서 날 축하하러 찾아준 지인들께 그림 한 점씩을 선물로 드리고 싶다. 남은 기간 동안 더욱 정진할 것을 다짐하며, 여기 그 때 나눠드릴 작품들 중 일부를 선 보인다.

1. 전시회 출품작

42-1-1 **시골 전경** (2009 현대회화와의 만남전, 안산단원미술관, 2009.4)

42-1-2 **사랑의 늪** (홍익화우회전, 이형갤러리, 2009.3)

42-1-3 **꽃 핀 들녁** (청유회전, 인사동 갤러리 라이트, 2009.10)

42-1-4　**연흥도 풍경** (연흥전, 연흥미술관, 2009.11)

42-1-5　**해변1** (청유회 정기전, 목포 문예회관, 2010.5)

42-1-6 **해변2** (청유회 정기전. 목포 문예회관. 2010.5)

42-1-7 **카프가즈 산맥** (연홍전. 안산단원미술관. 2010.6)

42-1-8 **영산강** (이화의 형연 출품작, 수원미술전시관, 2011.4)

42-1-9 **영산강의 여름** (연홍사생회, 수원미술전시관, 2011.4)

42-1-10 **목포는 항구다** (연홍전, 단원미술관/목포여객터미널 종합예술갤러리, 2011.11)

42-1-11 **가을을 부르는 지리산** (연홍전, 수원미술전시관, 2012.5)

42-1-12 **지리산 뱀사골** (연홍전 출품, 수원미술전시관, 2013.4)

2. 기타 작품들

42-2-1 누드교실

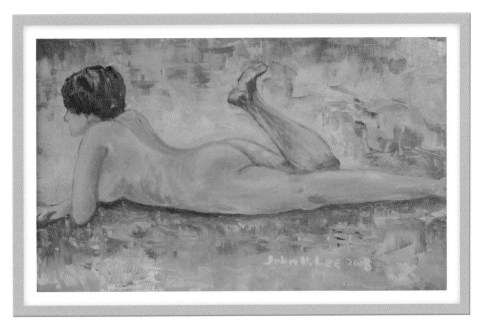

42-2-2 누드1

42-2-3 발칸의 카페

42-2-4 석류의 계절

42-2-5 **가을**

42-2-6 **수리산의 겨울**

42-2-7 유달산

42-2-8 가을공원

IT인생 40년을 되돌아보며, 그리고 다시 새로운 봄을 꿈꾸며

제목이 'IT와 그림이 만난 인생은~', 그리고, 부제가 이주헌의 스케치북!.. 뭔가 이상했으리라.

군이 묻는다면, 이 책은 내 40년 IT인생을 기록한 문서이자, 60년 삶의 회고록임과 동시에, 세계 여행의 기행문이고 나와 가족의 사진앨범이면서, 또한 수필ㆍ칼럼집이고 이곳저곳을 쏘다니면서 그린 스케치 모음집이다. 늦깎이 미술학도가 되어, 있는 자료를 조금은 특이하게 정리한다는 것이 참 희한한 형태로 발전하여 이런 결과를 낳았다.

1972년도에 컴퓨터 공부를 시작했던 까닭에 IT인생 40년을 40개 꼭지들로 분류ㆍ정리해 2012년 출간 예정이었다가 작업이 지연되면서 지금에야 펴내다보니 하필 태어난 지 60년이 가까워지면서 마치 회갑기념 집 같이 되어버렸다. 60이면 아직 한창인데 벌써 무슨 회고록? 또 유명인사도 아니면서! 아무튼 그럴 의도는 아니었는데 말이다.

자료 정리를 하다 보니 그래도 내 나름대로는 열심히, 성실하게, 다양한 활동을 하면서 살아온 듯하다. 지난 세월 동안 다닌 곳도 제법 되고, 만난 분들도 많고, 다양한 사건들도 있었고... 그리고 쓴 글도, 그린 그림도 제법 많다. 보다 상세하게 정리하고 싶기도 했지만 흥미있게 읽어줄 사람들도 없을 듯싶고, 책의 두께를 고려해 간추렸는데도 꽤나 두꺼운 책자가 되고 말았다.

지난 삶을 봄(IT전문가가 되다)ㆍ여름(IT교수로 살다)ㆍ가을(IT정책가로 뛰다)ㆍ겨울(IT예술가는 웃다)로 나누면서 되돌아보니 봄은 열심이었고, 여름은 활기찼고, 가을은 보람 있었으며, 지금 겨울은 여유가 있어 좋다. 사시사 철 잘 지내온 인생이라 고마울 뿐이다. 바삐만 살다가 뒤늦게나마 아름다움을 창조하는 미술의 세계를 접하게 되어 다행이다.

인생은 60부터라니 이제 난 또 어찌 살아야할까. IT학자로 정년퇴임까지 5년은 더 지내겠지만, 그 후론 IT 소설가로 다시 태어나고 싶은 욕심도 있다. 아니면 건강이 허락한다면 아예 IT탐험가로 스마트폰과 카메라와 스케치북을 들고 세계의 오지를 누비고 싶다. 언젠가 'IT자유인이 여기 묻히다'라고 새겨진 묘비가 세워질 때 까지 말이다.

지구상에 약 200개 국가가 있다는데 그 중에서 내가 가 본 나라는 아래 표로 정리 해 보았더니 고작 55개 국이다. 남은 인생 동안 100개는 채우고 싶다는 것이 목표이지만, 과연 그리 될까. 물론 가 본 나라들이라고 해 도 각 나라의 못 가본 지역도 허다하다. 심지어는 중국의 황산도, 일본의 북해도도 가지 못했다. 스케치여행을 빙자하여 앞으로도 열심히 다녀 볼 계획에 부푼 나는, 새로운 봄을 꿈꾸는 마음만은 아직도 청년인가보다.

6대주	가 본 나라들	가고픈 나라들(빨간색은 꼭!)
아시아 (중동 지역과 북한 포함)	중국, 러시아(바이칼), 일본, 터키, 사이판, 태국, 싱가포르, 대만, 홍콩, 마카오, 인도네시아, 이스라엘, 인도, 네팔, 몽골, 캄보디아, 베트남, 말레이시아, 필리핀, 우즈베키스탄, 카자흐스탄, 라오스	그루지야, 동티모르, 몰디브, 바레인, 방글라데시, 부탄, 브루나이, 스리랑카
		레바논, 사우디아라비아, 시리아, 아랍에미리트, 요르단, 이라크, 이란
	북한(금강산, 개성)	평양
유럽	영국, 프랑스, 독일, 이태리, 스위스, 네덜란드, 오스트리아, 모나코, 바티칸, 크로아티아, 세르비아, 보스니아, 불가리아, 루마니아, 슬로베니아, 그리스, 체코, 스페인, 우크라이나, 헝가리, 노르웨이, 덴마크, 핀란드	라트비아, 리투아니아, 벨기에, 마케도니아, 슬로바키아, 아이슬란드, 아일랜드, 에스토니아, 포르투갈, 폴란드…
북미	미국, 캐나다	
중남미	멕시코, 바하마, 브라질, 콜롬비아	과테말라, 니카라과, 도미니카, 베네스웰라, 볼리비아, 아르헨티나, 아이티, 에콰도르, 엘살바도르, 온두라스, 우루과이, 칠레, 코스타리카, 파라과이, 쿠바, 페루…
아프리카	이집트	가나, 가봉, 나이지리아, 리비아, 모로코, 보츠와나, 수단, 세네갈, 앙골라, 에티오피아, 우간다, 잠비아, 남아공, 짐바브웨, 카메룬, 케냐, 코디디부아르, 콩고, 탄자니아..
오세아니아	호주, 뉴질랜드	사모아, 솔로몬제도, 파푸아뉴기니, 피지..

내 블로그(http://blog.daum.net/eprofessor) 첫 화면의 내 소개는 이렇게 되어있다. "어느덧 중년… 여전히 블루진을 즐겨입는다. IT · 자유 · 자연 · 사랑 · 예술 · 미래가 인생의 키워드들이다. 오늘도 난 꿈을 꾸련다…" 정말 앞으로의 남은 인생도 난 그리 살련다.

책을 펴내면서 고마운 사람들의 얼굴이 자꾸 떠오른다. 부모님, 가족, 친구들, 동료들, 그림 친구들, 여행 동반자들, 제자들, IT전문가들, 기타 지인들… 다 내 인생을 만들어 준 분들이다. 특히 지난 37년 가까이 나와 인생을 함께 한 아내, 그리고 자연의 아름다움과 스케치의 묘미를 깨우쳐 준 친구 박성현 교수에게 감사의 뜻을 표한다.

2014년 10월

이 주헌

저자
이주헌의 IT+여행+그림 인생 소개

현 재
- 한국외국어대학교 글로벌경영대학 교수 (1986~현재)

IT 경력
- (미) 남 미시시피 주립대 컴퓨터과학과 학사 (1972~75)
- (미) 버지니아 공대 산업공학 석사 및 박사과정 (1975~78)
- (미) 일리노이 공대 경영정보학 박사 (1979~83)
- (미) 벨연구소 연구원 (1978~84)
- LG전자 (前 금성반도체 및 금성소프트웨어) 사업본부장 및 연구소장 (1984~86)
- 정보통신윤리 심의위원회 위원장 (1996~97)
- 한국데이타베이스학회 회장 (1998)
- 한국CIO포럼 대표간사 (2000~02)
- 한국정보화측정연구원 대표 (2002~현재)
- 노무현 대통령후보 IT특보 (2002)
- 정보통신정책연구원 원장/차관급 공직 (2003~06)
- 한국IT리더스포럼 부회장 (2003~현재)
- 한국경영정보학회 회장 (2006)
- 전자신문 객원논설위원 (1991, 2010~11)
- IT기업(삼성,LG,CJ,쌍용,현대그룹 및 한전,LH공사 등) 자문교수 · 사외이사 역임
- IT관련 저서 10여 권, 신문 기고 200회, 잡지 기고 300회, 초청강연 400회

그림 경력
- 스케치 작품 개인전 (미국 헤티스버그 고등학교, 1972)
- 간판 디자인 (미국 헤티스버그, 슈인 자전거점, 1972)
- 표지 디자인 (이주헌의 컴퓨터에세이집 '하나님 컴퓨터 그리고 사랑',법영사, 1991)
- 삽화 (동아일보 '컴퓨터교실' 칼럼마다 글과 함께 삽화 제공, 1991.6~1992.9)
- 기업로고 디자인 (멀티마인드, 1991.8)
- 경기대학교 사회교육원 박성현교수 유화교실 수강 (2008~현재)
- 그림 출판 공개 ('대통령의 여인' 수필집 내 표지 포함 6점 수록, 북콘서트, 2009)
- 유화 전시회 출품 11회
- 연홍사생회 이사 (2010~현재)
- 예술의 전당 드로잉반 수강 (2013)
- 국내외 스케치 여행 수십회

년도	나이 (만)	배우고 일한 IT인생	해외여행과 그림 인생
1954	0	목포시 영해동에서 태어남 (10.19)	
1959	4	광주 동명유치원 (1959.9)	
1960~66	5~11	광주 서석국민학교 입학 (1960.3) 부산 교대부속국민학교 전학 (1961.9), 광주 교대부속국민학교 전학 (1963.9) 서울 장위국민학교 전학 (1964.3) 목포 교대부속 전학(1964.11), 졸업(1966.2)	입상 여러번?^^
1966~69	11~15	목포중학교 입학 (1966.3), 졸업 (1969.2) 목포고등학교 입학 (1969.3), 중퇴 (1969.11)	중학교 사생대회 특선 정청룡 선생님 미술 과외지도반 수강
1970	15	미국 이민/유학 (1970.8)	
1970~72	15~17	미시시피 로웰 고등학교 입학 (1970.9), 헤티스 버그 고등학교 졸업 (1972.8)	Schwinn Bike 가게 간판 디자인 (1972.3) 스케치 개인전, 헤티스버그 고등학교 (1972.5)
1972~75	17~20	남미시시피 주립대 전산과 입학 (1972.9), 졸업 (1975.8)	
1975	20	부모님으로부터의 독립	
1975~77	20~23	버지니아공대 대학원 산업공학 석사 (1977.8) 버지니아공대 박사과정 입학 (1977.9~1978.5)	
1977	23	결혼 (1977.12.27)	
1978	23	벨연구소 입사 (1978.8)	
1979	23	일리노이 공대 박사과정 편입 (1979.1)	
1979~82	24~27	아들 대일 태어남 (1979.8.2), 딸 은실 태어남 (1982.1.18)	
1979~83	23~28	일리노이 공대 시간강사 (1980~83) 일리노이 공대 경영과학박사 (1983.8)	캐나다 (1980.8)
1983	29	벨연구소 퇴사 (1983.12)	유럽 7개국– 영국,프랑스,스위스,이태리, 오스트리아, 독일, 네덜란드 (1983.11)
1984	29	금성반도체 입사, 실리콘밸리 근무 (1984.1)	일본, 이태리, 미국
1984	29	영구 귀국 (1984.5), 경남아파트 6동	
1984~85	29~30	금성반도체 연구본부장 (1984.5) 금성소프트웨어 연구소장 (1985.8)	미국 서부
1986	32	딸 정실 태어남 (1986.10.27)	
1986~87	32~33	한국외대 경영정보대학원 조교수(1986.12) 부교수 승진 (1987.9)	미국 서부
1987	32	경남아파트 11동으로 이사 (1987.8)	
1990	35		동남아 – 대만,싱가포르,태국.홍콩,마카오 (1990.1)
1991~92	36~37		표지 디자인 – 이주헌의 컴퓨터 에세이집 '하나님 컴퓨터 그리고 사랑', (1991.5) 동아일보 '컴퓨터교실' 삽화 (1991.6~92.9) 기업로고 디자인 – 멀티마인드 (1991.8)

년도	나이 (만)	배우고 일한 IT인생	해외여행과 그림 인생
1992	37	서래마을 단독주택으로 이사 (1992.8)	
1992	37		성지순례 – 프랑스,이집트,이스라엘,바티칸 (1992.2)
1993	38	정교수 승진 (1993.3)	미국 라스베가스 (1993.11)
1994	39	가족… 미국 미시시피로… 기러기 생활 시작 (1994.8)	
1994~96	39~41	미시시피 주립대 (MSU) 교환교수 (1995.9~1996.5) 한국외대 복귀 (1996.8)	하와이 (1994.7) 크루즈 여행 – 멕시코, 바하마 (1996.12) 호주, 뉴질랜드 (1996.8)
1995~96	40~41		모나코 (1996.6)
1997~98	42~43	집 모델링 (1997.4~8, 인테리어 설계 직접)… 가족 귀국 (1998.8)	
1998	43		일본 (1999.5) 어내 꽃가게 로고 및 간판 디자인 – 플라워USA (1998.8)
1999	44		필리핀 (1999.1) 크루즈여행 – 싱가포르, 태국, 말레이지아 (1999.8)
2000~01	45~46		일본 (2000.1), 뉴질랜드 (2000.2) 캐나다 록키 (2000.8), 우즈베키스탄 (2001.8) 동남아 쿠르즈 – 싱가포르, 태국, 말레이지아 (2001.8)
2001	46	부모님 칠순잔치 – 제1차 패밀리 리유니온 (2001.7 미국)	
2002	47	대일 OSU졸업 후 귀국 (2002.8), 병역특례 기업 입사 (2003)	
2002~03	47~48	노무현 대통령후보 IT특보 (2002.8)	인도, 네팔 (2002.2), 사이판 (2002.7) ■스케치 여행 – 몽골 (2002.8) 우즈베키스탄 (2002.9) 베트남, 캄보디아 (2003.1)
2003~06	48~51	정보통신정책연구원 원장 – 차관급 공직 (2003.4~2006.3)	**출장 국가들 (약 30개국)** 호주 (2003.5), 말레이지아,베트남 (2003.7), 중국, 베트남, 하와이 (2003.10), 태국 (2003.12), 미국 (2004.1), 프랑스, 우즈베키스탄, 러시아, 중국, 일본 (2004.2), 인도, 중국, 홍콩 (2004.3) 그리스, 터키 (2004.5), 베트남 (2004.6), 스페인, 체코 (2004.7), 콜롬비아, 브리질, 중국 (2004.8) 호주, 뉴질랜드 (2005.1), 미얀마, 캄보디아(2005.2), 카자흐스탄 (2005.5), 중국 연변, 백두산 (2005.6) 스위스, 헝가리 (2005.7), 미국 (2005.8), 네덜란드, 우크라이나, 몽골 (2005.9), 금강산 (2005.10), 캄보디아, 필리핀 (2005.11), 북한 개성 (2005.12).

년도	나이 (만)	배우고 일한 IT인생	해외여행과 그림 인생
2005	50~51	은실 귀국, LG디스플레이 입사 (2005.6)... 그 후 Park Hyatt로 옮김 (2009) 대일 결혼 (2005.12)	
2006	51	한국경영정보학회 회장 (2006.1) 한국외대 복귀 (2006.9)	북유럽 여행 – 노르웨이, 스웨덴, 덴마크, 핀란드, 러시아 등 (2006.6) 몽골 (2006.8/10/11)
2007	52		중국/북경 (2007.5) ▪스케치여행 – 중국/성도,티베트 (2007.6)
2008	53		몽골 (2007.1) 필리핀 (2007.2) ▪스케치여행 – 발칸6개국 – 루마니아, 세르비아, 크로아티아, 보스니아, 슬로베니아, 슬로바키아 (2008.7) 경기대학교 사회교육원 유화반 입학 (2008.9)
2009	54		몽골 (2009.1) 수필집 '대통령의 여인' 출간 –유화그림 4점 소개 (2009.6) ▪스케치 여행 – 중국/우루무치 (2009.7) 스케치 여행 – 일본 (2009.7)
2009	54	정실 귀국(2008.8), LG에드 (HS-Ad) 입사 (2009.3) 대일 석사 마치고, 1~2개 회사 거친 후 Bank of America 뉴욕 본사 입사 (2009)	
2010	55	해건 태어남 – 할아버지 됨 (2010.4)	
2010	55		우즈베키스탄, 카자흐스탄 (2010.4)
2011	56		▪스케치여행 – 중국/곤명 (2011.1) ▪스케치여행 – 인도네시아 (2011.2)
2011	56	부모님 팔순 기념 제2차 패밀리 리유니온 및 해건 돌잔치 (2011.5)	
2012	57		IT인생 스케치북 집필 시작 (2012.1)
2013	58		예술의 전당 드로잉반 입학 (2013.3) ▪스케치여행 – 바이칼호수 (2013.7)
2014	59~60	〈서래힐스〉 건물 완공 · 입주	
			▪스케치여행 – 중국/장가계 (2014.6) 그리스, 터키 (2014.7), 라오스 (2014.8)
2020	65	한국외대 정년퇴직 예정 (2020.2)	처음이자 마지막 그림 개인전시회 예정

이 주희

IT와 그림이 만난 인생은~

초판 1쇄 인쇄	2014년 09월 30일
초판 1쇄 발행	2014년 10월 05일

지은이	이 주 헌
펴낸이	손 형 국
펴낸곳	(주)북랩
디자인	이 은 하

출판등록   2004. 12. 1(제2012-000051호)

주소   서울시 금천구 가산디지털 1로 168, 우림라이온스밸리 B동 B113, 114호

홈페이지   www.book.co.kr

전화번호   (02)2026-5777   팩스   (02)2026-5747

ISBN   979-11-5585-377-1 03810 (종이책)   979-11-5585-378-8 05810 (전자책)

이 도서의 국립중앙도서관 출판예정도서목록(CIP)은 서지정보유통지원시스템 홈페이지(http://seoji.nl.go.kr)와
국가자료공동목록시스템(http://www.nl.go.kr/kolisnet)에서 이용하실 수 있습니다.
(CIP제어번호 : CIP2014028215)